北京外国语大学"双一流"建设项目成果

丛书主编
王克非　王颖冲

丛书编委（按姓氏拼音顺序排列）
金　莉　宁　琦　陶家俊　王炳钧　许　钧
薛庆国　杨金才　查明建　张　剑　赵　刚　郑书九

Ultima **noapte**
de ***dragoste***

Întâia ***noapte***
de ***război***

爱情的最后一夜
战争的最初一夜

（罗）
卡米尔·彼德雷斯库
———— 著

庞激扬
———— 译

浙江大学出版社
·杭州·

图书在版编目（CIP）数据

爱情的最后一夜，战争的最初一夜 /（罗）卡米尔·彼德雷斯库著；庞激扬译. -- 杭州：浙江大学出版社，2024.3

ISBN 978-7-308-24717-7

Ⅰ.①爱… Ⅱ.①卡… ②庞… Ⅲ.①长篇小说－罗马尼亚－现代 Ⅳ.①I542.45

中国国家版本馆CIP数据核字(2024)第051343号

爱情的最后一夜，战争的最初一夜

（罗）卡米尔·彼德雷斯库　著　庞激扬　译

总策划	张 琛
责任编辑	张 婷
责任校对	顾 翔
封面设计	violet
出版发行	浙江大学出版社
	（杭州市天目山路148号　邮政编码　310007）
	（网址：http://www.zjupress.com）
排　版	杭州林智广告有限公司
印　刷	杭州钱江彩色印务有限公司
开　本	880mm×1230mm　1/32
印　张	14
字　数	289千
版 印 次	2024年3月第1版　2024年3月第1次印刷
书　号	ISBN 978-7-308-24717-7
定　价	59.00元

版权所有　侵权必究　印装差错　负责调换

浙江大学出版社市场运营中心联系方式：0571-88925591；http://zjdxcbs.tmall.com

"万国文译"总序

　　文学是人类以语言文字为媒介，描述外部环境与事件，表达内心认识与情感的重要方式。各国的文学经典是世界共有的财富，但由于语言文字不同，读者理解和欣赏其他国家和民族的作品存在障碍，这就有赖于翻译这座沟通的桥梁。一百二十多年来，外国文学经由翻译大量引进中国，新思想、新气象、新题材、新方法随之而入，深刻影响了当时的中国社会。改革开放后，新一轮外国文学的译入，再一次迎合了思想解放的大潮和广大民众的精神需要。"二十世纪外国文学丛书""外国文学名著丛书"等一大批译丛相继推出，为中国读者打开了看世界的窗口，使之得以穿越时空与过去的文学大家对谈。与此同时，意识流、现代派、魔幻现实主义等文学流派和思潮也对中国当代文学的发展产生了重要影响。

　　没有翻译，就没有世界文学。千真万确。但世界文学显然不只是英美等大国的文学。一百多年前，鲁迅先生第一次译介世界文学的集子《域外小说集》，当中就有许多篇章来自俄罗斯、波兰等东欧国家及北欧小国。但是纵观近百年及改革开放以来的外国文学翻译，可以发现，我们关注的主要还是英语和几个通用语种，而对其他语种、其他民族的文学关注不够。许多国家的文学作品对中国读者来说还很陌生，除了专门的学者，人们很难说出许多非通用语种的作家或作品。这对于中国人民了解世界文学的多样性，领略不同文化的丰姿，沟通"一带一路"沿线国家的民心，无疑是一种缺憾。

北京外国语大学"一流学科"建设重大项目"世界文学经典译丛"正是在这样的背景下启动的。我们旨在推介富有思想性、文学性和民族代表性的经典著作，尤其是"一带一路"沿线国家那些鲜为人知的文学瑰宝。目前，已出版和正在筹划中的书目语种包括意大利语、丹麦语、阿塞拜疆语、罗马尼亚语、荷兰语、韩国语、马来语、波斯语、尼泊尔语、僧伽罗语、乌尔都语、斯瓦希里语等，以及少量英语、日语。这套丛书是开放的，将持续吸纳新的语种、作家和作品，以契合丛书名称里的"万国"之意。推进这一宏大的文学翻译项目是北京外国语大学发挥专业特色与学科优势的使命，也体现出各语种译者和学者"注重翻译，以作借镜"的初心。

本丛书收录的作品，绝大部分来自中小国家，它们在本国拥有极高声誉，其作者被誉为该国的"鲁迅"或"老舍"，但是在世界文学的场域中处于边缘位置。对于这类世界文学的"遗珠"，我们愿意做一名"拾贝者"，让它们在当代中国绽放光彩。各国各民族的文学有赖于翻译为其他语种的读者民众所知悉，乃至成为世界文学经典的一部分，对文化多样性有着重要意义。丛书中也有一小部分出自知名作家，如狄更斯、夏目漱石等。他们的作品被广为译介，有的作品此前已有中译本。但语言是不断发展的，读者的审美需求也在变化，再好的译本历时几代之后也有必要重译。而且，经典著作必然有其复杂性和深邃性，多译本可以从不同视角诠释其内涵，让其释放出深厚的内在力量。

我们对入选译丛的作品，首先注重其文学意义。这些作品对于该国该民族该时代而言，有其特有的文学价值，并不都是已经被确立为经典的作品。文学翻译既是文本在空间上的传播和时间上的传承，也是一种演绎和建构——这种打造"准经典"的选择就更加考验出版社、编者和译者的远见、洞察力和勇气。感谢浙江大学出版社对我们这项工程的认可,以及对注重多语种翻译、传承各国文学的认真态度。

  中华民族是一个包容、开放的学习型民族,数千年来一直从世界各国汲取文明的精华。中国历史上多次思想、技术和文化的革命都伴随着翻译高潮而来。通过翻译,我们了解和学习他国经验,也丰富和强大了自身。希望"万国文译"丛书能让今天的读者悦读、乐享,并为文学翻译、文化融通、文明互鉴贡献一份力量。

"万国文译"主编

2021 年 12 月

目 录

第一部

在皮亚特拉·克拉伊山中……001
一份遗嘱的风波……017
这还是哲学……071
这是条蓝色的连衣裙……123
在两面镜子之间……147
爱情的最后一夜……187

第二部

战争的最初一夜 ……249
有着黝黑皮肤的武尔康姑娘 ……289
发生在奥尔特河上的事件 ……299
位于科哈尔姆的前方哨所 ……315
上帝的尘土将我们掩埋 ……351
WER KANN RUMÄNIEN RETTEN? ……381
可疑的公报 ……421

第一部

在皮亚特拉·克拉伊山中

爱情的最后一夜　战争的最初一夜

　　1916年的春天，作为一名刚晋升的少尉，我第一次参加了布加勒斯特步兵团的集训，在布什泰尼和普雷代亚尔之间的普拉霍瓦河谷修筑防御工事。我们把那些排水沟似的沟壑叫作战壕，这些壕沟有些地方疏疏落落地用树叶和树枝掩盖着，并用一掌厚的泥土加固，掩护着长约十公里的前线。

　　在这些战壕前，有一些长方形的铁丝网和"捕狼的深坑"（陷阱），这当然是用来加固我们防御工事的。所有用来监视山顶公路的壕沟零零散散地分散开来，把它们头对头地加起来，总长度也不到一公里。不消半天，十头蛮横狂野的猪就可以用它们有力的尖嘴把普拉霍瓦河谷所有带铁丝网和"陷阱"的防御工事拱平（这些"捕狼的深坑"就像孩子们在沙堆里玩时挖的深坑，只不过在每一个深坑底部都插了根顶部削尖的木桩）。根据1916年凡尔登战役时期伟大的罗马尼亚总参谋部的算计，敌人在进攻时会不小心跌入这些深坑里，要么被尖桩刺中脚掌，要么是背部。于是全国上下——无论是国会、政党还是报刊——无不带着敬意地谈论着"筑有防御工事的普拉霍瓦河谷"。为了不被人从火车上看见这些秘密的防御工事，火车在此段行进过程中必须拉下窗帘，如果没有窗帘的话，则必须在窗玻璃上涂上白漆。从锡纳亚开始，每节车厢的过道上都有扛着上了刺刀的步枪的哨兵站岗。

同年5月10日，我被调到登博维察河上游山区的二十团驻守边境，在这里又修筑了一年多的防御工事。这里也有同样可笑的东西——几百米长如同玩具般的壕沟，显示出战无不胜的罗马尼亚军队的战术原则。我们团负责掩护十至十五公里的边境线，向右延伸至久瓦拉海关，左至皮亚特拉·克拉伊峰那白色巨石的圆顶。我们只在营长的住处和食堂之间的草坪那里"修筑"了三百多米长、上面提到过的那种的壕沟，只不过没有建造陷阱。当然咯，如果有哪个倒霉蛋"为了窥探"我们的防御工事而误入此地，那他立即就会被逮捕，而且很有可能被当作间谍处决。

实际上，每天我们就在一块较大的林中空地上"英勇作战"聊以度日，这种训练和奥博尔郊区的孩子们的游戏也没什么区别——我们和那里的孩子们一样，分别扮成"罗马尼亚人"和"土耳其人"呼喊着扑向对方。我清楚地知道，在此期间，国会已经保证"我们已经为战争做好了充足的准备"，在保持中立的这两年里"军队装备已准备充足"，某些人还承诺说"我们已经备好了最后一枚纽扣和最后一颗子弹"，而我们的战斗技巧足以使我们攻克任何一个被认为是坚不可摧的地方。

也许对其他人来说,这种营地里的休假并不是什么不愉快的事。我的战友们都是一些很老实的人,在危难时相互信任。我们围坐在食堂低矮的餐桌边上说说笑笑,以此拉长午餐和晚餐的时间,我们谈论着漫长而艰苦的集训,营地指挥部里的阴谋诡计(倾轧排挤),还有准备写家信时要告诉家人的制作泡菜和甜菜汤的烹饪技巧等。在某些特别的日子,我们会谈论国家的各个政党,在这种场合,那些每天看报的人就有机会高谈阔论了。

但对我来说,这种集训是一种漫长而绝望的折磨。在傍晚食堂的谈话中,有无数次,单是一个词就能搅动我的思绪,触动我已然麻木的痛苦。有时在平常的对话中,仅仅一句话就足以刺痛我的内心,这句话仿佛七个字母几十种排列组合中,唯一能打开暗锁的秘匙。我因此度过了无数个焦躁而漫长的不眠之夜。

不过说实话,那个晚上我之所以陷入极度的躁动,与其说是因为那场听起来不再是个简单暗示的谈话,倒不如直接说就是对我试图求得营长的批准去肯普隆格的用词恶毒的拒绝。

当下我们所在的"军官食堂"只是一间小屋子,它坐落在山上,比其他所有罗马尼亚的山村都要高一些。它仅仅比一个农舍稍大一些,墙壁被刷成了白色,靠墙放着两张铺着破旧毡子的窄床,现在我们拿来直接当凳子用。煤气灯发出淡黄色的光芒,那光线如同之前我们倒在大水杯子里的葡萄酒一样昏暗。饭桌当然是用冷杉木做的,上面铺着粗麻布,和大街上开的小酒馆里的一样。每个军官从家里带来的餐具都是特意选择的劣质餐具，因为"反正它们会被丢掉的"。我们面前堆着各种各样的盘子、餐刀和杯子，就像从集市上淘来的似的。掩护营里十四个军官全都挤在这里，等着喝咖啡，没人在乎周围烟雾缭绕，仍在继续从晚饭开始的那场讨论，那是由军需处（或译为后勤处）拿来的一份报纸引发的。

这事情开始时很寻常，就是大家在讨论一些文学、哲学、艺术、政治、军事、宗教的话题，那些通常喜欢在沙龙、餐厅、火车上、牙医候诊室里高谈阔论的人，坚信自己的见解如同昆虫会在周围织茧一样正确无误。

引发激烈争论的是一个由布加勒斯特法院陪审法庭审理的案件。一个来自所谓上等社会的男人杀死了他不忠的妻子，但他被法官宣判无罪。

营长迪米乌大尉，一个很像阿尔迪亚尔（即特兰西瓦尼亚）人的年轻人，但他其实不是在那儿出生的。他很强壮，留着淡黄色的小胡子，形状如同铁路员工制服帽子上的徽章一样，只不过更大一些，他可是毫不犹豫地赞成法庭的裁决的⋯⋯

"先生，妻子得有妻子的样子，家也得有家的样子。如果她心里老想着别的事儿，那就别嫁人。你有孩子要养活，还有许多烦心事儿，你更是像条狗一样地干活，她反倒是可以随心所欲吗？⋯⋯哎，那可不成⋯⋯如果我是陪审员，我也会判他无罪。"

迪米乌大尉是个循规蹈矩的人，喜欢随大流，不过他的军衔提升得很晚。他是个节俭的男人，在他这个年龄，他从来不允许自己戴年轻大尉们喜欢戴的那种法式平顶软帽（法兰西军帽），而依然热衷于戴"卡罗尔一世国王"的那种高帽子，硬得像纸板似的（就是硬纸板做的），只在背面有些褶皱。

更出人意料的是，科拉布大尉发表了相反的意见。他是一名年轻而严肃的军官，受过德国式的训练，铁面无私，是"营里可怕的人"。这个晚上他简直变得让人都认不出来了。他和往常一样，用尖锐而简短的句子发表了自己的意见。但以前谁能想到他竟然是个爱情的捍卫者呢？

"你有什么权力可以杀死一个不再爱你的女人？分手就是了。爱情之所以美好，正是因为它不能带有任何强迫性。这才是真挚的爱。绝不能用暴力来逼迫人家爱自己。"

弗洛罗尤大尉是个瘦弱的小个子，他有一头浅金色的头发，有一张苍白而早衰的面孔，他也持同样看法。

"你怎么可以残忍地禁锢一个女人的灵魂？爱情的权利是神圣的，先生……是的，是的……"他拖长声音说了两个"是的"，同时面带愁容地左右摇晃着脑袋。"我跟你说……无论是什么时候……都必须允许一个女人寻找自己的幸福。"

而其他所有人，无论是年轻点的还是上了点岁数的军官，虽然都没有参与上级军官们的争论，但也都同意这种看法。

不过我倒是想插几句。这场结论粗浅的争论引起了我神经质般的嘲笑，因为它加剧了我心中日积月累的怨恨，就像印刷劣质的杂志里面插图的红色溢出了黑色的轮廓一样。但是因为我说话声音太小，所以没人听到，我一开始说话，话头就被其他人充满了热情和自信的高声议论所打断。

我得公平地指出，不仅在沙龙、火车上和餐厅中的讨论会上是这样，而且在文学作品和戏剧中也是如此。不仅仅是长篇小说，而且在那些风行一时所谓的街头戏剧里，无一不都在宣扬"爱情的权利"，这和从前大声宣告"杀了她！"的作品相比，看起来是新颖而又具有革命性的。尤其当一位年轻的法国剧作家的作品在全世界各地上演，他作品中那富有诗意的、动人的女主人公披散着头发，裸露着双肩，在豪华的舞台背景和音乐声中寻找着"幸福"，遇到任何事情都不会停止脚步。来自各国首都的太太们都动情地落泪了，她们痛苦地感受到了剧中粗鄙的男主人公的愚昧无知，因为他无法感受到爱情的崇高之美。

对于戏剧而言，当它尤其是通过对话来展示一种"生活的幻想"（这儿那儿地到处散布有关精神的话语），有责任确切地展现观众以及他们的对话，而从观众的角度来看，他们从舞台上学到了现成的句子和套话，根据类推的方法，我将其称为思想交流，在此原则基础上，即可在作者和观众之间建立真正的无差别状态。

"我不知道，先生，"迪米乌大尉规规矩矩地坐在桌边，谦逊地说道，"在我看来，妻子不能随心所欲……更不能不顾忌丈夫的脸面。"说完他把一块仔细叠得方方正正的餐巾递给了勤务兵。我对大尉热情地微笑了一下，因为我认为他说的有理，而且我也需要获得他的好感。我卑微地等待着向他提出请求的时机。

"大尉先生，"——弗洛罗尤大尉升军衔比营长晚一点——"您认为杀死一个宣称不爱您的女人是可以被允许的吗？哎，怎么可以这样呢？"

"我不知道该怎么样,但是我会判杀死妻子的男人无罪,因为她离开了自己的丈夫和孩子。"

我再一次谄媚地笑了。我知道,我对指挥官的这些讨好会令其他军官们感到厌恶,但我也没别的办法。前一天,我主动提出带自己的下属们去完成其他人没完成的挖掘工作,这个提议使他们很不高兴。这点我非常清楚,但我又能怎么办呢?

我认为现在合适的时机已到。于是,我一边玩弄着我的刀叉,以免泄露让我差不多要窒息的激动情绪,一边支支吾吾地小声重复着我的请求。

"大尉先生……您知道……我跟您请求过……我想去肯普隆格一趟……明天晚上我必须到那里……您知道了吧,今天我把自己的公务都办妥了……"

我含糊不清、语无伦次的话语像孩子们游戏时扔着玩的纸飞机,在屋里飞来飞去。

大尉露出不屑和厌烦的表情,转头对我说:

"少尉先生,"他重重地说出"先生"两个字,"我已经不止一次,而是十次地跟你说了不行。不行就是不行……这里也不是我一个人说了算的。"

我脸色铁青,像条挨打的狗一样赔着笑,好像是在为吞下如此强烈的斥责而道歉似的。

但过了一会儿,我对所有人都产生了一种痛苦而焦躁的仇恨。他们的愚蠢仿佛正灼烧和撕裂着我全身的皮肤,令我无法忍受。我只是在等待发泄的机会……我寻找着机会,一句话语气的转折,抑或一个手势,以便像丢出一颗手榴弹那样爆炸。

但失败总是使我接二连三地犯错,就像总是下错注的轮盘赌玩家,试图捞回本钱,连续两三次地押在红色上,后来恰好在黑色不再出现的时候又押在黑色上,然后又押红色,依此类推,没完没了。我能够非常冷静地应对特殊状况,却会因为一件微不足道的小事而陷入真正的灾难。

我清醒地意识到自己正处在不幸的边缘,因为在这种情况下,军事法庭和军事条令一样冷酷无情,可以做出与过失完全不成比例的惩罚:比如因为打了上级一记耳光而被判二十年的苦役。但同时我感觉到无法控制自己,我仿佛站在一处陡峭的斜坡上,摇摇欲坠。

"科拉布,好好听我说……这就是我的意见。你问'您怎么允许……怎么可以这样?'"说到这儿,迪米乌大尉马上转过头来,似乎在寻找我刚才对他表示赞同的表情,但他看到的只有我锐利的目光。"说到底,难道不是这样吗?她抛下了自己的家庭和孩子,对你说'尊敬的阁下,'难道你就不打断她的腿了吗?你难道还要客客气气地说'太太,祝你好运'吗?"

"大尉先生,"——因为科拉布不仅提升大尉军衔要晚得多,而且现在也是迪米乌大尉的下属——"我再请问您:您承认被强迫的爱情吗?如果一个女人说:'我不再喜欢你了……让我们分手吧。'您会说:'不,你注定得一辈子跟我在一起,你没有权利和我离婚。'是这样吗?"

"嗯,如果是正常离婚,那当然就不一样了。我不是在谈论离婚……我说的是背叛自己丈夫的女人。"

这时我开始插话……我尖叫般的声音和脸上神经质的表情

使得每个人都转过头来看我。

"不，即使那样也不行。"

当大家都惊讶地看着我时，我放低声音，丝毫不加掩饰地继续说下去：

"你们的争论幼稚又肤浅。你们对爱情心理学一无所知。你们所依据的材料根本没什么不同。"

如果我在客观地发表意见，大家也许还会接受，但在我的语调中，在我刻意使用的新词汇和冒犯、轻蔑的语气中，所有人都可以听出我就是在嘲讽他们。大伙儿都惊讶地看着我，我这种罔顾军规、有失体面的行为使他们很不习惯。科拉布大尉很气愤，但他强忍着怒气转过头，脸上流露出法官一样严肃而刻薄的表情：

"怎么，先生，如果一个女人说：'我不想再和你在一起了'，您回答她：'不行，你必须想和我在一起。'是这样吗？"

"如果是简单的结合，是的，她有权说：'我不想再和你在一起了。'但爱情是另一回事。如果你们不懂它是什么，就把批发来的观点再成批地贩卖出去，'我就这么听说的，所以也会这么干'，那你们可以争论一辈子了，最终也不会有任何结果。"我轻蔑地看着他们，"你们还是讨论些你们搞得懂的事情吧。"

所有人都震惊不已，接着又茫然不知所措地愣在原地，仿佛一条蜷曲的眼镜蛇从天花板上跌落下来，落在桌上的杯盘之间。我对这些饭后闲谈者的攻击是不适当的、粗暴的且毫无根据的，但我心里的毒液必须吐出来。我突然起身，在所有人惊讶的目光中，像从坐满人的会场中离开，傲慢地向门口走去。

当我走到门边时，科拉布大尉嘶哑可怕的声音像一把刀一样刺进我的心里。

"格奥尔基迪乌少尉……"

与此同时，我听到餐具滚落和椅子倾倒的声音，我马上意识到，科拉布大尉像疯了一样跳到了房间的中央。

我背对着他们僵住了，心想：我完了……我的心情就和被医生确诊得了癌症一样，简单而又平静。我知道以前大尉打过一名军官。

我突然转过身，向房间中间迈了一步。科拉布大尉比我强壮得多，他正直直地站在那里等我，当他看到我握紧拳头准备反击时，他高高举起的手僵住了。我感觉自己脸色苍白，浑身紧绷地等待着，但又像死人一般平静。此时，一阵战栗穿过整个房间，大家似乎都屏住了呼吸。大尉撞上我的目光，站住一动不动。我想，他在我的眼里看到了死亡的景象，那种月球上毫无生命迹象的画面。所有人都明白了，我一定会反击，然后自杀。作为一个男人，我从来没有被打过，这是我不能忍受的。实际上，我一生中可能也只有两次陷入这种境地。不过那时我还是个孩子，差点被一只扑向我的斗牛犬撕成碎片，但我用锋利的目光紧盯着它，它当场愣在原地一动不动。那时我的脸色大概也和今天一样苍白。我觉得任何时候我都做不到像平时做练习一样，有意识地做这种事。我更相信这种目光是心与心之间、环境与环境之间交流的最高形式。

在大家疲乏而又不断延伸的沉默中，我走出了房间，脸色仍然苍白。在那个小房间里，我还差点撞到了正在收拾餐具的勤务兵……

"少尉先生,今晚我们连在三个岗哨执勤!"

是军士长拉伊库,他一直在等我们吃完晚饭。

"让我一个人待会儿。"我走到洒满月光的草地上。现在我整个人都被绝望所淹没,只有必须回家的这个念头塞住了我的喉咙。我觉得我需要跑动一下,沿着小路走走。我不知道该怎么办,去肯普隆格的愿望像耳边的低语一样不住地诱惑着我,我的命运之线在那里交织。然而,一种需要慎重的直觉警告我,我可能会因一时冲动而搞砸一切。

奥里尚担心地追上我,走近前来问我:

"格奥尔基迪乌,听我说,你怎么了?"

他拉着我的胳膊,但我试图避而不答。

"没什么。"

"你听我说,你刚才从屋子里离开是怎么回事?"

我实话实说,我当然极力克制着自己,但仍然持续不断且激动地发表着我的看法,无论从地点还是时间上来看,这都是不合时宜的。因此,在不了解事情经过的人听起来,我好像正做着演讲。

"他们在这场争论中表现出的极端无知令我愤怒。粗鄙、肤浅的看法,混淆的概念……他们对爱情究竟懂得什么,就在这里无休止地高谈阔论?用些书本里的陈词滥调和当下流行的公式……都是用贫乏、人云亦云的教条来代替思考。"

"但是……"他愣愣地呆在原地,直到现在他才意识到,这些解释和我刚才侮辱人的爆发完全是两回事。

但他此刻仍然没能想明白，他也无法掀开遮住我灵魂的帷幕，无法知晓那里到底有什么创伤，无法了解这次爆发使我多么筋疲力尽且悔恨不已。但我还是没有让他插句话。

"如果要把爱情变成家规，那这是什么爱情呢？进屋前把脚蹭干净……就像迪米乌大尉希望的那样……女人不能欺骗丈夫。但谁会遵守夫妻间这种内部服务条款？而科拉布大尉的公式则更是肤浅。怎么？难道两个相爱的恋人那么容易就分开？一块紧紧缠在伤口上许久的纱布是很难被揭开的，除非你能忍住剧痛……那两颗交织在一起，相互长在一起的心呢？假如你承认婚姻只不过是一场为了改善生活水平的联盟，那当它解体时，你自然不好意思提出异议。但你如何能接受这种庸俗且又形而上的公式，即灵魂之爱只是两个抽象实体的结合，当它们被分解时，会得到与它们结合前相同的形式和数量。比如，两公升的水和盐，在蒸馏后，得到一公升半的水和半公升的盐；一而再、再而三的混合后，你还会有两公升的水和盐吗？相信灵魂之爱是如此简单的组合，当然就像其他人一样在愚蠢地争论而徒劳无益……一个女人付出了她的灵魂，接着又毫发未伤地拿回来。为什么不呢？她有权分毫不差地收回她所付出的一切啊。"

虽然情非所愿，但我仍被自己情绪的突然爆发，被自己灵魂中郁积的一切所激怒，我愤怒地抓住奥里尚的胳膊，一开始他迷惑不解地试图打断我的话头，但现在他就像被火把照亮了一样，终于明白我想表达的是一个长久以来一直被压抑着的情感问题。于是他沉默了，就在这月光下的小路上，在高空下，在这里，在山峰间，默默地听我诉说一切。

"一份伟大的爱情更多的是一个自我暗示或自我开导的过程……爱情的结晶需要时间和共同谋划的行动。大多数的情况下，你一开始很难习惯喜欢一个女人，后来却发现自己离开她就活不下去。起初你对她的爱是出于怜悯、责任、柔情，你爱她是因为你知道这能使她幸福。你反复跟自己说，要是欺辱她，辜负她那么多的信任，那并不忠诚。接下来你就习惯了她的微笑和她的声音，就像你习惯了一道风景。渐渐的，她的日常存在在你看来就成了必需，这足以扼杀你体内任何其他爱情的萌芽。你对未来的所有计划都取决于她的需求和喜好。你竭力想要获得成功，这样你就能博得她的微笑。心理学表明，反复的心理状态有稳定且巩固的趋势，但如果强行用意志来维持，就会导致真正的神经官能症。而所有的爱情都像一种单一的执念——一开始是自愿的，后来则是病态的。

你为一个女人修建房子，你给她买她挑选的家具，你在自己身上培养她喜欢的习惯。你所有有关未来的计划直至死亡都是为你们两个人打算的。她离开了家，而你一直会担心她会不会出什么事……有关她的任何暗示和隐射都会像匕首一样刺穿你的身体。而当你在克服了物质上的困难，有时甚至是有伤自尊的之后，成功地送给她一样让她感到惊喜和意外的礼物时，你就会发疯般的高兴。可是就有这么一天，这个女人来告诉你，所有的这一切必须在第二天的 11 点 35 分结束，因为那会儿她出发去车站了。夏洛克[1]没有勇气从一个活人的背上割下他应得

---

[1] 夏洛克：莎士比亚戏剧《威尼斯商人》中的人物。——译者注

的那一磅肉，因为他知道这是不可能的。然而这个女人却认为，她可以从爱情这个情感共生体中取回她带来的那部分，而不至于伤害到剩余的其他部分。没有一个医生有胆量来分开连体双生子的身体，因为这样做会使两人都死亡。如果真的是伟大的爱情，假如其中一个恋人尝试着去做不可能的事情，那结果往往是一样的。另一个人，不管是男性还是女性，都会以自杀的方式结束自己的生命，但他或她可能会先杀死对方。但其实这也是美好的。大家都必须知道，爱情也是有其风险的。彼此相爱的人，都握着彼此的生杀大权。"

在黑暗中，奥里尚看不到此刻我的双眼已满含泪水，但他无疑从我绝望的声音中感受到了这一点。出于礼貌，他在我身边沉默了许久……后来他小心翼翼地问我：

"格奥尔基迪乌，你感到很痛苦吗？"

我什么也没有回答，因为我怕我会神经质地大声笑出来。我脸上的肌肉痉挛着。

他把我送回家。到了家门口，我再也无法控制住自己了。

"如果明天晚上他还是不给我两天假的话，那我就开小差。"

他一言不发地离开了，但当他握住我的手时，我感受到一种不知所措、友好的关心。

一份遗嘱的风波

我和大学里的一个同学结婚两年半了，但现在我怀疑她欺骗了我，她或许已出轨。

就是因为这个原因，我甚至无法按时参加自己的考试。我花了许多时间窥探她所谓的友谊，跟踪她，把她某个手势的含义、她的一条连衣裙的颜色以及转弯抹角地得知不知道是谁探望了她的某一个婶婶这种事情都当成是尚未解决的难题。那是来自自身实际体验后感受到的痛苦，真的难以形容。当年我俩坠入爱河时我们都很穷，只能越来越频繁地在大学的教室里约会，在首都当时最僻静的柏油路上长时间地走路散步。在某种意义上，我们是秘密成婚的。婚礼之后，我的一个相当富有的伯父去世了，他的财产被分成了五份，这笔财产对每个继承人来说都意味着社会地位上真正的转折。

我说我们是"秘密成婚"，这不过是一种表达方式，因为我是一个成年人，我们家也没有人能阻拦我。我的母亲和我的几个姐姐、妹妹主要依靠父亲留下的养老金生活在一起，日子过得相当艰难，但我相信她不会阻挠我按照自己的意愿结婚，尽管一般而言，那些为爱而结婚的人都会阻止他们的孩子也这样做。除了两个叔伯，我没有别的至亲，他们是我父亲的兄弟。年长的那个伯父富可敌国却又极度吝啬，对我们完全漠不关心，为的是免得他自己——谁知道会不会——万一动了感情而来为我们提供帮助。另一位叔叔是个议员，以机智和出色的演说著称，似乎曾经跟我母亲开过几句玩笑（比如给她起了个绰号，叫"孀居的寡妇"，这个绰号让她很不高兴，不仅因为它暗指我父亲死后留下的混乱不堪的遗产问题，还因为这个绰号听起来极为荒唐可笑），自此以后许多年，我们都没有任何形式的联系。因此，秘密成婚的意思就是虽然已办理了合法的结婚手续，但我们一直没有建立家庭，直到她和我拿到了我们的大学毕业文凭。因为我在参议院当职员时得到的一百五十列伊的报酬——我父亲的一个老朋友安排我在那里任职的——完全不够维持我俩的生活。在那之前，我俩只是处在正式订婚的状态。这种状态确实太微妙了，但由于我妻子充满激情的态度，我们还是对那种状态感到满意的。她依旧与她的姑妈住在一起，寄宿在那里的还有一个她的大学女同学，而且我还是通过这位女同学才认识她的，之前我对这位女同学更为着迷，因为她皮肤黝黑，而我原本一点儿都不喜欢金发女郎。然而，我们最终还是迎来了这一结局，顺便说一句，这位女性朋友对这一结局根本无所谓。这位有着金色头发的姑娘是多么的青春，多么的娇嫩，还那么得不顾一切，她蓝色的眸子里流露出那么宽容温良的神情，于是最终她胜利了。在我们家的小客厅里，在铺着毡子和堆着许多垫子的沙发上进行长时间的交谈，对我来说也成了——当然，是在很久以后了——一种精神层面的需要。然而这个女孩一直让人感到惊奇。首先是她对周围的人都施以无穷无尽的善意。她帮身为教师的姑妈做了所有的家务，把自己仅有的一点钱都花在给朋友们购买礼物上，并像护士一样，带着青年人所特有的无边的忘我精神，照顾生病的同事长达数月之久。当我试图在一定程度上掩饰我们的爱情时，她却倾向于炫耀地、骄傲地展示它。尽管我不喜欢这样，但他人对我的钦佩依然让我洋洋自得，因为我被最漂亮的女同学狂热地迷恋着，这种自豪感已经构成了我未来爱情的基础。让一个人人渴望得到的女人如此激动，让一个生命如此地需要你，这就是在我内心深处的亲密游戏中起作用的真正情感。迄今为止，所有坐在豪华马车里疾驰而过的漂亮女人，都会用她们让任何人在一瞬间感到诱惑的魅力让我心神荡漾——天知道，在某些条件下，她们也会和我分享这种充满诱惑的魅力——那么这个女人对我来说也变得珍贵起来，因为我给她带来了快乐，从而使我了解到那种无与伦比的愉悦，即被人渴望，自己还成了别人受到诱惑的原因。

一切都令人眩晕，这无与伦比的爱情之花开始绽放，犹如五月里山谷中自然盛开的百合花一样。

她有一双蔚蓝色、晶莹剔透而又带着些迷惑般灵动的大眼睛，一个年轻而又不安分的躯体，一副永远湿润和娇嫩的嘴唇，还有那既是从心底又是从头脑中不断涌出的智慧。这些，只能说是一幅精彩绝伦的景象。因此她得到了同学们的爱戴，不管是男生还是女生，因为她点缀了我们大学生的生活。大家都知晓她上课的时间，都珍视她像一个真正的女明星一样，娇小并柔嫩地出现在宽阔的走廊上的时刻。她做任何事情都充满激情，有时她做的一些事情堪称奇迹。当我开始研究新时代的哲学，特别是涉及空间和时间问题时，我觉得都有必要花上一年的时间，去听一听由一位享誉欧洲的著名学者教授的高等数学课程。而她，虽然只学习法语和罗马尼亚语，而且讨厌数学——也正因为这个原因，她曾两次参加数学科目的补考，但为了让我们能在一起，她就陪着我去听课，每周陪我一个小时，像只小狗一样严肃、乖巧地听着微分学的基础原理。最不可思议的是，虽然一般情况下她什么都听不懂，但在课后她会对一些细节提出令人意想不到的问题（而且她提问时还充满激情）。更不用说她也不会错过的哲学课了，她从中了解到了有关生命的所有信息。但是，此后不久，我们就搬到一起住了，因为我们无法忍受与对方分开哪怕就是几个小时。那是一种充满波希米亚风格的家庭生活，家中有很多年轻的男女朋友，常常即兴举办些小小的庆祝活动，到处充满欢乐和不可预测的气氛。提供一顿"大餐"成了我们的大事，这需要花费一周的时间来准备，但我们为此感到非常自豪。而去莫西旅行和（如同孩子般）坐旋转木马的恶作剧，以及吃爆米花、喝一扎啤酒，则称得上是狂欢了。而且我妻子会在我们朋友的生日时，为他们准备小礼物和各种各样的惊喜，她由此感受到的快乐和他们的一样多。这也许是我们婚姻中最美好的时光了。

在圣杜米特鲁节，我们那位富有而又贪婪的伯父为他的亲戚们安排了一顿丰盛的午宴。赴宴的有他的另一个兄弟及妻儿，我的母亲，我的大姐和她的丈夫，我仍然未婚的妹妹，还有我和我的妻子。当继承遗产的希望是如此之大时，谁会错过这个每年一度的午餐呢？

塔凯伯父住在迪奥尼西街。虽然住在一栋像兵营一样宽敞的老房子里，但他从不接待任何人。自从他得了重病后，变得更加吝啬，更加阴郁孤僻了。其实他只住在一个房间里，并同时把它当作办公室、卧室和餐室，这样他就不用再为别的房间花钱买照明和取暖的设备了，因为他很怕冷。他由老格里戈雷照顾，而格里戈雷的妻子图多拉同时兼任女佣和厨娘的工作。

今天，午宴的餐桌就如同我年少时那样，摆放在最宽大、最富丽堂皇的餐室里。那里展现出的似乎是一种蒙了尘且昏暗的豪华感，因为家具刷了棕色的漆，且已经剥落，而高高的椅子冰冷不堪。塔凯伯父肩上披着毛毯，坐在餐桌的上席，但大部分时间他都在看着我们，因为除了不加盐的土豆和摆放在托盘上的通心粉之外，他什么都不吃。那位议员叔叔，当然是兴致勃勃、精神抖擞的，而且他确实很有趣。我想我的母亲无法忍受他，对他有不好的看法，这全然没有道理。诚然，他说话刻薄，大家都害怕他，这也是事实。他的同事们是这么说他的："听我说，与其做纳埃·格奥尔基迪乌的敌人，还不如做他的朋友。"

他是为数不多的自由党成员之一，不仅受到反对派的同情，甚至从代表民主主义到代表社会主义的晚报都对他有好感,因为"他不是一个宗派主义分子"。他不持极端性意见,是个有点懒散、和蔼可亲、易向原则妥协的怀疑主义者。虽然不是很普遍,但他在布加勒斯特算是个人物,被当作是"天生的知识分子"之一。

"嘿,纳埃,有没有听到什么消息,你们到底要不要去打仗?"

我不太明白,塔凯伯父要用"你们打仗"这个说法,而不是"我们打仗",指的是让自由党解决打仗的问题,还是说他使用第二人称,只是因为他觉得自己已经死了。

"塔凯老哥。"——因为议员比他要小15岁——"我们可以不打仗就获得阿尔迪亚尔,那我们为什么还要去参战呢?您是否清楚,在缔结和平条约即将递交照会的时候,如果我们的背后完整地站着一支八十万人的军队,罗马尼亚将会处于多么有利的局面?谁还敢拒绝你?列强们,到最后还不是相互消耗力量,直至衰竭殆尽?约内尔·布勒蒂亚努[1]一定知道些什么……他的党魁地位不是白来的。此外,我对罗马尼亚的这颗明星抱有信心……在政治上,没有信任就将一事无成。"

"那接下来呢?"

"接下来……我们就把枪放在脚边,等待时机。"

大家对塔凯伯父表达的敬重令人印象深刻。每个人都想着取悦、迎合他,尽可能地揣测他的意图。现在的他——那么干瘪,皮肤发黑,还留着大胡子——真是家里的一家之主。然而

---

[1] 约内尔·布勒蒂亚努:民族自由党主席,1914—1919年期间任罗马尼亚首相。——原注

我不想说的是，我们那位议员叔叔也给我们讲了几个讽刺性的笑话，不过这些笑话并没有惹恼这位老人。我得到的印象是，议员叔叔、塔凯伯父都不爱他们的兄弟——我的父亲。他们两个都认为——他们，这些发了财的人——认为我父亲不切实际，且不可靠。我父亲曾是大学教授，曾担任过政府部门的秘书长，在出版界也受人尊敬，却在经历了非常动荡的生活后过世了，彼时他依然年轻，还留下了一屁股的债。他们还不能原谅他娶了一个贫穷的女人，而且我也这么认为，从他们接受我妻子的那种极其客气的态度来看，他们也不能原谅我的这个选择。不过，在这顿饭快结束时，他们也谈到了我的父亲……

议员叔叔用热情、殷勤的口吻问我的妻子是否也在学习哲学。不知道为什么，是出于害羞还是理解为她曾陪同我听过课，她做出了肯定的答复。

"那么，"他似乎在微笑，"你们两个都在学哲学？"他将"哲学"这个单词的所有音节缓慢而又清晰地念了出来。

"是的……"

"好奇怪……通常情况下是由爱情达到哲学的……"此时他的语气已经变得更讥讽了："这是什么样的哲学啊！在您身上，我看到的路径恰好是相反的……是哲学引导你们去爱。"他将嘴巴噘成圆筒状说出"爱情"这个词，就像它是一种清洁纽扣的涂膏一样。

所有人都开始笑了起来，只是因为他们看到塔凯伯父对此很是开心。

"我真诚地希望你们将来不要再回到哲学领域去。这将是痛苦的。你还可以搞搞政治,就像可怜的科尔内林所做的一样,如果我没记错的话,他也是个哲学家。"他将刮得光洁,几乎耷拉下来的脸颊转过来,对着那位干瘪、黝黑的老人:"塔凯老哥,不管你怎么说,如果你认为自己能为一个国家指明方向,这个想法是极其天真的。"

我心中盛满了不满,快要沸腾了,因为听到他们用如此轻蔑的语气讨论我的父亲,心中极为难受。但我看来也和其他人一样,在能决定我们未来的叔叔面前,感觉害怕且忧虑。

"他为了发行报纸,把自己作为大学教授挣的薪水都花掉了。"这个富人用挖苦人的语气嘟哝着,就连别人花自己的钱,甚至在多年后,也会让他感到难受。

"在这一点上,我完全不赞同您的观点,塔凯老哥。科尔内林是个热心人。"纳埃叔叔重重地、又充满着讽刺意味地抚摸着他的衣服翻领。"他对在一篇报纸上的文章上和在一张期票上签名抱有同样的热情。我喜欢而且一直都喜欢热心人……但与他们总是保持一定的距离。例如,我想告诉你,我根本不想成为一个热心人的孩子。"每当他说出热心人这个单词时,他的脸上带着微笑,讨好着这位一辈子只和数字打交道的老工程师和企业家,或曰包工头。

我看了眼我的妻子,似乎在请求她的原谅,而她则对着我微笑,充满了同情与理解。

"坦白地说,我从未见过一个比他更没有金钱观念的人。你认为他为什么半年都不跟我说话?他出版了一份报纸,我已经不记得叫什么报纸了,然后就把它寄给了我。我可没有读它,因为我对他在里面写的垃圾不感兴趣……"

"不,不…… 塔凯老哥,你不能说科尔内林写的东西没有趣味,"然后议员叔叔故意慢慢地把酒倒进他的杯子里,接着阴险地笑了起来,"那里面写的原则性的讨论至少让我感到非常有趣。"

"……但格里戈雷拿我的靴子去修补时,总是用这份报纸来包裹它们。有一天,我突然收到一张管理部门寄来的明信片,要我支付订阅费。我以为这是个玩笑。一个多月后,又有一张明信片寄了过来。好吧,我很恼火,吩咐把这份报纸寄回邮局去。后来我遇到科尔内林,他问我为什么没有支付订阅费?什么费?'报纸订阅费'……我为什么要付钱?是我要求订阅这份报纸的吗?你把它寄给我是因为你愿意…… 假如你不愿意了,那就不要再寄来了……这就是为什么他有半年多的时间不和我说话。啊,就像当年乌雷凯[1]笔下的斯特凡大公一样,'他的性格一触即怒'"

除了我的家人(他们只是笑了笑),其他人都大声笑了起来,被这个诙谐的"玩笑"逗得哈哈大笑,而这在我看来却很愚蠢。

这顿饭出乎意料的丰盛,然而每个人都吃得很少,因为害怕给他们的伯伯留下不好的印象。

"好吧,斯特凡,如果你的父亲手再紧一些,如果他没有挥霍掉那么多的话…… 他就会给你们留下足够的遗产,让你们过上与现在不同的生活(由此可见,虽然他装作一无所知和高高在上的样子,但他确实清楚我们生活在困难之中)。不过,你看

---

[1] 格里格雷·乌雷凯(1590—1647年),17世纪摩尔多瓦公国著名的史学家。——译者注

起来就像在走他的老路。现在你也是为了爱而结婚的。"

"亲爱的伯父,"我跟他说道,语气中已无法掩饰我的不快,"我必须承认,我已开始接受这样一个事实:我父亲并没有为给我们留下遗产而积累财富。因为这种遗产并非总是保险的。很多时候,把财富当作遗产留给子女的父母亲也会把他们发财致富的品质遗传给他们:一副厚脸皮,一个连臭鸡蛋都能够消化的胃,为获得嫁妆而娶一位丑陋的妻子的勇气,以及必定像细枝条一样柔软的脊柱骨(假如这个家缠万贯的妻子的佝偻病没有给她像树桩一样硬的驼背)。如果可以这么说的话,那任何遗产都是上述东西的总和。"

我知道,在场的每个人也都知道,我所暗指的是什么,尤其是括号里的话。

所有人都感到了惊愕。原本干瘪黑瘦的塔凯伯父似乎蜷缩得更紧了。他一言不发地陷入了沉思。唯一一个显得快活的人,就是我的纳埃叔叔,虽然我刚才话里说的就是他,因为他娶了一个丑陋的女人,还生了一个难看的孩子。他应该已经预感到我将会被剥夺遗产的继承权,即使我的其他家人不会,至少我的那份肯定是没有了。甚至连我的母亲和姐妹们——虽然谈论的是我的父亲——似乎也感到不那么自在起来。然而,就在我的正脸前方,我撞上了我妻子因激动和倾慕而湿润的大眼睛,以及一个允诺亲吻的微笑。只有我俩甘愿冒着无法继承遗产的风险,来维护对一个人的记忆,她也被很好地证明了是如此的无私。

国会议员开始向他那位年长的哥哥表白自己对他的热爱,

并表示他不会容忍如此厚颜无耻的态度，连他也认为对科尔内林的这个儿子实在毫无办法。但显然所有这些客套的言语和表白都已无济于事。

这位吝啬的老人之后一直紧锁眉头。他在用餐结束时马上站起身来，向我们伸出他的手，让我们吻一下，对所有侄子的态度倒是一致的冷淡。而对那些年长者们，他则是勉强地向他们伸出了自己干枯的手指。国会议员脸色铁青。我们刚刚走到街上——因为我们没有马车——他突然向我冲了过来，好像准备要抓住我的胸口把我拽过去似的。

"好吧，先生，你怎么能做出这种事来？真是闻所未闻……你可听清楚了，我们都不知道该怎么去碰那个疯子的手指尖，你倒好……你倒是跟他绝交了哦。"

我态度坚定地看了他一眼。

"请注意，我没有什么需要解释的。"

"但这已不仅仅是关乎你的事了，先生，你还没有意识到吗？你不知道这个老疯子的周围整天都有各种各样的骗子吗？让他把遗产要么留给学校，要么留给医院，要么留给谁他妈知道谁！"在这可悲之人突如其来的爆发中，再也看不出他原来身上的那种尊贵和机智。"如果他把我们大家的遗产都剥夺了怎么办？"他大声抱怨着，伸开双臂似乎在祈祷："真是个错误，上帝啊，真是个错误！"

我挽着我妻子的胳膊，转身向他说道："请注意，我喜欢随时谈论绳索。这对那些在房子里上吊自杀的人来说就更糟糕了。无论如何，只有在你查了词典，弄清楚'错误'这个词的含义之后,我们才会多说几句。"因为他显然是个蠢货,不知道"错误"这个词的确切含义,而"错误"这个词明显是不含有使人不快或冒犯别人的意图的。

当时已接近午夜,天空中发出光亮,那光景就像一个晴朗的秋夜一样。在巴蒂斯特街的拐角处,在不打扰任何人的情况下,我的妻子用柔软的嘴唇给了我一个在餐桌上许诺的亲吻。她延长了它的时间,以便使她灵魂中充满着的钦佩之情,大部分通过这个吻传递给我。

大约二十天后,塔凯伯父被送往墓地,亲属们忧心忡忡、场面十分庄严、肃穆。但国会议员很快就高兴起来,他亲热地拍了拍我的肩膀,说道:"我的朋友,我不知道是否要代表亲戚朋友向你表示感谢。让我们先看看遗嘱再说吧。无论如何,你总是让人惊讶。"他还把我介绍给一小群身穿黑色丧服给老朋友塔凯送葬的老先生们,当然,他们已经很久没有和这位老朋友见面了。他说道:"先生们,在你们这个年龄,我不建议你们邀请他来吃饭。他真是能保证百发百中,从不失败。"

一些人笑着说:"这个纳埃真是无可救药了。我连跟他说一句话都很勉强。""但如果遗嘱写得不错的话,你必须为你的全家取得专利权。但是,我担心这个遗嘱可能会让我们吃惊哦。"

遗嘱确实让人意外。在日期标注为 10 月 27 日的一份遗嘱的附加条款中,我分得的遗产是其他继承人的两倍。这让这位机智的议员简直不知所措,尤其是这个附加条款中还有一条,除去一系列特殊的赠物外,遗产被分成了三部分,我们分得了其中的两份,他只分得了一份,他认为这是对他极不公平的又一举措。在那些特殊的遗赠中,有一个指定是分给我的:巴黎郊区的一栋别墅,我伯父去巴黎的时候曾在那里住过,后来他又买下了它。当然咯,事后我们全家都感到悲痛。在得知遗嘱的内容后,我的母亲和姊妹才开始恰如其分地痛哭起塔凯伯父来:"没人真正了解他。他是为了我们才积攒下这些钱财的。"诸如此类,等等。

然而,我却无法拿走指定给我的全部遗产。我叔叔经过几天的冥思苦想,发现遗嘱被曲解了。

我们之间进行了激烈的争论,但他一直坚持己见。

"听我说,叔叔,您为什么会认为这样解释遗嘱不对呢?"

"你读一下就明白了。"

"嗯,我正看着呢……而且在我看来,这很清楚。有两项内容与我们有关,对吗?让我们一起来读一读吧……"

"让我们来读一读。"他用两只手捋了捋头发,眼睛看向一边,神情凝重,大大的脸颊耷拉着。

"'在分出特殊的赠物之后,遗产的其余部分将被分为三部分:两份留给我的弟弟,科尔内林·格奥尔基迪乌一家;一份留给我弟弟,尼古拉耶·格奥尔基迪乌一家。同样的,这两部分遗产也将被依法划分,第一份分给我的弟媳和她的孩子们,另一份分给尼古拉耶和他的孩子,每人各一半。'到这里为止非常清楚,对吧?"

"当然清楚,为什么说不清楚呢?但还是要进一步看一下遗嘱的这个附加条款部分。"现在他正紧张而忧虑地用钢笔尖划着他的掌心。

"'我有意把我位于巴黎多梅斯尼尔大道第119B号的房子留给我最喜欢的侄子斯特凡,包括花园和图书馆以及房子里面的一切,让我侄子成为它的主人,使用它,以此作为对我的纪念。'"

"呃,那又怎样?"

"什么怎么样,叔叔,什么怎么样?我'有意……',你看,是不是'有意'?'留给我最喜欢的侄子',这里写的是'最喜欢的'。"

"是的……"他那双迷茫的绿色大眼睛没有停留在任何人身上。但所有人都不解地注视着他。

"那就是说这是给我的特殊赠物。"

"啊,不…… 不,根本不是什么特殊的赠物…… 这只不过是你的愿望,想让它成为一个特殊的赠物,但它不是…… 对此我也无能为力。"

我的叔叔长着一个大脑袋,全身肌肉松弛,胡须剃得光光的,浑浊不堪的眼睛下方挂着眼袋,他用手指愤怒且有节奏地敲打着桌子。他重重地喘着粗气,咕哝着说道:"不……不……我不知道你是从哪里得出这个结论的。"

我没有生气,因为我确信他没有明白,这也是他固执己见的原因。

"上帝啊,这里是不是这么写的:'我有意把……留给'?"

"是这么写了……"接着他皱起了眉头,因愤怒噘起了有着厚厚嘴唇的大嘴,时不时地用他的手指敲打着办公桌,就像打一面鼓一样。

"这里是不是这么写的:'留给我最喜欢的侄子,斯特凡'?"

"是这么写的……"

"上面是否也写着,特殊赠物要从遗产总数里扣除?"

"这也许是写了,但这房产不是一个特殊的赠物。"就像划出结论一样,他用力地把桌子上的钢笔移动了一个位置。

说实话,在场的每个人都和我一样,对我叔叔的态度感到吃惊。

"那么,按照您的说法,这份遗嘱的附加部分有何意义呢?"

他现在变得神经质和固执不堪,与人们以往所认识的那位和蔼可亲但又令人腻烦的哲学家完全不同。他的灵魂在颤抖,就像一支花剑被一只既恼怒又胆怯的手握在掌心。

"附加的条款只是说在多梅斯尼尔大道的房子属于你遗产的一部分。并不是说你有权获得额外的附赠。"

我简直惊呆了。但我并没有大发雷霆。

"什么?叔叔,附加条款里写的是'我有意把……留给',这就是说'我特别把……留给'吗?"

"就因为它这么写着'有意……',如果它没有说'有意',那么你就是对的,很明显。"

我的母亲,我的姊妹们,这里的每个人都对遗嘱的这种新诠释感到惊讶,以至于不知所措,我觉得大伙儿都在心里不断重复着:"那些认为纳埃是少见的聪明人是有道理的。"

尽管他很焦虑、激动不安(他几乎在颤抖着,我不知道为什么,因为在我们谈话的那一刻,什么决定都还没有做),我却很平静。我认为我自己总是有能力，也很有意志力来捍卫自己的利益，但从来没有过于贪婪，也不慌乱。

"那您认为是什么让塔凯伯父把那所房子留给了我？"

"为了让你保留它，为了让你永远纪念他……那里是这么写的……您难道没有看到吗？"他用含糊的手势给我指了指那个遗嘱的副本。

"对……这个我同意……这就是说他不会把它留给我，让我随意处置，让我使用它。他几乎是责成我保留它的。但这所房子几乎就值我们所有人可继承的遗产的一半了。到那时还有什么留给我呢？我可以将它卖了换钱吗？"

"这个我不清楚。"叔叔的眼光一直盯着地板，"但很清楚他一直'特意'"，他强调着这个单词，"将房子归于你的名下……因为你是他最宠爱的人。"

我不禁笑了起来。

"剥夺我应得份额的一半，这真是种很奇怪的偏袒方式。"

"这可不关我的事。我只知道这些，反正我打算起诉。"

的确，恰恰是塔凯伯父通过强调这个"特意"来明确问题，但他的这个意图却导致了混乱。对我而言这并不奇怪，因为我知道，过分的准确往往会导致混乱——这是逻辑学的怪圈之一——此外，我就知道比如康德，他故意诉诸太多的准确性，这也让他的著作偶尔会变得难以阅读。

国会议员在担心和愤怒中变得越来越崩溃。他一边焦躁不安地在屋子里踱来踱去，一边昏头昏脑地大谈起他的奉献、他的诚实和他的牺牲精神。他确实陷入了一种太痛苦的绝望中。

我静静地看着他，就像看待一个研究对象，同时并不为可能失去 50 多万金币的恐惧所困扰——尽管我意识到这对于我的生活而言意味着什么。此刻，我的叔叔一点儿都不像那个怀疑一切、超然世外的哲学家，那个把灾难或人间悲剧漠然置之的家伙，而报纸的读者对真实的他知之甚少，如同一名女演员将她随手为护照拍摄的快照当作肖像送给她的崇拜者一样。

不过几天之后，所谓的法律行动开始了。令我感到痛苦和困惑的是，我的母亲和姊妹们此时与他站在了一边，和他采取了一致的行动。

但这并不是这份遗嘱带来的最后一个意外。我的妻子，睁着她那双蓝色的、纯洁无辜的眼睛，以一种我原以为她无法做到的热情和顽强也介入了这场辩论。她气愤地反驳着，并带着一种有点冒犯我的老成，用言语威胁着。

"我亲爱的，我请求你不要再过问了……让我自己来处理吧。"

她惊讶地盯着我，脸色变得苍白。

"你怎么这么说呢？你没有看到这里每个人都想欺骗你吗？因为你太过善良……"

我一直希望她有女人味，能够远离这些粗俗的争论，我还希望她总是弱不禁风的，需要我的保护，更不要这样强硬、饶有兴致地干预这些争辩。

"我完全不懂你了，我亲爱的。在大学里的课堂讨论中，你总是激烈地争辩，甚至与每个人争论，因为在那里别人认为有些细胞会死或不死，你都会与他争论；而在这里你与他（叔叔）

争论时,你竟变得如此退让。"

我感到一阵无尽的悲哀包裹住了我,因为即使是这个女人,这个我认为与我心心相印的女人,也不明白你可以为一种思想的胜利而进行激烈和艰苦的斗争,但同时你又对于为一笔钱而争斗感到反感,因为无论这笔钱的数额有多大,都需要不择手段地去获取。

后来我还知道,正因为我用激烈的态度和讽刺的言语来为自己的观点辩护,换句话说也就是由于我理智上的偏执,而招来了大恶人的名声。

所有这些人都是从他们自己的角度来做出判断的,似乎都在说:"既然他在没有涉及任何相关物质利益时都那么容易激动,那么当他的利益受到威胁时,他会做出什么样的反应?"

我咨询了两位业界最著名的律师,他们告诉我,正义站在我这边,我一定会赢得这个案子。与此同时,为了至少证明反对我是正确的选择,所有赞同我叔叔说法的亲戚都宣称我贪婪、自私、性格懦弱,并绘声绘色地讲述了我生活中的一些情况,进而证明他们这种观点的正确性。我们在追思弥撒上碰了面,整个过程中我几乎没有和他们交谈过几句话。但在离开教堂的路上,我告诉他们,我接受了他们的提议。说心里话,这个差额对我来说非常重要,如果再将之分为几个部分,对他们来说却并没有什么意义。然而,当我把这个决定告诉他们时,他们都很高兴,那是一种没有任何判断力的喜悦。他们所有人都拥抱了我,甚至包括我的叔叔,他们一边似乎带着满足哭泣着,一边又告诉我说,他们一直知我是个好心肠的人,我的这个姿态他们永远不会忘记。我像个人体模型，内心麻木而且感觉很恶心，我任凭自己被这些庸俗之人的嘴唇亲吻着，他们是如此的喜悦，以至于都没有注意到我对他们的厌恶。我认为此刻的他们与诽谤我时一样的真诚。谚语说得好："如果农民想淹死他的狗，就说狗有狂犬病。"而事实按更准确的说法，是这样的：当农民想淹死他的狗时，他开始说服自己，并越来越相信狗是得了狂犬病。如果你认为在平庸的人身上，智力价值高于利益价值，那么这个观点是错误的。最初（这里柏格森[1]说的无疑是对的），智力只是一种实践的方式，一种适应环境的工具，一种维护利益的手段。对绝大多数人来说，当今情况依然没有改变。除了他们有兴趣理解的东西之外，他们对什么都不理解。与他们的利益相抵触的东西，也从根本上与他们的智力相抵触。除了极少数的变态者之外——如果这样的人确实存在的话——如果他的智力不允许他这么做的话，没有人可以作恶。只不过，这种智力是尚未完成进化之人的极度谄媚的谋士，如同懦弱的朝臣一样，为一切事情开脱辩解。狼真诚地相信，小羊羔在搅浑它的水，而暴君屠杀了成千上万的人，则是因为他粗暴地相信，不这样做的话人们就将杀死他。

　　这就是当我周围的人不停地赞美我时，我所想到的一切。国会议员邀请我们大家一起吃顿表示和解的大餐。我的妻子，因为参与了争辩而成为所有人憎恶的对象。而现在，当她听到我的决定时，她非常伤心，并也开始憎恨起所有人来。虽然我意识到她有这样的举动在很大程度上是出于对我的爱，但我仍

---

[1] 柏格森：法国唯心主义哲学家。——原注

然希望她的一言一行能是另一番光景。她几乎是很勉强地接受了家宴的邀请。

那是一个盛大的但又让人感到尴尬的家庭庆祝活动。桌子上摆着鲜花和小礼物，餐具下还有给每个人的意外之喜；在我看来是毫无特点的一对袖扣，给我妻子的是个微不足道的手镯，这些礼物没有给我带来任何快乐，因为它们不能证明任何感情。

然而，这些只不过是对今后事态发展的一个草草加以掩饰的绪言罢了。

这位国会议员神采飞扬，还引得众人哈哈大笑。虽然他只有一个令人怀疑的法律学位，但他有一笔殷实的财产，部分来自妻子的嫁妆，比如一栋房子和一个在布泽乌的葡萄园，部分来自他的政治生涯，因为他是几个董事会的成员。他还享有极具现实主义精神的名声，他是绝不会与风车战斗的。室外，暴风雪正在肆虐，街道被大雪覆盖，电车已停止行驶，窗框不住地摇动。而室内却温暖如春、灯火通明，大家喝着香槟，在这样一个愉快的，更不用说是好客的环境下，众人的愉悦感不断地增强。

饭后，我友好的叔叔把我和妹夫带到他的办公室，还要了咖啡和利口酒。

"你们再走过来些吧，"他故意重重地向后靠在皮革扶手椅上，"因为那里已经可以闻到女士内裤的味道了。"这让我很尴尬，但这正是体现他派头的一种"精神"，在政治界，特别是在布加勒斯特的沙龙里，这种所谓的精神是很能引起轰动的。

叔叔又开始点燃了他粗大的卷烟："听着，你们打算怎么处理你们继承的钱呀？"

面对这种粗暴的直面攻击，我的妹夫惊讶地看着他："我不知道，让我们再考虑考虑吧。"

"把它们交给我吧，让我来保管。"

我感到异常的反感，因为我知道在这戏剧性的坦率的外表下，隐藏着很明显的意图。

看到我们正拿着酒杯喝着利口酒，叔叔没有借着这个话题说下去，他决定转到细节问题上去："我可是拥有一家金属加工厂的……"

"叔叔，我在考虑……"

"你在考虑什么？我可是看清楚你了。你是不切实际的……你会失去你的财富（至少要让它留在家族里，他似乎是这么说的）。凭你的哲学，你是赚不到两个巴尼的。和你的康德和叔本华在一起，你什么都赚不到。在有关金钱的问题上，我可比他们更聪明。"

我的妹夫被逗笑了。我看了看他宽阔的肩膀。

"叔叔，我考虑的是不要掺和到生意当中去。我认为我能拿到的财产足以让我过上简朴的生活。"

"你在讲什么蠢话，"他的绿色大眼睛瞪得大大的，"任何人从没有够用过，从来没有！对这种事你又知道什么？你觉得该如何养活像你妻子这样的女人呢？就像现在这样，让她一直穿着线袜吗？"

这种将我的妻子和其他女人归入同一个圈子里的做法让我忍无可忍。我知道这种小事对她来说绝对不重要，因为她的美貌，她完全可以拥有任何奢侈的生活，但她宁可和我一起生活。我很清楚她能为我做出牺牲，绝不会为了一双袜子而离开我。

叔叔明白我仍在犹豫不决时，他改变了语气。

"嗯，接下来还有另一个问题……为了让你们知道我更多地在考虑你们的利益，"他转向他摁铃叫来的女仆，用继续与我们谈话的语气不住地问她，她给他喝的是咖啡还是什么别的叫不出名字的液体，"我一直在考虑你们。大家都不知道我们什么时候要打仗……"

"我们真的要参战了吗？"我的妹夫忐忑不安地问道，因为他知道我叔叔的党派赞成保持中立。

"谁知道啊，也许是今天，也许是明天……也许我们根本就不会参战的……但你们应该在任何情况下都做到万无一失。目前来看，你们中的一个人将作为企业主被就地动员。你们为什么不吭气儿了？嗯？哲学家先生，难道你想说你不想被就地动员，以此逃避战争？"

我不希望我们宣布参战，但我一秒钟也不会去设想被就地动员的可能性。"我并不想离前线那么远。"

他站起身来，恼羞成怒，带着发自内心的蔑视，皱起嘴角说道："听着，亲爱的，你能不能别哄骗我……嗯？你想去打仗，真的是吗？把这些想法告诉你的康德吧，他也许会相信这些鬼话。我，我可不。"他愤怒地走向餐厅。

于是我和我的妹夫谈起了被雪覆盖的火车，谈到西部的战事，等等，诸如此类，但其实我的内心早已飘向远方。

我和我的妻子想离开这个国家，在巴黎或柏林定居，而我由于对哲学的专注，则更喜欢定居柏林。但由于战争的缘故，我们不能再谈论出国的事了——顺便说一下，这场战争甚至将一些歌唱家、艺术家、正在求学和已经毕业的学生以及不知道在何处放纵享乐的人们带回了国内，他们当中有些人是十年前或是十五年前就出国的。我可以这么说，变化只在于我能在椴树街租了一套宽敞而且相当整洁的公寓，尽管我有一半的财产被冻结在了巴黎，但我还是把这套公寓装修得很满意。它有一间宽大的卧室，里面带有一间铺着精美瓷砖的浴室，还有一个专门供我妻子使用的小起居室，以及我的一间书房，这一切让我们整整忙活了两三个星期。对我来说，每天看到她对家里新的变化感到惊喜，就像一个充满激情的金发孩童一样，欣赏着"自己的餐厅"，这是一种难以言喻的喜悦。

大概一周之后，我顺便（就像讲一个骇人听闻的事件一样）告诉了她，我那个国会议员叔叔的提议。令我惊讶的是，她没有笑，而是变得严肃起来。除此之外，这个经商的想法也让她感到了兴趣。于是我接受了叔叔的提议。

正是因为我极为相信自己的力量，就像一个人走上一条明知有危险的道路，但由于觉得自己能够自卫，所以并不过于担心。让我感到不满意的是我妻子讨论经商事宜时的热情，以及她权衡一切时的老到和专注。显然，在这种力量中也存在某种激情，这让她听完了一整堂微分学的课程，这全是为了我。然而，在我年轻的妻子对商业的这种兴趣中，我也看到了自古以来女性对金钱本能的喜爱，这一点也不假。就像一只尚未被完全驯化的母老虎，当她把头趴在驯兽者的胸前，舔着他的手，不小心弄出血后,她身上一种古老的冲动被唤醒了,于是她把这个不谨慎的驯兽者撕得稀烂。由此我有了一种印象,继承遗产的事件在我的女人身上唤醒了她从祖先那里得来的冲动,而这些冲动以往一直处于沉睡的状态。

然而我们的生活,正如我所说的,与以往相比变化并不大。

接近一点钟的时候,我的妻子听到马车停在了门口,她马上从地毯上跳了起来,原本她在那里和晚上不住在我家的女裁缝(就是那个也在我妻子姑妈家干活的女裁缝)一起坐在地毯上做着针线活儿。她身上是那件家里穿的轻薄的连衣裙,裸露着她苹果般圆润、雪白的肩膀,大叫着,还像孩童般地拍着手,从我手里拿过去几个包裹。

"你可别跟我说,让我自己看:加州的水果罐头,醉鲱鱼……烟熏鲃鱼,你还买了甜酒吗?还有瑞士干酪?这是你第三天买多了……那么,鹅肝酱呢?"她的眼睛如同带着疑问的小狗一样明亮,"那鹅肝酱呢?"

"没在那里吗?"我故意装出惊讶的样子,"那我把它忘在马车上了。"

接下来就是摁铃……大叫……"阿尼卡……阿尼卡……快去追那辆马车……老爷的一个包裹忘在车上了。"

"我亲爱的,她现在怎么还能追得上马车呢?它早跑远了……但我知道车号。"

"哎,你真让人讨厌……我有多少次让你想着鹅肝酱了(这个确实是实话)。"

然后她漫不经心地把目光投向另一个包裹……

"你还买了什么？"她费劲地读着那几个单词的音节。"Ernst Mach... Erkenntnniss und Irrtum... Jerusalem... Lehrbuch der Psychologie.[1] 阿尔卡莱替你订了吗？真的？"她虽然没有读过这些书，但她很高兴，因为她知道我非常期待这些书。

这就是我想要的她，带着点迷人的贪婪，盯着那些杂货店里的包裹，同时又带着点羞怯地看着那包书，这些书她没有读过，但她至少知道这些书很有价值，她也会经常翻翻它们，对它们表示兴趣。这个举动与你向你尊敬的大人物有礼貌地打招呼并问候他的健康一样，即便你厌烦在他的公司里工作。

"现在你拿上所有这些书，去你的书房里，到你的沙发上去……你可以安静地阅读到两点半……然后我们就可以吃午饭了。"

我以为我没有听清楚，便接着害怕地问道："到两点钟，我亲爱的？"

"是两点半……是两点半……今天是高莱的生日，我邀请大家来吃午饭。午餐后没人有课。我们得等到他离开部里……直到他刮完胡子和理完发……因为我跟他说过，如果他不刮胡子、不理发的话，我不会让他上餐桌的……我还警告过他，如果他今天不洗漱一番再来的话……我会把他推进浴室好好洗一下的……你瞧，浴室里一直生着火呢。"

"但是亲爱的，非要等到两点半？我都快饿死了。"

"是吗？那你就用牙齿啃这个吧！"说着她把我扔在桌上的

---

[1] 原文为德语，指的是奥地利作家恩斯特·马赫所著的《认识与谬误》，心理学教科书。——译者注

皮手套递给我。

"我怎么吃手套呢？"

"好吧，那么说你就不是危险分子了。啊……我差点就忘记了……我给高莱买了一个钱夹子……我这就给你看。"当她看到我在欣赏钱夹角上的镀金花体字时，笑了起来，脸上露出愉悦的光彩。"很漂亮，是吧？你知道，他总是把他的文件和钱塞进他所有的口袋里，然后总是找不见。他还说他有钱时总是没有钱包，假如他买钱包了……又找不到东西可以放进去。好吧，你快去你的书房吧。"

过了大约半个小时，她走到沙发跟前，就像一位尽责的检察官一样，安静而严肃地问："这是什么？"

"你说什么？哦，一个包裹……啊，是的……就是那包鹅肝酱。"

"你不是说把它忘在那辆马车里了吗？"

"应该是我在脱外衣的时候把它留在门厅了。"

"原来是这样，你是在耍弄我吧？"她把她的那双小手伸进我的头发里。

我抓住她的胳膊，让她不要过分用力拽我的头发，她挣扎着想要摆脱我，当她滑倒在地毯上时，她的裙摆掀了起来，露出两条雪白结实的大腿，它们在丝质吊袜带之间若隐若现，让我心神激荡不已。一时半会儿她是不会屈服的，她会继续同我打斗，因为她有时也会在这种带有惩罚性的玩闹中掺杂些小母豹子嬉戏玩耍时的疯狂劲儿。

这就是那个冬天我们的生活。我们总是和老朋友们待在一起，这些可怜的人总是那么可爱，既果敢又害羞，每个人都尤其想迎合我的脾气，因为我的妻子只要我有一点不快的脸色，就会对这些人中的任何一个失去好感。平时我去剧院，只去看那些上演已久且听说口碑极好的剧目（而不是像后来我们成为社会名流时那样，只去看一切首演）。我觉得某种资产阶级和含糊不清的知识分子的羞耻心让我们过着富足但又简朴的生活。因为阻止迪米乌上尉戴上法兰西现代派风格帽子的情感，令人感觉更为普遍。就比如，并不是所有的年轻人都有勇气戴上单片眼镜或剃掉山羊胡子的。他们害怕在一开始显得可笑，而我自己也是如此，虽然有人告诉我，我很适合戴硬硬的圆顶礼帽，而且有时我内心粗俗的魔鬼也会这么说来诱惑我，但我不会有勇气在上街时戴上它。这是一种明目张胆的轻佻和虚张声势。你总是想到那些没有见过你这么穿戴的人，总是问自己他们会如何议论你的这种改变，而没有考虑到有更多的人会认识新装扮的你。

那时我已开始从别人的书信和回忆中寻求重建这个令人迷惑的精神世界，他用他那别人无法比拟的礼物影响了我整个一生的命运。过去他的生活方式曾在我心中引起了困惑与鄙视，而我现在对他却有了巨大的感激之情和深深的爱意，这两者之间存在一个缺口，想要填补它则不仅需要感性主义，也同样需要逻辑。我想，什么时候我也能改变一个人的命运，于是我妻子的那双蓝眼睛和绽放出笑容的椭圆形的脸颊闪现在我眼前。"亲爱的，你的命运正在并一直将因我而改变。"我对自己说道，坚定的眼神一直凝视远方。

尽管大家都知道我们的叔叔是个危险人物，但他作为一名精明实干的商人的声望还是很高的。于是大家决定在家族中筹集一百五十万，必要时也可筹集两百来万，以参与一家冶金厂的拍卖。这家厂子原本属于一个受我国保护的法国人，此刻正轮到他应征入伍，他不得不紧急参与清算——他有不少款项需要支付，而且他也不信任厂子的管理人。这家厂子的周围是大片的空地，紧邻一个火车站，再加上一直延伸到车间门口的车库通道，据估算它的价值可达三百万左右，也许更多。我叔叔确信他可以一百五十万的价格得到它："我有自己的估算。"

但他的估算结果很糟糕，因为一个极其危险的竞争者出现了，他就是塔纳塞·瓦西里斯库·卢马纳拉鲁，他过去真的是个蜡烛商人，后来是钟表厂厂主，现在则是黄铜厂厂主。他们彼此都知道，对方将是自己的竞争对手，于是双方爆发了激烈的争斗。

国会议员将卢马纳拉鲁叫到家中："听着，卢马纳拉鲁，喂，你没发现要把我的水搅浑，你的脚是不是太脏了？"

"纳埃先生，这就是生意啊。你是个商人……我也是个商人。既然这是生意，我还能做什么？"脸上戴着墨镜的卢马纳拉鲁回答道。

我的叔叔在他的利益受到威胁时，就像一头受到攻击的野兽，集中他的所有精力，还会变得异常凶猛无情。他知道他那擅长搬弄是非的名声骇人，便滥用了这个名声，就像那些散发出令人厌恶的气味来保护自己的动物一样。接着，他转向直接威胁。

"你会伤筋动骨的,卢马纳拉鲁,你会撞得头破血流。"

"我什么样的事情都经历过了,纳埃先生。"

"老伙计,我会让你上门乞讨的,还会让你亲吻我仆人的手。"

卢马纳拉鲁出价二百五十万,我叔叔虽然已意识到工厂值四百多万,但还是放弃了。在国会里,大家嘲笑了这场决斗,还取笑了叔叔的算计。卢马纳拉鲁把他的一张名片送去了俱乐部给叔叔,并以庇护者的口吻向他保证,日后都会对他亲善友好。

但二十八天后,六位被叔叔邀请来吃饭的客人目睹了令人印象深刻的一幕,它让人想起一百多年前在多瑙河入海口处那个港口发生的事件。卢马纳拉鲁哭着,自己不觉羞耻地说着,乞求纳埃·格奥尔基迪乌不要祸害他,他发誓、做出承诺,并提到了他的孩子们,等等。

作为一个头脑简单、做事漫不经心且自以为是的"哲学家",卢马纳拉鲁在交付了一百五十万列伊后,准备在法定付款月的最后一天再交付其余部分的款项。而我们的国会议员则在暗中等待时机,就在那个星期六扣除了卢马纳拉鲁银行账户上的十万列伊,同时存入五万列伊作为担保。经过这番操作,卢马纳拉鲁的银行存款被完全冻结。他已没有时间存入十万列伊,拍卖会也宣布无效,还丢了他原先已经支付的一百五十万列伊,因为他再也没有权利去参加新一轮的拍卖了。

从我叔叔这方面来说,这完全是个卑鄙的勾当,他还想让它看起来像一出闹剧,就像他平时经常干的那样。这位不幸的竞争者被迫穿上白色围裙,代替仆人给受邀的客人端上一些点心，最后还与纳埃·格奥尔基迪乌签订了一份合同，一起入了股。

在议会圈子里，这一事件被众人嘲笑，他们中许多人以前不同意，现在却一致认为，纳埃·格奥尔基迪乌确实是罗马尼亚最聪明和最危险的人物之一。特别是他同时还在议会举办的自助餐上做了一个大家都觉得非常诙谐的说明。他开玩笑似的邀请一位反对派议员加入自由党，以确保他的政治前途。

"你赶紧从这里离开吧……难道我是疯了吗？让我去给约内尔·布勒蒂亚努倒夜壶？"众所周知，自由党一直是有严明的纪律性的。

纳埃·格奥尔基迪乌吃惊地看了他许久，然后用一个外省老演员演出舞台剧时的口吻说："你会给布勒蒂亚努倒夜壶？"他一边用轻蔑的眼神从头到脚地打量着他，然后又带着自豪感地接着说："哦，布勒蒂亚努的夜壶是由阿莱库先生（一名自由党的重要成员）来倒的，而我来倒阿莱库先生的夜壶。而你，如果你加入我们的党，你要倒的是我的夜壶。"在大家的哄堂大笑声中，他接着道："你是怎么考虑的？这是一个严肃的党，有等级制度，我可没有开玩笑。"

这就是典型的"纳埃·格奥尔基迪乌玩笑"之一了。

当我们接管工厂时，决定由卢马纳拉鲁担任技术总监（"你明白吗？"我叔叔跟我说道，"我们完成了一记双打，我们既得到了一个工厂，又得到了一个专家。"）。我的妹夫做了他的帮手，而我则被赋予管理厂子营运的职责，当然这多半只是形式。起初，塔纳塞·瓦西里斯库·卢马纳拉鲁给我留下了不错的印象。他永远戴着副墨镜，身后总是跟着他的秘书，不停地检查、监督、雇用和解雇，在我看来，工厂里有了他可真是幸运。特别令人敬佩的，是他一丝不苟地监督着会计，还戴着总放在办公室里那副七百度的眼镜，耐心地检查着账目里一列列的数字——平时他是戴着其他眼镜的，不过在他所有口袋里都装着眼镜。后来我才发现，他太热衷于赛马了。看台上的人都认识他，赌客们下赌注前都等着看他赌什么，以作为参考。此外，他还非常富有，春天他还买了一个赛马的马厩。

快到二月底时，我叔叔开始在他家里举行某种宴会，邀请国会里的议员、银行家和有影响力的大人物。当然，为了企业的繁荣，家族里年轻漂亮的女人被巧妙地分配到那些需要俘获其好感的人身边。这些人过分亲昵的举止言行被纵容，还美其名曰关怀与殷勤，国会议员本人还鼓励她们这么去做，通过他不加修饰的言语来创造出必要的氛围。当然，我的妻子是最具价值的诱饵。看到这种场面，我觉得自己快疯了。

在举行第三次宴会时，我再也忍受不了了。当我们从客厅进入餐厅时，就在这个过道里，他用双手如老父亲般地扶着我妻子的肩膀，把她带了过去，还似乎无意中触碰到了她的胸部，同时似乎还跟那个应当坐在她身边的老秘书长表示，他也可以做出同样的亲昵举动。我的妻子总是对生意充满激情，至少在精神层面上是这样，犹如巴卡拉赌桌上一个身无分文的旁观者，没能注意到这些花招，或者压根儿没有把它们当回事，还带着种让我厌烦的心甘情愿，玩着我叔叔的这些把戏。

用餐快结束时，客人们都变得很开心，大家开着玩笑，碰着酒杯，胡乱地互相祝福。那位老秘书长先是把两只手放在椅背上，接着附在我妻子耳边说笑着，然后把手放在她的胳膊上，最后，只不过是抱住了她的椅背。我叔叔似乎对事情的进展感到很满意。一半是出于感激之情，另一半也是出于想更多地突出她的美丽，他就像对个孩子一样，轻轻地拍了拍她的脸颊。她则露出妩媚的笑容，因为说实话，她对这个叔叔已经完全不反感了。但就在这一刹那，他的目光与我凝视着的愤怒目光相遇了，瞬间就显得窘迫不安，但因为餐桌上有太多的人，而气氛又太过喧嚣，在一片鲜花和醉人的芳香中，谁也没有注意。饭局结束时，我们之间的眼神就像一场无声的战斗。当他来到我的办公室时，明显感到不安，并带着厌烦的心情问我道："你那些是什么表情，先生？好吧，该死的，你刚才为什么做这种鬼脸？其他男人也有妻子。怎么，他在那里就要把她摁到桌子上吗？"像往常一样，他又说了些伤风败俗的字眼儿。我以为我就要揍他了，但当我还年幼，还在亲吻他手的时候，家庭的尊严就已经赢得了胜利。但此后我和妻子再也没有去参加类似的饭局了。我知道其他人并不觉得这些事情有多可耻。大多数的时候，女人从看第一眼就很清楚，她们除了微笑，握手以及饭桌下偷偷地触碰之外，她们不会给予更多的东西的。但我觉得这一切甚至比公然的卖淫更令人厌恶。因为它在这肮脏的把戏中增添了欺骗和欺诈，假如在这里需要使用"粗俗"这个字眼的话，这还不够粗俗。我觉得要靠我妻子来得到哪怕是最微不足道的好处都是很尴尬的，比如说因为她，我可以在一辆满员的火车车厢里得到一个座位，这也会让我感到如同吞了一剂苦药似的。

我猜她丝毫没有察觉国会议员的把戏，因为只要是有关生意的会谈结束后，她是第一个感到厌烦的人，她会示意我们回家，想着尽快赤裸裸地躺在床罩上，甚至趴在地毯上，就像一只大猫一样。

但是有关工厂的交易终是灾难性的。首先，和原来那个十分精明的业主一起离开的还有一个工程师，也是个归顺的法国人。他一走，整个事情就变得乱七八糟起来。卢马纳拉鲁所有的精力、叔叔所有的努力——当涉及他的利益时，他的劲头无人能比——所有的一切都化为乌有。卢马纳拉鲁也过于严厉，这甚至导致一个工头，也许是最好的工头，也离开了工厂，他宣称在"这样一个什么都不懂的蠢蛋"的领导下，他一个钟头都待不下去。他离开时还重重地摔了门。接下来我们就再也找不到原材料了，因为军部也开始收集这种原材料了。我们不得不花了大约一百万列伊，在德国下了一个订单。不过纳埃·格奥尔基迪乌再次显示了他的聪明才智。萨克森工厂只是在一手交钱一手交货的情况下才出售材料，因而他们在布加勒斯特的代表所做的一切努力都是徒劳的。大家一致决定，只有在我的妹夫和工厂的商业管理部门一起发来电报，通知装货的船只已经离开，我们的工厂才会给他们在布加勒斯特的代表签发一张支票，这是唯一能做的让步。

但当电报发来时，纳埃·格奥尔基迪乌正在国会，他在电话中请求跟他通话的德国代表第二天到他办公室来一趟。

"一天不算什么吧，不是吗，齐格勒先生？"

"天哪，议员先生。能这样吗？"

第二天，他在约定的时间来到办公室，但卢马纳拉鲁不在，而我也没有授权代表他签字。

齐格勒先生开始紧张地一边擦拭起他的眼镜来，一边还询问副厂长现在可能在哪里……

"他能在哪里呢？肯定是被女人缠住了呗……你都想象不出来卢马纳拉鲁是个什么样的老流氓……嗯，你想，他年轻时可是在教堂打杂役的呢。"

齐格勒先生笑了，在纳埃先生讲第二个笑话时，他笑了起来……纳埃先生赢了这局。

"嘿，先生你看，你这不是在白白生气吗？我早就告诉你了，这不算什么。晚了一两天都不算什么……"

齐格勒先生后悔昨天有点神经紧张，当人们都那么正派诚实时，他认为他还会与这些人做生意的，于是他客客气气地道了歉。

"但是议员先生……没有一刻……天哪……您得知道……那就是交易。我们也得付钱给西斯科维茨的……我们收到了管理中心的命令。"

"付钱给西斯科维茨？是他？"

"是的……您知道犹太人是怎样的吗？无人能够摆脱他们。"

"对不起，西斯科维茨声称他只有一半的犹太血统……"

"！？"

"嗯，他说，自从他娶了一个受洗的女人之后，他就只能算是半个犹太人了。"

在众人大笑过后，纳埃·格奥尔基迪乌递给他一根不出售的"亚历山德拉"牌香烟，并用一种甜蜜的口吻问债权人："您有孩子吗，齐格勒先生？"

"有的，议员先生，我有两个男孩和一个女孩。"被问的那人朴实、内心又自豪地回答道。

"太棒了，祝您的孩子长命百岁……他们都长大了？"

"我女儿在维也纳的一所学校，她在读六年级，但她也在学习钢琴……"

"啊，她喜欢音乐，好极了……她有这个天赋吗？"

"萨乌埃尔教授说，如果她能努力用功的话，会取得很大成绩的，她很有乐感……"

"这可真棒啊……有一个会弹钢琴的女孩是一件多么好的事情啊。您看，齐格勒先生，我相信没有什么比音乐更能提升一个人了。在这个物欲横流的时代，当人只想着填饱自己的肚子时，这可算是来自上帝的礼物……您还有儿子吗？"

"他们在这里的福音学校上学，一个三年级，一个五年级。"齐格勒先生非常高兴，他的眼中闪耀着热切的目光，聆听了对方对音乐的赞美，接着他讲述了一大堆有关儿子们的运动能力和天赋的细节。

当他将谈话内容转回到此次拜访的目的，并对海关表达了一些忧虑时，时间已经很晚了。

"嗯，有关海关的事情……我们会处理的。"纳埃·格奥尔基迪乌含含糊糊地随便说道。

"您已经去过财政部了吗？您已经处理好了吗？"

"还没有去……但我们会像笑话里的庄稼汉那样去做的……"

"！？"

"你不知道那个笑话里庄稼汉怎么做的吗？海关官员怀疑地问他：'你的袋里装了什么？''嗯，我能装什么？兔子饲料呗……''兔子饲料，嗯？''是的，喂兔子的饲料。''把袋子打开。'当庄稼汉打开袋子时，海关官员看到的却是烟叶。他威胁地看着庄稼汉，说道：'啊？那是喂兔子的饲料吗？兔子就是吃这个？'农民耸耸肩道：'那是它们的事，我就是给它们吃这个的……'"

接下来德国人提了更多的问题，而他也得到了更多的趣闻轶事。

但是，灾祸终究还是来了：一来一去的，时间很快就过去了。这期间出纳员走了，支票被他锁在专门的保险柜里（齐格勒先生可是惊呆了，因为过去他从未碰到过这种事的），可是这里的先生是如此客气……但作为一家公司的代表，他还是觉得有责任通知他们，他将打电报给海关，不准放行相关的货物。

第二天，他在午餐时间往纳埃·格奥尔基迪乌家里打去电话，好不容易找到了他。不过国会议员被气到发抖。

"好吧，先生，看在上帝的份上，你都不让我像个男人一样安安静静地吃饭，是吗？我的喉咙里卡了块鱼，你却要在这个时候跟你讲电话！？"接着他发怒地把电话筒重重地一摔。

第二天从柏林发来电报，说禁止出口铜矿，而原本我们订购的货物在途中也被征用。我们好不容易抢救回了一百万列伊的款项。为了不白跑一趟柏林,我的妹夫运来了一大批线轴。

我们越来越多地受到要关闭工厂的威胁,尤其是在重担落在我身上的当下。

国会议员的儿子生病了,他得了肠结核或是其他差不多的疾病,因此,他的父亲不愿意离开他的床边,只在找医生时离开,并求他们在定好的时间外加班出诊,"因为他病得很重"。

三月初,卢马纳拉鲁开始在自己的庄园里忙活,因此来工厂的次数越来越少。最近,他开始在一份经济领域的大报上发表一系列有关货币和外汇的文章,这无疑会占用他更多的时间。他发表了有关所有货币币值即将普遍下跌的悲观预言。

这个卢马纳拉鲁以他自己的方式,常常让人不得不侧目。他肩膀宽阔,但是迈的步子却很小,留着的山羊胡,犹如紧贴在他厚厚的嘴唇上的一条黑水蛭。

"好吧,瓦西列斯库先生,如果你的预言没有成真呢?"

"不会实现,也没啥。有人会为了这个事来杀我吗?重要的是你必须要有一个自己的见解。因为如果它成真的话,那么每个人都会喊:看啊,卢马纳拉鲁是对的。如果没有成真,大家也都会忘记的…… 但你没有任何见解时,你就不要指望大家认为你是先知。如果你去买一张彩票,你不一定就能赢…… 但如果你不买彩票的话,那百分之百能肯定的是,格奥尔基迪乌先生,你不会赢。这就是为什么我加入了一个党派。也许我赢不了任何东西…… 做这件事有何意义?重要的是你要参与进去…… 将来会怎样谁也不知道。"

不知怎的,我开始喜欢这个人了。一天,我对公司的命运感到十分焦虑,甚至可以说是相当痛苦了,因为再过几天,我认为工厂的倒闭在所难免。我看着他的眼睛说道:"在我看来,我没有为厂子达成任何一笔生意,卢马纳拉鲁先生。"

而他这位懂行的交谈者简单答道:"我也这么认为。"

我像被烧着一样颤抖了一下,因为来自这样一位专家的判断对我而言似乎是极具说服力的。

"什么?我们真的不得不进行清算了吗?"

"呃,我会知道吗?我认为我们现在的情况有点混乱……不过生意就是这样……它变糟了。如果事情顺利的话……不就可以了吗?"

"这是什么意思,'如果事情顺利的话……不就可以了吗?'"

"我来告诉你……那你来念一下这该死的东西,我身边没带眼镜。"接着他递给我一张仆人递过来的纸。

"电车公司询问我们,是否能在两周内交付给他们一吨铜铆钉和两吨钢丝。"我念完后疑惑地等着他的答复。"那么,你怎么看呢?"

"什么叫我怎么看呢?我哪里知道?"

我呆若木鸡……但我的合伙人在长时间处于紧张状态之下,已无法做出丝毫的努力,当他感觉工厂即将关闭或是即将发生,谁也不知道的类似的事情之后,他的大脑正处于一片空白之中。这一切足以让他看了我许久,还微笑着,然后,他似乎在我的眼中瞥见了无限的诚实与公正,就像狗在主人的眼中确定无误地读到了友善的念头。他看了我很久,然后摘下了眼镜说道:

"格奥尔基迪乌先生,我向你坦白,但我求你不要告诉任何人。我对这工厂,对这钻床,还是机床,无论你怎么称呼它们,都一无所知……我一生中从来没懂过……"

我被惊呆了。

"什么,在你的一生中……你到底想说些什么?你不是有一个钟表工厂吗?那你是如何赚取钱财的?"

他宽慰而疲惫地笑了笑,玩弄着桌上的吸墨器。

"我不曾有过一个工厂,我在大市场上有一家出售教会用品的小铺子……这就是我拥有的全部。"

我觉得这简直难以置信。

"那当时你为什么买下这个工厂呢?"

"为什么不呢?这难道不是一桩买卖吗?"

"但如果你不擅长这个呢?"

"呃,好吧,假如我不擅长这个。难道我从前没有肥皂厂,现在没有图书印刷厂,难道我没在加拉茨买过五十车厢的盐鱼吗?难道我很擅长这些?这就是生意,就是买卖……有些成功了……有些则没有成功。但你必须先得买上一张彩票。"他戴上了他的墨镜,现在这成了他的一个怪癖。"那么,如果工程师不离开,厂长也不离开的话……事态会好吗?"

我还是无法集中我的思想……

"好吧,先生,假如你不擅长呢?"我还在诧异……但我的确知道,除了这一切之外,他还是一个出版社的社长。

他稍稍停了一会儿,缓慢摘下墨镜,同时有点恼怒地说:

"你还是个孩子,别介意我这么说,格奥尔基迪乌先生,我会告诉你这一切的。你擅长这些,这意味着什么?谁能预知一切?谁能预见到德国会禁止铜出口,就在我们要开船的当口?如果晚一天宣布禁令,那这一单我们就能赚到五百万列伊。就是这样……如果禁令第二天才下达,那即使工厂关闭十次,我们仍然可以把铜卖掉……老在算计和预测未来的商人不是商人,因为没有人能够预测一切。如果你不能预见一切,那么这一切就都是白费力气。好比你到邮局去,不要数走了几步,直接去就是了……这就像赛马。你们以为我认识那些马吗?有的时候我甚至都不知道怎么念它们的名字……我只是随便玩玩,还赢了不少。而那些假装自己懂行的人,怎么说呢,反倒是输了不少。"

此时一个工长走了进来,手里拿着鸭舌帽。

"先生……(他也不知道该如何称呼他),铣床坏了。"

卢马纳拉鲁变得严肃而严厉:"它是怎么坏了的?"

"我不知道它哪里出毛病了……我必须……"

"那它是怎么不动了呢,我的先生?你们在那里是怎么值守的?你们就是一群外行。伊里梅斯库检查过了吗?"

"工程师先生出城了……我不清楚。"

"啊,太棒了,我们的事情进展得很不错……这么说是钻床坏了,但工程师去城里闲逛了?"

"不是钻床,先生……是铣床。"

"啊,是铣床。"他重复着,"铣床,太棒了!我要把你们都扔出去,你们一点用处都没有。你的意思是我必须来亲自处理这些小事……因为我没有别的事可做?那些在铣床上工作的工人，必须罚一天的薪水。去吧，快走吧。"此刻他矮墩墩的身板上已经摆出了拿破仑的气质。

"先生……"

"快走，离开这里，我讲完了。"

工长走后，他又像个慈祥的老人一样跟我说："你看到了吗？难道他们要把我扯进这些琐事里去？你想我哪里擅长处理这些事呢？"

我惊呆了，仿佛我面对的是一个少见的魔术师一样。

"你为什么要扣罚工人的薪水呢……？"

"怎么为什么？这是要叫他们当心……算了吧，罚款永远不会害不了事……他们会更小心了。必须让大家知道，我是这里的主人。"

我怎么也镇定不下来。

"但这是不公平的，瓦西里斯库先生，对那些可能没有犯错的人进行罚款。"

"格奥尔基迪乌先生，你可不要教训我。一个罗马尼亚人应该始终相信他是有罪的……只有这样他才能处处小心。算了吧，他们还是会把钱弄回来的，我偶尔会给他们一些数额比较大的小费的。"他摘下墨镜，用充满爱意的眼神波浪看着我，"格奥尔基迪乌先生，别管我了……我知道自己在做什么……在这些事情上，连魔鬼都不如我清楚……"

这时电话铃响了起来，这次他故意让我拿起了话筒。

"你刚才不是说你不擅长这些吗？喂……是的……喂，你好……"

他吃惊地笑了,如同一条黑水蛭般的胡须紧紧贴着他的唇。"我怎么会不擅长呢?我不懂他们的这些机器,那里的……我不知道这些机器的小零件是如何转动的……但要说到这些麻烦的业务,魔鬼也制服不了我……但你看,先生,主要是乌尔古兹(是他的秘书)再也不来上班了。"

电话那头是工程师伊里梅斯库,他是从城里的一家银行打来的。卢马纳拉鲁马上拿起了电话。

"工程师先生,请不要生气……但你知道这里发生了什么吗?你知道铣车不动了吗?工人们都在闲着?……不,不,不。是铣车……这可不是小事。不是这样的……你想怎样……我得处理所有这些事情吗?我还有其他事情要忙呢……所以,请你马上回来吧。"

他挂上了话筒,拿出一支哈瓦那雪茄,重新又充满着爱意地打量着我,带着一种突如其来的情感,就像一个同性恋一样,轻轻地抚摸着我的手:"这是真的吗,格奥尔基迪乌先生,你读过这么多的书?"我被深深地感动了,自己也不知道为什么……这就像一个谜,它赋予了一个表面看似简单情形的另一种不同的诠释角度和态度。

直至很久以后,大约过了一年,我才发现,不过当时的情形我在这里说出来也不太合适,塔纳塞·瓦西里斯库·卢马纳拉鲁,一个拥有两千万金币的富翁,原来并不识字,他只知道如何签名……而所谓的眼疾,只不过是掩盖这种智力缺陷的一个诡计。然后我马上想明白了为什么他总把秘书带在身边,以及为什么这个人在工商界里举止如此笨拙,他是用一种极其高明的技巧来演着喜剧，这绝对是为了欺骗所有人。

现在我只满足于看着他，被他的激情所感染。

"我可能是读过书……但是，你看，就是因为你，我损失了不少钱……我不得不考虑从这项业务里摆脱出来。"

他接着抚摸着我的手，眼神和蔼："你的钱不会损失的，格奥尔基迪乌先生……不会损失的……为什么要考虑摆脱呢？毕竟，如果这笔交易不成功的话……我们会尝试另一个的……我们会考虑考虑的……这我们就不谈了，现在我想和你做笔另外不同的交易……假如你有兴趣写一本书的话，就把它交给我去出版吧，我想出版你写的书。"

大概两天后，我们在我叔叔家开了一个会，因为德国禁运黄铜的命令使到我们不得不关闭工厂了。但是我们也没有一点办法来和纳埃·格奥尔基迪乌讨论。他日夜守在儿子的床边，自己也变得病殃殃的：脸色苍白，脸颊浮肿，精神紧张，眼睛浑浊。

小尼古拉脸上毫无血色，看起来像只放在白色枕头上的白色面具。因为发烧，他会不时地摇着头，这时坐在他身边的父亲也会颤抖地说："我亲爱的，你说啊……你哪里不舒服？要不再喝点柠檬水吧？"孩子用感激、绝望的眼神久久地看着他，用干裂的嘴唇试图咕哝些什么，最后却只能摇摇头，呆滞的眼睛失神躲闪着。

纳埃·格奥尔基迪乌好像变成了另一个人……他不仅不再讲笑话了，而且当我们对病人表现出关心时，他很受感动，屏气凝神地听着我们给他提的任何荒谬的建议，然后表示这个方法他已经试过了，或者按照医生的说法，这建议根本行不通。

最近，作家们尤其对一个真理进行着思辨，即没有"绝对的好人"或"绝对的坏人"，这些极端的类别只存在于情节剧中。不过这也导致了道德特征的混乱，在这种情况下，任意性和偶然性发挥了重要的作用。一个这样的作家会倾向于在纳埃·格奥尔基迪乌无助的悲痛中看到善良的成分和人性的证明。但这只不过是父母对后代感情的发泄，并不具有任何特别的道德意义。

从纯粹的心理学角度看，对这种善意的一种解释是，对我们而言，其他人只有在我们知道他们一生中的欲望、喜好、希望、行为和态度的情况下才是存在着的。然而，对于最平庸的父母来说，除了他们自己的孩子（他们看着孩子们长大）之外，并不知道世界上的其他个体——因为他们没有看到这些个体具体的表现，这很可能是他们只爱自己孩子的原因。真正的仁慈必然需要智慧和想象力。

然而，也存在伪善的姿态和行为，它们只是表面的变化，并不能证明任何一种结论的正确性。甚至还有一种善的形式，它与真正的善有着同样的颜色，如蜜蜂和黄蜂，但它们又如此不同。当一个东方村庄的农民带着一桶水和一篮子面包，走到一队被押解的犯人面前时，那些大谈农民心灵之美的人在这里看到了一个展示善良和人性的无可争议的例证。更有甚者，有些人在自家房门口对守卫犯人的"无情"的解差表现出敌意，这种敌意也受到了赞扬。但是，如果那天晚上一个偷马贼碰巧在村里的一个马厩偷马时被抓住了，那么整个村子的人就会对他大开杀戒，毫不留情地把他撕得粉碎。被押解的犯人谋杀的妇女和孩童是另一个世界发生的事，离他们很远，但被偷的这匹马呢，要知道，是他们自己村子里的，是他们自己的。

其他的类型也同样是这般虚假的，主要是那和蔼可亲、姑息纵容的人的善良，还有绝大多数穷苦人的善良，慷慨的饮酒作乐人的善良，忧郁的诗人和伤感的小说家的善良以及感性的读者们的善良。尤其是多愁善感，完全是道德尺度上的一个低标准，离反常标准（如果有的话）不远了。除了良知，其余一切都是兽性。还有无数的人，在他们的欢乐中，在他们的悲伤中，在他们的微笑中，在他们的激情中，在他们的意识形态中，在他们的慷慨中，在他们的爱欲中，在他们的纵容中，在他们的温柔中，展示的都只是兽性。

我在用同情的目光看了一眼床上的病人后，走了出去，并在办公室里等着我的叔叔。他只在男孩儿眯了一会儿后才过来。我们的谈话持续了很长时间，期间还充斥着所有人的抱怨和指责。纳埃叔叔看起来萎靡不振，完全不同于平时我们熟悉的那个样子，即使在讨论业务时也是如此。他仿佛在期待着别人的同情。看来似乎没有任何解决办法了，就在此刻卢马纳拉鲁用随意的口吻提到，他曾在加拉茨看到了一个存放旧铁器和铜器的仓库。

"我亲爱的朋友们，我们能不能买下那个仓库？……好吧，我亲爱的卢马纳拉鲁……你呢，斯特凡，我的孩子？你怎么看？你是说在加拉茨？不是吗？我有一个律师朋友在那里……瓦西里·斯特内斯库，住在大公街26号……以我的名义给他发一封电报，让他打听一下仓库的情况……但我也觉得这应该是属于国家的。如果答案是肯定的,那斯特凡,你明天去趟部里,去得到批准。我们用当天的价格买下它。"

在马车上,卢马纳拉鲁陷入了沉思,几乎心不在焉地问,人们为什么会聚集在军人俱乐部前,接着似乎忘记了所有发生过的事情,包括他在叔叔家当仆人时端茶倒水的情景了。他用悲伤的声音嘀咕着:"他真是个好人,先生。你没看到他有多么可怜吗?"

纳埃·格奥尔基迪乌真的变得让人不认识了。差不多到了第二天我们就得到答复,此刻他有那么一瞬间又变回了原来的模样。他吩咐我立即带着申请书去趟部里。

我走过大约两间等待室,里面挤满了各式各样的人……干瘪的老人、年轻的妇女、长着胡髭的胖太太、外表可敬的先生们都在等着,他们中有些人懒洋洋地斜坐在扶手椅上,另一些人坐在凳子上,还有不少人站着。我对一位自称是办公室主任的先生说我想进去见部长,他礼貌地让我等一等。

这群由乌七八糟各式人等组成的等候大军,他们都有些共同点。在等待时一种令人紧张、让人抽搐的状态,眼睛里闪烁着因发热而沮丧的目光,这都让你以为自己是在一个著名的神经病医生的候诊室里。一有人出来,外面等候的所有人都一跃而起,但办公室主任只向所指的那个人示意。一位胖胖的、留着尖胡髭的先生在里面待了一个多小时,根本没有考虑到外面等的人。在此期间,其他人紧张地用手捋着头发,不停地换座位,有些人问着办公室主任什么,或者看着墙上某张地图或无数张通告中的一个。我确信,当这位长着山羊胡子的胖子出来时，他将被以私刑处决。过了一会儿，一个高大文雅的人走了进来，在报了他老板的名字并解释说他有急事后，马上就被领了进去。我告诉自己，无论发生了什么事，我都不会做出这种粗俗的举动，即越过在这里等待已久的人，自己先进去。

但我一直待到了下午两点，看到许多新来的人都比我先进去了，我为门那边的那个人可以容忍这种不成体统的等待场面而感到无比的惊讶。后来我发现，有些部长故意让这么多的可怜虫聚在等候室里，以此让人觉得他们权力很大，地位很高。这就是为什么他们像那些希望看起来有不少客户的专业人士一样，尽可能地拖延时间，让人们扎堆进来。甚至快到地方，脚还未跨出汽车时，他们就为等候室是否已挤满客户感到担忧。

当我告诉叔叔我无法进去见部长时，他感到十分惊讶……

"什么，先生，你站在那里等了两个小时？怎么，你没有告诉那个办公室主任你是谁吗？这太不寻常了。现在几点了？九点半了……你马上去部长家。"

"现在，去部长家？"我笑了起来，以为他在开玩笑。

"马上去，立刻就去！"他已经是怒火中烧了。

"这怎么行呢，叔叔？他也许在吃饭呢……难道可以这么做吗？"

"什么吃饭，先生？别再跟我提什么吃饭了。要不是我的孩子病了，我都想自己去了……等等，让我打一个电话。"

他给部长打了电话，部长跟他说让我马上过去。部长家里也有人等着见他，但这里的人与部里那些人完全不同。他们显得不慌不忙。在前厅和客厅里，灯光是黄色的，犹如点燃的圣灯发出的光线一般，到处摆放着富丽堂皇，但也是标准式的家具，虽然各处都挂有家族成员的肖像和照片，但人们都在以低沉的语气谈论着政治，讲着笑话。据我所知，当时在场的有议员、记者、大商人等。他们也讨论战争，但谈得较少。当我带着我的许可证回来时，已经是晚上十一点半了。

一看到这张许可证，纳埃·格奥尔基迪乌流露出沉思的表情，仔细地检查了一番部长的签名，然后抽了口烟，接着把烟头掐灭在黄铜烟灰缸里。后来他又拨了一个电话号码。他都不能坐在深棕色皮革扶手椅里打电话，而是站着打。门上都镶贴着镜子，镜面都被分成小框，框上还镀有金边（这所房子一定是由某个暴发户盖的，但后来被我叔叔看中了）。由此我看到两个他：一个是站着的叔叔，笨重而暴躁的，对自己有信心，也有斗志；另一个叔叔是被镜面折射的，又被门上镜面的小框切割成了多个破碎、不成形、闪亮而又有光泽的影像。他没有拨通那个电话号码，就威严地向我转过身来，尽管他的宽松外套松垮垮地挂在他身上。

"你马上去找秘书长瓦西里·马里内斯库，告诉他，我请求他明天一定为我准备好正式文件。"

"但明天是星期天，叔叔，部里没人上班。"

"闭嘴，我清楚我在说什么。用不着你来教我……周一上午9点前，我们必须要有一份准备好的公文……"

"我不明白怎么办……还是现在？现在几乎是午夜了呀？"

"午夜了？孩子，我们正是要在现在解决正经事……白天只有那些要几杆子帮助的倒霉鬼才来部里等着。"他厚厚的嘴唇做出要吐痰的样子。

"那晚一天又会怎样呢？"

"你不能耽误任何一天。如果有其他人也发现这个仓库了怎么办？嘿，我的孩子，你觉得在罗马尼亚大家是怎么抢口面包吃的？"

这不是我第一次听到他这么说，而且他也不是唯一一个这么说的人。我经常听到这种感慨，这都给我造成了一种印象，不过这当然是错误的，即在我的国家，面包是每个人的最高目标，是衡量所有灵魂价值的标尺。"我也想吃一个面包。"（而不是别的东西）。"他在我家里吃了面包。""那儿，也给他一个面包吃。"每个人的理想似乎完全是为了赢得尽可能多的面包。而人一生的成就也是由可拥有的面包数量来评价的。而利他主义的极限在于"你吃饱后再给别人吃一个面包"的满足感（但不能给太多，以免"他变得厚颜无耻"）。在这个一度盛产小麦的国家，人们也长期挨饿，因此现在仍然生活在对面包的痴迷之下，这让对良知的关切以及对发生在上层社会的任何剧情都黯然失色。悲剧在这里已达到"为生存而战"的程度，因为对于平庸之人和无赖流氓来说，生活远比西方要容易得多，而对于那些值得尊敬的人和想保持诚实的人来说，却比世界上任何地方都要难得多。顺便说一下，我在另一个场合碰到的一件事，它使我更加确信了这种错误的印象：一位本地学者没有对他的一位同事在科学上的论战作出回应，而是宣布他必须"让他挨饿以使他投降"，而且他就这么干了，直至达到了目的。

当然，在这样的社会中，生活将会变得很糟糕。幸好我们的同胞，在任何一种观察都符合客观真理的程度上，似乎和所有的东方人都一样，都具有粗俗和炽热的情欲。对那些难以通过理智的方式或对良心进行胁迫而得到的东西，可以很容易利用女人来达到目的。只要她们知道利用红玫瑰来耍诡计，就不会尝到被拒绝的滋味。女人可以将情况变得复杂，也可经由她们将情况变得简单，这些女人不是爱人，而是情人。这里不是细微的差别，而是本质的差别。一个大学教授在有伤自尊的面试后得不到的东西，一个女演员只消打个一分钟的电话就可以得到。那些有影响力的人也可以获得同样的成功，只消实践这句格言："Do ut des"，即：如果你也想让我给你的话，你也得给我。

就像我的叔叔，他对我失去了信心，于是又打电话试了一次。这一次，他成功地拨通了他想要打的电话号码。

"这里是秘书长瓦西里·马里内斯库的家吗？是吗？是，是，是的，是我……我亲爱的朋友，你看，我有事要请你帮个忙。我们的工厂已经拿到了购买加拉茨一个旧铜仓库的许可证。谢谢……谢谢……但我还是有事要请你帮个忙……你真太可爱了，这太好了……你看，我需要明天就准备好所有的正式文件……什么……是的，我需要星期一早上就准备好所有的文件……我亲爱的朋友，我请求你……要做什么？叫个人过来……就是那个局长，叫米绍尤，或者其他什么名字，把他叫来……不消十分钟，文件就都会准备好了……嗯，就这样……这不算什么大事……他的地址我们会找到的。他要做什么？你就把文件写上今天的日期再给他，你明天再签字……我希望你不要拒绝我。哎，快点，亲爱的……亲爱的朋友……我这里有我的人，他什么都能做……只要你同意就行了……好的……太棒了……谢谢你……就这样……吻你夫人的手……你们什么时候来我们这里吃个饭啊？"

他带着胜利的姿态将话筒挂上。他那鼓鼓的、常常充满血丝的绿眼睛闪闪发光，肥胖而下垂的脸颊现在紧紧地贴着他的嘴，因为没有胡子，这使得他满意的笑容更加显得空洞。

对我来说，这是一个令人困惑，也让人重新反思的机会。我发现这个人在看待社会命运时是那样的泰然自若（国家近在咫尺的前景并没有给他带来任何忧虑的阴影，他对于反国家的错误行为极度纵容，似乎觉得没有必要采取任何预防措施，尽管作为一个政治家，他应该具有这种责任感）。而另一个事实却是，他对个人私事的前景不断感到焦虑，他怀疑一切，不相信抽象的东西，每次都要用手指头数两遍来算计，任何一种失败的可能都让他焦虑不已，并准备像一只野兽一样，毫不留情地对付任何最含糊的威胁。我觉得这两者之间形成了惊人的反差。我不知道我是否有权利得出这样的结论，即具有伟大精神需求的人与此恰恰相反：当涉及集体命运时，他们对托付给他们的命运之路感到焦虑，对巨大的过失感到焦虑；而当涉及个人利益问题时，他们不纵容，但秉持乐观、不在意和宽容之心。

这一结论也许会减少作家们的一些恐惧，因为他们害怕"对一些人只看到他们黑暗的一面，而对另一些人只看到他们光明的一面"。不错，人有好有坏，但也有必要说明在什么情况下做出的判断。三个零是放在数字1之前还是之后，这完全是不相同的。

不过，我还是不得不再次去找部长。依我看，在等候室里的还是和前一天一样的人。秘书长的办公室主任陪同我一起来，并要求他们尽快把我引荐给部长。对我来说，这种特殊对待实在难以忍受。我感觉自己羞愧难当。当然，我是极为高傲的，但只是作为一个精神上的人格；而作为一个社会上的人格，连一个仆人过于恭敬地问候我时，我都会感到处于虚假和不安全的状态。可见我是这样尽可能地远离这种不安，然而我也常常抱怨对我表现出的这种过分的亲昵和对我缺乏的社会尊重。

从纳埃·格奥尔基迪乌的角度来看，他是正确的。星期一从加拉茨传来报告，说一个当地人提出要购买这黄铜仓库，他出的价码要比我们工厂给出的价格高许多，但为时已晚，正式的文件已经签署。

大约过了一个星期后，也就是在复活节前后，我与其他人做了一个安排，虽然我的妻子坚持要我留下来，但我还是离开了这家企业。

这还是哲学……

爱情的最后一夜　战争的最初一夜

我似乎陷入了一种模棱两可的状态：感觉自己正受到另外两人的摆布，他们始终带着一副故作深沉的神情和高高在上的态度。而我就像落入了一个医生的手里，他用各种各样的仪器在我身上做着试验，也不告诉我这样做的目的，还毫无理由地要求我绝对信任他们。可我向来不会紧跟在某人背后亦步亦趋。

尤其是这段时间里，大学的课程使我着迷，这无疑是我一生中最富有成果的时刻。在四月下旬，我做了一次课堂报告，之后证明这是一场关于《实践理性批判》[1]的真正的演讲。我们的那位教授非常严格也极为挑剔，习惯于让作报告的学生在讲台上讲解，他自己则加入第一排听众的行列。其他的同学通常直接朗读写好的讲稿，而我则采用了一种全新的方式来完成讲解。我就给定的题目侃侃而谈了一个钟头，手里只拿着一张写有要点的纸。

---

[1]《实践理性批判》和《纯粹理性批判》，都是康德的主要著作。——原注

这还是哲学……

诚然,《实践理性批判》是一本过于教条的书,但远不及同是康德所著的《纯粹理性批判》那样难懂。尽管如此,我也更加考虑听众的接受程度而不是教授的需要,力求摆脱形而上学的困难。我的妻子直到晚上都神情严肃且沉默不语。教授很尊重我,但又恰如其分,让我在台上讲了整整一个钟头,当时教室里所有听众的目光都聚集在我身上,其中也包括几个我们不认识的、长得很漂亮的女学生,大概来自别的院系。当我临下讲台时,同学们腼腆地赞美我、祝贺我,还有一群姑娘围着我,而这一切都使我的妻子感到惶恐不安。

她靠在我的胳膊上,温暖而又显得心事重重。我们得买点东西,也需要通过玩耍和放松来消除疲惫。晚饭后,我们乘马车沿着大街来到米诺维奇别墅。在散步时她很少开口,似乎一直若有所思。只有躺在又矮又宽的床上,像她所习惯的那样蜷在白色枕头中间,我的妻子才开始小声嘟囔,更像是在自言自语:"哎哟……这个哲学!"说这话时她脸上带着恼恨的神情,就像是在试穿太小的裙子和鞋时说"哎哟,这条裙子!"或是"哎哟,这双鞋!"一样。

"哲学把你怎么啦?亲爱的姑娘。"

"我什么也不懂…… 一点也不懂……"她那双蓝色的大眼睛因为苦恼而变得忧郁。

"怎么,你已经听了将近两年的哲学课了,结果你认为自己什么也没明白?"

"别管我了,我一直都没有听懂…… 这些哲学家究竟想要干什么?"

"要让你爱上他们……我想没有别的了……你看,像你这样丑的姑娘……"

"听着!我是在说正经话呢……拜托你……"

"哎,亲爱的,如果你想知道哲学家们想干什么,怎么会是在说正经话呢?"

经灯罩的反射,灯光柔和地聚集在灯罩下,将正靠在套着上过浆的细麻布枕套的大方枕头上的她镀上了一层金色。

"听着,你昨天撞到椅子后在膝盖上留下的淤青好了吗?"我轻轻掀起她及膝的薄睡衣,想好好查看一番。

她急忙把裙摆扯回原处。

"别管这个了,快回答我的问题。"

"怎么,亲爱的,你真的想知道哲学家们想干什么吗?"

"是的……"她那正经的神情,像极了一个想要月亮或者黄金鸟的孩子。

"我不知道……"

"你怎么会不知道?那你为什么要在大学里讲这个?"

"你要我怎么办呢?就那样讲了……"

"那为什么别人都说你知道呀?"

"谁在那里胡说八道?"

"算了,你就是不想告诉我。"说着,她蔚蓝色的眼睛黯淡下来,因为懊恼还噘起了湿润的下嘴唇。

我真想吻她,吻吻这个任性又在生闷气的小妻子。

"亲爱的姑娘,我真的不知道。"

"那你知道什么就说什么好了……你今天在讲'形而上学的

不安'时，是想表达什么？"

她记住了这个术语，这使我感到惊讶。但她大概是像参观者在博物馆里，惊讶于一个色彩奇异的陈列品那样记住了这个词。

"形而上学的不安？"我深深地望着她的眼睛……"当你看着一个姑娘的大眼睛时，就会感到形而上学的不安。"

"哎，你别……"

"……你会感到世界无边无际，我们是那样渺小，美并非毫无瑕疵，而且稍纵即逝，如同正义不可能实现，而我们从未认识过真理一样。如果你因此而变得忧郁……那你就会爱上花朵；即使看到像纳埃·格奥尔基迪乌那样对一切深信不疑且只在乎自己打算的人时，也能露出微笑。"

她长长的睫毛轻轻地颤动着，仿佛在被它们遮蔽着的蓝色湖泊上闪过一丝诧异。

"我们无法认识真理？为什么？正义不可能实现？"她琢磨着我的话，片刻之后又说，"美有瑕疵，而且稍纵即逝？"

"是的，我亲爱的姑娘，我们从来就没有、从来就没有认识过真理，在这个世界里也无法实现正义……至于美丽，也是有瑕疵的，而且也是稍纵即逝的……就像你膝盖上的瘀青一样……"

"哎，你真让人恼火。"她大失所望地埋怨道。

"在两周之前你得了重感冒，没有人敢吻你，你的鼻子也变得又红又肿……尽管如此，情况可能还会变得更糟，看在老天的份上……比如说你可能还会得胃病……"

"啊，别再说蠢话了……你不如告诉我什么是哲学。"

"我可是非常害怕的，如果连哲学都没能让你满意，你会对哲学也说'闭嘴'。你们女人啊……"

"拜托你了……不要再说'你们女人'…… 我就是我…… 我不是'女人们'。"

我刮了一下她的鼻子，她就像用手掌驱赶蜜蜂一样推开我的手……可接下来她脸上又露出了疑惑的神色。

"你先别动，我把灯罩摆正，好让灯光照亮你的脑袋……我受不了和你说话时看不到你的眼睛。这会引起我'形而上学的不安'。"我把夜读用的，有着绿色大灯罩的台灯对着妻子，让光线洒满她的全身。她温暖而鲜活的身形正是黑夜中欢乐的化身。

"啊……你又开始了…… 我还以为你已经变正经了。"说着，她抓住小绒毛枕头的花边角。

"亲爱的，哲学家们就像所有的孩子那样，首先想要知道'谁创造了世界'的嘛！"

"谁创造的？自然是上帝……"

"是吗？你忽略了一个问题：那又是谁创造了上帝，上帝的父亲吗？"

"？！"她惊奇地瞪大双眼，噘起了嘴。

"当然，哲学家们还特别想知道人死后会发生什么……灵魂是否存在…… 灵魂是否会消亡。但很快他们就发现无法解开这些奥秘，并意识到自己对死后的世界一无所知，从而就变得谦逊了，开始设法认识我们生活的这个世界。当然，几乎所有人都转向了宗教的形而上学。但是大多数的人，同时也在他们的主要著作中，都在考虑世界是什么……"

"能是什么呢？"她因哲学家们提出这样简单的问题而感到惊讶。

"怎么？你认为这个问题很好回答吗？"

"？！"

"我亲爱的姑娘，从一开始大家就很清楚，这样的问题不会有一个清晰的答案。在三千年甚至更久远的时间里，思想家们力图解开诸如'世界是什么？''我们可以认识世界的哪些部分？'这样的谜题。那些努力寻求答案的人，就被称为哲学家，而他们思考的总和就构成了哲学体系。因此，所谓认识论就是哲学的核心。比如莫特鲁，就是研究逻辑学和认识论的教授。"

她似乎有点恼火，又有些扫兴，轻轻拉了一下正覆在柔软圆润的肩头上的白睡衣："难道科学不是研究如何认识世界的吗？为什么还需要这样一种认识的理论呢？"

她是那样惊讶，就像所有外行人惊讶于哲学在思考的事物一样，以为在他们看来，这些问题极为容易，毕竟不会有比原理更简单的事物了。如果人们要求一位学习高等数学的学生证明 $3 \times 7 = 7 \times 3$，他同样会感到大吃一惊。

"这完全是两回事，我的丑姑娘。何况大多数哲学家都否认了科学的可能性。"

"怎么会这样？"她天真地问道。

"他们说，除去一切形式的、非现实的事物，也就是除去数学和与之相关联的一切：几何学、力学和物理学之外，一般来讲，我们无法确切认识任何事物。'确切'，你明白吗？"

"怎么会这样？那医学呢？"

"关于医学我们没什么好说的。医学的指示往往彼此相互矛盾，但又主宰着流行趋势。一些人认为除了外科这一单纯的技术之外，在过去两千年里医学没有取得任何实质性的进步。就是如今的医学也无法治愈普通的小感冒，至少你也见证过了，我不得不等待两个星期才能名正言顺地吻你……"

"哎！"她恼怒地用小毛绒枕头打我的头。

"几十年间，医学都建议神经官能症患者洗冷水澡，如今却谴责这种做法，认为这样做对这种病人来说尤其有害，应改洗苏格兰浴。有半个世纪之久，医生都建议吃仔细煮熟煮透的食物，而为了不损失维生素，现在建议吃几乎生的食物。从前推崇给阑尾炎做手术，之后又反对这种做法，改用强化疗法，便于之后再用激素治疗，而现在又恢复用手术治疗了。前几天我曾读到一位医生的观点，他认为肮脏的河水更适宜饮用，因为其中含有人体所必需的细菌，因此他也反对把水进行过滤。似乎有些医生不赞成让卧室通风，这是为了在睡眠时不至于消耗过多的氧气，这样休息会更充分，为此还引用了鸟类把头埋在翅膀里睡觉的例子。过去还有这样一种原则：'用腿比用胃更能消化食物'，然而现在医生却叮嘱要安安静静地午休，就像一些吃完就睡的动物一样。医生曾热情地向结核病人推荐呼吸高山上最寒冷的空气，然而在山上死了成百上千的人以后，又建议其他病人不要爬到山顶处，要到较低的地方调养。此外，很多人向来有一个疑问：是否过量用药导致了人类最严重的疾病——癌症，从而证明医学没有任何进步，因为表面上的康复换来了更为严重和可怕的病痛。无论如何，应该注意到，那些忽视医学的人比整天围着医生转的人活得更健康、更长寿。我只是给你举了一个例子，至于其他学科，也是一样……关于历史有什么好说的？你已经看到了阿纳托尔·法郎士[1]是怎样嘲笑历史的。况且哲学家们不只思考医学，而是思考能成为认识对象的一切事物。我们不能真正地认识任何事物。"

"我还是不懂……我们怎么不能认识？"

"你听着，我用另一种方式问你。我们是怎么认识世界的？"

"通过感觉……"

"很好……但是感觉是会骗人的：耳朵会对你说谎，眼睛会欺骗你……一个世纪以来告诉我们的一切，总归逃不过被否定……我们看到的颜色不是物体的颜色……而是眼睛让我们看到的颜色……色盲患者会把红色看成绿色。如果我们所有人都是色盲，那么所有红色的物体都会是绿色的，可见眼睛多次受幻觉的蒙蔽……耳朵也是一样……'我觉得有人在叫我'，触觉会骗人，内心的感觉也会……那些腿被截肢的人有时候还会觉得断腿的脚指甲在疼而不住地呻吟。事物本身什么也没有：没有形状，没有颜色，也没有声音。可是，你难道没有在睡梦中看见感觉是怎么欺骗我们的吗？你在梦里就和在现实生活中一样。太阳炙烤着你，草是潮湿的，冰是寒冷的，你会看到自己从没有想过的事情，比如你赚了几口袋的金币。你甚至也很担心，怀疑自己是在梦里，于是想要验证一下就摸了摸自己。但你还

---

1 阿纳托尔·法郎士：法国作家、文学评论家、社会活动家。1921年获得诺贝尔文学奖。——原注

是说服自己这就是现实。对于任何一个真正的思想家来说,已经可以确定的是我们无论如何不能相信感觉。一切事物都是相对的。相信感觉的话,你的鼻子就会像是西哈诺[1]那样的大鼻子而不是真正的小翘鼻了。"

"你听着……"她威胁地露出洁白的牙齿,其中在红红的上嘴唇下的两颗门牙,稍微比别的牙齿宽一点,像是两瓣细小、诱人的樱桃树花瓣。

"谁会怀疑你的金黄色头发是用茶叶染出来的呢……?它骗过了所有人。"

"啊!"她开始生气地对我拳打脚踢,给我指着她一绺顶部就是金色的头发,说道:"你看……你看。"

"亲爱的,你让还是不让我继续研究哲学了?"

"如果你老是说坏话呢?"

"什么坏话?这些是坏话?你看,如果你不安静地坐着,你那金黄色的卷发就要被你弄坏了。"在她安静了一会儿后,我接着说:"你有时候对我说,你爱我,那我就一定要相信这点……尽管我知道这也是很相对的……谁知道呢?"

她用一双大眼睛看着我,像个生气的孩子。"你说过你现在只讲哲学……"

"不然是什么?你觉得这不是哲学?那我是否想要知道你是不是爱我?"(我现在才意识到,那时的我丝毫没有想到这些话语在某一天会对我有什么深刻的含义,会变成一个让我发疯的无解之题,以至于让我不得不没完没了地重复这个问题,现

---

[1] 法国诗人兼作家埃德蒙·罗斯丹话剧《西哈诺·德·贝热拉克》的主人公,拥有长鼻子。——原注

在当我想到那个时候自己开玩笑时是那么地安然平静,我就忧郁地笑着,那时候的自己就像坐在火车上的旅客一样开着玩笑,什么也不知道,有一辆列车正沿着同一轨道迎面飞驰而来。)

"我一点也不爱你……你继续说。"

"然而哲学家们自己问自己,在表象之下没有什么是绝对的吗?没有什么可以经得起任何分析吗?每个人也都提出一些看法。每个人都有他自己的体系。最早的一些古希腊著名哲学家表达了在某种程度上有点儿简单的理论。在米利都学派的泰勒斯看来,如果你不断地寻找,你会发现本质、绝对的存在就是水。它可以转化为世界上存在的一切事物。而赫拉克利特只看到运动和变化,对他来说恰恰相反:本质、绝对的存在只是火,是更纯粹的火。更早的时候有另一些人认为世界的本质是土地,还有一些人则认为是空气。事实上,所有人一直都是借助这些'原理'来理解现代科学通过'能'所阐释的事情,在现代看来,'能'转化成一切事物,创造了现实存在的世界。因此,这些古希腊哲学家是物理学家,此外,他们也是杰出的数学家。毕达哥拉斯甚至认为数字是世界上唯一的实在。因为表象会骗人,而数字从来不会骗人,3+4任何时候都等于7。另一些人发现了运动是绝对的。只有芝诺认为静止是绝对的。但是我们要略过这些早期的哲学家们,因为所有人都有道理,但所有人也都夸大其词了。"

"你听着,我不懂。"

"哎,你总是听不懂……"后来我微笑着说,"一位哲学家不需要被理解,因为这是不可能的……换句话说,三千年以来,所有哲学家都表明彼此之间无法相互理解。如果他们彼此都不能相互理解，那么你怎么会想理解他们呢？……你确实也是这个样子的……"我假装很不尊重地看着她。

她很专注，并没有注意到什么。

"好吧，但是连教授也不理解他们吗？"

"无论是教授，还是其他任何人都不理解。一个哲学体系可以是一个美妙的体系，或者什么都不是。别忘了这是一位伟大的哲学史教授。一位史学家靠的是记忆，他一个接一个地陈述这些哲学体系，而不是对它们进行解释，因为它们普遍是关于逻辑学和方法论的杰作。你们得接受它们的出发点，即那些恰恰通常被表明是无法理解的东西。哲学家和疯子都是逻辑学的最佳拥趸。如果你们接受了一个疯子说他自己是用玻璃做的，那么一切事情都会以极其正常的方式进行下去。他要避开你以防被撞碎，要细心地清洁以永久保持清澈，关注自己的重量，希望能够发出清脆的声音，如此等等。此外，在最早的古希腊哲学家之后紧接着的是诡辩家，他们促使怀疑成为最终的后果。如果什么事情都不是真的，那么人们就可以肯定任何事情。所有事情只要被表达得很美妙动听就可以了。如果'人是万物的尺度'，而且无论人花费多少力气，他发现的都只能是谎言，那么至少他会选择讨人喜欢的谎言吧。像你看到的那样，诡辩者们就是你所偏爱的作家阿纳托尔·法朗士的祖先，法朗士也声称任何想法都可以得到支持，真理是不可知的，我们剩下唯一要做的是寻找美和讨人喜欢的事物。因而他会偏爱一座雕像或者更好的是，他会偏爱一个像雕像那样美丽的女人，而不是一位哲学家……尽管我不赞同他的说法，尽管你有着这么丑的胸部，但你看，有时候我看着你，我也会觉得他说的也有点道理。"

她听了很是烦恼，整个人从下巴以下到脚都被象牙白缎面的被子包裹着，像一个襁褓中的婴儿。

"很好，你继续说。"

"我会说的，不过你得把被子放到一边。"

"但是你得说……你听见了吗？"比起一个妻子，她总是更像孩子。

"我会说的，但现在要说得简单点，你看天已经快要亮了。"

我仔细地看着她。午夜之后，现在只有我和这个灯光下赤身裸体躺在白色枕头堆上的女人单独在一起，在整个大地之中，被星星包围着，被无边的蓝色笼罩着。

"晚了有什么关系呢？你说吧。"

"嗯，好吧。先不提那些不太重要人的名字，大约两千年前的一批伟大的哲学家，他们对诡辩家的态度和立场表示很气愤（因为这些人，认为感觉会骗人就否定了一切），于是去寻找是否存在另一种获得真理的更可靠的方法。于是他们发现了理性是一个很好的手段，它可以帮助我们揭示一些绝对的真理。苏格拉底发现善是绝对的，而柏拉图得出的结论则说，理念是永恒不变的。动物会出生、成长、死亡；但是动物这个理念，这个种类则会一直存在于远方的某处，存在于空气中，天空中；亚里士多德发现只有活动才是可靠的，人一旦不活动了就像墙上的画一样死气沉沉，活动是可靠的。而笛卡尔则发现怀疑是可靠的，因此要通过思考推断出世界是确定存在的。斯宾诺莎比其他人更偏向理性主义，他得出的结论是只有实体才是可靠的，即上帝和一切存在只是实体的形态和方式。他的看法近似于在文学中表达的泛神论，他认为上帝不在一切事物之中，因为上帝就是一切：是花，是树，是山，是人，是思想。莱布尼茨继续在理性的道路上发现了积极实体的存在，即单子的存在是绝对确定的，而单子是一种构造世界微小的精神原子。这些人都是主要的理性主义者，因为我略过了很多人，其中也有些宗教人士，如来自亚历山大城的普罗提诺，基督教哲学家和圣徒：圣奥古斯丁、圣安塞姆、圣伯纳德和圣托马斯·阿奎那等。你是睁着眼睛睡觉呢？还是在听呢？"

她用胳膊肘支撑着："你继续说……"她露出洁白的手臂。

"总之，在两千年的时间里，这些人及他们的弟子畏惧感觉的不确定性，企图在理性中或在对上帝的信仰中寻求支持。然而英国的哲学学派诞生了，你知道英国人是很务实的，英国学派主张我们只有通过感觉才能认识事物。理性只会导致空谈。这些英国人中有一个叫罗杰·培根以及比他晚三个多世纪的另一个人物弗朗西斯·培根，他们鼓励我们回归自然，只相信那些我们可以掌控的事物。他们是现代科学之父。另外一些探讨哲学的英国人，他们满足于否认理性转向的价值。洛克主张的是与两千年来对立的观点。他认为只有通过感觉，通过经验，我们才能认识那些值得认识的事物。在经验之前，心灵是一块'白板'。一切都要通过感觉来认识。贝克莱主教得出的结论是一切事物只在通过感觉被感知的时候是存在的，不被感知的事物就是不存在的。因为认识是一种精神行为，精神就是一切，所以物质并不存在,而感觉是由伟大的精神——上帝引起的,就像精神引发和体验梦境那样。生命和物质只是一场精神的梦境:戴维·休谟否认精神的存在,并让诡辩家的旧怀疑论以一种新的形式出现。在现实中不存在任何事物。我们身边的一切事物都只是相对的,都可以归为观念的集合法则。当然除了没有任何科学价值的感觉带给人的事物之外,不管是数字还是原因都是不存在的。还有一位英国人托马斯·里德,也是教会人士,他就抨击这种空想的哲学,他讲了一个笑话,在当时引起很大反响。笑话是这样的——前些日子,我遇到了我的好朋友,我们暂且称他为约翰吧。他非常不开心……我问他:'约翰,发生什么事了?'他说:'我很发愁,我的大儿子发疯了。'我问:'是亚瑟吗?诶,你可别说的是……那个在牛津大学学哲学的孩子?'他回答道:'就是他。他之前过节回家了。我当然做了一顿丰盛的大餐,还很激动地问他在大学学了什么……儿子说:爸爸,我学了很多,还有你料想不到的东西。比如,我学到了,一切都是不存在的,一切都只是我自己感觉的产物,包括这张桌子和放在它上面的所有东西:看,我的手也是我的感觉创造出来的。我周围的一切都是。连您,我的爸爸,也是我的感觉创造的……当我听到这些话后,我感觉很糟糕,怒气冲冲地站起来,冲他发火:好吧,臭小子,酒、杯子和桌子是你的感觉创造出来的……或许是吧……我不知道。但是我很清楚是我创造的你,你却对我说我也是你的感觉创造出来的?这真是太过分了。从我家出去,滚回你的哲学家那儿去吧!"

妻子开心地大笑起来,我看到她红唇间洁白的牙齿,就像红果子露出里面的果仁一样。

"这位主教讲得很有道理。"

"我相信你会觉得他说得有道理……这些主教大人和漂亮女人的看法总是一致的。但我现在累了……但我还是提到了最伟大的哲学家康德。他调和了两千年来的理性主义和英国人科学的经验主义,其实也不能说是调和了,而是他找到了真正的途径。他说:不管单凭理性还是单凭感觉都不能获得一个确定的真理。单凭理性会令我们步入歧途,而单凭感觉又会是死板的。对于激发我们感受的真正的世界,我们并不了解。康德把那个世界称作'自在之物',即'本体'。本体指事物的本原,是任何人都无法认识的。当本体想要来到我们面前的时候,它会以受我们感觉支配的形式出现,并按照我们理性要求的那样组织起来。当这个本体想要进入我们头脑堡垒的时候,它就必须要遵从必要的礼节,穿上一套特定的服装,保持习惯和遵守规定。理性不能知道任何这个堡垒城墙以外的事物,但是可以保证堡垒内部事物的秩序和安全。因此,在康德看来,我们看到的世界是我们每个人的一场梦境,然而这场梦不是偶然产生的,它是按照某些规则形成的,按照'内部'的规则,即感性、判断和理性规则。'那永恒的死亡幻梦是整个世界的生命……',亲爱的,这就是哲学,我尽可能清楚地解释了,为了让你这样一个小傻瓜能听得懂……"

她躺在雪白的细亚麻床单上,像一只被激怒的小猫:"你又来?"

"唉,好吧,对不起,我改正一下:你这样的大傻瓜。"

"听好了,别惹我发火……你现在最好跟我说点别的。如果真实的世界是每个人根据现有规则形成的一个梦境,那么怎么让所有人都能按照相同的规则做梦呢?"

我惊讶地看着她。

"原来你没那么傻啊。"

她生气了,想抓住我的手咬一口。

"真的,我没开玩笑……那些读过康德著作的哲学家也问自己同样的问题。康德曾说,存在一种'普遍认识'。但是,这种解释显然是不够的……你对这个说法满意,但你那些哲学界的同行们,他们可不……"

我还没来得及说完,一对带花边的羽绒枕头就朝我头上飞了过来。

"亲爱的,我都不知道该怎么和你相处了。要是我跟你说……"

"停。你先靠过来点,回答我一个问题。"她用命令的语气打断了我的话。

我装出一副顺从的样子等着。

"问吧?"

"那个瘦瘦的金发女孩是谁?"

"哪个?"

"就那个长得丑丑的…… 那个报告会后,你和教授在谈话,有几个男孩和两个女孩谈论着你,那个女孩夸口说她认识你……还有个男孩也说你们曾是高中同学。"

"谁?"

"哎，什么是谁。就……金色头发、长得丑丑的那个。她坐在第五排最靠边的位置。"

我什么都不知道，胡乱猜测道：

"哪个啊，坐在第五排边上的？啊！金色头发的……是嘴很漂亮的那个女孩吗？"

她撇了撇嘴。

"是啊，漂亮，涂得像个稀奇古怪的人一样。"

我明白过来了，但继续逗她玩，一脸笃定地说道："啊，我现在知道你说的是谁了。她是我过去的情人……"

她扬起眉毛，惊讶地盯着我看了一会儿。

"你这个坏蛋！"她攥起拳头扑向我。

"嗯，是啊……她真挺漂亮的……她的嘴唇多么……"

她想用脚把我从床上踹下去，我不得不下床站着，以免摔倒。

"亲爱的，她的双唇热情又贪婪……"

她生气地朝我大喊大叫：

"闭嘴……听见没，闭嘴……"

我站在房间中间，洋洋得意地说："贪婪的嘴唇……亲爱的……她吻技很好，不像你……"

她跪在床中间，用枕头扔我，大叫着："我一点也不感兴趣……别说了，我不想听……那个丑陋的女人……"

"当她把你抱在怀里的时候……那怀抱，真像救生圈一样……"

她从床头柜抓起一本书，想朝我头顶扔过来，但我先一步把她圈在怀里，和她一起倒在床上。我把她的肩膀按倒在白床单上，把她的左手固定在腰下，这个姿势使她不得不拱起小小的乳房。我抓住她的双手，手肘压住她的左臂，手指钳住她另一只手臂靠肩的位置。虽然我只压住了她胸部以上的地方，她胸部以下还是自由的，且不着寸缕，但她不论怎样也挣脱不开我的束缚。我是跪着的，右手也空着，这样一来，她的唇就任由我摆布了。可我没有吻她，只是凑近她的唇角，静静等着。她挣扎着，双腿不停地想蹬我，但一切都是白费劲。她的衬衫已经卷到了她的脖子底下。

"还想把书往人家脸上扔吗？"我故意逗她说。

她的娇唇柔软又饱满，我用嘴唇勾勒着它们的轮廓，若即若离。她战栗着，我能感受到她微张的嘴唇以及呼出的如花朵般芳香的热气。我把脸歪过去，用嘴唇轻轻地碰了碰她的耳朵。她扭着腰，脚后跟用力蹬着床挣扎，身体躬成了一座桥，像是到达了快乐的顶峰。在通明的灯光下，腰间那朵苍白而娇弱的小花更是一览无余。

"还淘气吗？"

她沉默不语，但气恼的神态仿佛在说：只要我能挣脱，就有你好看！

这个二十岁的女孩全身赤裸着，身体柔软又有力，就像小猫一样，没有一根骨头是突出来的。她的皮肤光滑而白皙，闪烁着珍珠母贝般的光泽。突然之间，她全身的线条变得像天鹅般优雅，所有线条都那样圆润流畅。因为双手被我扳到腰下，让如同鲜果一般坚挺的乳房线条优美地弓起并向下延伸至胸腔，而在那以下，腹部的线条突然又凹陷了下去。她的双腿健美匀称，合拢后大腿间还能露出些缝隙。她屈着腿，膝盖到胯股间形成了细长且优美的弧形，而她的女性美则被括于其间。尽管她在剧烈地反抗着，我还是凑近了她的唇。当我感受到她娇柔又甜美的双唇时，就像碰到了一颗饱满的果仁，但就在双唇相触那一刻，我却装作像看到蛇一样害怕，猛地松开她，往后一跳，跳到了屋子的中央。

她愤怒地一下跪坐起来，眨眼间书就朝我头顶飞来……我刚躲开，紧跟着桌子上的古龙水又飞了过来，正好击中了我背后架子上的花瓶，将一切砸了个粉碎。

我不知道，要是这瓶子砸在我身上，会怎么样。我可能会毁容，甚至直接被砸死也说不定。毫无疑问这是次癫狂，她化身为丛林中的野兽，出于愤怒而疯狂地发作了。但我从未像现在这一瞬那样深切地爱她，即便她杀了我，我也不会放弃这种诱惑。这种像和一只被激怒的豹子玩耍般的滋味，是我在其他女人那儿从没体验过的。我再次将她拥入怀里，当感到这次我的嘴唇紧紧地、温柔地贴着她的时，她浑身一松，像一块软布一样软了下来，她将胳膊滑到我的脖子上，在我的长吻中屏息不动。

我避开她热烈的吻，双唇转而在她的腰间游走，她微微蜷起身体。我将耳朵和脸颊埋在她的腹部，那光滑的小腹既像一块天鹅绒，又像一片黄玫瑰花瓣，就像医生仔细听着患者的胸腔一样，谛听着她卵巢内的生命，蓬勃如植物的汁液。她又开始扭动起来，年轻的身体因为爱欲就像面包一样柔软。她姿态慵懒、面色苍白，闭上双眼忍受着痛苦的欢愉，而她齿间咬紧的嘴唇，像血红色的康乃馨一般。我凝视着她，看着她悲伤的眼睛，那双曾在朋友病榻前照料几个日夜而未闭过的眼睛，看着她曾从病房中端出一盆替换下来的脏绷带的手，同样的那双手还为老姑母誊写过几十页的文稿。我开始在这具热情且娇贵的身体内找寻灵魂、思想与忠诚之花。默默地，我们之间的引力抽搐般断断续续地增长着、激荡着。她突然兴奋起来，满脸通红，激动而又含糊不清地在我耳边低语："如果没有……我的生命……如果没有……"

就这样直到我们拥抱着创造了那个奇迹。

课堂报告会后没多久，一天下午，我和我的妻子在街上散步，碰见了我的表姐阿尼什瓦拉，她嫁给了一个在丘尔尼察附近的庄园主。这时刚好是五月初，一缕缕的嫩芽挂满枝头，倒显得树枝更黑了。春天，像引诱蜥蜴一样，引诱人们出来晒太阳……林荫道也被晒得暖烘烘的，阳光在每一处都洒下了一块块明亮又清新的光斑。阿尼什瓦拉把车停在了前面第二环岛处，正慢慢地向我们走来，仿佛是有着黑褐色秀发、姿态袅娜的美丽女神。

我们过穷日子的时候，几乎没见过这位表姐。她是"上流社会"的太太，在布加勒斯特有一处很大的住宅，生活过得非常阔气。她是那群优雅女士中的一员，属于无论是在大街上，还是在剧院里，大家总要打听一番的对象。她有一张如陶瓷般透亮的鹅蛋脸，一双又大又黑的杏眼，两条修理过的眉毛，细长且几乎直插入鬓角。她的鼻子和嘴唇距离较远，连结两处的人中几乎微不可见，鼻型十分精致，和唇形一样清晰可辨，所有这些构成了她的整体特点，还为她增添了一丝骄傲的神韵。然而，左颊位于红唇上方的一颗美人痣，却又显得她平易近人。但与这面庞强烈引人注意的刚强结合在一起的，却是一具像黑暗中孕育出来的花朵那样异常娇弱的身躯。大概是因为那些不眠之夜吧，又或者，谁知道呢，也许她病了。

这时她似乎才注意到了我的妻子，惊叹说："天啊，她太迷人了……你瞧，她多可爱啊！对吧……"我的妻子非常开心，笑得像个中学生一样不加掩饰，为自己能得到这样一位品位高雅的太太的喜爱而骄傲。女人们总是对于诸如此类的青睐非常敏感。紧跟着便是接二连三的互相邀约，尤其在庄园里的活儿忙完，阿尼什瓦拉的丈夫约尔古回到布加勒斯特以后，我们几乎每天都要见面。生活飞快地，以田野里融雪般的速度，发生着天翻地覆的变化。我们也变成了上流社会的人物。出席熟人家里的宴会，去朋友的庄园赴约，晚间到餐厅，夏日去花园，朝歌夜舞，这些成了我们日常的消遣。五月，在第一环岛和赛马场之间的大道上，举行盛大的"斗花"活动，我们自然也参加了。我们坐在阿尼什瓦拉的车里，车上堆满了丁香、玫瑰和康乃馨。每一次都让我像接受痛苦的治疗一样备受折磨，可我的妻子却好似在这样奢华的环境中找到了新的机会，如同有些人某天突然发现自己有意料之外的才能，并且每天还有各种各样崭新的机会大显身手。新款连衣裙，精致的皮鞋，洋气的帽子，与那些打扮精致的客人们一同进餐，也许别人会觉得这些都是千篇一律，甚至毫无新意，但在我的妻子眼中，现在的生活和以前比可有着天壤之别，就像药妆店橱窗里的广告，在一只细嫩白皙的手旁边是一只脓肿脱皮的手,上面还写着:"使用 X 护手霜前后的对比。"

至于曾经的老友,现在就别提了。不只是因为他们穿得不上档次,进不去我们现在常去的地方,而且他们的物质条件没这么优渥。以前我们那群人不管到哪儿,当然都是我付钱,但现在因为花销太高,我自然也不能这样做了。其实,一旦开销变大,这样的分离是不可避免的。当你升了一级时,无论多么舍不得,有些人注定要留在下一层面的。

大约就在这个时候,我的妻子开始非常关注我的外表和服饰。我知道自己在大学时被大家归于外表"体面"的这类学生。因为我身材高大,气质优雅,不过我的确只备了一套衣服,一直穿它直到穿坏为止,然后再换另一套。领带也如此,只有在脖子上的那条领带皱巴巴的时候才会买一条新的。当然,只要鞋匠认为靴子还可以修理,我就给它们打上鞋掌。由于我身材瘦削,再加之我总是买自己认为还不错的东西,所以我并没有理由担心。起初,我的妻子满足于为我熨烫衣服,为我整理好领结,每天在我的上衣口袋里放一块精致的手帕。后来她给我又买了三条新领带和半打上等的细亚麻布的手帕。看来她对我在穿衣方面的粗枝大叶感到尴尬。的确,某天下午连我自己也注意到我和来到阿尼什瓦拉家来跳舞的人之间的差别了。首先我意识到一件衬衫不能连穿三天。其次,我的袖子向外翻边,而且太宽了,而我看到一个"男舞伴"的袖子细窄又紧致,就像丝绸的手铐一样紧紧包裹住了手腕。而且我的皮鞋尖有点上翘,而他的皮鞋平展展的,就像新的一样。他似乎在 5 分钟之前刚打理过头发,头发梳得一丝不苟。他看起来比我干净和整洁得多得多,尽管我每天都洗澡。大约两天后,我的妻子有些尴尬地给提了一个建议,我也猜到了她这个建议的内涵。

"你最好今天或明天就订购两套新衣服吧?因为衣服替换着穿,可以保存得更好……说真的,斯特凡……还有,不要再把书放在衣服的口袋里了。"

"我亲爱的,我还得去试一下衣服样子……"

"这又有什么法子?看,夏天马上就要来了……如果你订购三件丝绸衬衫,不是更好吗?也许你给自己订购半打也无妨……"

我明白,在她的心里正做着对我不利的比较,她也因此而不高兴,但却没有说出来。

我感到这不是她在我身上发现的唯一的缺点。看来她现在所欣赏的那些赶时髦的人物,都具有一种我却没有的风格,而我也看到我的女人在日复一日的关注和欣赏中,渐渐与我疏远。

我的生活很快就变成了一种持续的折磨。我知道没有了她,我会活不下去的。就像一支准备朝一个方向进攻的军队,我再也无法改变我激情的出发点。在我所有的计划中,在我未来所有的欢乐中,都有她的存在。在餐桌上,在夏日花园的午夜,我不会去听邻座的男人或女人告诉我些什么,而是神经质地竖起耳朵,偷听我妻子与她身边那个优雅绅士谈话的只言片语。我一本书都读不下去了,不得已离开了大学。有一天,我在她的桌子上发现了一封还未寄出的信,是写给巴拉德的一位先生的。我急忙打开它,同时也为自己感到羞愧:"科斯蒂卡先生，你本应该来这里的……但这要花不少钱，在议员的建议下，我已咨询了一位律师。但您还需等待一段时间，如果在这之前我给您寄了一百八十列伊，即第一个月的退休金，请不要介意。如果您在拿到退休金后不归还这笔钱的话，我会给您和索菲卡夫人一点厉害瞧瞧的。"等等……

我一般都是在阿尼什瓦拉的家里认识新朋友的。我在那里结识了一位据称是律师的人，他同时还是位舞蹈家，非常受女性的追捧。他教她们，甚至是最有名的女舞蹈家们，一种新的时髦的舞蹈——探戈。她们是如此美丽和热情，让人忍不住去拥抱，却在他的怀抱中做着他教的动作，耐心地将一个舞步重复做十次，而他则用令人恼火的神气对她们做出各种评价，这一切真是令人吃惊。他也是因战争的原因从巴黎的卡巴莱餐馆里过来的，和我们以及其他三四对年轻夫妇组成了正如富太太们不无骄傲地称作的"我们的小团队"。

当然，我有时也会问自己，我是不是自己造成了这种痛苦，如果没有例外的话，任何谈论爱情的人都不应该犹豫并避免为他人说话——事实上，我认为他们在说话时永远不应该使用第三人称——因为他们想要表达的感情是无法用言语谈论的，而他们用来表达的言语也不能表达相同的内容，即使表达了相同的内容，但这种情感的紧张程度和持续时间也可能是多种多样的。例如，有人因为自己妻子在桌子底下握了一下坐在旁边的男人的手，就感到万般痛苦，而对另一个人来说，这完全是件不重要的小事。任何一个陷入恋爱的人就像一个孤独的路人，从他的角度而言，他在这个世界上是独一无二的，他只是怀疑其他人是否也有相同的感受，因为他只通过语言这种不完善的交流手段与他们交流。我在想，也许是我在没有邪恶的地方看到了太多的邪恶。例如，套用那些过于简单而愚蠢的判断公式。我周围的人都会告诉我，我如此痛苦只是因为"我爱吃醋"。他们想说我的痛苦是没有任何根据的，更多的是出于某种精神结构上的缺陷，并不符合常规和现实。这又是另一个荒谬的公式，有关爱情的形而上学的概念，这个公式在现实中无法解释任何东西，就像几十年前使用的另一个形而上学的公式，它无法解释物理学中的任何现象，但却被狂暴地到处使用，即"大自然厌恶真空"。

不，我根本不是爱吃醋的人，尽管我在爱情中遭受了如此多的痛苦。

看，就比如，我为了G先生的原因开始焦虑的第一天，阿尼什瓦拉不知为何对"小团队"出游旅行有一种狂热，旅行时的混乱让我感到心烦，而她决定在圣康斯坦丁和海伦娜日（这天恰好是星期六，而星期一又是另一个节日）坐团队中某些人的车，进行为期三天的旅行，去奥多贝什蒂的葡萄园，以及一些大家共同的朋友那里。我从一开始就为上车感到烦躁。有两三次，我们已经安顿好如何分别乘坐三辆车了，结果他们又把我们换了两三回，因为有个重要的人不满意自己的位置。其实是因为这些女人总想在她们感兴趣的男人旁边找个位置，如果一开始就没有得逞的话，她们就会以最无聊的借口毁掉所有的安排。最令人不快的是，我们不断上上下下，却都不知道为什么，而这都是那些闷闷不乐，却又纯粹是故意的人下令给我们的。

"我们是不是又要下来了？怎么了，伙计，还没有安排妥当吗？"

那些已经安顿好的人无聊地耸了耸肩，作为这个问题的回答，现在他们担心自己的精心算计又要被破坏了。

对我来说，最大的惊喜正是我的妻子，她因为自己的美貌而备受关注，而她的参与也是这次旅行成功的一种原因。不过她有两次惹恼了所有人，因为设法让她两周前刚认识的舞伴 G 先生坐到我们的车里。自从我们相爱以来的两年里，我们已经习惯了对世界上的其他事物漠不关心，无论我们在哪里，尤其是单独在一起时，我们都会在长谈中自得其乐，而这种长谈也常常以肉体上的愉悦而最终结束。我们会更享受一次旅行或是参观一个画展，如果我们能相互沟通并确认对方的感受。当我们在外交际时，如果无法与对方交谈时，那么简单的微笑或长久的注视也能为我们解释周边的情况，评定一些细节，因为一切都是建立在对世界如此安定的理解和完美的交流习惯的基础上，因此语言反倒是有点多余。我估计，即使这次旅行也是对彼此生活的一次放纵，对我们双方都有好处，但看起来从一开始，她就努力使一个令人不快的外人侵入到我们的亲密关系中来。起初我只是这么想的，但后来我惊恐地明白了，在他们不断的亲近中，那个入侵者是我。

当然咯，从一开始起，她那直接而又毫不掩饰的偏爱和贪婪就在我和这位走在我们俩过去未知道路上的先生之间造成了一种尴尬的感觉。他很清楚她想要什么，我同样也知道，最重要的是我们俩都清楚，对方是明白的（可能她也知道），但谁也没有勇气来坦白这一切。显然，我为了显示自己极有教养，表现得过于礼貌了，说了很多完全是多余的话。

"但不是……但不是……请……为什么不呢？我坐着很舒服……不，我一点儿都不介意。那您呢？哦……那好吧……很好……你坐着还好吗？（我的妻子坐在我们两个人的中间）。啊……现在很好，这次旅行一定会很美妙的……这会儿的天气很好，因为是五月份，不会太热，也不会太冷……我们什么时候到达？是吗？是下午一点钟？好吧，希望到时我们的发动机不会有任何故障哦。"

一路上，我的妻子只注意到了他的存在。她只为他或和他一起谈天说地。她的声音略显兴奋——起初我以为，这都是因为太阳和清晨田野间充满露水气息的空气的原因——她对路上碰到的细微琐事都会感叹一番。如果轿车差点要撞上一群鹅了，她也会用"啊呦"一声轻轻地感叹一下！这声音是从她女性的内心深处所发出的，想必与她之前所"啊呦"的意思完全不同。假如看到一处有漂亮门廊的房子时，她就匆忙指着说："你看到了吗？"而此时汽车已一驶而过。前一晚下了点雨，因此现在没有一丝灰尘能遮蔽我们的视线，但内心的不安才刚刚开始。我们没有穿胶布雨衣，也没有戴亚麻布的帽子和眼镜。我妻子倚靠在我们两人之间，显得春风得意。她将左臂放在我的胳膊上，在前面伸得笔直，这样我就能感觉到她从肘部一直到她的肩胛骨，同时我还能感觉到她的整个腰部，仿佛还感受到了她内在器官的生命力，就像人们能感觉到树木的浆液在流动一般，因为我的前臂也轻轻地靠在她的臀部上。当然，他也是用同样的姿势坐着的。

也因为路上没有灰尘，几辆汽车并排行驶着，坐在车里的人们时不时地互相追赶起来，驾驶汽车赶在前面的人充满活力地高喊着庆祝胜利，还挥舞着手和手帕相互致意。过了卡鲁加雷斯卡山谷，有一辆车抛锚了，于是我们不得不停了下来，让轿车主人和开车的司机赶快修好。但最终我们还是耽误了一个小时左右。我妻子想要一棵已开花苹果树上的枝条，因这树长在离我们所在的地方还要下面一些，于是他自告奋勇地要为她折下枝条。他们俩一块儿了，不一会儿她就双手抱满了树枝，金发碧眼的她远远看去，就像一尊盛装的圣像。他们的快乐和愉悦冷冷地盖过了果树被折断的残酷事实。接着她同意拍几张照片，因为他就像赛马场上赶时髦的人一样，"装备"着各种各样的小东西，当然，相机也是必不可少的。

从我所在的位置上看去，我无法不注意到，当他们再次爬上山谷，走到公路上，并在汽车修好后，她一直快乐地让自己的身体倚靠在他身上。汽车过了布泽乌之后，我们明白到奥多贝什蒂吃午饭已经来不及了，于是便决定在兰尼库—塞拉特吃午餐。

到了这里，我们都坐了下来，但我妻子发现如果坐在摆在花园深处的另一张桌子旁要好得多。于是我们大家都站了起来，跟着她走。因为她洗手，往脸上补粉的时间弄得有点久，另一位女士已经坐到了G先生身旁的位置上。当然，我已经为她留了我身旁的位置，但我现在必须和其他人一样，不停地调换座位。现在他们俩终于坐在了一起，而我则在一个角落里，坐在一位老先生和一位长相丑陋的女士之间。我们中的每个人都相信，一个爱我们的女人会特意为我们保留某些充满抚慰和美丽的小动作，这些小动作被我们赋予了某种意义，然而看到她为另一个人也保留了这些动作，这让我们感到刺心的痛苦。这真的很愚蠢，但她津津有味地尝了尝他的饭菜——她是知道这种姿态以前给我带来了多少快乐的，即使我生病了，这么做也会让我吃起来有胃口——这让我沮丧万分。我向左向右地不停地微笑着，痛苦地努力着，以便不被人发现我对于这些小事耿耿于怀，这可能会引起所有人的注意和评头论足。此外，我认为人们只有在注意到作为丈夫的男人重视这些事情时才会重视，因为人们只对"戏剧性的事件"感兴趣。午餐快吃完的时候，他们两人都要了甜饼，而他们一起这么做的原因，既是要强调他们有可能成为真正一对儿的倾向，同时也是一种培养情感的姿态，为了日后某种强大的激情。一般而言，在关系密切的恋人们的所有姿态中，都有一种相互呼应的意识，虽然不能公开，但却很明显，就像那些互不认识对方的人，通过写信的方式来定好一个约会（他在衣服扣眼上别一朵蓝花，而她则在胸前也戴一朵蓝花）。

我们在下午四点左右才到达奥多贝什蒂，因为这顿午饭吃得太久了。当然，这里同样也出现了分配房间的问题，因为所有客人要分成三拨，住进三个不同的屋子里。我度过了真正令人感到恐怖的几分钟。我想，他们试图再次尽可能地离得近些，但我还是设法让我们俩单独住在另外的地方。我曾听说过一些丑闻，说女人晚上进到隔壁一位男士的房间里，我在想，今天

这还是哲学……

中午午餐时的情况已经让我尴尬不已,如果此类事件再发生,那第二天我的处境会变成什么样子。有些时候,我对女人的憎恨和厌恶变得如此决绝,以至于我认为每个人都可以从任何一个女人那里期待任何东西。因此,在旅行途中,如果在一个男士的房间里发现她,这对我来说不再是不可能的事,无论这种声名狼藉的事情激起了我心中多么大的恐惧,也不管这种恐惧出自何方。我认为这近两年的爱情对一个女人而言根本不是一个阻碍,当她想再次投入爱情的怀抱时,已经准备好接受一切厚颜无耻与轻薄下流。当然,你首先必须是那些一般相信女性是高尚的人,那些需要真正崇拜女人的人,并能为她孤注一掷的人,才能来谈论所谓的"厚颜无耻"和"声名狼藉",否则所有的一切仍将只是一幅滑稽有趣的画面,一场"令人神往的冒险",只适合以阿纳托尔·法朗士那种宽容和文雅的讽刺来对待,就如同对待一条用污秽把地毯弄脏的纯种小狗一样。

在奥多贝什蒂的三天,我就像生了场病,尽管我有时显得过分的快乐。我在伤心和吃惊中对我的妻子又有了新的发现。有过这种情形,即:经过对一幅旧画的各种清洗,专家们在它平淡无奇的风景下,发现了出自文艺复兴时期某个伟大画家笔下的圣母像。经过一轮残酷的讥讽,我现在也逐渐发现,在我认为是一幅真正的圣母像下,原作显现了出来:一处风景和一张陌生而又粗俗的头像。无论客人们分成几组,他们两个人都形影不离。此外,他们也正用权威—— 看来,这种权威似乎被所有人接受了—— 来发起各种倡议。比如,去周围观光、漫步、运动或在葡萄园里游戏。不过,他们俩常常会独自消失不见,总让别人等着他们。这不,在第二天的时候,等大家都在餐桌前落座后,他俩才姗姗来迟。大家都知道就在等他俩,这情形让我很难堪,因为他们的晚来,虽然也不至于是因为他们单独躲在某个房间里,但也给最令人不愉快的猜忌制造了口实。我为她留了我右边的座位,但让我郁闷的是,没有人坐在她的右边……这是一种迹象,即大家已经正式承认了他俩的这种情况,这使我的心情变得阴郁起来。我想知道她是否意识到这个现实,是否察觉到她把我放在了滑稽可笑的位置上……当他们走过来时(看来她心情愉悦,面带微笑),大家都扭头看着他们,她却俯身抚摸一下我的脸颊。我不知道她这样做是否只是因为她感到内疚,还是按照她的逻辑,在某种程度上她觉得要让她做出的抚爱达到某种平衡。

这顿饭本身就是一个新的折磨我的机会。当然她又吃了他盘子里的东西,当他让仆人给他倒酒时,她把自己杯子里的酒倒给了他。我一直试图与坐在我左边的一位相当漂亮的女士搭讪。也许,我可以成功地创造一种谈情说爱的假象来拯救这种处境,但这对我来说都是一样的,因为我知道这情形不是一种偏爱,或是一时的游戏,而是关乎我所有的情爱,关乎这两年来温暖而光明的过往,这是一种无法挽回的破坏。所以我很难过,尽管努力地强颜欢笑。在我们用餐的整个期间,招待我们的主人雇用的那个管弦乐队,演奏了一曲华尔兹《波士顿舞曲》,这曲子是当时时髦和流行的舞曲之一,不过确实很动听。我的妻子和他几次要求重奏,而我,因为以前也和她有过我们最喜欢的浪漫曲,所以怀疑他们如此这般地欣赏这首舞曲,是因为他们喜欢它（因为它让他们联想起两人之间那种无比的愉悦），并会在将来把它视为时刻提醒这种爱情的一种"信号"。这就像那样的一首歌，一对爱情已经结束的恋人，听了会觉得刚刚愈合的心灵上的伤疤，又在慢慢裂开。很明显，我的脸色很苍白，以至于坐在我正对面的一位女士，隐约带着点笑容地问我："你吃醋了吗？"我急忙回她一个微笑，回答道："哦，为什么呢？女人就是这样开玩笑的……"我这么说是为了表明我并不在乎，因为我明白，这里还有其他和我处境相同的男人，甚至几乎毫无例外，但他们都不觉得痛苦。正因为如此，他们也不觉得可笑，与此同时，也只有我一个人徒然做出努力，以表明我对这种不愉快的事情毫不在意。我极力想表现得开朗，但内心极为痛苦，我再也无法忍受这个谎言，看着他俩，我的眼睛也因此流露出了悲伤。如果此刻我能控制住自己，也许我还能成功地扭转局面。因为坐在我左边的这位女士即便不是更漂亮，至少也和我妻子一样有趣，而且更年轻。如果说她没有像我妻子那样的"强势"，那是因为，至少在这种氛围下，她显得要温柔、细腻许多，不会像我妻子那样，总是试图粗鲁地将她的任性强加于人。而且我也不会失去任何东西，除了这么多美好的夜晚，尤其是过往这么多悲伤的记忆，因为与她分享而变得弥足珍贵，因为没有别人可以给予我所有的这一切。我心不在焉地和左边的邻座搭着话。我只想知道我的妻子是否还没有意识到事情会真正走向何方，或者这是她有意为之的。因为在这种情况下，无论情感的破裂有多痛苦，无论悔恨有多沉重，我都会立即离开，几个星期后我就会办完离婚手续。

这期间我很恼火，因为她很认真，很投入地听他说话，两只眼睛闪闪发亮，而我只能试图听清楚他在说些什么。原来他用他知道的一些技术上的术语向她解释了法国制造和美国制造的汽车发动机的区别。这不由得让我想起了以前她也为我去听复杂的数学课的那段时光。

这顿饭快吃完时，又发生了一件微不足道但又意味深长的事。我们还坐在餐桌旁，周围已经聚集了一小群人。几个同桌吃饭的人在宽大的藤条扶手椅上坐了下来，一起讲些平庸的话题。一个长得难看又并不年轻的女人天真地挑逗着G先生，而G先生只在需要引起我妻子兴趣时才跟她敷衍一下。而当这个难看的女人请他倒一杯酒时，他傲慢且带有恶意地拒绝伸手去从放在桌上的长颈酒瓶里倒酒。这是个尴尬的时刻，这个如此轻浮地想指望自己业已衰退了的姿色的女人，一下子愣住了。这时我妻子插了进来，命令道："请给这位太太倒上一杯酒。"

由于他一动都没动，而我也认为这与我毫不相干，于是她站了起来，亲自给那位夫人倒了杯酒。这是她在以往最美好时光里的一种姿态，但同时也是一种暗示，她觉得自己是大家的宠儿，也是这里的女主人，可以像爱情中的贵族一样，做出任何姿态而不觉得降低了自己的身份，就像西班牙国王在濯足日为十二个乞丐洗脚一样。

下午，我们参观了奥多贝什蒂的几个"著名"的酒窖，下这些酒窖需要往地底走数百级台阶，里面的酒桶都大如储油罐。在葡萄园主们的鼓励下，我们品尝了许多不同种类和品质的葡萄酒，说起他们的酒的时候，这些葡萄园主可都变成了南方人和擅长辞令的人了。

对我来说，最痛苦的状况发生在出发前夕的晚餐时。这位G先生又迷路了，这次是和一个小个子、活泼的黑发女孩一起迟到了，我们都已坐到了餐桌旁，我妻子和我坐在一起。一位前部长，也是当地的一个大葡萄园主，他可能想在吃饭时和她聊聊天，就坐到了她右边的空位上，却不知道那是她特意留下来的座位。她脸色变得铁青，但没有勇气对这个不速之客说什么。相反，当我们背对着入口处坐着时（我们在一个有着巨大凉台的门廊里用餐，那里爬满了紫藤花和佐罗花），每隔两三秒钟，她就神经质般地转过头去，看看他是否会来。过了一会儿，她实在无法控制自己了，孩子般蓝蓝的大眼睛黯淡了下来，不断痛苦地咬着她柔软、鲜红色的下唇。因为这回大家都不会再等迟到的人了，饭菜也已经放在了餐桌上，她却什么也吃不下。我从来没有感觉到比现在更加束手无策，更加不幸。长期以来，我一直认为我是我妻子痛苦或快乐的唯一根源，但就在今天，我发现她的双眼已准备好为另一个人流泪，她也在崩溃中承受着两天以来一直在内心深处啃噬着我的痛苦，但她是为了一个我第一次碰到的男人而痛苦。她的那双泪眼还和我们结婚之前那会儿一样，当时我并没有爱上她，约会时时常迟到，让她疲惫地等待半小时甚至更长的时间，她哭着责备我，同时又温顺得令人心痛，这些深深地触动了我，让我对自己产生了厌恶，最终将我和她结合在一起，就像将机体的一个伤口粘连在了一起一样。那个时候我其实更喜欢她的一个同学，那个同学比她更漂亮，也更有精神内涵。当时她为此感到痛苦，同时也没有对任何人隐瞒她的痛苦,就像现在这样,因为她不具备那种不让自己出丑的严肃自尊。这也是我现在忍得很辛苦的原因之一,因为她对流露出自己的情感并不感到难堪,也不知道我要控制住自己有多艰难,还以为我并不痛苦。尤其当我因痛苦而不断痉挛时,正是因为明白她自己导演的这出丑剧,在别人眼里是如此可笑。这使我的处境更为难堪,因为我似乎成了更加多余的人,就在她引起大家注意的时候,痛苦和欢乐都与我无关。

在她不断扭着自己的脖子,回头看了又看之后,他果然带着那位活泼、可爱的女人走了进来;大家只得挤一挤,给他们腾出舒适的位置,而其他迟来的人只能满足于坐在桌子的末端。他持续对坐在他身边的这位太太表现出殷勤,甚至是"温柔"的关怀,这种场面对我妻子来说似乎是无法忍受的。她什么都吃不下,样子就像一头受伤的动物。我想知道:难道她没有意识到我也在遭受和她同样多的痛苦吗?她怎么可能如此麻木不仁呢?坐在她正对面的女人用讥讽的语气,故意大声地问她:"是不是很难过?"而在我看来,当我的妻子当着我的面被问及她是否因为别人而痛苦时,这在我的一生中,没有受到比这更大的侮辱了。我想过把叉子扔在盘子里,马上愤怒地起身离开饭桌,然后径直去火车站。假如我只是一个情人,而不是这个女人的丈夫的话,我会这么做的。两个恋人之间的关系,虽然比世人通常判断的要复杂,但肯定比丈夫和妻子之间的关系要简单得多。你喜欢一个女人,不只因为喜欢她的身体,也不只因为她能激起你的性欲,因为快乐和不快乐的感觉就像在跳卡德里尔舞时,舞伴时而牵手,时而又分开一样。但你已经选择了她作为你的妻子。在大自然的作品中，每个人都是独一无二的个体。在整个哲学体系中，至少可以得出这样一个真理：即一个有意识的人，对他来说他创造了这个可以表达的世界，一旦他死亡，那么这个世界也毫无疑问地随之而消亡。于是这个人自由地选择另一个有意识的生命，他认为这个有意识的生命与他自己是一样的。她将成为他的伴侣和继承人，将会纪念他，他的孩子将称呼她为妈妈。我不信教，但我也相信，天主教所拥有的一个深刻的教条，是按照一个纯粹的唯灵论观点制定的，即：所谓的丈夫和妻子，是从世界形成之初即注定了的，无论是面对生活中的灾难，还是……他们彼此结合，又彼此平等，无论在今生，还是在未来，彼此面对面相互依存。这个教条也是人类思想所创造的最美好的形象之一。我在这里谈论的不是"恋人的誓言"，因为我也有过对我"发誓永远爱我"的情人，但我从未认真对待过她们，在持续一段或长或短愉快相聚之后，我最终还是离开了她们，只要她们一开始与其他男人调情时，尽管她们大哭不已……在这个时代，由于受到文学的庸俗影响，出现了某种有关婚姻的概念，即：当一个男人，不是去某个特定的机构玩乐，而是把一个"妻子"带回家，但在两三个月后，他没有经过任何其他的手续就将她赶走，只是有时会用一些金钱作为补偿。

  过去我就是这样想的，于是在被一个女人如此这般的痛苦感动之后，我请求她做我的妻子。后来她完全将自己交给了我。我曾坦白地告诉她将来我不会娶她的，她带着一抹苍白如神灵般的笑容回答我："无论我发生了什么，我都希望是你让我变成一个女人。因为你，我遭受了太多的痛苦。你不要，也绝对不要觉得自己欠我的。你可以在黎明时分把我赶走，也可以再也不让我走进你的家门。"当然，她说话时没有字斟句酌，但意思表达得十分精准。她先是做了我的情妇，绝望般地享受着感官刺激，但过了一段时间，她又冠上了我的姓氏，倒是我那些已婚的姐妹都没有再姓这个姓氏了。而我们的亲密关系也不断增长和加深，就像一瞥之下发觉有着漫长风景线的一个新世界一样。

所有这些感觉和想法对我现在身边的这个女人又意味着什么呢？完全没有意义。我觉得自己很愚蠢，很可笑，对现实无感，像个命中注定要戴"绿帽子"的人那么天真和幼稚，竟然对一个女人想得那么多。而这个女人在权衡了我这些伟大和高傲的感情之后，选择漠然而又贪婪地倒在一个相识不过几天的陌生人的怀抱里。我内心的崩溃是如此的严重，以至于我的精神支柱不断地在断裂——我对自己所拥有的甄别和选择能力的信心，对自己所拥有的理智力量和效力的信心都已崩溃。在西方国家中，国民议会经常在重要问题上投票反对政府的决定。但这些政府却不认为这种情况会有什么不好的后果。然而，有时这些政府却因为一件微不足道的事情而冒着倒台的危险，为一个法律条款中的一个简单的形容词而"提出信任的问题"。如果此时投票结果对他们不利，他们的政府就会倒台崩溃。有些男人不把他们的妻子当回事（诚然，我想知道，那他们当时为什么要结婚呢？），而且从来不觉得这种情况会导致什么不良的后果。我在这个女人身上赌上了一切，现在我却不得不承担由此产生的一切后果：我作为一个人的毁灭。所以我应该从桌旁站起身来，也应该永远离开这份爱。但我知道我的意志是多么的坚定和冷酷：我之前的一个情妇，由于庸俗和幼稚，试图说服我与她同居，然后又惊恐地要求我不要对她微笑，因为我的微笑中飘浮着一种致命的、不可战胜的冷漠。而且我也知道，一旦我做出了这种姿态，无论是眼泪还是解释都不会让我再次回头的。于是，我强迫自己要忍耐所有的一切，以便在我和她单独在一起时，才有最后的发言权。真相却是，巨大的灾难使我的灵魂变得苍白无力，因为我自己也不知道——无论我的意志如何坚韧——通过克制自己的情感，我是否会有某种力量来忍受这一切，而不至于使我体内的器官遭到难以愈合的损毁。同时，我也希望还没有发生什么事，我还可以把我的爱带回家，仅留下脸颊上如同麻疹般细小的疤痕。我一直停留在被人各种"假设"和"猜忌"中。当然，其他人继续对我们的内心状态做出各种猜测，就像学者在显微镜下解读细菌一样，而我不得不忍受着旁人的怜悯，这感觉就像蚯蚓黏糊糊地爬上我身体一般。

现在，她就坐在我身边，但又像远在千里之外，她紧张地摆弄着叉子和刀具，脸色苍白，蓝色的大眼睛痛苦地盯着那个似乎故意不往她这边看的人。每个人的目光都在从她身上转向他，除了那位前任部长之外，当然，他什么都不明白。我无法捕捉到他们是否也在看我，但我可以猜得出，他们觉得我在这场小小的爱情剧中，是可笑而又不恰当的，就像一个盛着玉米糊糊的盘子放在了糖煮水果旁。

我还是在努力创造一种道德上不在场的状态。我很高兴晚饭后有人组织起了打扑克的游戏。在一间大客厅里，所有的窗户都朝向摆放着桌子的门廊和现在正举行舞会的游廊敞开，客厅里摆着三张绿色的扑克牌桌，上面装备齐全，有可以放置烟灰缸和酒杯的支架，还有筹码和几副新的纸牌等，完全按照外省的习惯布置的，那里玩牌很高档，各种装饰品应有尽有。午夜过后，我已经输掉了足以购买一辆汽车的钱。我只能眼望着窗外，我的整个胸膛似乎被躲在衬衣下面的活蛇蹂躏着……尽管下了很大的决定，但我仍无法集中注意力。我总是出错牌，没有注意到别人拿了多少张牌，也没有发觉在我右边的人拿着大牌正伺机等着，我就重新加了上去。起初我的牌友们、伙伴们对这样的打法很恼火，但紧接着他们看到我虽然老是输，但我输得起时，他们便考虑到可以利用这种情况。

此刻他们两人又和好了，她的脸上绽放着幸福的笑容，她跳着舞，从膝盖到胸口用力地、热烈地靠紧他。她说了很多话，但从远处看我并不明白她在对他说些什么，而且，由于前任部长也在打牌，现在她的那位朋友在他们跳完舞后，坐到了她的身旁。

过去我曾暗自骄傲地相信，我妻子的所有喜怒哀乐只能因我而起，正因为如此，所以我现在觉得，爱情中最难以承受的痛苦不仅仅是被剥夺了一种感官上的快乐，而且还在于你发现自己曾经给予并认为只有你才能唤醒的快乐（恰恰是通过这种迂回，你才能获得真正的快乐）已经不再，就像无法出声的琴键一样。因为现在一切都发生在我身边，且还是在我被排除的情况下。当牌局更激烈紧张之际，我又输得更多时，一位赢了不少钱的牌友自认为可以开个玩笑，压低嗓门对我说："奇怪……你又输了。"我的脸都气紫了,正准备给他一拳,这时其他人发觉我屏住了呼吸,赶忙都露出了友好与和解的微笑。

一位胡子剪得短小、硬得像秸秆的先生,粗里粗气地一边拿牌,一边善意地责备我们道:"让她们这些女人见鬼去吧。不要把每件小事都当回事。你难道没瞧见我妻子也是这副德行吗?这些舞伴们为了我们,拼命地让妻子们兴奋起来。我甚至要求女仆在我过夜的房间里放一个坐浴盆。"说完这话,他又郑重其事地道:"我全押!"所有人都笑了,都表示同意,并继续加注。

的确,几乎所有年轻貌美的女性都愿意以同样的方式来让自己开心,也都抱着同样引人注目的目的,但对她们中的一些人来说,这种意图是合理的:因为不确定自己是否还具有诱惑力,她们觉得有必要时不时地检查一下自己所拥有的武器,她们想让人们知道,她们已经成功了,或者在某些情况下仍然会成功。那么她呢?她有什么必要通过某种成功来做这种检测?此外,她极富激情,对自己的美貌充满了幻想,她现在寻求的并不是检验,而是凭着她所有的感觉向前行,不仅对她周遭的事物,还有世界上其他地方的事物都漠不关心,她只是走向她今后不再受我影响的命运,如同走在一条没有尽头的新的道路上。

起初其他(已婚)男人的宽容、耐心和信心只是让我感到惊讶,不过现在已经让我觉得可以理解了。当然,他们中的大多数人都经历过我现在所经历的考验,但是他们对此已经不会做出反应了,就如同机体得过一次传染病后变得有免疫力了。

此外，我也明白我自己只要接受过这种情况，那就会渐渐对它习惯起来，不再觉得它会令人不安，也没有什么能阻止我看到自己就这样不知不觉地一路走下去——就像你洗澡时逐渐提高水温，自己感觉不到有什么不同一样，我可以变成一个轻歌剧中戴绿帽子的典型，而在这演变过程中，自己却从未注意到任何特别的地方。

因为一个玩家的原因，牌局中断了片刻，于是我走到宽阔的门廊上。但我没有看到他们。我发觉有一些情侣已经不再跳舞了，他们正在宽阔房子周围的花园里散步，甚至可能——为什么不呢？——在广阔的葡萄园里散步，这个葡萄园里既有房子，也有花园，它们之间只隔着一道铁丝网，当然通往葡萄园也有很多小门。

一想到我的妻子可能会这样"委身于人"，在一个举办舞会的夜晚，在一处花园或是某个葡萄园的一条小路上（我在幻觉中看到了所有的细节），然后她可能又会回到门廊上来，来到我身边，但她的身体已被这个拥抱玷污，这时我的心就像被蒙上了一层阴影，让我感到寒冷，不住颤抖。而她——过去我认为任何暗示性的言语都会使她感到羞辱，因此当我走在她身边时，我总要找一处清静的地方走，以远离布加勒斯特的街道上习以为常的污言秽语——现在可能正蜷缩着身子半躺着，腰部以下的大腿裸露着，如同公共花园里的一个蠢笨而慌乱的妓女，这场景对我来说是一场难以想象的大灾难。但我也再次明白，陷入爱河中的女人都会恬不知耻，并对这种无耻行为毫无知觉，除她丈夫之外，所有人都觉得这种行为令人心醉，而我自己在结婚之前，也曾在许多女人身上欣赏过这种无耻的行为。我现在想起了曾有一位伟大的女作家吃惊地感叹过："妇女的权利？我们会让她们，比如说，成为法官吗？我们是否可以将人们的生命、自由、荣誉和财富托付给女人，而据我们所知，每月至少有三天她们会变成痛苦的、无意识的和狂暴的动物？"我也曾想到过，把自己的幸福和荣誉寄托在女人的反复无常上是个多可悲的经历。然而在我心中，却涌起一阵盲目而又极端的冲动，促使我要去葡萄园里寻找并撞见他们。

但他们连下面的花园里也没去。他们只是坐在门廊尽头的篱笆墙上，而且还紧紧地靠在一起，正在交谈些什么。我不得不扶住点什么，以免被另一种情绪击倒。我原本期待着最糟糕的情况，但此刻我对这个女人有了真正的、温柔的感激之情，因为她并没有在无耻中一路走下去。于是我怀着一种奇怪的平静心情回到了扑克牌游戏中……

聚会一直到黎明时分才结束。大多数客人已经离开。还剩下几个玩牌的人，他们整晚都在输钱，现在脸色铁青，嘴唇发紫，还想着再来一下子捞回本，但却输得更多，以至于这个游戏不再是消遣了，反倒是最后有了一丝粗俗的悲剧色彩。他们把牌甩在绿桌上，拼命抽着烟，因为没有人来换的烟灰缸里塞满了捻灭的烟头。在门廊上和游廊那里，有一些人坐在满是剩菜的桌子旁，另一些人则坐在藤条和白色柳条编织的扶手椅上，等待着。那些满嘴苦涩，不过又在嘴唇上重新涂描了口红的人是那些还在玩牌的人的妻子，此外招待客人的主人，以及几对下不了决心告别的年轻人也在等待着，每一种新的感受都让他们的机体战胜疲劳而恢复过来。

现在,他们正在看着初升的太阳,太阳将金色的水珠溅到淡绿色的葡萄园和暗绿色的树木上。山谷中随时可以苏醒过来的小镇上空弥漫着一种凉爽和清新的气息,但这上面的清爽气息还是无法克服身体上的疲惫。我急不可耐地等着与妻子进行一场痛苦的解释性的谈话,但她还没有准备让我们走,因为她仍然不忍心与他分开,我忍住了(他们为什么谈论那么久?他们有什么可"讨论"的?用什么言语?他们又暗示了什么事情?他们俩要对彼此说些什么?因为我无法想象我的妻子和除我之外的人是如何说话的)。接下来我们不得不下到一个邻居的地窖里,他不让我们走,除非我们针对宿醉后的昏昏沉沉尝试一种自相矛盾的疗法,一杯从酒桶里倒出来的金黄色的,像植物油那么浓稠的酒,这可以使我们的头脑马上清醒过来……

当我们回到自己的房间时,太阳已经高高升起,屋里有一张又宽又矮的床,丝质的窗帘是自己缝制的,梳妆台上摆放着一些外国照片,还有些书,有人读过后还在里面留下了书签,另有一些有人用过的香水和古龙水的瓶子,梳妆台上的镜子已摇摇晃晃了。

我还没完全脱下衣服,但此时也不想和她进行"学术型"的讨论,于是我便用冰冷的声音跟她说道:"听着,我亲爱的,我希望我这辈子再也不会经历我昨天和今天所经历的那些时刻了。"

她用蓝色的大眼睛看了看我:"我不明白,你想跟我说什么?"

我惊呆了，就这么手里拿着脱下来的衣服呆立着，同时又像一具死尸一样笑着："真的吗？你真不明白我想跟你说什么？"

而她，假装受到刺激似的回道："真的不知道……"

我气得发抖，被这种厚颜无耻的装腔作势彻底激怒了："好吧，看来你会理解另一句更简单的话。我们分手吧。我们一回到布加勒斯特，就开始办理离婚手续吧。如果你还想和你的情人在一起，我无话可说。从我昨天到今天所看到的一切，尽管我不能再抱有任何幻想了，但我还是要问你一件事。现在，当你确定你会一辈子和他在一起的时候，那我们就不要再演戏了，不要让这里的人们对我们评头论足了。"

不过，我从来没有见过她那种疲惫不堪而又充满疑惑、天使般的眼光。

"但是，以上帝的名义，你在说什么呀？"

"就你今天的所作所为，我真的吃惊你竟然还会问这一切是怎么回事。"

接下来她用一个在神志不清时不知道发生了什么事的病人的语气说："但请……请你告诉我，我做了什么？"

对这样的厚颜无耻我感到极为愤慨和反感，我咬紧牙关转过头去："没有什么。"

她感觉自己很强硬，便坚持问道："请你告诉我，我做了什么？请告诉我。"

我厌恶极了，以至于觉得我说什么，我的目的都会落空："没有什么……我希望我们还是离婚吧。"

我们脱掉衣服，躺到了床上，但我还是避免看她，于是她又开始了:"斯特凡,你看,你这么生气……不过我发誓我真的不明白这是为什么?"

我开始怒火中烧:"你向我发誓?"

"我可以按你想要的方式来发誓。"

有那么一瞬间,我吃惊得说不出话来,我自问自己是不是弄错了,并决定向她解释她假装不明白的事情。但当我尝试去这么做的时候,我惊讶地发现,我也没有什么可说的。我有什么可以责备她的呢?责备她一路上同时紧靠着我和他?责备他俩一起下车去摘花吗?责备她靠在他的手臂上?责备他们组成了一个属于他俩自己的小团体?

"你总是和那位先生在一起,你几乎只和他一个人在跳舞。"

她放肆地笑了起来。

"嗯,我亲爱的,当你和某人一起参加这样的旅行时,这很自然呀……所有的妇女成群结队的呀。这样一来,不可避免地就会有人单独在一起。你不可能和所有人都很熟悉的,那看上去就会让别人感觉你只和一些人待在一起。再说他舞跳得很棒……我觉得,世界上所有的女人都想去跳舞的。"

"是这样的……但是别人不会只和一个舞伴跳舞。"

"但是,这里不是一个舞会啊。我们是在来的路上走到一起的。"

"不……不……那真的是件丑闻。所有人都在看着你们。"

"什么丑闻?只有你是这样想的。你没有看到——我告诉过你——所有女人都是这样做的吗?这里的聚会都是这样的。一旦回到了家里,没有人会再想起这里的相识和发生的事情。你也会发现你也不会再和这里的每个人打交道了……你简直是太敏感了。"

我对她这种深思熟虑的判断感到吃惊,也很愤慨,但我嘴上却没有表露出来。诚然,我没有确切的事实可以拿来反驳,但这并不意味着她没有拿她的身体和灵魂去冒险。但我现在更确信自己的判断,如同确信某些部长们有罪一样,这些人虔诚地遵守法律字面上的意义,其实他们却随心所欲,甚至干着不正当的勾当。任何时候话语总是一种不完美的交流手段。所有的意义,所有的真理,所有的真实内容都通过音节和句子而逃逸了,如同蒸汽穿过破裂的管道都消散了一样。

然而在我的逻辑链里还有一个精确的事实。

"昨天晚上,你一直转过头去看他是不是要来吃饭,我以为你差点把脖子都快拧断了。"

"啊,我差点拧断了我的脖子,你怎么想得出来……我差点拧断了我的脖子!"她不断地用言语贬低我。

但她还是从我死亡般的目光中感觉到,此刻已容不得否认了,甚至还会引发某种不幸,于是说道:"啊,我现在知道你的意思了。这完全是不同的事情……如果我告诉你,你就会看到……"

"那么就请告诉我吧。"

"这是我们所有人的秘密……斯鲁杰鲁夫人和杰奥尔杰斯库夫人的秘密。"

于是我们也就接触到了阿布罗什的"家庭秘密"……

她躺在陌生的床铺上,用我熟知的酮体徒劳无益地靠近我。

这就是未来为我准备下的一切吗？一个我想要就能占有的女人的身体？如果没有了其他的快乐，我要这个身体做什么呢？更何况我也知道这个身体也并不是完美无缺的。一百万个女人中只有一个是完美的。其余的人都需要宽容、需要理解，只有灵魂才能弥补那些不足。而我妻子的灵魂……

我的皮肤很干燥，脑袋又硬又空，简直可以用锤子去敲它，嗓子眼儿里仿佛塞满了棉絮。

我把脸埋在枕头里，枕头迅速变热了，不得不一遍又一遍地更换头枕着的地方，但我依旧无法入睡，直到午后很久，也没再说一句话。她却睡得很香甜，出了不少汗，脸颊红润，神清气爽，重新活跃了起来，而我好像得了尿毒症。

所有的床单和枕头都太暖和了，让我觉得我想看的书也都索然无味，所以在下午五点左右，我下楼去了花园。这好像刚结束一场庆祝活动，一件世界上永远不可能重复的美妙的事，我独自幸存了下来，就像一块已被挤干的柠檬皮，饭后被人扔掉了，但依然存在。在我看来，太阳也是昏暗的。当我经过厨房时，我闻到一股变了质的食物的味道。我还遇到一群狂饮的客人，他们在黎明时分钻进一个酒窖里，现在正喝得醉醺醺地走出来了。那位前部长哭着，不顾一切地想给我一个真正的拥抱，唾液盖了我一身，还把葡萄酒洒在我的衣服上。他就像喝醉酒的摩尔多瓦人一样，吵吵嚷嚷，哭天抹泪，还多愁善感，对所有人许下承诺，充满激情地证明和呼唤着兄弟情谊。但到了第二天，他清醒过来，马上恢复了正常的知觉，他可以假装（而且是带着一种内心的恐惧）已经忘记得一干二净，除了别人许下的承诺和誓言。然而可以肯定的是，他们彼此之间都是很认真严肃的，至少在那些时刻。

我们晚上八点出发回家。她又坐在了我和他之间，就像来时一样。一路上我只和他说话，矜持而有礼貌，同时也厌烦地拒绝了她讨好我的企图，然而她却假装一切满不在乎的样子。后来她睡着了，或者假装睡着了，把头靠在我的胸前，然而在我看来，这不过是想把她的另一半身体靠在他身上的一个借口。

对我而言，没有什么比她的这个坐姿更具有象征意义了。如果我不知道这是怎么回事，如果我是合乎她心意的那个天真、幼稚的丈夫，那我就会相信，她紧紧地贴在我胸前是出于真诚的爱的一时冲动，而（现实中）她之所以这样做，正是因为这几乎可以将她的腿和臀部放进另一个人臂弯里的唯一方法。此外，从更广泛的角度考虑，她这样自己把自己平分给我们两个人的行为，难道不具有特殊的意义吗？我完成了对这一聚会的悲观的评估，就像一个打了败仗、逃离战场，不得不被降职和流亡的将军一样，他把眼下被击溃的残兵败将与他两天前在阅兵式上指挥的那支壮美、士气高昂的军队相比较。此外，这些由年轻夫妇一起出游的活动，当女人美艳动人时，那这种出游就常常变成"友好"的争斗，就像那些中世纪的友好比武，所不同的是，那时在经历了压抑的愤怒和痛苦的解释之后，所有的一切必须回到原来的轨道，而在上面提到的年代里，蒙上白布的尸体总是被盾牌和担架抬回了家。我也是如此带着我心爱女人的"尸体"回家的。

过了大约两天，我们全体队员出发去参加一个夏季剧院的开幕式，并从那里去了位于索斯海的一家餐馆。当时在乡下发生的一切又在这里发生了。我几乎无法抑制我的愤怒，不管别人怎么评头论足。一位女士，也许还不算老，在当时一直以美貌和风流韵事出名的，她总是深情地看着我，我经常和她就生活中发生的事情进行有趣的交谈，因为现在她沉溺于以新的方式和我卖弄风情，就是提前故意装成上了年纪的人一样，好似一个年轻、优雅的将军，自愿退役拿退休金一样。

"你为什么这么大惊小怪的？"

我一边给她指了指我的妻子，一边忧郁地笑着，她极有分寸，又带着点情感地和我开着玩笑，这让我不能生她的气。她说："你知道一句俗话吗？如果你不知道，那我就告诉你：女人只会欺骗她爱的人，而对其他人，她只会简单地一走了之。"

我告诉她这句话不能安慰我，但她跟我解释说她认为这只不过是种"调情"。

我给她倒了一杯金色的酒，好奇地看着她道："这是一个错误的说法，对一个女人来说毫无意义，而且也与现实不符，除非是一个想要寻欢作乐的女孩，但最后要保持自己的贞操（要不然她就会全心全意地去奉献自己了），或者是生了病的女人——她们会热情地去委身于人，但她们身患的卵巢炎阻止了她们——当一个女人追求某种利益，并且为了达到这种利益而进行所有的'挑逗'，但当她达到她的目的时，她就会拒绝，那么这种'调情'仍然是有意义的。许多女演员和一些无法证实的专业人士都这么做。但我的妻子不属于上述这些情况，对她来说，'调情'是一种谬误。"

"啊，你是那种在餐桌上也会无休止地吹毛求疵的人，甚至总想在食物中挑出毛发来。"

"如果给我的食物里有头发，这难道是我的错吗？"

"不是，不过头脑这样清醒是令人无法忍受的，甚至是令人厌恶的。我能想象得出来，你不仅夸张地审视你的伴侣，而且在你们热烈拥抱的最后时刻，你准确地意识到自己的感受，就像去看一场陌生的演出一样……"

"夫人，您所怀疑的一切完全正确，但您的结论却是错误的。注意力和清醒的头脑并不会杀死真正的感官快乐，相反，会去增加它的强度，就像越是注意，牙痛越厉害一样。性欲强的人，和那些积极生活的人一样，毫无疑问也是头脑极度清醒的人。"

"如果是我，也会因为这种持续的不安和怀疑而乐意欺骗你的。"说完，她充满快意地剥开一个橘子。她有着侯爵夫人般的优雅气质。

"那么……你就不会离开我？"

"也许我当时会这么做的，但我也会后悔一辈子。当我们还年轻时，总是这么任性。"

她从远处优雅地微微一笑，满头银发……我是那样热情地欣赏着她，这使得在场的每个人都感到好奇，像在看一出爱情戏一样。

二十五年以后，我的妻子会不会也像我身边的这个女人？这些事将会有多么深刻的含义……这个女人过去也像我的妻子一样吗？而且——这应该是个无解的问题——现在还会有这种女人吗？另外——这是更无意义的问题——为什么我认为只有在过去才有可能，为什么我会后悔晚出生了二十年，从而失去了占有这个女人温热的躯体和欣赏这个女人美好而忧郁笑容的时机？但当她们如丝绸般光滑的肉体内的灵魂都变得仁慈起来时，那就太晚了，而且也是多余的了。

这是条蓝色的连衣裙

爱情的最后一夜　战争的最初一夜

我已经整整一个星期没有和我的妻子说话了。

我独自在办公室里吃饭。几天后，在与朋友共进午餐时，我觉得我的矜持似乎不再有意义，于是我整个晚上都努力和坐在我旁边的一个漂亮女人搭话，她几乎和我一样高。我所说的"搭话"，也就是攀谈的一种方式。在我慢慢开了一个头之后，她随即放下了姿态，并用她的友善征服了我。我妻子在乡下做的一切，在这里一个晚上就全部重演了。此时 G 先生并不在场。为了不让自己的举动显得太令人不安，这个女人给所有事情都带上了戏谑的色彩。她宣称她要把她的丈夫送给我的妻子，因为她爱我。当有人坐了她旁边我的位置时，她就大声嚷嚷起来。我们在谈论了胖女人和瘦女人时，为了让我知道她不是像看起来的那么瘦，于是便当着大家的面，抓着我的手并把它按在她那丰满的臀部上……

"抓一下试试啊！"她说

这是条蓝色的连衣裙

我惊呆了，如同约瑟夫在波提法家那般荒唐可笑。只要她一不纠缠我，我就赶紧逃走，但她到处找我，还把我带了回去。我的妻子烦躁不堪，神态凌乱，脸色发紫，嘴里还讲了一些黄段子。每当我想起她并看着她时，我总能与她痛苦地看向我的那双大眼睛相遇。

我那热情的新欢总让我和她跳舞，尽管我舞技很差。然后她拉着我的手，把我带到一个有沙发的小休息室："来吧，让我们单独待一会儿。"

我觉得很尴尬，怎么做都觉得笨手笨脚的。我们靠在一起，并排坐着，她问我各种各样乱七八糟的问题。当有人偶然路过看到我们时，她就会很生气。她走到办公桌前，拿起了墨水笔和纸，还写了一个牌子："禁止入内……打搅一对情人！"那些过来的人看到这些字，就像看到一个好笑的笑话一样大笑着，然后一边离开，一边又假惺惺地道了歉。她当然是在开玩笑，但这并不妨碍她用乳房紧紧地顶着我的肋骨，并在她认为周围没有人过来时试图亲吻我。

我告诉她，我们必须举止端正，然后我挣扎着起身离开。我对被一个女人强迫的荒唐处境感到羞愧，我想到了这个粗俗的妻子将她的丈夫置于了一种微妙难堪的处境——她用玩笑话来巧妙地掩饰一种更为明确的行为。在我看来，以下的理由还不足以原谅她：说这个丈夫犯了不知道如何控制妻子的错误，或者说"不能白白让火车从身边通过"又或者那些相互渴望、相互坦白的"迷人的"的躯体，高于任何"滑稽可笑的哲学"等。不过为了越过危险的界限，这里便需开始一段纯洁的卡德里尔舞来做掩护。女人们为了实现艳遇,总是假装把它看作是一个单纯的游戏,但与此同时,一个"不懂得利用机会"的严肃男人,他往往被责备过于"天真"。

但对她们来说,这种假装的、有确切目的的单纯和天真,类似于一些诈骗犯一开始在法官面前装傻充愣一样,宣称他们在银行兑现了假支票,只是和一个来自汉堡的朋友开个玩笑。可是洞察一切的法官冷冷地瞥他们一眼,微笑着便查明了所有事实。

我的妻子并不担心被人看笑话,她就像一只受伤的动物,蜷缩在扶手椅上,不和任何人说话。而我的那位新女友跟着我走了出来:"你可真滑稽。"接着还跟我约好了下次在城里见面。

而另一个女人(我妻子)则被嫉妒和痛苦所折磨。现在我觉得她是我手中的一个玩物。我可以羞辱她,让她更加痛苦,但这有什么用处?我很想告诉她:看看你将我们的爱情、我们那不幸的过去变成了什么。难道这种持续的伤害就是你对爱情的理想?

一回到家,她就用气愤且痛苦的语气对我说:"我想,现在你应该跟我解释一下了吧。"

我向她表明,我并没比她在奥多贝什蒂时更过分。

"是吗?我没有宣布要和 G 先生调情,我也没有与他亲热,更没有沉沦在一个有沙发的屋子里,还在门口贴着无耻的布告。"

她确实还没有走到那一步,但我仍然感到自己受到了伤害,这也是不争的事实。

但她坚持要报复我,而且要狠狠地,一旦我们再次在那个团队里面碰到他,她会一直坐在他的怀里。我告诉自己,这只是一种惩罚,如果她想惩罚我,就意味着她对我喜欢别的女人这件事应该是很在乎的,这么说来她还是爱我的。然而,在肉体上…… 这种场景让我无法忍受。无论我怎么安慰自己,我都没法去直视我所爱的女人是如何被一个男人拥抱的,我把这告诉了上一次和这一次都坐在我旁边的女人,此刻她正微笑着注视着我。

"那如果你爱上的是一个女演员,她在舞台上要热情地拥抱她的搭档,贪婪地亲吻他的嘴,你会怎样?"

我颤抖了一下,用最简单的诚意跟她解释道:"我想我永远不可能爱上一个女演员。"

我走到角落里我妻子坐着的沙发前,我告诉她我们要回家了。

"啊!怎么这么早就回去?不,我们再待一会儿吧。"

"我们必须尽快离开,我明天还有工作要做。"

"不…… 这可不行……不…… 我们还要再待会儿…… 如果我们这么快就离开,别人会生气的。这很不礼貌。"她一边说着,一边从皮包里拿出一面小镜子,开始给自己的脸颊扑粉。

"绝对不行。"

然后,我又等了她一刻钟。但我心中一直充斥着挥之不去的恐惧。

"亲爱的,我们一分钟都不能再多待了。"

"呃,不…… 我们还得再留一会儿…… 我想再多待一会儿。"说着她把嘴唇描得通红。

"那我走了。"

"你自己走吧,别管我。"

现在我平静地看着她,目光如同一个死人:"艾拉,你知道你自己在说什么吗?"

"求你了……我想留下来再待一会儿。"

"不行……无论如何我们都不能再待了。"

她蹙起额头,一双大眼睛呆滞无神:"好吧,我不会走的。"

"艾拉,我再问你一次……仔细想想你在做什么。假如我此刻独自回家,那就意味着我们走上了一条无法回头的路。"

想到我的妻子可能在黎明时分独自回家,我就感到异常恐怖。

我再一次看了她一眼,仿佛在判决书上签了字一样,然后就离开了。我在街上等了十分钟,她还是没有来。我早先知道在一家小旅馆里有一个妓女,她漂亮、结实,还非常粗俗。我告诉她穿好衣服,一路拉着她,把她带回家,然后让她把衣服都脱掉,接着在那张见证过我爱情的全部痛苦、疯狂和泪水的床上睡了她。

差不多两个小时后,我妻子回来了。我不知道女仆是否把发生的一切都告诉了她,但当她明白发生了什么之后,她惊恐无比,简直无法相信。她软绵绵地倒在一张扶手椅上。接着她气愤地扑向那个女人,而这个女人似乎没有什么好怕的。

"在我床上躺着一个街上肮脏的娼妓?"

而另一个人,则用挑衅、粗鲁的语言回敬她:"你还是睡在这床上吧,夫人,总比你在大晚上到处闲逛要好。"

这是条蓝色的连衣裙

我看着事情演变至此，感到很是吃惊，心里也是空落落的。

我向她解释说，如果她把这件事宣扬出去并曝出丑闻，我固然会被看成像疯子一样，但她也会沦为别人的笑柄。她离开时砰的一声摔门而去，我都没有想到她会有这么大的气力。

整个晚上，我都在用绝望的怒火占有着那个陌生女人的身体，以此向自己证明，一个女人能给我的所有东西，也都能从另一个女人那里得到，所以为了这些事情而遭受如此折磨人的痛苦既不值得，也很可笑。而我似乎已经找到了我自己真正的想法。头三四天我还沉浸在愤怒中，因此对我妻子的消失还可以忍受。但随后我就开始了一系列的推测，从各个角度，想她现在在想什么，感觉如何。我清楚知道她爱上了另一个人，所以我并没有觉得她对我的行为会很难忍受，我认为我有这种权利，甚至为自己保留了最后发言权而感到庆幸。我隐隐约约地想，我们是否还会见面，我们是否还会再次见到对方，我想说的是，过去的一切又将延续下去，就像当你从一个噩梦中醒来，你又开始过上昨晚被打断了的生活。但我感觉不会是这样了，我是说我再也无法想象与未来和解，就像我现在无法想象我以何种方式成为中美洲一个共和国的总统。

一个星期过后，我感觉真的有必要和她见面，但我固执地拒绝了任何与她见面的机会。我找了她的一个女朋友，想拐弯抹角地了解她在想什么，她在做什么，这些改变了一切对我而言犹如天体运行的大事件，于她而言是否重要。但我什么都没有打听到。因为我没能在街上遇到她，因而熟悉她新的微笑的希望也就落了空。于是我开始遍访各个餐馆，但还在街上时我就心跳加快，起初还是匆匆审视一下遇到的所有女人，然后又控制不住回头查看，由于害怕因为各种巨大的宽檐帽而看错了人。当自己不得不肯定她不在那儿的时候，我悲痛万分，感觉一切都成了虚无和空洞。我很想看看那个如同希腊雕像般，还有着金发碧眼的小脑袋，在我看来现在它有了新的外观，我想看看它到底是用仇恨还是冷漠的目光来看我。由于莫名其妙的厄运，我在哪里都没有遇到她。我恢复了与她所有女性朋友的联系，为了得到有关她的消息，我还让那些女朋友中的一个成为了我的情妇。可是只要一谈起她，由于害怕"不清楚事情会如何转圜"，她们没有对我说一个字，也避免讨论任何我想要知道的细节。虽然我故意用一种漠不关心的语气来提问（否则我根本没有机会得到我想要的），但她们还是自然而然地将我拒绝。我试图让她知道我整日消遣，我过得很开心，但这些故弄玄虚的姿态就像交给一个糟糕透顶的邮局去邮寄的信件一样。我甚至不知道她是否能收到这些信息，更不可能知道她在得知这些信息后会想些什么。

至于去她姑姑家，那根本就不用谈的。我的想法是如此坚定，以至于我永远不会原谅我的软弱，更没有可能去这么做。我开始设法得到邀请，去我知道她可能去的家庭拜访，但我总是扑空。现在，所有盘踞在我内心对她的渴求，正化为一种毒药，在内部流经我的全身。我再也无法吃下任何东西。只要在大街上看到一件和她穿过样式一样的连衣裙，也会让我感到胃里穿孔，嗓子打结。我变瘦了，我现在还害怕她发现我是因为她而消瘦的。我的脸色白得像缺少红细胞的人一样。我增加了参加聚会的次数，为了让她相信我身体消瘦、面色发白的原因，就是因为过度放纵。到了第四周，一位医生朋友和一位专家教授认为我可能患有食道溃疡。不过我还是没在任何地方看到她，她似乎从地球上消失了。

但是我还是在赛马季结束的前一天，在赛场那里遇到了她。那里酷热难耐，人头攒动，在充满着尘土和灼热气息的空气中，一种令人窒息的疲惫感挥之不去。我在她发觉我之前就看到了她。我突然感到浑身一阵发烫，便立即寻找那些身份暧昧，且不能明说的无数个女人中的一个，这些女人总是要钱，要求男人们给她们买票给马下注，当然钱最终是不会还的。我欢快地、容光焕发又满不在乎地和我的妻子擦肩而过。她靠在赌金计数器右侧的白色栏杆上。当我们再次擦肩时，她像是腰部被重击了一般，蜷缩着坐在椅子上，正用悲伤的眼睛看着我们。看起来，她正在忍受着她自身无法忍受的痛苦。很明显，她不想再隐藏痛苦了，因为现在一切对她来说都已无所谓了。于是一阵喜悦像太阳一样照亮了我的内心。我看到她一动不动地坐在那里，神情悲伤，直到赛马结束。此时第一次有人跟我说起了她。

我们一个女性朋友问我，我怎么能如此冷酷无情……而我，是多么想过去拥抱她，多么想满含激情地问她："为什么？为什么你率先做出这些事来？"可我还是再一次从她面前经过，非常友好地跟她打了个招呼，而她只是看着我的眼睛作为答复，没有一丝微笑，脸上的肌肉一动也不动，就像一只被刺伤了的金发碧眼的小鹿。

几天后，我在独立广场的报刊亭前见到了她。她买了一本时尚杂志，正付钱时就看到了我，接着意识到我正停在几步之外等着她。她脸上现出一丝得意的表情，但不是快乐。她带着几分庸俗、满足的表情咬了咬下嘴唇，就像打赌赢了似的，似乎在说："啊，先生，终于等到这一刻了！"不过这种会晤还是蛮不错的，我们的谈话里夹杂着一丝轻佻和庸俗的嘲讽意味，似乎显得既温柔又冷淡："我希望你离开我之后，会变得难看。""啊⋯⋯是的⋯⋯不过我今天一大早就有一种好的预感。""你把头发脱色了吗？或者，不是的，是因为太阳光照的缘故。""据我所知，没有。很明显这都是太阳的功劳。""因为你，他也再次出现在我的生活中。""你想怎么样呢？当我们在生活中遇到不想妥协的顽固分子时，我们也只好去找同谋者了。"但令我惊讶的是，她仍然想知道我的近况："你又勾引到什么人了吗？"说这话时她的声音颤抖着，仿佛是一个初次登台的演员"我想叫辆轻便马车。"此时大概是十二点半钟。

她的姑妈住在奥拉里大街。我们肩并肩步行前往。我很高兴看到在大学方向停靠轻便马车的车站里一辆车也没有。她告诉我，她想要再次去大学攻读学士学位，她已经在瓦斯鲁伊的祖母家待了三个星期了。经过产业部门口时我感到有点害怕，因为一辆空着的马车慢慢驶来，但她甚至没有注意到这一点。"这是你那条天蓝色的连衣裙吗？我原来并不觉得它的颜色那么鲜艳？""唉，你连我的连衣裙都不记得了吗？"此刻我们的两颗心仿佛都飘浮在了这些话语之上，一会儿停留，一会儿翱翔，一会儿不动，一会儿又飞了起来，就像一群小蝴蝶在一株被人们小心地从路上捡起的植物上飞舞。

一到罗塞蒂广场，分手就是不可避免的了。那是一个很大的车站，停了很多轻便马车和机动车。她在人行道上停了下来……对于我来说，我的心也沉了下去……因为没看到，她放过了一辆马车，但是招呼另一辆马车的声音又不够响，然后她转过头又跟我说了起来。我们在两点左右到了她姑姑家门前……但她好像没有注意到我们已经到了，又继续往前走，然后，走了一二百步，我们又返转往回走，一直走到三点多。也许我俩中的任何一个，无论如何都不会请求另一方留下来。我们似乎都是太匆忙了，只能匆匆看看对方的样子。

"啊，没有人能忍心和你分开啊。"这是我发自内心的真心话，但我说的时候却面带微笑，好像它只是一个无所谓的玩笑，"吻你的手，再见。"

"天哪！我姑姑一定会骂我的。但我一点儿都不介意。"她用舌头舔了舔似乎发干的嘴唇，就像露水一样充满灵动的蓝色眼睛里满含着笑意。

我就这样回到了家，在这被干燥酷热淹没的下午，饿着肚子，踩着被晒得滚烫的柏油马路就像踩着橡胶一样，双脚深深地陷了进去，一路上望着疲惫不堪拉着轻便马车的马儿，看见路边几乎所有房子的百叶窗都因人们午睡而拉了下来，此刻我的心头涌起一股轻松而又愉悦的悲伤。我觉得这个女人是属于我的，作为一个独一无二的存在，就像是第二个"我"，就像是我的母亲，我们从世界之初就相遇了，我们两个超越了任何的变化和发展，并且也将以同样的方式走向生命的终点。

这是一个很重要的日子，而这些小事件，详细到每个东西的几分之一，都是我生命中最重要的事件之一。今天，当我把它们写在纸上时，我一次又一次地意识到，我讲述的这一切对别人而言没有任何意义，它们只对我是重要的。对我这个只在世界活过一次的人来说，它们比征服中国的战争，比埃及的各个王朝，比浩瀚无边星空中天体的碰撞更有重要意义，因为唯一真实的存在只是意识的存在。而且，在我意识的结构和层次中，我的女人比那些我不知其名，但具有巨大破坏力的星星更生动，更真实。

一个月之后，我们和好了。她就像情人一样，捧着满怀的晚百合花来我这里，之后的整个八月份，我们都一起待在康斯坦察。我们住在静谧的小屋里，晚上和熟人的一大家在堤坝上散步，在挤满了人的奥维德广场喝开胃酒，有时我们还打打球找点乐子，而我总是输。当然，我们也和其他人一样，会在一个阳光明媚的早晨，坐上开往马马亚的火车，车上载满了穿着浴衣和白色薄衫的年轻人。在沙滩上，她依旧美得不可方物，特别是当她全身晒成宛如成熟小麦的颜色的时候。她身材高挑，腰肢纤细，臀部挺翘，胸部像苹果一样圆润饱满，蛇皮似的黑色泳衣紧紧包裹着她的躯体，吸引了所有人的目光。就我的身高来说，我的手臂和大腿有些瘦了，但我仍然认为我们很相配。有时她会在头上系一块天蓝色的三角头巾，那颜色很衬她的眼睛，让她的眼睛变得明亮又清澈，就像用画笔描过一样。她在肩上披一条蓝得如油彩一般鲜艳的镂空薄披肩，加上她金黄的脸蛋，整个人像一幅珐琅画。

九月，我们回到布加勒斯特之后，曾为了未来可能的孩子有过一次争执。她不想要孩子，不得已在疗养院住了大约两个星期，直到圣杜米特鲁日才康复。

那是一段相当宁静的时光，我去了两次阿尔杰什河畔库尔泰亚城郊的森林，这片森林是我继承遗产的一部分。那是一个寂静的深秋，我欣赏着火车车厢窗户外广阔的美丽景色，山峦重叠，树木繁茂，五彩缤纷。如果在夏天很难区分绿色的深浅，那么现在各式各样浓重的色彩则展现了植物枯萎的所有色阶。不过有些树仍然是绿色的，另一些在黑色的树枝上挂着的还是黄叶子，就像透明的杏儿一样。还有些树的叶子是血红色的，有些是紫色的、砖红的，甚至还有白色的。辽阔的天空延伸到群山和村庄之后，威严而静谧，树林中温暖的黄色光线给这一片景色添上一丝忧郁的色彩。

隔壁包厢（也就是头等和二等的老式包厢）传来哈哈大笑声、谈话声和热烈的赞许声，打破了我心中的宁静。我有些恼火，不再看那些在白色道路上缓缓行驶的大车，于是走到了隔壁包厢。一位五十来岁留着大胡子的绅士正在解释我们为什么必须参战，他双眼明亮，五官瘦削，脖子上的皮肤像火鸡一样又软又红。毕竟在当时的罗马尼亚，人们在空闲和消遣的时间里都在谈论这个话题。

他激动不已，在空气中有力地挥舞着双手。而事实上，在他喧闹、热烈的言论中，最重要的是感叹词："唉！唉……你看！听我说！"他从皮制扶手椅上站了起来。"他们如何能支撑得住，先生？……他们如何能撑得住？来看看吧。如果我在这里派支军队怎么办？"他指着奥尔绍瓦，"再派另一支军队到这里,"他指了指锡比乌,"还有一支到这里。"他又指着布拉索夫。

此时有人反驳他:"行了,普雷代斯库先生……就在现在吗?在德国人刚刚消灭了俄国人,深入俄国腹地的时候?"

"呃,正是因为如此,"普雷代斯库先生用绝望而又刺耳的声音回答道,"正是因为如此……你没看到计划是怎么安排的吗?我就从这儿开始。"他开始在长沙发上方的铁路地图上比划:"然后这样,再这样……啊?没问题吧?这就对了……这就对了……"他的手在地图上上下摆动,从阿拉德到克鲁日,好似把它们扒拉在一起:"呵,简单得如同瓮中捉鳖!"

"普雷代斯库先生,但麦肯森和兴登堡声称他们会赢得这场战争。"一个人补充道。他这样说,并不是因为坚信这件事,只是为了挑衅普雷代斯库先生。

"是吗?"他把扭曲的香烟捏正,塞进柳条制的烟嘴里,"他们会赢?!"他将拇指插在食指和中指之间,做了个非常明确的手势。"听见了吗?他们赢的就是这个。我要打个'赌',先生,和你的那个兴登堡,"他咧开嘴,"让他来找我……我和他打'赌'……他保准吃败仗……嘿,他敢惹我吗?先生,打完仗我们让他在酒店当看门人。"其他人的表情似乎在表明对兴登堡敢于招惹我们和普雷代斯库先生感到惊讶。一个老实人忍不住看了看他,又看了看自己:"先生,罗马尼亚人很聪明……我就说吧……"

"好吧,普雷代斯库先生,那我们为什么不参战呢?我不相信有些人所说的,我们还没有准备好……"

"准备什么,先生?"他抬头用绝望的眼神看着天花板,"还准备什么？你简直要笑死我了，你还要准备什么？"

"我们没有大炮……谁知道呢？"

普雷代斯库先生放声大笑，火鸡皮一样的脖子咕咕直响："没有大炮？先生，一开战，你要多少大炮法国人就给你多少大炮。你要一千门他就给你一千门……你要一万，他就给你一万。"他惊讶而厌恶地举起双臂又放下。"但现在问题是……你需要大炮干什么，先生？"他笑眯眯地转向其他仍在饶有兴趣地听着的人，现在列车长也来了，捏着胡子听着。"听着，大炮？先生，那是德国人和法国人才需要的，他们娇生惯养，"接着他愤怒地说道，"你知道罗马尼亚人是什么样的吗，先生？他们指望的是刺刀，先生，是刺刀，你明白吗？……他们把刺刀刺到敌人身上……如果它坏了，他们就用枪托打……就像这样……就像这样。"他激动得在包厢里四处走动，用想象的武器猛烈攻击，而听众们则兴奋地躲避着他。

"你是说，用刺刀和枪托吗，普雷代斯库先生？"

"当然咯，先生，"他大喊着，"那是罗马尼亚人的武器……我自己倒是真想看看哪个德国人能抵挡刺刀……"他自负而又高傲地向左右转动着身体，"先生，我们的人一用枪托打他们的炮兵，他们就完了，因为我们的人专打他们的脑袋。"

普雷代斯库先生不像我想的那样是酒馆老板或是搞商品销售的，所以我问了列车长。

"你不认识普雷代斯库先生？"列车长很惊讶，他确实有理由惊讶，因为在这些次要线路上，乘客往往彼此认识，就像同一家咖啡馆的顾客一样。"普雷代斯库先生来自皮特什蒂，是一名律师……曾经也是一名议员……他去阿尔杰什河畔库尔泰亚办事,"他钦佩地说,"他是个聪明人,先生,我是在这趟列车上认识他的。当他向你解释事情时……呃,还有一位阿达米奇先生……但似乎还是普雷代斯库先生更聪明。"

我感到无聊,于是回了自己的包厢,又继续看窗户外玉米地和山谷下的村庄。秋日里,夕阳下,高高的天空似乎在忧郁地微笑。

事实上,从报纸报道来看,即使是议院里讨论的内容也不比火车上深刻多少。那些呼吁"采取行动"的人和支持"旁观中立"的人之间已经进行了一场激烈的争吵。我有机会参加了一次重要会议,当时观众席上早已挤满了人,因为众所周知,政府将陷入交叉火力的攻击。轴心国的支持者质询政府:"当德国人攻占华沙逼近萨罗尼加的时候,我们为什么要放弃这个非同寻常的机会,而不加入他们那一边参战?"而协约国的支持者会问:"为什么我们不进行干预来拯救战败国?"

议事厅内部的建筑风格像个剧院,绿色的扶手椅和窗帘又像个俱乐部,从头顶黄色玻璃天窗透过的巨大吊灯发出的光线又使得它像座大教堂,有一种庄严的气氛。起初,房间里只坐满了一半。有些议员在看下午刚出的报纸,有的则围在重要人物跟前谈话。部长席上只有两位部长,全神贯注地写着东西。时不时有一个议员走到正在写着什么的部长面前,小声跟他说些什么,或者给他一些文件请他签字。

然后钟声响起,灯光变亮,此时底下的座位都已坐满人了。主席站在一个像是舞台或讲台一样的地方,敲了敲木槌,接着一位先生开始念东西，大概是当天日程安排的提要。阿尼什瓦拉很欣喜，她第一个发现，自己和这个常人无法接近的会议大厅内的人可能有关系——纳埃·格奥尔基迪乌，他正（按照政治上装模作样的样子）坐在反对派的座位上，显得疲惫而心事重重。

亲德派议员的发言，带着一种知识分子卑躬屈膝的奴性，他似乎预料到反响不会很好，不出所料只引起了一阵讥讽的笑声。但呼吁立即参战的人的讲话给人留下了深刻印象。他用充满感情的声音缓缓道出这句话："在这个伟大的、前所未有的历史时刻，你们会让这个英雄的民族——塞尔维亚人民被击垮，而不让具有决定性作用的罗马尼亚宝剑投入战斗吗？"这句话在巨大的穹顶之下，在众人呆滞的目光中不住回响，不过却只有八个或十个议员在热烈地鼓掌，我们看不到他们，因为他们坐在我们所在的主席台下面。

另一位主张参战的议员就军备问题向政府提出质询。他宣称，据他所知，军工厂已经停工了，没制造任何军队装备，买来的几万双军靴鞋底子都是硬纸板做的。他的话也一样令人印象深刻："我们没有炮兵，先生们……你们采取了什么措施给我们令人钦佩的步兵来装备他们需要的重炮？"

在他发言期间，我的叔叔一直在第一排座位前踱步，现在他打断了发言者。由于他是众所周知极有智慧的人，当他举起手时，说话的人停了下来，目光转向纳埃·格奥尔基迪乌。此刻，他正故意做出严肃的样子宣布道："先生们，我发现你们对我方缺乏重型火炮的担忧有些夸大了。我认为，如果有必要，将我们从罗曼纳齐来的同事,尊敬的科特尔恰先生派去发射阵地就足以使所有德国大炮停火。"与此同时,他指了指右边那排座位的尽头,所有人的目光都转了过去,看到了那个勉强塞进座位里的庞然大物,他少说也有一百五十公斤重,他粗短的手勉勉强强才能够到自己的肚子。

全场爆发出一阵巨大的欢笑声。部长席上的人都笑了,发言者本人也笑了。拥挤的观众席上——原本为夫人们保留的席位上,一些穿戴优雅的女士因为找不到空座位,就只能挤坐在了台阶上;而男士席上一些人抓着柱子——笑得喘不过气来。

纳埃·格奥尔基迪乌因为机智和具有"宽广的视野"甚至得到了反对派的好感,虽然他是一个自由党的激进分子,喜欢"挑衅",却因为他善于在政府和反对派之间制造"缓和地带"而受到高度赞赏。例如,今天的辩论就因为这个简单的玩笑而为政府赢得了胜利。

接下来是一位政府要员站在部长席上应答。

他严肃地从部长席上站起来,眼睛微眯,在一片寂静、沉闷的氛围中走向主讲台。他有着诗人一般饱满的前额,一双大眼睛谁也不看,他的脸颊上有两条皱纹,留着老气的胡子。此刻他沉默了一会儿,双眼扫视全场,仿佛在检视开会的所有人一样,然后伸出右手,把两根手指插在西服背心下部的口袋里,并用缓慢而坚定的语气开始讲话:"先生们,如果我追求轻而易举的成功,那我会很容易指出这种反对派不合逻辑的矛盾之处,他们一方面指责我们没有采取行动参战,另一方面抱怨军队还没有准备好。但我想逐个回应在我之前的每一位发言者。"

他很快应付了支持轴心国的党派，然后继续说道："先生们，请允许我问你们一个问题：对国家政府缺乏信任意味着什么？你们垄断了对祖国的全部热爱吗？你们认为在座的罗马尼亚人的心脏不会跳动吗？"他激动而庄严地指向了部长席和（执政的）多数党派的席位。"你们认为这个国家的未来只会让你们彻夜难眠吗？"（此时掌声雷动）"在这个实现国家成就的神圣时刻，一想到我们却不在自己应该在的岗位上，难道只有你们会感到内心震动吗？"他慷慨陈词，嗓音高亢，举起握紧拳头的右手，并像海报上画的那样伸出食指，他的话引起了暴风雨般的欢呼和掌声。"先生们，上周你们的一位发言人说，如果他有十二个孩子，他会让他们全部上前线，为国家而战。好吧，先生们，"他又提高了嗓音，"我宣布，如果我有二十四个孩子，即使是最小的孩子，我也不会把他留在家，留在他母亲的怀抱里……我会把他们全部送上火线，送到战场上的第一线。"

而后，他转向反对派的第二位发言人，他再次变换了语气，就像一个极为娴熟的演说家："先生们，你们还就国家的军事准备进行了讨论（语气低沉、友好），我认为这是一个很大的错误（语气变得坚定有力）。罗马尼亚军队的准备不容置疑，尤其不应公开讨论（此时响起了暴风雨般的掌声）。先生们，我可以这么告诉你们，我们已经准备好了。"说到这里他停了一下，长时间地一动不动……（全场起立鼓掌，观众席也是。）接着他用这种语气继续说了下去："我把我们同事纳埃·格奥尔基迪乌先生那么有趣的玩笑先放一边（说到这里他渐渐提高了声音，到了愤怒和紧张的程度，又抬起胳膊肘，让手与胸口齐平，用力地挥动他的食指，抑扬顿挫地说着句子），也不谈在议事厅的讲台上向我们的军人灌输对军队装备产生怀疑这种应受谴责的行为（此时又响起了热烈的掌声，还有人连声叫好），我问你们，在明知只有靠士气才能取得伟大胜利的情况下，这种言过其实的估计，这种宣扬庸俗唯物论、高估武器在战争中作用的话有何证据？（鼓掌声）一支想要打赢的军队，在没有大炮、没有机关枪和没有弹药桶的情况下也能获胜（暴风雨般的掌声）。我告诉你们，我们的军队想赢而且一定会赢！（热烈的掌声），问问这些军队的领导，问问这些你们不信任的军队指挥官（这里他用手指着后面，好像指挥官们正站在他身旁或身后），他们将会告诉你们：我们会赢，因为我们的士兵会拼刺刀，会用刺刀战斗，没有任何大炮可以抵挡罗马尼亚军队的刺刀，当刺刀折断时，他们会用拳头，会用指甲，会用牙齿……（狂热的掌声）先生们，我对这个国家伟大未来的信心是不可动摇的（他的嗓音变得庄严），正如我多次告诉你们的那样，我和我的同事们一起，将会承担那些即将到来的责任。"

他坐了下来，就像没有注意到那些疯狂的欢呼声。

尽管在最近一段时间里，这位政府要员贪污公款的传闻甚器尘上，但他的演讲仍然取得了巨大的成功，公众好几天都在谈论他。

在一辆内饰像棕色糖果盒一样的汽车里，伴随着试图穿过车辆和行人的鸣笛声，两个女人（我妻子和阿尼什瓦拉）正因钦佩之情而激动不已。当然，她们更钦佩叔父的成功。我从来没有对所谓机智的人有很好的评价（我不是说理性思考中固有的幽默），他们通常只是头脑机灵的蠢蛋而已。因为"机智"的前提是冷漠以及对人的蔑视，至少在开人玩笑的时候是这样。即使是更高级的"机智"，比如阿纳托尔·法朗士，他说俏皮话的时候也常常给人以冷酷低能的印象。纳埃·格奥尔基迪乌就更不用说了，他的"机智"难道不只是以一种下流的形式，算计比他弱小的人，以取悦他所需要巴结的强者吗？这是一种厚颜无耻的小丑行为，旨在掩盖庸俗的利己主义。但是，现在比以往任何时候都更需要把我妻子的灵魂和信念置于我的掌控之下，而且口头上的辩驳明显不能说服她了（她说："亲爱的，不管你说什么，他很聪明"），我停下车，坚持请她们和我一起走进书店里。我要了一本外国医学词典，翻到要找的那一页，大声念起来："'痴呆（见图1100），痴呆是一种退行性疾病，其表现是身体异常，特别是智力和精神失常。他的智力有限，但他有记忆和模仿能力，精神上有某种程度的活跃。特别是他的道德感易受到刺激……痴呆者易叛逆、不守纪律、撒谎、夸夸其谈，总是在找不愉快，或是欺骗别人。与这样的人交往总是令人怀疑。痴呆者大多是同性恋，他们厮混在一起只为干些下流勾当。即使在被抓到的时候，他们也会理直气壮地撒谎。与那些可自由自在行动，以流浪汉、小偷和骗子的身份生活的痴呆者相比，医院里就医的痴呆者数量是很少的。'"

"……或者是罗马尼亚的'政治家们'，这本词典还可以再加一条释义。如果'头脑活跃'、记忆力和所谓的'模仿能力'是聪明的基本素质，那么我们必须承认，"我对两位女士说，"这些符合词典上引用的临床解释，而且正如纳埃·格奥尔基迪乌带着某种民族自豪感说的那样,他确实是个机智的'骗子'。"

看来,我并没有说服她们中的任何一人,尤其是我妻子,效果并不好。

"你夸大其词的方式很特别。"阿尼什瓦拉跟我说道,同时漠然地从长柄眼镜里看着一个装着金属铅笔和日记本的小展柜。

而我的妻子,为避免阿尼什瓦拉认为她们有不同的意见,急忙说道:"他总是这样……在每件事上都投入过多激情,"接着冲我说,"有时候我都无法跟你说话。"

"一个哲学家应该更冷静,不是吗?"我的褐发表姐微笑着说,她长着一张浪漫的、埃尔维拉型般完美的椭圆形脸蛋,但又有着一位商人太太的务实而又贴近现实的机智。她称我为"哲学家",因为她知道我讨厌这种称呼,她就是想侮辱我。

"怎么冷静下来?我为什么不能有激情……只有弱智、傻瓜才对别人的意见和想法漠不关心。在做出判断时必须要有客观性,这就要求你没有利益上的冲突,并采取一切理智的谨慎措施。但这些都属于智慧和诚实的领域,而非精神上的冷漠。一个人可以是愚蠢的,也可以是自利的,抑或缺乏清醒的头脑,但不能丧失'客观性'。与此同时,在任何情况下,你通过冷静的判断得出一个见解后,就必须坚定、勇敢地,尽可能明确地坚持和维护这个见解。即便是科学家们,在他们满怀激情并对真理持续报以关注(因为没有激情就会一事无成),最终得出一个发现或结论之后,他们也会顽强地维护它,并渴望使它获得胜利,即使他们会受到火刑柱或绞刑架的威胁。昆虫学家会满怀激情地保护他的蟑螂。人们不可能维护这样的愚蠢想法，即不存在值得热衷的事业和真理，对永恒而言，一切都只是相对的和无所谓的。从永恒的角度呈现出来的这种意识形态和善意的冷漠，总是隐藏着从现实角度出发做出的小算计，且带有纯粹个人的特性。把自己当作这个充满无耻卑鄙和愚蠢的世界的一个宽容和饶有兴趣的旁观者，那就变成了它的一部分，并从它的卑鄙无耻中获益，你自己还装出一副凌驾于它之上的样子。"

"客观性就是承认你的对手是对的，至少有时是正确的。"阿尼什瓦拉用充满讽刺的语调再次反驳道，这位有着近视眼的女士优雅地将长柄眼镜靠近自己的眼睛和她脸颊上的黑色美人痣，看着之前的一个日记本。

"另一个谬误就是在同一点上，不可能同时存在相互对立的两个真理。如果我的对手不是偶尔，而是经常正确，那我就会放弃我的观点——为此你仍然需要勇气——而去分享他的观点，不过我还是要有动力和决心。在任何情况下都不能漠不关心，因为真理本身就具有激情。"

她们两个带着宽容的表情相互笑了笑，而我则忧郁地明白了一件事，我的妻子再也不相信我的判断，我的这颗星星持续黯淡了下去。阿尼什瓦拉让人把车开走了，她们俩步行穿过人群，渐渐远去，现在她们也成了人群中的一员，但与其中的任何人都不相像。她们穿着杏色的毛料连衣裙，为了搭配这种裙子，她们还穿上了时尚的羚羊长靴，靴子的高度正好达到裹着丝袜、紧致的小腿肚一半高的位置。

她俩已经有一段时间穿衣打扮十分相似了，以便增添自己的美貌，一个金发女郎，另一个黑发女郎，就好比是收藏品中的珍珠一样，能抬高其价值。

然后，我参加了推迟至 6 月份的三年级的考试。我们很少和 G 先生碰面，她的态度也相当拘谨、有节制。他们互相之间也很少说话。然而就在 12 月份的时候，我们打算去乡下待上两个星期，在阿尼什瓦拉的庄园——是去打猎和滑雪橇的——他也来到了那里。这让我相当不愉快，但我没有表现出任何不满的迹象。奇怪的是，她对阿尼什瓦拉很生气，把这个有大餐的假期缩短了一个星期，而且他们甚至再也不说话了。可后来我还是流露出了可疑的表情，我内心充满嫉妒，回避了很多对我来说不愉快的场合，我偷听了许多对话，还在我妻子外出拜访时跟踪她，因为我害怕他们现在想见面就见面，或许就在一个小公寓里，而在公开的社交场合就故意不再见面，但我始终没有机会觉得自己是个彻头彻尾不幸的人。

在两面镜子之间

二月份的一个晚上，我出其不意地和一个运动员朋友一起坐车回来，他刚去了一趟普雷代亚尔。我要在阿苏加参加为期两周的集中训练，就在那儿的一家餐馆里我们不期而遇，于是他顺路带上了我一同回家。当我到家门口时，发现家里窗户上漆黑一片，窗帘也没有拉上，显得极为冷清和空荡，我觉得很奇怪。而女仆们惊慌失措、睡眼惺忪的模样也让我心感不安。当下的一个现实是我以往不曾想到的：房子里没有人，如同一座空空如也的坟墓，我的妻子不在家。我心中马上形成了一个巨大的荒漠，痛苦的内核正在生成。

女仆无法向我解释，我的女人在哪里：……去剧院了，去她姨妈家了？我到达的时候是半夜一点半钟，所以种种事情既模棱两可，又绝无可能。我不知道到第二天早上我会怎么样，我就像个傻瓜一样不断地对自己重复：我从来没有相信过她能做出这种事来。我颓废地倒在扶手椅上坐了许久，就像从一辆货车上扔下来的货物一样。我知道现在一切都已结束，而以我的忠诚，本不应以这种方式结束，因为不值得。我永远不会相信一个女人会如此残酷，能够白白给我带来这么大的伤害。在我看来，第二天的到来似乎是个漫长、永无尽头隧道的终点，我感觉自己快疯了。

我早知道爱情是转瞬即逝的，但我也告诉自己，爱情的结束须是诚实的，就像人们一起经历了一段愉快的旅行之后，彼此优雅地道别，并亲切地向对方临别致意，如果需要，也可表达对这一切结束太快而感到的遗憾。而这种当别人情妇的女仆才能做出来的举动，对一个为她牺牲了一切的感情如此蔑视，这对我来说似乎是不应有的耻辱。我不可能记录下当时我所经历的所有考验和我所面对的混乱思绪，整个夜晚是如此可怕，它是我以前从未遇到过，许是以后也不会遇到的。过去的一切已被大火烧毁，房子已成灰烬，人格已被玷污和损毁，这是我坐车在路上颠簸四个小时后所得到的结果。

我真希望这只是个梦，这样就有可能醒过来，然而这却是一个扭曲的现实。在我能够从扶手椅上站起身来后，我就这样茫茫然地跑了出去，可能是跑到了她亲戚的家里。她不在露西卡姑妈家，也不在我的妹妹们的家里。我甚至都不希望我最可怕的敌人遭受我这样的痛苦，天蒙蒙亮的时候就到处打听，询问我的离家出走的妻子："顺便问问，她是在您家里吗？"

每栋有着黑乎乎窗户的房子都会让我有巨大的神秘感，从而燃起她就在那里的愚蠢的希望，这一切如果不是梦，但也像梦境一样逝去了。那些被我问到的人露出迷惑不解的表情，以及这么一种印象：与那些住在自己房子里有着平静生活的人相比，我就像是个麻风病人，只能在晚间行走，远离人群，这一切让我感到晕头转向。在任何情况下，我都没有想到会发生一个意外，一个不可预见的事件。

后来，我明白一切都完了，我必须放弃整晚寻找她，摆脱她的各种冒险，应该回家去。我想跑，想把碎玻璃攥在拳头里，我想尝试任何方法，只为能让我冲破这个将我和黎明之间分隔开的黑夜。在我还小的时候，在每一次旅行的前一晚上，我总是无法入睡，独自在夜里忧心忡忡，担心害怕这个"第二天"将永远不会到来。现在我也有同样的感觉，那就是黑暗将扩散到无限大，但目前并不是向着美丽的未知世界出发，在这个夜晚之后，我是走在另一条路上，简单地说，是过去从未走过的那些路。我想我再也不能出现在那个女人面前了，我会把她碾碎的。我害怕自己在天亮前会疯掉。我感到自己再也无法掌控自己的命运了，就好像我坐在一辆四轮马车上，那些受惊的马儿拉着我在一片布满了坑坑洼洼和不可预测路况的田野上狂奔。如果我把过去所有的苦难加在一起，也无法与今天的苦难相提并论，对我来说，今天的苦难似乎也属于另一种不同的性质。我躺在一张长沙发上，用手掌捂着脸颊，怀着白痴笨蛋的焦虑和恐惧等待着，这些人无法判断，他们带着惊恐的眼神，眯着眼睛等待着。她怎么能做出这样的事呢？难道我应得的是这些无谓地玷污我的种种无礼和下流，与此同时我是那么的忠诚。

第二天早上，大概八点钟她才回来。我无法说出她的脸是个什么样子,她是如何意图用手势和言语来解释的,因为我已精疲力竭,我离这个世界太远了,就像一个经历了冗长、没有麻醉手术的病人,已然疲惫不堪,我只是在等着她回来,这样我就能入睡了。对我而言,她的归来如同一个确定摆脱不掉的想法,成了一种结束的信号,即这样我就能闭上眼睛睡觉了。

我尽可能努力着,低声对她说:"我再也不想见到你了……"

她用一种模糊不清的仇恨目光瞥了我一眼,说道:"那么,你这是要把我赶走咯?"

"我不知道,我不能再说话了。"我已不能再勉强我的意志力了。

"这么说,你在赶我走了?"

"我什么都搞不清楚了,我自己也无法做出任何选择,你想怎么理解就怎么理解。如果你还有什么需要澄清的,也请告诉我。"

她又像根柱子一样僵立着,满怀着仇恨,她已明白这场斗争比她之前所想的要艰难得多。"我没有什么需要澄清的。"

"不,你将无法澄清任何事情。如果你愿意,你可以在这里多待一会儿。但如果你真想知道我的感受,那就请立即离开,不要耽搁,我会把该送的东西都派人送还给你。"

这次她用另一双眼睛看着我,这不是我熟悉的那双眼睛,眼睛深处闪现出了恶毒。"这么说,你在赶我走了?"

几天后,我给她写了一封流畅又很有分寸的信,问她是否愿意不办什么手续,不作太多解释,就这样子离婚,她同意了。

我再次陷入极度的痛苦之中。在这些日日夜夜里(毫不夸张地说），我心心念念的都是她。现在我将曾以某种方式拒绝接受的她的所有解释，自己给自己做了猜测，就像一个狂躁、病态的检察官一样，提出了无穷无尽的假设。

在未来的日子里我不得不放弃她，这会改变我的全盘计划，给我自己在虚空中留下一条从未走过的路，我觉得这似乎不可避免，因而也是残酷的。但尤其使我痛苦的是，我不得不承认需要彻底改变自己的精神生活方式。

对我而言，过去的一切已不是我从前熟悉的那个样子。而最令人痛苦的，就是我必须为过去所发生的事情做出这个结论——这个女人从来没有爱过我。我重新回想起在奥多贝什蒂，在乡间发生的一切，现在我觉得当时我的判断是对的，当时我看得很清楚，那就是她惯常操作的系列手段。现在于我而言，快乐已不复存在。这就像一场令人深感悲痛的哀悼。假如现在我看到一对恋人在接吻，此刻我体会到的心情，就会像那些失去孩子的母亲，半路上看到别人家正在玩耍的可爱的孩子一样。戏剧和电影里所展现的爱情，它总是能经受住一切考验，最后还有圆满的结局，这勾起了让我流泪并感到十分愚蠢的愁思。

我又开始到处寻找她，想看看她，但如果看到她了，我又会马上离开，仿佛胸口处插着一把刀，受伤的人，跟跟跄跄。每天有几十次，我的脸色都会变得像石灰一样白，因为在与人最平淡无奇的谈话中，都可能提到了与她相关的一个细节。此外，所有这些巨大的痛苦都来自于我自己的无中生有。一些琐碎的事件被夸大了，被我放大到了灾难级的程度。当然，一些重要的"经典场景"却跳出了我能感知的范围，就像用高倍放大镜去看一幅图画一般。当我因仅仅看她一眼就痛苦不堪时,我甚至无法想象我和她之间还有任何过分感人的、可让观众响起经久不衰掌声的场景。我看不到我们之间会有像戏剧中那样互相交谈的可能,那种在林荫道上,伴随着乞求和解释,试图和好的场景。例如,就在那些日子里播放的一部电影,影片中妻子深深地羞辱了她的丈夫,离开他和她的情人一起逃跑,还遗弃了自己的孩子;而他到处寻找她,乞求她回头,还追着她到了一家国际疗养地;当她最终被情人抛弃时,她才意识到自己真正爱的只有他,她的丈夫,于是重新回到了家,回到了孩子们的身边。而且夫妻二人都相信,过去不可能的事,将来会成为可能,因为他们的灵魂已经融合在一起了。而对我来说,(妻子)一次夜间的离家出走,这就已经是天大的事了,即使两人回心转意并重新和好,那我也会说,过去的戏码还会重新上演。我怎么能想象得出,在我们之间会出现这样一个场景:我尖叫着把钱扔到女人的脸上,就像《茶花女》中那样?在我的感性尺度里,这一幕将是无法用数字来衡量的,就像棋盘上每一格里麦粒翻倍后的结果。

"敏感到滑稽可笑的人",这位长着一副年轻面孔和一头银发的夫人这么称呼我。我内心确实痛苦,但并没有让别人看出来我为什么而痛苦,就像一个风湿病人总可以早于周围的人知道会下雨一样。我周围的人认为我总是被鸡毛蒜皮的小事折磨。从另一个层面上看,无疑会有人不理解,为什么有些人仅仅是因为他们不能刷牙,或没有一本书,或不能为某人服务而苦恼。比如有一天,我去部里找一个朋友,而他找借口说那里人太多、太拥挤了，便匆匆忙忙地把我当作一个讨债的说了几句打发走了。于是我就以为我和他这辈子的关系就此终结。然而，大概两天后，当我们再次相遇时，他向我跟前走来，仿佛无事发生过。看起来他是真诚的（在此期间他并没有理由改变态度），绝对是真诚的，看起来甚而有些伤心。

"怎么，我亲爱的朋友，就因为我不太客气地跟你说了句'现在别打搅我'，你就不高兴了？难道你没有看到我正忙着吗？这么多人想要见部长呢！"

我明白，他从来没有被类似这样的反应冒犯过，而且他也没有理由觉得被我冒犯。对他来说，这一切都不曾存在，如同一个眼睛近视的人看不到风景一样。但我，已经变了脸色，而且知道自己即使被押上脚手架，我也不会对一个朋友粗暴地说——不是因为生他的气，只是因为我太忙了："现在别打搅我！"我告诉他，如果我是他，我就会用另一种方式和人说话，但他不相信。

一天又一天，我越来越有这种感觉，即离开了我的女人，我将死去，因为溃疡的疼痛——现在我几乎不能吃东西了——已经变得让我无法忍受。我的身体急剧消瘦，这让我感到绝望，因为这是我因为女人的原因而受苦的客观证明，无论我多么想用微笑来掩饰我内心骄傲的伤痕，但都因这种消瘦而无法成功。

我日日夜夜想着她，无法中断，除了睡觉的短短几个小时——其实那时候我更多地是在做梦——好像我的大脑已经成了一团浆糊，不再能够改变思考的主题，就像一架坏掉的自动钢琴，一直在重复弹奏着那同一首曲子。

最终我下定决心，既然我在除去睡觉之外的时间里都无法不去想她，那么至少在一天中的某些时候，我应该尝试着去摆脱想她的念头。抱着希望这种尝试能够影响一天中剩余时间的念头，我考虑着这种尝试应该从清晨就开始，这一点非常重要。可当我从睡梦中醒来时，我却没有了足够的毅力，这真的超出了我的能力范围，因为一见到亮光，我对她的思念就自然而然地出现。于是我在浴缸里洗澡时就强迫自己开始这项训练。我会试着去想别的事情，一旦她的模样又闯入并试图排挤其他事情时，我会像驱赶一只蜜蜂一样把她赶走，而且这一招一旦没能奏效，我会立即改变思考的对象。

然而，这也有毫无作用的时候，于是我便开始顽强地数数，希望没有某个人会怀疑我身上这种如此怪异的情况。在我隐秘内心的深处，我感到十分羞耻，仿佛自己患了某种难以启齿和痛苦的疾病……有时，也会发生一些令人愉快的事情，我便就有短暂的喘息来忘记痛苦——我可是有易忘的特质的，就像一个病人在换过绷带后，或者在接连下了几天雨之后，阳光通过被太阳照得通亮的窗户进了他的房间。但没过多久我便又会跌落回原来的状态。我比以往任何时候都明白精神和肉体之间的联系，因为这精神上发生的事件足以引发肉体上的痛苦，因为我已喘不过气来，整个胸部已经准备好屈服于这种痛苦。我浑浑噩噩，一天又一天，就像一个伤寒病人，唯一的安慰是我不用忍受伤寒病生理上的肮脏和丑陋，除此之外，别无差异。我认识一些男人，他们几乎是浮夸地做出他们因女人而受苦的样子，我也读过一些诗人做的诗，他们用华丽的辞藻抱怨自己遭受了背叛和欺骗，不过他们几乎都以这种为爱受苦为荣……对此我是极为反感的，就像身上长了虱子一样，在我看来任何关于这种痛苦的暗示都是一种耻辱。

因此，我首先关心的是让别人知道我正在关注另一个女人。此时此刻我终于理解这种心情了，而且我之后还发觉这种情况远比看起来要普遍得多，那就是男人们故意和众多女人在大庭广众之下耳鬓厮磨，那是为了避免被人知道他们因一个女人的缺失而痛苦万分。

为了打离婚这场官司，我给我的律师写了一封信，把所有的责任都揽在了自己身上，这样我和她就不必直接见面了。然而我又想时刻见到她，如果我事先不知道她曾在一个晚上去了某个餐馆或是某个剧院，我的脸色就会变得苍白（我甚至不想原谅我那好心而善解人意的女朋友，有一次她用亲昵的口吻强调了我的这种苍白），感到自己似乎错过了一个会面，而这会面对我生命的存在具有至关重要的意义。有一天，我们在剧院里相遇了，她坐在我前面两排的座位上。我从她面前经过时跟她打了个招呼，同时尽量让自己看起来十分轻松，我还用夸张的语气嘲笑了正在上演的那出愚蠢的喜剧，顺便说一下，做这一切都很容易，因为她是单独一个人出现的，这对我来说就是一种胜利。我很满足，因为自己坐在她身后，很方便就可以看着她，而不会显得是故意的。相反，她为了看到我，不得不几次把头转了过来。我尽量试图不接触她的目光，同时还夸张地表现出我过分愉悦的情绪。她穿着一件领口斜开的黑色晚礼服，袒胸露肩，这使得她长长的胳膊变得更白、更温暖，也更丰腴，双肩显得更加妖娆。她的脖子轻轻地抬起来，柔和的线条从裸露的白色颈部一直向上延伸到后脑勺的发根，若隐若现的肌肉在毫无瑕疵的皮肤下一波波滚动，她的皮肤宛如生丝编织成的黄玫瑰花瓣光洁美丽。为了能更清楚地看剧，她坐在了长椅的边上，也就常常把侧面正对着我。因为剧院大厅深处的光线十分幽暗，而朝向舞台方向的座椅都被脚灯照亮了，她头部的侧影在舞台明亮的背景上显得轮廓分明（白净挺拔的前额，鹰钩鼻，优雅的下巴颏），就像神像头上围绕的一道光环——那时摄影师给金发女郎拍照时就专门这样设计的，而她朝向我的一侧脸颊仿佛是在月光投下的甜蜜阴影中，朦朦胧胧。她的肩膀十分醒目，白得耀眼的双肩仿佛聚集了所有的光线，就像闪亮的圆形物体在阴影中聚集了所有的光亮。平时常常用他们的种种暗示惹我生厌的人也不会怀疑，真正的大戏都是在大厅里上演的，而不是在舞台上，就像那些时事讽刺剧一样。她回头看着我这件事对我来说，就像把我浸入了起死回生的生命之水一样。离开剧院时我感觉神清气爽，恢复了健康，至少在几天时间内都会这样。此外，任何能见到她的机会对我来说都是好事。

她从来没有和哪个男人一起露面过，但我知道她肯定有个情人，这虽然让我痛苦，但对她却有一种隐秘、充满柔情的感激之情，而我与她做的恰恰相反，想方设法只想让她看到我和别的女人在一起。

还有一次，我在看完一出戏之后，在一家深夜餐厅里碰到了她。她和一大群表情严肃的绅士和女士在一起，看上去十分漂亮，而且也很开朗。

我先朝窗户里看了看，看她是否在那儿，以免自己因为她的出现而表现得手足无措（现在我在每个餐厅和剧院都这么做），这样就不会让她看到我脸上慌乱的表情，相反，我还可以摆出幸福者的模样走进去。接着，也就是稍过一会儿，再用一种巧妙而又漫不经心的冷漠态度注意到她。那天我和一个年轻的女演员走在一起，她的美貌远比她的才华出名（然而她的美貌十分平庸，毫无特色，就像字帖一样）。正在饶有兴致与人聊天的我的妻子，突然变得脸色铁青，一声不吭了。后来整个晚上她都没有再说一句话。由于没有足够的自尊心来掩饰她的痛苦，她几乎目不转睛地盯着我们，不停地仔细审视着我的女伴。当我看到她痛苦的表情时，我感觉我体内的伤口就在几分钟之内愈合完整（不然的话就需要数月和数年的时间），就像在魔术师神奇的目光注视下，植物在几分钟之内就能长高。

晚饭后，我开车送我的女伴回家。留宿在她那里，这让我有些无聊。在预计的疲惫过后，一想到还要穿上衣服，走上街（因为我必须明天一大早就在家里），我就感觉到厌烦了。在我看来，我的一个异性朋友的拥抱并不能补偿我的这种疲劳。因为除了第一次把衬衫从她们身上脱下来的那一刻，以及我在任何时候，以任何方式获得的对感官来说难以想象的美妙感觉之外，这些女人到后来根本就不能再引起我的兴趣。我觉得我怀里揉搓的只是些像羊毛般柔软的人体模型。

尤其是这个被认为长得美若天仙的女演员，在我看来她毫无趣味，就像根涂了油彩的木头。她说的每一句话都令人索然无味，全是胡言乱语，此外她还常常用后台的行话滔滔不绝：

"他们不让我演，好像我会搞砸了他们的作品，就像这样……"说到"就像这样"时，她握紧拳头，弓起手背做了一个短促的姿势，好像抽搐一般。"你在饭馆里看到尼采斯克了吗？……他想，假如他现在有了自己的车的话……"

我沮丧地想到，由于耽搁了不少时间，我已损失了这个对我来说很珍贵的夜晚的大部分时光。她的身材不胖也不瘦，个子不高也不矮，乳房就像两个苹果，没有令人发狂的圆润线条，也不凹凸有致，不过倒也没啥缺陷，就像是画刊里为了节省墨水而胡乱印制的拍照技术极其糟糕的裸体照片。

我开始仔仔细细地打量她，就像你肚子并不饿的时候审视一道你不太喜欢的饭菜，盘碟里还有些斑斑点点，酱汁太稀，肉像树一样干巴巴的。

后来我们还是拥抱着对方醒了过来，就像动物一样，但我不知道自己将来是否会和她走在一起。有那么一瞬间，我想起了那个让我如此痛苦的女人。

于是，我再次明白了一个道理，即美丽的肉体之爱是一种亵渎。这种欲望是苦涩不堪的，伴随着支离破碎的身体及灵魂，是人想要在紧紧的拥抱中碾碎和制服被轻柔地禁锢在躯体中的囚徒。而这种污秽的肉体快感越猛烈，被推倒的圣像就显得越高贵。人在愤懑和癫狂中变大，寻找着逝去的悲伤和欢乐，以及曾经体验过的美好与幸福，用手掌回击着虚弱的天使所做的奉献和动人的柔情，这都是无法比拟的智力游戏和令人微笑的忧伤。人通过自己，能够看到——那个亲爱的女人被肉体的快感蹂躏和迷晕是快乐的，她的灵魂被这种持续不断的追逐弄得晕头转向，随后在一阵痉挛中停滞不动，这就像面对一个奇迹。

在最后一刻需要众多沉迷情色的男男女女发出令人恐怖的尖叫，还有那些放浪形骸的话语，就像面具被撕裂一般，这让亵渎的行为和感受变得更加尖锐。而我，在身旁这个女人身上，她的情商和智商如同妓女一样，又有什么可亵渎的？

我倍感无趣地松开了拥抱，像往常一样，我只是屈从了自己内心的欲望。除了表达个人的想法，性趣一无是处。由此可见，人们对贵族人物的性别和忠诚度极具好奇心，只不过这种好奇心都是隐蔽不露且模糊不清的。因此有那么多的人痴迷于玛丽·安托瓦内特和露西拉·德穆兰的性别。

四月里的某一天，就在午餐时间，我在位于胜利大道的一家大食品店里遇到了我的妻子，她正让店员为她买的各种商品打包捆扎好。想到她也许要和她的朋友们一起去吃饭，这一景象着实让我心里隐隐作痛，但我还是微笑着跟她打了声招呼："不错啊，你买了这么多好吃的东西，不邀请我吗？"

当然我是在开玩笑，但如果她真的邀请我，我可不知道自己真的该怎么做。她亲切地向我伸出一只纤细、娇嫩的手，手上满是 Quelques Fleurs 牌（鲜花牌）——当时极为罕见的一种香水的味道，"不……我不会邀请你的，你可不是什么老实人……"

我用明显不希望再谈下去的口气回答道："我是世界上最听话的孩子。"

这时她却又跟店员那里要了鹅肝酱做馅儿的大馅饼："这是为这位先生买的……"

她友好地微笑着，眼睛里射出带着点玩味的光芒，一边匆忙付款，一边走向家去，她穿着那套灰色的裙装，犹如春天里盛开的鲜花。

过去淘气的她总在食品铺子里和老板讨价还价，还老是担心我忘记买她最喜欢的零食，那样的日子早已远去。然而现在，她半开玩笑似的干预我的菜单，这反而让我敏锐地感受到了一丝魅力，让我十分愉悦。

接下来又有两三周时间没有再见到她。我一遍又一遍地琢磨，做了各种各样的假设。

一位从前的大学同事，也是我和她那会儿共同的好友，现在成了一名记者，过着放荡不羁的生活。某一天他带着困惑不解，甚至是郁闷的神情跟我说："我亲爱的，你的妻子可有点忘恩负义啊。我今天在皮塔特山当铺——我在那里也典当过东西——遇到了她的姑妈，她当了一枚戒指。请告诉她，不要忘记她可是在这位姑妈家里长大成人的。"显然，我的朋友可不知道我俩现在的情况。

我向熟人打听了一下，才得知我妻子已经病了快两个星期了，一直卧床不起。于是我从书店里买了几本书，把它们包好，还挑了一束花，写了一张不具名的便条，一股脑儿给她送去。

"我得知你生了病……我心里感到非常难受（我故意夸大了语气，让这些话听上去就像常见的客套话）。托人给你送去几册你最喜欢的作家阿纳托尔·法朗士和王尔德的书，好让你更轻松地打发时间。如果你还需要什么的话，可通过给你送信的人来转告于我，我将非常感激。由衷地，祝你健康。斯。"

我等待着回音，内心却被几十种迷信的说法啃咬着，因为我也曾这样送过信。我在某个时间把信交给某位留着大胡子、黑发的老信差，因为他总是能成功地完成差事，我没有在家把信封写好，而是直接在卖烟草的小店铺里写的，我也没让他把回信送回我家，因为我相信这个迷信的说法，那就是我不会在桌子上看到装着美妙回复的白信封，同样我也不会从女仆的手里接到这样的回信。我无法想象女仆会这样告诉我："一位信差送来一封信。"而这封信仍然会给我带来愉快的好消息。我已经告诉了他，我会在一个小时后到他等候别人差他送信的地方去。他过了两个多小时后才回来。我看了看信封，倚靠在一个陈列着帽子和领带、沐浴在灯光下的橱窗边的铜制栅栏上，心情极为紧张地拆开了信封。那是一封同样不具名的信，和我当时写的那封一样。

"是的，我已经在床上躺了差不多两个星期了，但我想这并不算太糟糕。我不需要任何东西，非常感谢你，但这些鲜花和书籍的确给了我一种无法言喻的快乐。我所有的朋友都给我送了花来，现在我家里到处摆满了鲜花，不过此刻，丁香花是最漂亮的。衷心感谢，埃。"

于是我又跟信差询问了许多细节。他说他摁了许久的门铃，还敲了敲一扇开着的窗户（她姑妈家是借鉴了"火车车厢"的样式，院子里的窗户开得很低），最后一个老太太才来到窗前。那位年轻的太太躺在床上：为了给我写回信，她把纸垫在一本书上。接着，这位老信差觉得有必要向我道歉了，他说："先生，她给了我一枚拿破仑金币做小费。我跟她说您已经付了我的佣金，可我不拿小费她就不让我走。我跟您说这些，就是怕您觉得我收了那边的钱，让那边以为您没有给我钱似的。不过您可是知道我的。"

"你从窗户往里看了吗？她躺在床上？"

"是的，先生，我可以告诉您：一张大橡木床，双人的；在它上面的墙上挂着两幅画，一位军官和一位太太。"

"她房间里还有很多……花吗？"

"花？鲜花……您是说花吗？不，没有花。"他又重复说了一遍，好让自己有时间仔细想一想。

我认为他在对我撒谎，因为他猜到了我心中的一个愿望，于是就想迎合我。

"什么，老兄，怎么没有花呢？"

"我可真没有看到一朵花啊……也许以前有过吧……"

"哎，可恶的女人。"

一直到晚上我都在想，我到底应不应该去她那里，以和和气气的方式来结束这一切。但我告诉自己，没有任何理由可以证明我这么做是正确的，因为，我甚至没有得到一点儿迹象，可以让我认为她也想和解。一旦当我回想起二月份的那个夜晚，我的心霎时失去了光芒，于是我明白，现在就是永远结束的时刻。

几天后，我让我那个尚未婚嫁的姐姐过去看看她到底怎么样了，我的这个姐姐算是她最好的朋友了。她告诉我说她的病并不太重，但给我姐姐留下了强烈的印象：她实在是楚楚可怜。然而，她一次又一次努力地对我姐姐说，她不需要任何东西，

163

希望自己能马上好起来，当说到我时，她态度很友好，却也很冷漠，还打听我现在跟谁在一起。后来她告诉我姐姐，她在等离婚手续办完，这样她就可以再次嫁人了。我姐姐还在那里遇到了阿尼什瓦拉，可见她俩已经和好如初了。

之后她恢复了健康，大约一个星期后的某天晚上十点，我们在胜利大道卡普沙咖啡馆那里相遇。我开车送那位女演员去剧院，我的妻子正和阿尼什瓦拉以及她的丈夫在一起。我向她打招呼，她向我回以微笑，当我走过十几步后，我转过头来，看到她还停在原地，呆呆地靠在商店橱窗的栏杆上，用与上次那样如同金色小鹿般的眼神看着我，满是隐痛。

刚开始我有一丝迷惑不解，逐渐有了不好的感觉……她竟是如此痛苦……也许……最后……然而，要确定在爱情中的对错是如此困难。

一天夜里，我在两三家餐馆里试图寻找她的身影无果后，放弃了再遇到她的希望，便和几个朋友一起在一个带有小花园的酒馆里消磨时间（也就是由漆成绿色的木条围成栅栏，还有两三株夹竹桃，以及烤肉用的架子和一些弹奏民乐的艺人）。当然，大家谈论的都是有关于女性的话题。大家提到了几个平时受人尊敬，却和他人幽会的夫人的名字（我忍不住浑身颤抖起来），还谈论了最近发生的风流韵事，以及有关我们大家都熟知的几个夫人委身于人的全部细节。特别是最近的一条新闻，它让大家都吃惊不已。

几天以前，部里的一名高级官员——讲故事的人说出了他的真实名字——在晚上六点左右接到了他妻子的电话，他的妻子正为他创造一出真正的爱情场景。因为他常常忽略她，老让她独自待在家里，这使得她难以承受想念他的痛苦，于是说"叫他和那个部都见鬼去吧"。听罢，我们的局长高兴得浑身发软，带着种自鸣得意的情感和傲慢骂了她几句。其实这个女人是在她情夫的卧房里给他打的电话，当时的她一丝不挂，在给自己丈夫打电话的整个过程中，她让那充满活力的情夫不断抚摸她，并插入她的躯体。最后当他丈夫发现电话突然中断了，这也只不过是薄伽丘那部著名的伦理小说，以超现实形式重新编辑的这个故事的自然结局。

一开始我都屏气凝神地听着，不住地拉着自己的领带结，还不断地把杯子和叉子在桌上挪来挪去。接下来我就喘不上气来，面色铁青，就像躺在外科手术台上的一个病人。五分钟后，我给了一个服务生一笔数额诱人的小费，让他跑到隔壁酒店去查一查那里的电话簿，看看G先生家里是否有电话。我的妻子也曾在朋友家给我打过几次电话的。这些有关女人的故事总能让我失去理智，尤其是提到那些真实的名字，而不是简单地讲些奇闻轶事的时候。据说，学医的医科生在初次阅读专著中描绘的某些病例时，也会确信自己得了这些病症。就像他们中的许多人，一听到别人讲述自己所患疾病的症状时，往往也会感到同样的痛苦；还有些人去参观医院里的陈列馆时，往往也会感到害怕。

每当有人讲起丈夫被欺骗的故事时，我就觉得同样的事情也已发生在我身上。当服务生告诉我G先生家里没有电话后，我还是无法感到安心。在接下来的一整个星期里，一想起我的妻子和其他所有女人，我就只有惊恐和厌恶。

后来我开始忘记这些事情和感觉。

在圣康斯坦丁和埃列娜日，她出现在赛马场里，又是和阿尼什瓦拉及她的丈夫在一起。

经过了几个月的时间，这次我们俩聊得更久了，在那些穿着夏日连衣裙的女人们前面走过，她们动作灵巧，面庞明媚，就像色彩鲜艳的海报一样，这些海报高高地盘踞在白色围墙上，由赛道终点的裁判亭一路延伸，穿过高大、精致，如同白天鹅一般的看台，直至嫩草丛生的草地尽头。这是一次如同绣花般精细的对话，两人友好地调侃和评论那些看赛马的观众。

不过有时我们谈话的语气也会变得更有针对性。

"我想你在前几场比赛中都赌输了？"

"是的……可见是因为你爱我。"

"我都禁不住诱惑了，我也想下注。"

"你真的知道别人到底是不是爱你？"此刻我感到自己的灵魂就像一只沉重的大鸟，趴在一条细细的树枝上，左右摇来晃去。因为我想到了自己，也想到了她的情夫，但我不知道她的想法是如何纠缠在一起的。

"啊，不，我还是不赌为好。心里拿不准也总比知道真相好。"她似乎向着自己的内心微微一笑。

我在想这句话对她而言多么贴切，这就是她真正的想法。

接受一个谎言，一个人得需要多么麻木不仁和多么拙劣的迁就啊！可是何苦如此呢？除了绝对的爱，还能有什么可以带来这种情感上的满足，并使其他的一切变得有意义？替代品只能满足平庸的愿望，因此，她的这种对替代品的满足，在我心中掀起了一波优越感，不过……

我接着问她："那你如何安于你内心的确定呢？"我又一次被压倒性的疑虑所征服。她微笑着看我一眼，然后又避开了自己的目光，好像我在牌局中看了她的牌一样。

"你永远都不会知道……我们永远什么都不知道。"

这时我友好的保护者走了过来，她活泼又美丽，虽然已是满头白发，但看上去依然显得年轻。

"我想向你承认我的一个弱点。"

"最终……"

"啊，这完全不是你想的那样。那是一件更糟糕的事情。我喜欢挣钱，即使是赌马赢的钱……但我不喜欢在那里挤来挤去，在窗口那边的人群中被挤得喘不过气来。拥挤，对一个年轻女孩来说，还是可以接受的，但像我这样的老太太再去跟人挤，那就是一件滑稽的事情了。请你帮我买几张票，行吗？"她立即递给了我一些纸币，这样我就不会自告奋勇地为她掏自己的腰包了。"这段时间我会一直帮你看着她的。"

"这我倒不担心，因为任何人都比我会看护她。"

在去买票的路上，我忽然很想开个玩笑。我为这位银发女士买了票，不过并没有押注她要求的那几匹马，如果她的那几匹马会赢，我决定就自己付钱给她，反正这笔钱也不会多，因为它们是最受赌徒们欢迎的。

在遛马场旁边的小路上，女人们坐在长椅上，身穿色彩鲜艳的连衣裙，就像一群蝴蝶，在仔细打量着过往的行人。行人似乎都在一处公共花园里漫步，来来往往，鱼贯而行。一位非常有名的女演员，她极富智慧，魅力十足却又轻佻放荡，不过倒是个好伙伴，她正靠在遛马场的栏杆上，试图给各匹赛马的状态打分，这些马匹在装上马鞍之前，都在这个有着英国名字的马厩里慢慢地遛着。

"你看到了吗？"她微笑着问我（我好多次开玩笑地告诉她，说她就是一幅有关牙膏的广告，因为她总是微笑着露出两排整齐的小牙来），"这些马看上去是多么高贵？它们的优雅并不张扬，而是深含在骨子里的。"

她的观察是正确的：在毫无经验的人看来，赛马是一群瘦弱无力的驽马。它们的肋骨和骨架显得很突出，而且总是习惯性地低着头走路，如果不激励它们跑起来的话，它们看上去和好脾气的普通马匹并无二致，但跑起来是非常好的个体。

"你看这匹枣红色的马，无精打采地走着，还嗅着地面上的气味，"她给我指了指一匹瘦马，它的肌肉非常结实，外表看上去十分光滑，看起来就像骨头架子一样，"它从未输过比赛。毫无疑问，它比它的主人（他过去是一个呢绒商，靠做掮客发家致富）更加尊贵。顺便说一下，这位主人正无情地剥削它。但是，这匹马从未被击败过。有多少人，能在它和那些漂亮的小马之间做出正确的选择呢？就是那些套好了的，正在发脾气、尥蹶子的小马。"

她一直笑着，露出她那两列排列整齐的白牙，就像手工活儿一样精致。

"大概两个月前，我的一个朋友邀请音乐学院的一个女学生到'卡普沙'去吃顿饭，这个女生倒是长得非常漂亮。好吧，她是第一次到这个地方吃饭，虽然早就梦想着要来。不过，那些身穿燕尾服的服务生优雅的态度简直让她感到畏缩。尽管她并不知道，当时就在那个餐厅里还有罗马尼亚上流社会中最赫赫有名的人物，还有一群在布加勒斯特最擅长跳沙龙舞的年轻小伙子。在她看来，这正是她心目中认定的所谓优雅，就像对外省人来说，巨大宫殿里的喧嚣和嘈杂，是另一种理想中的优雅。"

"如果你想让我对你正确的观察做些补充，那就请允许我说几句。我也注意到，只有档案员还留着战时流行的小胡子，顺便说一下，部队里的准尉给人的印象远比参谋长给人的印象深刻，更有军人的气质。而那些总是装扮出一副知识分子模样：蓄着山羊胡，与众不同的眼神，留着蓬松、卷曲的头发，其实他们都是巴尔干地区的中学教师。而真正的学者只是些能干的普通人，无论来自何地，他们从来没有想过要穿上知识分子的制服。因为我们俩刚才列举的那些人，他们总是痴迷于一种思想，都满足于外形上符合这种思想。拉着轻便马车的马装扮得像匹纯种马；侍者的穿着模仿的是德比勋爵的穿着；而档案员，完全忽视了拿破仑不留胡子的事实，装出一副无情勇士的样子；而上士们也是如此。此外，正如我跟你说，中学教师也是如此，他们根据自己对科学家的观念来冒充科学家。事实也是如此，因为他们都知道，他们需要打交道的人都和他们非常相似，都是只以衣着来判断人的。"

"我越来越相信，我们那位初次受邀去'卡普沙'吃饭的女孩儿肯定是爱上了那里的一个侍者。你知道，你说的没错。顺便说一句。"她说"顺便说说"，是因为在我看来她要说的前后两者毫无关联，而她觉得有必要来创造一种联系，不管这种联系是否荒谬，"我刚刚看到你还在为你的前妻忍受痛苦啊。"

我嘴角上的微笑马上凝固了。

这种言语可算是一种野蛮行为，足以唤醒坟墓中所有的文学语言的捍卫者。这种词句从戏剧界的法语表达衍生而来，并首先成为只在后台使用的一个表达方式，"挨饿"。当一位年轻貌美的女演员爱上了一位同样也是年轻漂亮的男演员，他提出让女演员嫁给他时，她便谨慎地回答说："你疯了吗？你想让我们两个都挨饿吗？"此刻，她把这种表达用在了我的身上，还带着最大程度的嘲讽语气。听罢我便像水母一样抽搐起来，而她笑起来却显得那么漂亮，露出了两排整齐的牙齿，白得就像外国水果的果仁，这让我忍不住问了一句：

"为爱受苦是如此怪异可笑吗？"

"不！"

"你说的真心话吗？"

"我向你保证这是真心话！"她一直笑着说。

我突然想起她有一个大约五岁的儿子，她发了疯似的爱着他，虽然自己并不确定他的父亲是谁，所以她有时会开玩笑说："这么说来我做了笔划算的交易，因为他将只爱我一个人。"

"听我说，你难道希望你的孩子在成年后对女人无动于衷，而只对其他事情感兴趣吗？"

她直截了当地回答我，没有任何犹豫："不！"

"你希望会有人爱他吗？"

"哦，是的。"

"你也希望他能爱别人吗？"

"我尤其希望他能去爱……"

"去爱人，即使别人不爱他？"

"是的……是的……绝对是的。"

"你可得想清楚了，你作为一个女人，曾经爱过别人，也被人爱过，也许还曾出轨过……"

"不是'也许'……确实有过。"

"那么，你希望你的儿子去爱女人，即使这意味着被欺骗和背叛？你想让他为爱受苦吗？"我怀着心中所有的苦痛，仿佛在玩一个牌局时将所有的赌注都押在了她的回答上，竭力想得到她真心的回答，"请好好考虑后再回答……"

她变得严肃起来，仿佛处在舞台上一出剧紧张的停顿之中。

"那我可以绝对真心地跟你说，我希望我的儿子能得到女人们的爱，我也觉得他会得到的，不过我跟你发誓，我还是希望他不管怎样都能爱她们，即使冒着被她们欺骗的危险。好了，现在你可以告诉我该给哪匹马下注了。"

我带着一种愚蠢的感激之情对她微微一笑，告诉她我在赛马场上其实都是胡乱下注的，玩得并不好，但我还是祝她能赌赢，接着我就离开去把我买的彩票交给别人。

因为我急需在我妻子面前显示我的成功，而我那个"可敬的女朋友"想要下注的马儿仿佛也想玩弄我，它们全都落在了后面，不知道它们是怎么回事。赢得比赛的是一匹几乎没有人下过注的马儿。

"天哪，我专门等到自己变老，好来玩一下赌马……结果还是在输啊……现在，当我不能再指望什么的时候……"

"我很抱歉，我不知道该给您什么样的建议……但我总认为这种迷信是毫无根据的……因为我怀疑您已经赢了……请看看您钱包里的彩票吧。"

"是七号马吗？难道不是！？您为什么那么惊讶呀？现在看看终点线旁边裁判亭前的记分牌……七号马？难道不是吗？"

她被逗得直乐，既开心又震惊，我妻子也笑了，她被这个具有偶然性的赌博游戏所吸引——女人，彻头彻尾的女人，她们的笑声证明了我对成功的渴望有多正确。看台和围栏那边的观众涌了过来，经过我们身旁，又向遛马场和绿茵如织的小巷涌了过去。

"三张彩票都是七号马？可我觉得似乎没有人在这匹古怪的驽马上押注过。我赢了一大笔钱。我年轻的朋友，我不得不说，跟你接近对女性而言是十分可贵。和你在一起，即使就快输了，我也会转败为胜。"

"甚至在即将赢的情况下，我也会输。"我的妻子纠正她道，故意强调每个词的意义，这让她的这句文字游戏既应景，又讲得有深度。

人们三五成群地从我们身边经过，他们似乎是专门来审视我们的。而且他们这样做的时候毫不掩饰，这真让人吃惊。

男男女女都在打量着我们，就像在看穿着时装店衣服做展示的人体模型。当然，这里所有的人都在成群结队地互相审视对方，但在我们成为被审视的对象之前，我并没有真正发觉这一点。同样地，比如我妻子，甚至今天偶尔也会用带着热情光芒的眼神看着我的眼睛，这给我的印象是，她的这种眼神只是看我一人的（当来自她整个躯体内部的灵魂都集中到她的眼睛和面部表情时）。不过，我也怀疑她也是这样看一些陌生男子的，但从侧面看，她的面部表情并没有那种轻率的激情。如果我自己要证实这一点，必须站在正对着她目光的位置。但是，这当然是不可能的，我只好将它视作可以证明爱情中有着无法解答的不确定因素的一个实例。

此刻所有的观众都从白色看台，从同样刷成白色的狭窄台阶上快步走下来，又急速涌入遛马场以及挨着遛马场、长满栗子树的小巷里，像被一个看不见的泵轻轻松松地吸了进去。

直到现在，我对下午发生的一切都很满意，但也不敢再尝试做些什么，就像一个玩"铁路"牌局的牌迷，在已经赢了几个点之后，就算计着要不要再往下赌，因为害怕会一下子全部都输光。然后我又被分手时刻的到来折磨着，我实在无法想象，因为看着她离开，而我却留在原地，这让我感到如此的艰难。对于离别我在肉体上早有感知，但又如同第一次般感受到那样的苦痛。我鼓起了我仅剩下的勇气，出其不意地握住她的手，结结巴巴而又短促地说道："再见吧。"

她抬起那双蓝色的大眼睛，吃惊地向我微笑着，同时神经质般地用小伞敲打着白色的栅栏："你这就要离开吗？"

"我不会留下来看最后一场比赛了。"

"你征服了你应该征服的一切吗？"她笑了笑，轻轻哼唱起一首进行曲里的歌词，现在所有集会上都在唱这首进行曲，号召大家跨过喀尔巴阡山去。

"你原本可以好好问我是否'我已经征服了我要征服的一切'的。"

"嗯？"

"……那我就会回答你说……"

"！？"她顿时直直地盯着我好一会儿。

"不是的。那你先说，我可以怎么回答你？"

"谁能知道啊，"她神经质地微笑着，笑容越来越生动，也越来越有讥讽的味道了，"永远都没人知道了。"

那位满头银发的夫人抱着一满怀的钞票走了过来，她把钞票像鲜花一样捧在胸前，人们顿时在她身后绽放出友好和钦佩的笑容。

"我亲爱的夫人，我还能做什么，您看您丈夫替我的女裁缝支付了整整一年的薪水……我确信他还是因为我不可抗拒的魅力才这样做的。"不过她那双美丽的大眼睛眯缝起来，仿佛同时在怀疑地微笑着。

我仔细地凝视着她："我发誓，夫人，的确如此。"

她热情地盯着我妻子，一边说道："我们两人中谁会认为这是种无礼的行为？啊，我可完全糊涂了……怎么问出来这样一个问题……这位先生搅乱了最清楚不过的情形，还让大家都稀里糊涂的。"

上流社会年轻的贵妇们，总是穿着像色粉画里一样袒胸露乳的连衣裙，裸露着双臂，而男士们则身着礼服，头戴大礼帽，脖子上挂着双筒望远镜，他们正从我们身边经过，漫步走向提供茶点的餐桌，这条铺满碎石的小巷在过秤点、餐厅和跑马俱乐部看台的入口之间成了上流社会的一处庇护所，与此同时其他的人则在跑马场、售票处和长满栗子树的小巷里拥作一团。于是我便坚持着告辞离开了。

大门外可当作一个广场的空地上到处停满了轻便马车和小轿车。其他一些人已经在并不强烈的黄昏斜晖中开始了通常的漫步：从第二个街心花园走到米诺维奇医生的房子。我找不到马车，于是开始步行。从市区那边来了几匹毛色漆黑的高头大马，拉着一辆漆成蓝色的崭新马车"嘚嘚嘚"地跑来，马车的大胶皮轮和汽车轮胎一样厚实，坐垫上配有海蓝色的软靠枕，乘客可以靠在上面，他们的脚也可以裹在铺在下面的棕红色毛皮里。一位脸色苍白的年轻女子将身子藏入涂着油漆和挂着宽大绸缎帘子的车厢里，其无比优雅的身段与马车两侧波浪形的轮廓相呼应，看起来就像个"茶花女"，一样的耽于幻想，一样的神情疲惫，毫不在意周围一排排的汽车和马车，而几十双眼睛正从这些车里向她张望，哪怕只是匆匆一瞥。而她只不过是个曾做过女仆的庸俗而贪婪的妓女，她甚至都不曾读过收录在全民读书单中《茶花女》的译本。但她却凭着美貌和别出心裁的妆容，轻松而又近乎完美地模仿了经过第三、第四道手传到这里的模型（只不过此时这些模仿的意义和内容已然消失殆尽，而模仿者甚至连他在模仿谁也不知道了）。

当我越接近市区，我就发现绿荫如织的小巷里变得越来越拥挤，直到我走进熙熙攘攘、充满节日气氛的市中心。

在接下来的几周里，我感到自己几近复原。最近与妻子的会面让我觉得自己在承受关系破裂方面已经轻松许多，我很满意自己会有这种好的念头，因而还不时地安排这种会面。分手已不再像刚开始那样，是一种与众不同、极具破坏力和令人绝望的悲剧，而成了一种适应现实环境的方法。

这个女人的出现对我来说是必不可少的，就如吗啡对成瘾者一样，但我很幸运，能够将她与任何合乎逻辑的条件分开来，而且不管我是否因为一些事实和想法又开始心存不满，我仍然感觉到了她的仁慈。和她见面一周后，我对她的迷恋算是减少了很多，并且有了一种治愈的感觉。

但在这之后，仿佛所有对她的渴望又都聚集到了我的体内，就像脓肿时的疼痛一样，于是我觉得真有必要去见她。我真的试图抵抗过，还成功地坚持了一段时间，但随之而来的堕落则更强烈。不过我一直坚持着，直到我明白自己必须去见她。这事情一旦想明白，就像拉开了一个门闸，我不仅不再有力量去拖延，哪怕是一点点，我甚至被一种名副其实的疯狂加速冲昏了头脑，此刻我再也无法做出任何判断了，无论发生什么，我都必须见到她。整个晚上我都在餐馆、剧院、朋友的家里寻找她，甚至还去她家里找了她好几次。有两次我都是在她姑妈家找到她的，而且她还独自在家，所以她可以招待我，这可是我从没有指望过的运气。我来访的理由是仔细斟酌过的，甚至是些无关紧要的，要不然我都不知道自己会发生些什么事来。然而，我越来越清楚地知道未来自己能被治愈的可能性有多大，当然了，我不能明确说出这个未来何时可以到来。一年、两年，或者更长。

一段时间后，我似乎开始将她遗忘了。我找到了一些新的关注点，可以将对她的关注排到了第二位。我以前从来没有让自己的注意力如此集中过。我重新开始研究康德的先验论，有那么几天我觉得自己找到了一种能够在哲学上引起革命的解释。我感到心中豁然开朗，清明无比，就像吗啡给人带来的轻松与平静。我得出了一个结论，即康德无论如何都是从形而上学的先验论中推导出数学原理的普遍性和必然性，是犯了一个错误。

相反，我坚守在经验世界里，对数学原理的普遍性和必要性在其传统秩序的起源中找到足够多的解释。在我看来，康德哲学的很大一部分似乎已然随着这一发现而崩溃了。

于是，我豁然开朗，内心感到战栗不已，我认为一个高于爱情的世界和一个更为平静，同时更为灿烂明亮的心中的太阳，是可能存在的。我带着幻觉中才有的紧张情绪不停地思考着。从一个例子想到另一个例子，从一个发现想到另一个新的发现。

为什么直线在任何时候、任何地点都是两点之间最短的距离？那是因为我们一致同意这么定义，如果不是这样，我们就不会这么定义。普遍性和必要性都是语言的普遍性和必要性。

我在街上像个机器人一样游荡，所有的注意力都集中于内心的思索。我甚至不知道自己走在哪条街上，听不到周围的任何声音，有几次过马路时，我差点撞到汽车。所有所谓的智慧之光都被吸入内心深处。无意识的世界和有意识的世界变得相互独立，并以不同的方式继续它们的存在。我遇到了一些尴尬的，有时是可笑的麻烦。因为此刻我只能机械般地行走，进而失去了对这种机械动作的控制。例如，我曾经给报刊亭塞了二十列伊来买份报纸，可是忘了取回找的零钱，有时甚至忘了拿报纸。我已经不记得自己做过了什么。为此我差点免不了要进行场决斗。那天我在林荫道上被一位先生和一位女士拦住，那位女士是我儿时的朋友。一开始，我神思恍惚地吻了吻她的手，接着我继续又吻了这位先生的手。他脸色突然变得苍白，猛地把手抽了回去，这让我猛然清醒了过来。

过了好久这事情才搞清楚原委。原来他断定他的妻子曾是我的情人，而这次迟来的重逢让我情绪极为激动，竟然失去了理智。而真相却是，我靠着神经末梢才勉强从这次见面中认出她来。

曾几何时，我还有过种种遐想，正是这些遐想带来了这种深刻而强烈的内向。但那时，它们都是将一些愚蠢的理由作为目标。比如，我将如何花掉十亿，或者我将如何组织一次去北极的旅行，又或者，当我刚进入高中时，我在以我自己的方式重新绘制的地图中标示了大罗马尼亚的版图，当时的我甚至对即将到来的战争没有产生一丝的怀疑。

然而不久我在一本杂志上发现了一篇文章的片段，其中乔万尼·帕皮尼对先验论提出了与我完全相同的观点。这导致了我精神上的崩溃，以及内心极度的空虚。况且帕皮尼从来没有被人看成是一个哲学家，只不过是一个充满激情和幻想的浅薄之人。

有一天，我试图回忆起这个女人曾经在家时的情景，于是便在她放在客房里的一张小桌子的抽屉里翻找。客房紧挨着卧室，是一个狭窄的长方形房间，里面只摆放着一张铺着羊皮毛毯的沙发，墙上挂着几幅水彩画，一个书架和她的小桌子。照片、插图杂志的剪报、朋友的来信和译稿（她曾想翻译阿纳托尔·法朗士的《红百合花》，却没有足够的耐心）。

里面还有女裁缝那里的账单，当然还有画报上有奖竞猜的答案，以及其他一大堆乱七八糟的东西。此外，她所有的书里都夹满了被遗忘的笔记和书信。我无意中碰倒了一摞书，掉出一个信封来，里面还装着封信，到目前为止，我在多次翻阅中居然没有发现……我不禁打了个寒战，仿佛已经掌握了解开一个秘密的密码。

"亲爱的小姑娘，今晚约尔古要去乡下，因为今天是2月15日，得找人来翻耕土地。我讨厌死一个人独自在家了。你过来咱俩一块吃饭吧。我这里有个女裁缝，也许你可以给自己裁一套衣服……如果你乐意，晚上就睡在我这儿吧，咱们可以聊一晚上。"

那是阿尼什瓦拉的笔迹。约尔古是她的丈夫，2月15日，正是我们从阿祖格回来的日子。

我感到头晕目眩：一个惊人的、但也是我极度渴望的前景向我敞开，就像一个躺倒在祭坛前等着做涂油礼的瘫痪病人突然恢复了行走的能力。我尽量让自己保持冷静，以便自己可以很好地想一下这件事情。这么说来，她是演了一出喜剧来惩罚我，所以说我真的是一个绝对会把任何事情搞复杂化、让人难以忍受的东西，而她则是个独一无二的好女人——因此一切都可以像噩梦一场般地被抹去。我潸然泪下，喜极而泣。在我看不到任何一条出路时，难道说还是有出路的……

但接下来我又开始怀疑，自己会不会是一个狡猾诡计的受害者。如果这封信是不久前被放在那里的呢？当时她正与阿尼什瓦拉发生争执，至少那会儿我是这么知道的，这也是为什么我从没有去阿尼什瓦拉家找她。但这个日期就太刺眼了，显得颇有寓意：2月15日。而且她当时为什么不告诉女仆她要去哪里？她为什么不给我留一张便条呢？接下来很长一段时间里，我一直在各种怀疑中挣扎。但后来我自己又为她辩解。也许她与阿尼什瓦拉和解了，而我却不知道。如果在这之后把这封信带过来，她需要太多的同谋，而且也不确定我会不会找到它。再说她有什么理由要把它放在这里让我发现呢？她为什么要让我们重归于好？这对她又有什么好处呢？要知道是她拒绝了我任何物质上的帮助，而我才是那个害怕失去她的人。只有在她爱我的情况下，她的这般做法才解释得通，但这样一来，整件事情就显得相当合理了。此外，这段时间里她所受的痛苦，在我看来那绝对是肯定的了，也证实了这种看法。

我迅速穿好衣服，立即赶往阿尼什瓦拉的家。不过在路上，我心里又有一个疑问。如果这封信是特意伪造的呢？她很可能不想离婚，因为这样她会失去一个良好的物质倚靠，之前她拒绝我的帮助，也许是认为这些援助太过菲薄，但这并不意味着她不感兴趣。我又开始把她当作一个情人一般来判断她的态度了。如果她爱我的话，她就会像她和我一样痛苦不堪；她就会发了疯似的想来见我。但她的痛苦是明显易见的，也可能是因为她一想到要失去一个物质倚靠，就真的感受到了痛苦。事实上，精神上的痛苦和为物质利益而烦恼并没有什么不同，你很难弄清楚一个女人是因为她的爱人没有赴约而痛苦，还是因为她要向裁缝付账而烦恼。

如果是出于自尊心，她对我隐瞒了在女朋友家过夜的事，那她为什么没有足够的自尊心来掩藏她在街上或餐馆里表现出来的痛苦呢？如果这种痛苦是如此之大，那她为什么不采取任何措施来尝试和解呢？但如果她尝试和解了，这是不是也就证明了她就是把我当成一种物质倚靠了呢？

我走进一家咖啡馆，要了一杯咖啡和一杯橘味白酒，放任自己进一步成为内心烦躁的猎物。

当她通过老信差给我回复时，她告诉我说她屋子里摆满了鲜花，这应该是自尊心在作祟（因为她无法想象老信差会揭穿她的谎言）。如果我在原则上可以接受她的这一姿态，那么我就可以接受她其余的一切了。但是，如果她送给老信差一枚金币，让他成为同谋者呢？那么既然他是同谋者，就应该知道他不会出卖她，为什么信差还要告诉我，她给了他钱，而且他也收下了钱呢？再说，她就不怕日后阿尼什瓦拉会背叛她吗？但如果她俩都是同谋，就像人们说的那样，我妻子还手握我表姐的把柄呢？不过我真的应该好好打听一下，以确定约尔古那天是否真的去了乡下。此外，即使他是在乡下，我的妻子也可能没有在阿尼什瓦拉家过夜。康德曾经指出，既可以证明空间和时间是无限的，也可以证明它们是有限的。要想确定一个女人是否真的爱你，这也是属于二律背反范围内的问题，因为基于一些相同的事实，你既可以很轻而易举地证明她充满激情地爱你，也可以证明她在欺骗你的同时还在尽情地嘲讽你，除非你不承认黑格尔哲学的合体原理,不承认这两个假设都是真的,而且正题和反题合二为一的话。不过对我来说,有两件事还是很有说服力的:一是她没有拒绝离婚,二是无论我多么相信机缘巧合,但在我随时随地出门找她时,从没有看到她由一个男人陪伴着的。

我给阿尼什瓦拉打了个电话,告诉她晚上我要上他们那里去吃饭。

虽然餐桌上还有许多其他的客人,但我没有耐心等他们都离开,一直在把话题引向农业问题,以及有关春耕开始的日期。然而我并没有直截了当地问,因为我很清楚地知道,人们都会敏锐地拒绝任何能帮助某个丈夫弄清楚他状况极小的细节。我竭力想弄清楚约尔古在2月15日那天是不是真的去了乡下,但我什么都打听不出来。当时在场的还有几个政客以及几个对康康舞和上流社会的八卦特别感兴趣的妇女,其中一位客人在发现我是纳埃·格奥尔基迪乌的侄子之后,对我露出某种钦佩的神情,这让我产生了一个印象,即其他人也怀有同样的感情。一位议员讲起他的叔叔说的一个"有趣的笑话"。

"你知道纳埃·格奥尔基迪乌又说了啥吗?"大家针对这个问题又提出了好几个问题:"说什么了?怎么说的?"

于是,他开始讲述起来:"前段时间,我们有五六个人去议会的出纳处领取本届大会的每日津贴,这时纳埃·格奥尔基迪乌撞见了来自布勒伊拉的瓦西里克·瑟武列斯库。你们知道瑟武列斯库总是这个样子的:不理头发,不刮胡子,领子很脏,裤子的膝盖那里总是鼓囊囊的。格奥尔基迪乌在那边看着他数钱:'喂,瓦西里克，现在你有钱了，也去洗个澡吧。'而瓦西里克在那里回答道：'怎么，纳埃，我可是每天都洗澡的。'可格奥尔基迪乌却很认真地说：'听着，瓦西里克，那就换盆水吧……'"

大家都哈哈大笑了起来，接着有个人问我们是否知道格奥尔基迪乌是怎么和他的一个选民开玩笑的。

"来了这么一个家伙，"讲故事的人说道，"他两年来一直缠着纳埃给他找个差事干干。'纳埃老爷，半个钟头之前约尔古列斯库死了，就是那个市政府里任职的约尔古列斯库，我想顶上他的位子！''你想要他的位子，瓦西柳？''是的，纳埃老爷！''好吧，哎，这是给市长的一封信，你拿好了。'他给市长一张名片并用信封封好，上面写着请为吉策·瓦西柳量一下身材，如果与棺材的大小合适，就把死者的位置让给他。"

人群中又爆发出一阵大笑以及对纳埃·格奥尔基迪乌发出的赞叹声。现在我知道他和卢默纳鲁一道和国家谈妥了一笔很为有利的买卖。他为军队制造弹药，报酬极为丰厚。

我觉得这伙人似乎永远不会走了。阿尼什瓦拉现在也想让约尔古讲一个关于纳埃·格奥尔基迪乌讲笑话的轶事。当然，他们都采纳了这个建议，于是约尔古讲了起来："在卡普沙饭店门口，纳埃遇到了一个不太熟的人，他来自摩尔多瓦的北部，名字叫米哈伊·图纳鲁。'你怎么样，纳埃？''不错，你怎么样啊？''嗯你知道，我去了趟维也纳，我妻子在疗养院里生病了……我在那里做了一次咨询……我不得不把岳母留在庄园里看家，可现在是活儿最多的时候，而且我还租了我哥哥的一处庄园要打理，'然后又是这个、那个的，一通啰嗦……那边的纳埃盯着他说，等了许久，然后惊讶地问道：'听我说，亲爱的，你为什么要跟我啰嗦这些？我只是问你近来怎样，就像平时人们寒暄时说的那样啊。怎么，你把这话当真了吗？'"

又是一阵哄堂大笑。一个年轻人接着又聊了起来，说纳埃·格奥尔基迪乌在他的口袋揣着一份有财政部长（这位部长也只是个临时代理）批复的文件，是关于批准出售两车皮镭锭的申请函，以每车皮五千列伊的价格运至奥克内莱—马里车站。在场的大多数人都不相信有这回事，但是这个年轻人发誓，说他已经亲眼看到了那份申请函，而且纳埃也已经从这位部长那里得到了他想要的一切，只要他不把这份批复拿给大家看就行。

这些笑话让我的耐心到了要爆炸的地步。一直到晚饭后许久，客人们都散去了，我才发现约尔古2月15日确实去了乡下。

于是我凝视着阿尼什瓦拉，直截了当地问道："请告诉我，二月份埃拉是否在你那里过过夜？"

她一边盘算着，一边冷冷地回答我："我不知道。"

"拜托，阿尼什瓦拉，请告诉我……求你了。"

这下她显得不知所措："我不知道……我记不清了……从二月份到现在已经过去有四个月了，你想知道什么呢！"

"我还是想知道……"

"斯特凡，请不要再坚持了，我什么都不能说呀。"

而身材粗壮、脸盘宽阔的约尔古，擦拭着他那被酒精沾湿的浓密的短胡子，再也忍不住说了起来："是的，她来过过夜……亲爱的，那会儿她大约来过两三次，总是在我去乡下庄园的时候……是阿尼什瓦拉叫她过来的，因为她讨厌一个人待着。"

听到这里我心中涌起一股暖流，这让我的眼睛里充满了泪水："你们为什么到现在才告诉我？"

"我们怎么知道你俩在为什么干仗？总之，这些该死的女人，她们总会把事情搞得一团糟，谁也别想把这些事情弄清楚。"他挑了一根牙签，塞进嘴里，然后悄悄地打量起放着奶酪的盘子来。

整整一个星期，甚至整整一个月，苦涩的痛苦最终变成了巨大的欢乐，这让我沉醉，如同大酒桶里的葡萄汁经过发酵变成了醇醇的美酒。现在对我而言，过去发生的一切越发清晰，特别是在听到新的解释之后，特别是看到她无法抑制的幸福表情之后。

我在布加勒斯特又逗留了两个星期，然后我被集中起来参加军训，我觉得这似乎是一场大灾难，话虽如此，我还是安排她去了肯普隆格避暑。

我在通往马泰亚什的一条大街上，在一户我早就熟知的家庭里找到了一个大而干净的房间，房间里有一半的空间都摆放着沙发，旁边还有一个小房间，供从布加勒斯特一起带来的厨娘居住。这个地方离我那里很近，因为从登博维齐瓦拉到肯普隆格只有三十来公里，因此她总是会受到我不期而至的威胁，就像对她进行一次狂热的夜袭。

起初从某种意义上来说，我还是很平静的。她给我写信，说她感到很满足，清新而又带有枞树香味的空气让她感觉很好，

185

尤其是在经过总是聚会不断的冬天之后。她在那里没有结识新的朋友，这让她很开心，而我们的老熟人都不在肯普隆格。

她向我描绘了她在这个避暑胜地独处的小快乐。早上坐在林荫道上或公园里的长椅上看书，看孩子们和他们的保姆玩耍，去市场买奶酪、覆盆子和苹果，下午懒洋洋地睡个午觉；傍晚六点钟时，和女房东兼老朋友雅典娜太太一起吃点果酱，喝杯咖啡。晚上有时她会与雅典娜太太的侄女坦蒂和佐伊卡在林荫道上散散步，听听音乐。

我几乎每天在军官食堂里都收到她寄来的一封信，信的内容大致相同，这像一个极富仁慈的承诺一样让我心安。

爱情的最后一夜

爱情的最后一夜　战争的最初一夜

她在最近寄来的一封信里叫我"务必"去趟肯普隆格，时间可以是星期六，或者最晚是星期天。我有一种不安的感觉，让我感到心绪不宁。我千方百计地想请两天的假，但没有成功。我曾试图在等营长心情好的时候，设法博得他对我的赞许，夸赞我带领我的排时指挥有方，这些我都做到了。无论何时何地迪米乌大尉总是仪表堂堂，正派体面的，但在谈到这次休假时，他的所作所为却变得让人无法理解。

星期三吃完晚饭后，科拉布大尉应大家的要求，派人给他送来了他的长笛。他为我们吹奏了几首德国乐曲，曲调明快，又像天鹅绒般柔和，与此人严厉、急躁的脾气完全相反，要知道他的脾气就连他的上司也会感到害怕。在维也纳，当他还是第五狙击兵团的军官时，他曾去音乐学院上过课，被他的德国战友们尊称为真正的艺术家。他们在他离开时，按照奥地利军团的惯例，送给他一个礼物，那是一个贵重的银烟盒，在扁平的盒盖一角上刻着一个马蹄铁，另一个角上刻着他姓名缩写的花体金字，盒盖里侧则刻上了模仿所有赠送者手迹的签名。

这会儿迪米乌大尉正神情严肃地听着音乐，他那双稍有些短的手交叉叠放在已从军服上衣下面凸出来的肚子上，像一个正在留心倾听布道的乡村教堂财产管理员。他一直板着个脸，直到那位留着金色胡子，不知怎的变成军营里的知识分子的弗洛罗尤上尉让科拉布大尉唱多伊娜民歌时，他的脸上才浮现出笑容。正如彩蛋是复活节的传统一样，长笛就是多伊娜的传统演奏方式。科拉布大尉吹的曲调和歌喉中带着种悲凉和忧郁，更夹杂着诸多思念，它们在这茫茫的山间荒野里，在这寒冷的夜晚中不断滋长，所有人都深深沉浸在其中。

我在迪米乌大尉身后伸长了脖子，轻声说道："大尉先生，请您批准我周六和周日去趟肯普隆格。"说完，我轻轻呼出一口气，几乎是在恳求。

他连看都没有看我一眼，只是简短地回答道："不可以。"然后继续去听长笛吹奏了。

第二天，我一直观察着，直到他出现在训练场上，看到他从一个连队走到另一个连队，他的胡子帅气又浓密，就像一位辛勤的佃户挨个巡视着一块块农田。我没法跟他交谈，因为他不得不专心致志地思考一些战术问题，不过后来他又极其简单地把它们解决了："先生，你必须一直从侧翼包抄他。"他不像弗洛罗尤上尉那样，总是运用博学的知识来解释一个问题，也不像科拉布大尉那样，靠惩罚包括军官在内的整个连队来跑步登上附近一个陡坡，来来回回二十多次，他则站在一旁，皱着眉头，专注地观察着自己的命令是否被顺利执行。

在例行的汇报时间段，我来到作为营部办公室的屋子里，又看到迪米乌大尉和弗洛罗尤上尉待在一起，身边还有一两个在军队食堂工作的中士。这一周时间里，他们默不出声，但精力充沛地算计着，想着怎么解决团里的收支平衡。上周六，团里接受了师长的检查，我们营收到指令，要在下面的大本营里准备一场像模像样的午餐。大家用刚摘下的树叶搭起一片可以遮阳的绿荫，乐师们领到了崭新的制服上衣。有三四个号称是优秀猎手的士兵被派到山里去逮黑山羊，因为传闻有消息说在皮亚特拉·克拉伊山的峭壁和深谷之间，时常有黑山羊出没。可最终这些猎人只带回来一头小鹿。在一位被看成是美食家级别的军官监督下，一道加了酱与蘑菇的鹿背肉被呈上了餐桌。但如何制作鳟鱼却让我们这位大师头疼不已，我们营部的厨子对于制作像裹上面包渣炸鳟鱼这样精致的餐点来说，手艺实在太粗糙，更别说鳟鱼的捕捞也同样是个非常复杂的难题。我们通常还是使用"萨伏波尔"手榴弹来（炸鱼）捕猎，因为这种手榴弹除了干这个，其他干什么都不太好使。这次为了不把娇嫩的鳟鱼肉炸碎，他们需得直接用手在石头下，在刺骨的冷水中，从登博维察河源头将鱼抓出来，且必须得赶在周六的黎明时分，因为这位大师说："听我说，先生们，鳟鱼只能吃现宰杀的……死了几个钟头的都不行。如果你想好好吃鳟鱼的话……而且如果你不马上烹饪的话，那事情就全完了。还有，如果黄油没烧得滚烫，那这道菜就不是鳟鱼，而是玉米糊了。不是每一位厨师都知道如何将它做得恰到好处的,如果厨师犯傻,把鳟鱼炸干了,但里面还是生的,吃了就会让人犯恶心。"

这些话让那些听的人胆战心惊,马上恳求说:"瓦西里,兄弟啊,可别丢下我们不管啊。"有两个人负责饮料:一些产自戈列什蒂旁著名的布拉吉纳葡萄酒,"如果弄不到弗列尼的李子酒的话",那就用肯普隆格的李子酒,还有十瓶香槟,"穆姆"牌烈性香槟,"因为他只喝这种酒"。精挑细选的肯普隆格出产的新鲜奶酪和蔬菜水果,则由我们食堂来负责。但让我们的上尉更为紧张的是,将军(将军因为晋升少校一事来视察)下令:开始用餐时,先给他两个水煮蛋,只要两个,"但如果找不到刚下的新鲜鸡蛋的话,那干脆就不要了"!为了这件事,这些可怜人头痛不已,他们干脆派了一个勤务兵专门监督某一个鸡窝,但还是害怕出现差错,万一勤务兵拿来的不是最新鲜的两个蛋呢?……好在最终一切都顺顺利利地过去了,鸡蛋确实是刚下的,各种美味也被尽数吞咽,且在一片赞扬声中被消化殆尽。

现在这顿午餐的所有花费都要靠"无数种节约"来补偿了,准确来说是从"例餐"中支出,也就是从军队的伙食费里支出,因为军团里并没有其他特别基金。利用休假者的配给量,减少士兵饭菜里的肉量,茶里少放些糖,这一天天仔细算计的节制,最终必须能填补亏空。我徒劳地等待着各种数字被累加起来,还有对各种报表的研究。但没等到一切结束,我就离开了,因为我明白自己无法通过打断这样的讨论来得到某些东西,如同当时我打断多伊娜曲子时一样。

下午的时候我们被召集起来,去分发从团里寄来的一些小册子。那是些薄薄的、用报纸印出来的小册子，字迹模糊，封面是绿色或黄色的，就像《租户法》一样。一本小册子的题目是《西线的新教训》，另一本小册子叫《炮兵在当前战争中的作用》，最后第三本小册子叫《一名德军上尉的笔记》。总参谋部里众多办公室里的某位大尉或者少校翻译并印制了这种小册子，有可能是因为他对此很感兴趣，也有可能他是想表现出自己有事可做。可惜并没有人重视这些册子，送到军团里以后，它们就像县政府地窖中层层叠放、落满灰尘的爱国主义小册子一样，被尘封在包装里了。偶尔"为了减轻负担"，军团里的副官们就把它们分发给军官们。实话实说，那些将军或是参谋人员倒是应该读读这些小册子，因为这些小册子写的就是指挥者的经验教训。刚开始，我和奥里尚对我们的上级军官调研时严肃认真的态度深信不疑，甚至还大感讶异——不过这些小册子的确写得特别有趣，但不久我们就明白自己高估了上述那些军官的智力。于是，我一边高兴地拿起小册子，一边说："大尉先生，我还是想和昨晚一样，请您批准我去肯普隆格休两天假……我要去那边……"

"亲爱的，我很抱歉，但还是不行，我实在没有办法帮你。"

"大尉先生，您根本想象不出您会帮我多么大的忙，只要您……"

"我怎么会不知道……我知道……但是不行……"

昨晚，在军官食堂里，我最后尝试了第三次，但比之前每一次的结果都更惨。我的嘴巴喉咙都发干了，眼睛发直，因为我明白，如果想去肯普隆格，我不得不开小差。尽管能预想到会有什么可怕后果,我还是决定开小差。我一整夜都被折磨得焦躁不安。

这时我看到窗外开始泛白了,屋里的暗黑像尘埃一样渐渐散去,而我仍然没能合上眼。与科拉布争吵的记忆已经变得模糊。

"少尉先生,迪米乌上尉叫您……尼斯托尔·万恰来找您了。"

迪米乌大尉身上穿着农民穿的睡衣,脚上趿拉着拖鞋。

"先生……你想去肯普隆格吗?……你要去那边办事吗?"

"大尉先生,我真的必须去……"

他沉默良久,陷入了沉思,好像他把我叫到那里,只是为了找我问这个问题似的,过了一会儿,他才说道:"哎!我说先生啊……"

"大尉先生……"

这时,士兵给他带来了一份带果粒的果酱和一杯黑咖啡,摆在一张农村常见样式的餐桌上,餐桌铺上了农家手工织的桌布。

"再带一罐果酱来吧,格里戈雷,给少尉也带杯咖啡。"然后他转向我说:"我已经习惯了早起,这就是'我的拿铁咖啡'了。"

他把我从头到脚打量了一遍,又不吭声了。我也打量着他,试图揣测他的想法,更忍不住想推他一把,让他往好的方向去想。

"哎,先生……我怎么知道能有什么办法?……哎……我昨晚跟奥里尚也讲过这件事了。这是团里接到的命令,任何人都不许离开部队。听我告诉你……你带上一个人吧,他得知道如何带你翻山过去,你要绕过登博维奇瓦拉,一直走大路,这样你就不会碰到团里的人了。万一有人遇上了你,你就说是我派你去侦察鲁克尔情况的。"

我高兴坏了,我以为我的心因为狂喜就快要炸开来了。

"大尉先生,请您放心吧。"

我本想顺便到奥里尚那里去一下,顺便表达我的谢意,但我不想再推迟出发时间了。多亏了他,他们昨晚一定是在军官食堂里讨论了这件事。

我带上了一个识得山路的士兵,身上的衣服都来不及换,就那样立刻启程翻越山顶。

先是朝着久瓦拉方向,慢慢往上爬,然后我们绕了过去,横穿过一片片牧场和干草地,一直走到宽阔的公路上。太阳十分耀眼,盈盈如水晶,亮闪闪的光线再在满是巨石的山脊上折射出湿润的反光,使得青草绿叶显出一片生机勃勃的景象。露水大多已经蒸发掉了,但尚未全部散去,仍然足以打湿我们的鞋子。远处那些巨大的山脉,看它们怎样以恫吓人的姿态从上方朝我们压迫而来,越变越大,直至消灭了最后一点距离。左侧是金巴夫山,如同一座巨石建造的大清真寺(与之相比,圣索菲亚大教堂看起来就像是孩子们手中的玩具);在那些石头圆顶的周围耸立着数百米长,像墙壁一样笔直陡峭的峭壁,然而峭壁间还生长着巨石植被,与其中星星点点的枞树混合在一起。这些峭壁与邻近山脉的陡坡是如此接近,有时相隔距离不过几米,以至于悬崖底部和那里的溪流自古以来就从未见到过太阳……月光也未曾星星点点地洒落在那里。因为有着从未被任何人踏足过的悬崖峭壁，这座山成了真正的熊栖息地。

在右侧，随着皮亚特拉·克拉伊山越来越接近，它也变得越来越大，那些有着锯齿状边缘的巨石，让它看上去像一座哥特式的大教堂。再往深处，气势磅礴、遮天蔽日的帕普沙山向我们奔来，遮住了我们大半个视线，它是罗马尼亚境内的一座巨山，位于耶泽尔山的上方，它看起来就像是一座又高又长的罗马尼亚教堂之上的高塔。至此，由这些印象构成的三联画便补充完整了。在这些山脉之间的山谷里，为了穿过巨石而与之搏斗的，是登博维察河与它的潺潺溪流，它们汇聚在一起，在阳光的照射下，河水转弯处就像银子般闪闪发光，尤其在那座和布加勒斯特的石桥十分相似的白色石桥附近。水流奔腾而下，直至宽阔的深处，山谷中有树木繁茂的土岗，长满饲草的小山丘和山坡（就像我们此刻所在的地方一样），还有星星点点分布的小屋，以及如同一条白蛇般蜿蜒的公路，所有这一切就勾勒出了山谷里的全貌。这里的草场主用小石块做成低矮的围墙，把这些草地分隔成一块块形状不规则的地段。在中间的，在第二个收割期割下来的干草，一堆堆垛在草场围栏中，像若干只长得肥大的绵羊被围在畜栏里一样。此刻空气很稀薄，散发着冷杉树脂、干草和熟过头的野草莓的香味，像酒曲一样浓郁，令人沉醉。蚂蚱从我们的脚边跳了开去，它们就像这个早晨一样生机勃勃。

如果你，我亲爱的姑娘，此刻就在这里，伸展四肢和我并排躺在铺着干草的大地上，请你向上看看这晴朗的高空，就可以远离那些"匪帮",远离沙龙里的闲言碎语,让我们在这里做深呼吸,让太阳温暖你的躯体,在中午之前就让你全身沸腾。自古以来,每年夏天太阳都会在这里将周围的一切燃烧沸腾。我之所以不在此地逗留,那是因为我想尽可能早点到达——或者说到那里附近——才能将你那温暖的腰身紧紧搂在我的双臂之间。

当然,我一开始就走得很急,如果说之前我是苦于无法获得休假,那么此刻的我看起来就像是挣脱了缰绳的野马,即将重逢的念头疯狂地在我心中滋长,就像痉挛一样,在它结束之前,或许已经没有任何东西能抑制住它了。

一位身穿瘦腿裤和衬衫、头上戴着"匈牙利式"帽子的山民放下了手中的镰刀,给我们指了一条近道。在他身旁的是一位年轻妇女,高大健壮,她的双脚踩在湿润的草地上,膝盖以下赤裸着,小腿肌肉结实,头上戴着一顶同样的男式黑毡帽,正惊讶地看着我们。她的臀部很结实,乳房像雏鸟一样隐藏在她饰有黑色花纹的衬衫下。他们在一棵野苹果树上,挂上了一背囊的干粮,这苹果树果实很小,但结的果实数量却和苦杏树一般多。

> 山里的马力瓦拉……呀
> 大家伙儿都觉得你很可爱……呀
> 我对你也是一个心思……呀……
> 直到圣玛利亚节之前……呀……

这段曲子就应该唱给这个为战斗而生的健壮女人听的——

同样也应唱给她的母亲,唱给她的祖母听。在圣玛利亚节之前……直到后天……

我们再次加快脚步,因为太阳已开始当头升起。我们一接近村落,就看到在公路两旁,到处都是用一头像箭簇一般尖利的木栅栏围着的李子园,所有的栅栏全是一个模样。呱呱乱叫的红脖子鸟和白鹡鸰疏疏落落地掠过河边的石头,飞过树林而去。

时间还是清晨,我已经来到了鲁克尔的广场,在那里叫了一辆去肯普隆格的轻便四轮马车,我的心立刻感到轻松了些。家庭主妇们挎着像提桶样的柳条篮子,里面装满了从山间峡谷里采来的晚熟的覆盆子,她们当然猜不出是什么样的宁静让我的眼睛如此炯炯有神。从山里来的英俊的农夫和俊俏的农妇们在市场上来来往往,讨价还价,他们打扮得那么利落整洁,穿着黑白两色相间的服饰,如果村庄周围没有展现出那些,在镜子般蔚蓝色天空的背景中,早上金色的阳光照得闪闪发光的郁郁葱葱又怪石嶙峋的山顶,那么这些农夫、农妇仿佛都是些戏剧中的角色。我有一种依稀模糊的感觉,仿佛就要发生什么非常重大的事情,就像一个对其他情感已然无感的病人,在一个美好的日子里,等待动手术时的感觉。我倚在沿岸小街的铁栏杆上,听着锯着长木的锯子的尖声狂叫,望着清澈美好的河水,似乎这里的水,是专门为了让鲑鱼在这乱石丛中愉快地嬉戏翻滚才创造出来的。我想到肯普隆格雪白的床单上我妻子赤裸裸,甚至泛着金色的躯体,便不由自主地笑了。为什么这种生活,有多愚蠢的社会组织能妨碍这样自然的幸福,妨碍我如此向往的幸福呢？……

在辚辚作响的车轮声中，我们的马车驶过有很多桥墩的木桥，桥身又长又黑，像一只看不到头的大蟑螂横卧在登博维察河上。在这里，登博维察河拆分出了几条湍急的支流，水流中漂满了被剥掉树皮的原木，以及许多大大小小的石块。等到过了德拉高斯拉凡莱，在那些每辆拉着三根大圆木、车身长达十米长的大马车的旁边，我们常常可以遇到一些骑着小马的妇女，妇女们坐在蒙着羊皮、大大的木鞍子上，她们常常也戴着黑色的毡帽，有时戴在农村常见的长头巾上，衬衫袖子上部绣着镂空的花样图案，脚上穿着用生皮子做成的硬邦邦的靰鞡状的鞋子。

在马德亚什附近，用石灰石铺成的道路开始变得弯弯曲曲，有时道路仿佛拐入天空中一条虚无缥缈的天河里，因为在转弯处，山谷仿佛陡然坍陷下去，和所有的一条条小路及村落一起落进了山谷深处。

快到中午时分，我终于到达肯普隆格。在花园的亭子里已经为我们摆好了饭桌，但在吃午饭前我们决定先去城里，在宽阔的大马路上散散步。看到没有人跟我的妻子打招呼，我高兴坏了，心中充满柔情。我心中暗自自豪，仿佛我占有的是一个独一无二的稀世珍宝，过路的人看到我妻子的相貌，只能模模糊糊猜出她有着美丽的容颜，但并不能了解我们精神生活中那种苦中有甜的滋味。我们这对情侣在众多的人群中散着步，有点像一些穿着便服，打扮成平民模样出行的军官们，如果士兵们知道他们是些什么人，准会立刻垂手直立，向他敬礼的。

时至正午，阳光开始变得灼烧起来，就像一杯刚倒出来冒着泡的香槟酒。

在对游客开放的公园大门前满是前来休假的人，来来去去，熙熙攘攘，他们一个个都穿着就像过复活节时穿的节日盛装和袒胸露肩的衣裙。我的妻子好像一个小姑娘，正好奇地站在一处不断喷水的喷泉旁边张望着，本地的一个巧匠在喷泉喷出的扇形水面上放了一个彩色的小洋铁球，小球在飞溅的水珠中不断地跳动着。我们走过集市，穿过一堆堆的苹果、梨和李子，一筐筐的覆盆子和黑莓，它们此刻正被满满地堆放在像士兵一样列队整齐的水果摊上。还有奶油，它们是直接装在搅奶油的木桶里运过来的。我们从那里向带澡堂的公园方向走去，这一路要穿过整个市镇，市镇上的小房子都亮堂堂的，似乎每天夜里都被雨水或露水冲刷过，然而这雨水或露水并没有减轻中午烈日下让人感到火辣辣的程度。孩子们在长满了云杉和冷杉树的林荫小道上奔跑着；老人们下着十五子棋，等候轮到他们去洗澡的时间；我们也在这里散步，一直走到河水不断翻涌的特尔古河河床边，河湾里河岔如织，河水湍急，有些地方还覆盖着一层泥沙。我不想结识任何人，对我来说，周围只有这个身穿杏黄色连衫裙、裸露着细长又结实双臂的女人，我每一分钟都忍不住想把自己的手掌心紧贴在她的手臂上。公园门口有一座木板小桥，横架在一条小溪上，她在小桥上停了下来，好奇地细细研究起一座小小的水磨和那条长满青苔的排水木槽。我瞅着她，别人也都在欣赏她；这个女人背对我们站着，她那秀美、如同镀了金色的身材轮廓似乎使这幅充满乡村气息的风景画变得清新又脱俗了。当她那双碧蓝的眼睛看着我的时候，那双眼睛晶莹剔透，如同流向长满青苔的排水沟的流水似的。花园深处的凉亭里，刚刚做好的美味午餐正等待着我们的到来：有鸡肉清汤、炸雏鸡，还有干酪和覆盆子。我们还有访客——雅典娜太太总是怀着好奇心，时不时走过凉亭边来看看我们，她想知道，我们到底在那里干什么。不过最终就只剩下我们两个人了。

此刻我心中涌上了一股股对这个女人稍感卑微的感激之情：看来她对别人既不好奇，也不感兴趣。我觉得她的态度好像也是令人信服的……于是我开始责备起自己不久以前的多疑和不安。我感到独自占有了她的身体和灵魂，完全沉醉于情欲之中了。

经过一整个上午太阳的灼烧，整个市镇变得懒洋洋的，疲惫不堪，各处的窗户都已拉上了窗帘，午饭后的休憩赐予我们一段幸福、慵懒的快乐时光，期待已久，因而更弥足珍贵。当然，我妻子白皙而又略带金色的身体并非毫无瑕疵。为了不破坏体形，她不愿怀胎生子，还接受过十分残酷的治疗，但这却给她带来了相反的结果。在我为她生气、苦恼和痛苦的那段时间里，我曾在心里萌生出某种满意的感觉，因为不仅仅在她平躺时，其他时候也可以看出她的乳房在那会儿已失去了如同新鲜水果般的弹性和硬度。而现在，她的双乳变大了，也更容易向两侧肋骨方向滑动，当然只有一点点，作为情欲达到高潮时标志的乳峰也不会太过凸起，丰满的臀部不再像当初犹如里拉琴的轮廓那般秀美紧致。而更让人觉得奇怪的是：在这种肉体上的衰败，这种肌肉的萎缩和双乳的松软之间却存在和谐与一致。

从前从膝盖到胯骨上的肌肉是那么结实又迷人，现在大腿的肌肉也已松弛，不再紧致，触摸上去犹如丝绒般柔软，而这种柔软也以令人察觉不到的速度向双腿内侧扩展。但爱情的强烈欲求确是如此难以解释，现在正是这些缺陷激起了我的情欲，我比任何时候更喜欢这对绵软而温顺的乳房，我将脸埋入这沉甸甸的乳房之中，双手感受它们的形状，一会儿又将双颊紧紧贴住她的大腿，带着快意沉迷其中……

在午后的这几个小时里，我们俩很少说话，我认为我们这会儿不需要语言来表达，就像在一个黄金储备充足的国家不需要纸币一样。就在这时，我妻子把手伸到床头的一个烟盒里，拿起一根香烟，插在烟嘴上，一边划着一根火柴，一边思虑重重地把烟点着。她的这个姿势显得优雅无比，又从容不迫，不过刚开始的时候，她可是不得不把它作为一种"高雅风度"来不断练习的。现在的这种姿态，老实说，在我看来只不过是种文雅的装腔作势罢了。此刻，这个微不足道的姿态突然让我的甜蜜情绪一下子被笼罩上了一层阴霾。

我尽力不让自己的脸色变得阴沉起来，但是我无法控制自己。

在我们真正相爱的日子里，我妻子脱光衣服时从来不用事先演练好的优美姿势。她的美浑然天成，动作自然又活泼。她用双脚踢打着枕头，蜷着身子转来转去，寻找自己的袜子，她的每一个动作都像裸体画中的人物摆出的异常可爱的姿势，而她自己却没有意识到这一点。像她现在去拿香烟的姿势，故意蜷起身子，或者故意张开双臂，或是其他任何一种动作，都使我感到十分痛苦，因为我觉得她采用这一"优美姿态"是为了跟我暗示些什么。我没有任何证据证明她背叛了我，但现在我明白了，这个姿势来自一个女人久已养成的、故意摆弄自己裸体的习惯，以便"给人造成印象"，对这个习惯，她也是无意识的，但它却立刻向我揭示了以前我不知道的事。

在我们开始出入上流社会的社交圈之前，我的妻子认为她不如我，这可以从她和我在一起以及有我在场时她的行为举止上感觉出来。但此后，她大概发现，我不会跳舞是低人一等的证据，而我穿着随意（相对而言，完全是相对而言）和那些用她自己和她女朋友们称之为穿着"竭尽全力"的人比较起来，显然是"门第不高"的标志。她这种假装出来的洒脱神情，她这种翘起小手指擦火柴的漫不经心的姿势，又让我加重了本就有的疑虑，再次怀疑她欺骗了我。在她那群同伴中间，对这样的姿态大概会竭力推崇且评价很高的……

"听我说，斯特凡，你们在边境那边干什么呀？是要准备打仗吗？"

我吻了吻她那圆滚滚的肩膀，然后回答说："我们没有做任何准备，而且我认为我们是不会参战的。"

"你从哪里知道的……，现在有件事可是绝对确实可靠，我亲爱的，明天王国议会就要开会了。"这时的她又笼罩在一团烟雾之中……

我向她说明，王国议会以前也开过会，可是什么危险也没有发生。

"那就太好了……唉，要是马上能结束所有这些传言，那该多好……不过要是去打仗,你难道不害怕吗?"

我想,如果不得不丢下她一个人,而且确定没人照看她,我准会吓呆的。想到这一点,我的脸就开始抽搐起来,脸色变得阴沉。

她意识到了这一点,立刻问道:"你真的感到害怕了?"

在这一瞬间,我决定,不管以后我会发生什么事,我也要开三天小差,出其不意地回来看看她在这儿干些什么。我接着她的话头回答说:"不知道怕不怕,我还没考虑过这件事。"其实,我已经反复思考过了,也想得很多。有多少次我想象过自己在打仗,我率领自己的那个排作战异常英勇,这使我所有的上级长官都感受到了鼓舞。比如说:在战场上我挺直身子向前冲锋,而我的士兵们却伏在地上,匍匐前进。显然,有人正从远处用望远镜看着我,所以过了几天,大家都在家里对我建立的功勋赞叹不已,而我也成了传奇中的英雄,而当大家在向我的妻子讲述我在战争中的英勇事迹时,她则淡淡地、又带点自豪地抗议说:"哎,难道你们不了解他吗?……他疯劲上来,比真正的疯子还要厉害!……我对他说过多少次了,要他自己安分些,小心点,我可不想做寡妇……"

然而如果我晚上睡觉时做梦,真的梦见自己在参加战斗,那么就会吓得全身瘫痪了似的。

现在我将手放在这个女人一侧温软的乳房下,试图从她身体里突突的心跳声中来猜出她的脑子里在想些什么。

"听我说,斯特凡,你知道假如的话,上帝保佑,可别发生这样的事,要是你死在战场上,那时我的处境就会不明不白了。"

我笑了起来，一半是讥讽，一半是对她的深思熟虑感到惊讶，接着我在她的耳边低声说，仿佛说一个烫手（不便公开）的秘密："难道不是你不想要孩子吗……"

"我？是你不想要孩子，为什么这会儿却要怪我？"

我看了她一眼，对她如此健忘，对她像一个真正的女人那样如此轻松地说出违反逻辑的话来，感到惊讶。

我吻了一下她的嘴角。

"你为什么要这么担心？你知道，我会立一份遗嘱的。"

"我要说的就是遗嘱的事。谁知道呢，我或许还得跟你妈妈，跟你所有的亲戚去打官司呢。"

我还是感到吃惊："那么你到底想要什么呢？"

她以女性独有的热情用双手围住我的肩膀，一边凑近打量着我，一边说道："听我说，斯特凡，把你存在中央银行的一部分英镑转到我名下来吧。"

我心中已然感到麻木不堪，因为我明白了这整个卑鄙的一天的真正含意。战时，德国间谍曾用暗语在法国报纸上登了一些简短的小广告。比如，有这么一则广告：

"本人因出远门，有六间一套的大公寓出租。有意者请致函报纸 235 号信箱联系。"而实际上的意思却是：

"昨天有六个团经亚眠火车站去往尚未查明的目的地。653 号计划已经由间谍 N33 送出。"

同样，在我看来，这整个过于完美的爱情表演也全然另含深意。

我执拗得久久不作声，当她坚持自己的要求时，于是一场争吵就不可避免地爆发了。她责备我的自私，还提醒我说，在我还是个穷光蛋的时候，她就爱上我了，而现在我却极少关心她的命运和将来。我来来回回地跟她说，我会立下遗嘱，把所有的东西都留给她，但她仍然坚持要得到她所要求的东西，还怀着几乎要控制不住的仇恨和蔑视的心情，要我写一份赠与书。

对我来说，我的整个爱情故事就是一场从未间断的斗争，在这场斗争中我需要随时随地保持警戒，要懂得埋伏和监视，并做好预见到任何危险的准备。

由此我立刻明白了这个女人到底要什么。毫无疑问，她是力图使自己的生活获得保障，然后好跟我分手。

我勉强才按捺住心中燃烧的怒火，怀着憎恨和轻蔑的心情看着这个女人的躯体，过早的衰老正威胁着她，而她却想要摆脱我、疏远我。她无疑已经感觉到了我的怒火，因为她立刻扯过被单遮住自己的裸体，用一只手撑着脑袋，开始——或者应该说，是试图——哭了起来。

"我从来没有想象过自己会落到这般田地，会被别人如此对我。而且是谁这么对待我的呀？就是我热爱的那个人，就是我为了他而牺牲了一切朋友的那个人！"

这种庸俗低级的话语并没有让我感到吃惊，因为我现在看她已完全处于她所向往的那个社会里庸俗风气的影响之下了。

甚至现在的我已经意识到，完全可以以另一种方式来理解她话中的含义。例如："因为这个蠢货，我找了多少罪受，他连跳个舞都不会，在饭店和我坐在一起时，他那愚蠢的模样让我生厌。"或者是对她的情夫说:"亲爱的,我什么办法都尝试过了,可你不知道我丈夫这个傻瓜是有多么固执吗?难道我不想和你一起,去到国外生活吗?"

接下来她又开始数落起我来,说我过去诸多行为都是无礼的,都是针对她的侮辱,并预言我的家庭今后会采取什么行动。对她所说的这一切,我只看作是一头野兽的狂怒,因为野兽在无法获得它渴望获得的东西时就会狂怒。

此时突然传来了敲门声,这仿佛是某个精灵在显灵。

"喂,快醒醒,快穿衣服起来吧,大家都已经出来,到林荫大道上去散步了。"

这是雅典娜太太,她仿佛用这种"聒噪"的方式提醒我在她家的事实,同时强调指出,我们是作为一对情侣住在她家的。

我穿好了衣服,仍然固执地保持沉默,而她则怒气冲冲地噘着个嘴,仍然躺在沙发上。

此时的阳光已经失去了威力,不那么炙热了,落日的余晖洒向地面,形成很长一片三角形的金色光芒。铺着山上大圆石、弯弯曲曲的街道上,出现了三五成群来休假的人,他们走下来,有的去公园,有的去林荫大道。这里有身穿薄薄的白色连衫裙、肩披蓬松围巾的姑娘和少妇们,有军官,也有中学生,还有一些十几岁的女学生(在当时应该也算是少女),大家从四面八方走下来,汇集到了小城中心,就像是去参加一次大型的聚会。后来一小群一小群的人全都聚集在了一起,大家面对面地来回穿梭,络绎不绝,有些人总能惹人注目,有些人则不,有些人尝试着引出话题,有些人则继续小小的讨论,大家互相微笑着,互相用眼神致意。

在一处拐角的地方，我碰到一小群年轻人，他们都穿着白衣服和平跟鞋（两个小伙子和两个有着褐色肌肤的姑娘），每人手里都拿着个网球拍，走向网球场。

我在一家点心店摆放在人行道前的一张咖啡桌前停了下来，要了一杯利口酒，毫无兴致地看着眼前在那些小桌子周围拥挤的人群，突然我呆住了：G先生正在林荫大道的另一边走着，他穿着一套砂土色的西服，看起来是簇新的，系着一条红领带，没戴帽子。脸上的两撇小黑胡子，刚刚刮过，还留有香粉痕迹的脸颊，还有他那富有弹性的步伐，这一切都让大家对他行起了注目礼。现在我再也不会怀疑了：他就是为她到这里来的，这就坐实了，他一定是她的情夫。说不定是他们俩一起决定把我从边境上叫回来，让我写一份赠与文件的。

我全身的血液仿佛都流走了，从我的双脚流向地面。我好像觉得，我浑身是汗，就像一个病人，软弱无力。在我心里画出一幅新的场景，仿佛一列火车刚刚到达一处监牢的车站。

我就站在那儿，失魂落魄，一动也不能动，一刻都不能思索。我身上的一切都凝固了。随后，我对自己说，应该杀死他们。

我慢慢地走回家去，如同一个梦游者，周围的一切什么也看不见，也什么都听不见。此刻的街上挤满了我不认识的人们，在我看来，他们就像戏剧中的群众角色，没有台词、没有声音。她还待在家里。我对她说，我碰到了上校，他命令我立刻回团里去。她茫然无措地望了我一眼，对我突然要走的这个决定感到有点怀疑。

"你不是说，你是好不容易才脱身离开的吗？还说故意绕过登博维奇瓦拉，以免碰上上校。那他到这儿来干嘛？"

我感到很吃惊，她居然一切都记得这么清楚，于是我不得不马上回答她说：

"现在他在肯普隆格。还有师里的一位军官和他在一起……他把我叫过去，跟我说让我务必在今晚到达团里。"

我系好了挂着军刀的皮带，检查了一下衣袋里的手枪，甚至还吻了吻这个女人，现在她已经不属于我了，而且注定即将死亡。我漠然地望着她，就像在看一幅图画。这个有着一头金发的美人，现在在我眼里只不过是一堆颜料涂抹的复制品；要我说它还有点干巴巴，毫无生气，这正是（套印的）石版画那种平庸光滑的画面和真正的油画原作上会涂抹一层浓重的油彩的区别。

我深思熟虑地、直截了当地对自己说：我将被带上法庭受到审判。老是有一个由陪审员出庭审判的想法萦绕在我的心头，现在更像看到自己已经站在法庭上了，似乎从童年起我就已拿到一张传票，面临这样的命运。但是我片刻也没有过要了结自己生命的念头。这个女人和这个男人欺骗了我，跟我演了一出不祥的喜剧，而这出戏的结局只有一个：他们必须受到惩罚。

我仿佛被一个摆脱不掉的念头控制着，就这样机械地沿着铺着鹅卵石的街道往下走。

在林荫大道上，我听到一个人用短促、尖利的语调喊了一声："少尉先生……"

这是中校,副团长。

"您是从 xx 来的吗?"他说出了我那个团的番号,虽然事实上我们俩从来没有谈过话。

"您在这儿干什么?"

我考虑到我会给我的营长带来许多麻烦的,于是承认,我是被派往鲁克尔去的,顺便到这儿转一下。

"我可是下过命令,任何人都不准离开部队的。你立刻动身到登博维奇瓦拉去。"

迄今为止,我都是按照合乎逻辑的方式来生活的。但现在我已经偏离了某种至高无上的力量,因而已经不管发生什么事情,再也不会使我感到惊讶了。一刻钟之前我还撒谎说碰到了长官,现在真的碰到了中校,这只能更进一步加强了我心中一度已经模糊的信念:该发生的一切一定都会发生。

我躲进林荫大道尽头那家破旧小旅馆的一个房间里,从窗户里完全能看到正在散步的人群。我拉起窗帘,躲在后面稍微观察了一小会儿,然后就直挺挺地躺在那张肮脏不堪的床上,床上铺着廉价的床单,枕头也太小。

我抱着既厌烦又冷漠的态度制定了复仇计划。我准备在晚上十点钟的时候,潜伏在紧挨着那幢房子的小巷里,从那里可以监视那幢房子里人们的进进出出。如果她出来,我就跟踪她到他的住处去。如果是他到她那里去,我就去敲门,如果她不立刻给我开门,我就破门而入,下一步该做什么到那时看了再说。

如果到了后半夜,各种情况都没有发生,那我就回到她屋里去。那会儿她应该上床睡觉了，因为她曾对我说过，她睡得很早。谎言也就是罪过的征兆，而且这也意味着，她在情夫那里，这应该没错吧。不过怎样才能发现他的住处呢？我本来想派一个人去打听他的地址，但后来想明白了，这是很幼稚的想法。而且我也确信，他一定会到她那里去的。重新回想起雅典娜太太的敲门声，现在在我看来确是十分可疑，好像是一种过分热心的表现，其中定有特别的含义。

我喝了一大杯绿色的茶水，并且想把左轮手枪放到床头的小桌子上，这时我听到有人胆怯地敲了敲门。来人是旅店的服务员，他转告我，有一个人请我立刻到楼下面去。我一时弄不清楚状况，便跟着他下楼去了。

找我的人是中校。

"快点，少尉先生，咱们回团去。您为什么还这么磨磨蹭蹭？要知道，掩护部队已经接到命令，明天所有人都得在各自的部队就位。您也不用雇马车了。我用车把您捎到登博维奇瓦拉，到了那里，您再自行步行回去。明天黎明时分您就可以回到连队了。"

我的疲倦感顿时烟消云散。我的眼睛几乎要冒出火来，脑袋都快要炸了，几乎控制不住自己。

"中校先生，我不能现在马上就走，请再让我……我会在夜里动身。"

"为什么要夜里动身呢，先生？跟我一道走，否则，我立刻逮捕您。"

我顿时感到极度焦躁不安。我可能等不到用戏剧性的方式解决我们的婚姻问题了，想到这一点，我感到自己快发疯了。

我好像觉得，我的眼睛马上要迸出眼眶，嘴唇干得像是被火点着了，全身上下都在发抖。

"中校先生，我今晚一定出发。我有马车，请您允许我这会儿留下来。"

中校说话的语调既坚定又平静，仿佛是从电话筒的另一端打过来的，声音清晰可辨，唯独是我在这个联系不时中断的地方凌乱不堪。

"就从那里出发……和我一起走……让这些女士们见鬼去吧。瓦西里，上去把少尉先生的行李拿下来。"他一脚站在轻便四轮马车的脚镫上，弄得马车歪斜到了一边，然后又发号施令："快，上车！"

"我自己到屋里去拿东西，然后就走。"

我已然半死不活。因为如果上校逮捕我，或者我做了一些违反下级服从上级命令的举动，那我就会使一切变得复杂化，而且真相永远也不会查明了。我顿时感到束手无策，犹如一个掉进了沼泽的人，我越是折腾，越是陷得深。

我忽然想到最后一个办法。我对中校说，我的行李放在一个朋友那里，请求到那里去取一下，顺便我也能回家去……因为不排除这种可能，我妻子的那个情夫认为我已经走了，所以现在已经在那里了……如果是这样的话，那什么都能解决了。如果我没能在那里抓住他，至少我可以大声向她咆哮，我什么都知道了，如果她以为可以嘲弄我，欺骗我，那我就要对她说，她可以离开这儿，我不会给她准备赠与文件的，因为我什么都

211

明白了。我要扼住她的喉咙，尽我的全力恶狠狠地、愤怒地吼叫："我什么都知道了……我全都知道了。"

我要这样吼叫，是因为这种想法让我痛苦不堪，即：他们（这对奸头）深信我对一切全不知情。

如同被压制到了极点的弹簧必须伸直一样，我也急欲发泄郁积在心中的一切：屈辱，不安和狂怒。

中校同意顺便到我那里去一下，于是我便焦急不安地紧紧握住衣袋里的左轮手枪。

我们驱车前去，路上走得不快，因为开路边点心店的老板们不仅把餐桌摆在狭窄的人行道上，而且还摆在拥挤的小街中心。瞧，有两个男人正在下十五子棋，在这可怕的时刻，他们跟那些为日常生活而忙乱的集市上的众人一样，似乎认为不会有什么事情会发生在他们身上。我们从市政府那条路往上走，经过药店，转过拐角，那里有一个出售农民穿的靿鞡鞋、蜡烛、帽子和彩色棉线的杂货铺，小铺老板穿着农村样式的瘦脚裤和土布衫，正站在门口等候顾客。的确，谁也没有发生任何事情。

我们家的窗户已经拉上了黄色的窗帘。雅典娜太太用胳膊肘支在窗台上，正从她自己屋里看着街上来来往往的人群。"啊，您还没走吗，格奥尔基迪乌先生？""您好，中校先生，您也到我们家来了啊？"雅典娜太太可是谁都认识的。

我浑身发抖。这些已经拉上的窗帘似乎往我的血液里注入了毒液。我敲了敲门，门是上锁了的，然后听到里面传出一个疲倦的声音："谁呀？"随后，门开了：她穿着衬衫，揉皱的被单放在沙发上，一切都和我出去的时候一样。

她对我的回来有点奇怪,但并不感到吃惊。我解释说,我遗失了团里的一份命令,而我相信是忘在家里了。她翻找了一会儿,但递给我的不是命令,而是一封用向右倾斜的粗大字体写的信:

"夫人,我今天中午已在肯普隆格,我来看望我的姨妈和几个表姐妹。如果您愿意的话,请写信告诉我,什么时候我能前来拜访您,以表示我对您的敬意。"

最后的署名是 G。

我难以置信地看着这张字条。但还是感觉到,事情已进入正常发展的轨道。危急时刻已经过去。我相当机智地把命令塞到放在沙发一头的枕头底下,然后又从那儿把它抽出来,她含含糊糊又疲惫不堪地问了一些详情,我跟她作了解释,接着机械地拥抱了她一下,就从屋里走出来。她又站在窗口,肩上披了件白色的缎子衬衣,冲我送出一个微笑,仿佛受了侮辱的圣母玛利亚的亲吻。这是一位满怀愁思、失去了信心但还忠实的美人儿。金色的头发,浅蓝色的眼睛,现在她比任何时候都更像一幅绘制在珐琅瓷上的画像。

中校再也搞不清楚状况了。这妇人的美给他留下了深刻的印象,以至于他不知道自己该采取什么态度才好。是像士兵对待妓女那样?因为在她的美貌中仿佛有点儿与妓女相似的地方,还是以"正人君子的方式"对待上流社会或是一个极为动人的爱情场面里的一位夫人。

直到我们走上了大路,这大路犹如一排柱形栏杆,在远处半山腰上环绕着马德亚什山脉,他这才有点儿怯生生地(这声音与他穿着的紧身军服极不相称）对我说："这么说，您不想走是为了她，是吗？"

我解释说："这是我的妻子。"他吃了一惊。仿佛是想赢得时间好考虑一下，于是对车夫喊道："快点儿抽鞭子赶马，瓦西里，可别弄得我们要在夜里赶路。"稍过了一会儿，他下定决心又问我："好吧，先生，那么您在旅馆里干什么呢？原来，您不想走……是为了'斯普蓝迪德'旅馆里的这个女人，对吗？"

我能对他解释什么呢？我答非所问，已全然忘记了我曾请求顺便到朋友家里去一下，于是我说："我是想留在家里，而到旅馆去，只不过是为了找几个我的熟人。"

"真是个漂亮的女人呢！我实话实说。"

对我妻子的恭维话总是使我勃然大怒。哎，任何一句恭维话里都含有一种惋惜，还有一种含混不清的情欲念头。每一句话都有一种隐秘的含义，像影子一样如影随形，然而这种含义是大家都明白的，任何附带的声明只是强调这种含义，任何想解释的企图也不过是加深这种含义。但现在我们已经离得很远——而且有一点微不足道的、在上级面前卑躬屈膝的情绪发生了作用——有那么一会儿工夫，我觉得有些得意，因为我的首长喜欢我的妻子。我们两人长时间地陷入了沉思。

我们摇摇晃晃地坐在团里的马车上，从肯普隆格最后几排房子旁边一驶而过。这些房子一直延伸到了河岔纵横、铺满沙石的河滩边。其中有些房子似乎是两层楼房，因为它们盖在高高的地窖上，而地窖上面就是游廊。奇怪的是，人们还可以看到，有些地方贴着来自西方商家的广告，如"米其林的轮胎"，或是"金赞诺的艾根酒"。太阳落到耶泽尔和帕普沙群山的后面，现在看到的是这些山峰的另一面，再走近一些，纳莫耶什蒂修道院的高塔耸立在山脚下。天色已经渐晚，在马德亚什光秃秃的山坡上，烧石灰的火坑里冒出了火焰。远远望去，仿佛是正在喷火的火山，但马车越是走近，它们的样子看上去也就显得越小，终于成了一大堆一大堆的石头，以及许多冒着火苗、熊熊燃烧着的炭火，这些炭火如同探照灯一般，照亮了夜空。一些盖着麻布顶、常走山路的大车在我们前面慢慢地走着，赶车人一面给我们让路，一面小心地吆喝着，让牛走快一点，因为他们还要赶很远的路。在黑暗完全降临之前，我们周围的空间显得深不可测，令人恐惧。从马德亚什山山顶延伸过来的山岭那边，似乎有一大片无边无际的林子正在燃烧，我们看不到树林，但大家都知道，山坡上的树木十分茂密。然而当用石灰石铺成的、在山间盘旋曲折的道路又转了一个弯的时候，我们这才发现，原来这又是一些烧石灰的火坑，不过是在对面山坡上，还是那样一大堆一大堆喷出火焰的石头，离公路大约有五十至一百步的距离。

坐马车旅行可比坐汽车愉快许多，这次旅行对我来说，也将永远是我肉体几经选择的最享受的一次。车轴在轻轻地晃动，这对于沉思，真是最好且具有推动作用的节奏。坐在车中，身体感到安稳又舒适，仿佛坐在低矮的安乐椅里。而最主要、最宝贵的是别人在赶车，因此用不着留神注视道路上的突发状况。这就是所谓的"整个人放空"，整个心灵都能得到充分的休息。

在我们的左侧和右侧，大概与我们头顶齐平的位置，只见烟雾蒙蒙，一片昏暗与模糊，仿佛是摊开一卷看不见的幕布。我高兴地想，我真的错了。看来这个女人是爱我的。我为什么要觉得她今天看见我时的喜悦神情可疑呢？只是因为她向我要笔钱吗？也许我的拒绝正是我自私自利的证据呢！我没有任何理由认为她在说谎。事实上她在这儿没有结交任何一种朋友，她安安静静，不出门社交。一年以前，我决不会相信她能过这样的生活，只属于我一个人。要知道，刚才我真是处在疯狂的边缘了。此刻，我的心灵已重获安宁，我特别强烈地感觉到这种宁静带来的喜悦，因为刚才我还陷入迫使自己去杀人的绝望之中。而她刚才匆匆忙忙把信递给我时的那种既自然又无所谓的样子……如果她有什么要瞒着我的理由，那为什么要把信拿给我看呢？正是她的这个行动最终让我缴械投降。

"您在睡觉吗，少尉？"

"没有，上校，我还要考虑些事情……"就这样，我完全陷入回忆之中，回忆动身时我妻子那饱含痛楚的微笑和她那双大眼睛。我怀着感激的心情想着，这个女人值得我为她付出所有的牺牲。如果没有她，我的生活会变成什么呢？是什么样的精神错乱在烧灼着我的心灵？

然而今天她值得这个证明是我多疑的结局吗？

迎面驶来一辆汽车，强烈的前灯射来，铺开了一张触摸不到又很长的用光线织成的网，这网罩住了我们，我们，这些被它俘获的人，慢慢地向前滑行。上校眯着双眼，一言不发，我觉得奇怪，作为一个军人，他为何如此担心和忧虑。但他不等我发问，就开口说开了：

"先生，这样子不能算是生活。我在这边境上已经待满两年了。我在这儿住没有像样的住处，吃没有美味佳肴。你瞧，转眼就到秋天了，再过两个星期，我的孩子们就该上学去了。"

"您有小孩子吗，中校先生？"

"我有两个小孩。女孩在克拉约瓦的'玛多娜·杜杜'女子学校上五年级；男孩子就在家这边的中学上学。对他们现在的情况，我又知道些什么呢？我们的关系几乎完全疏远了。我待在这儿，在深山老林里面一个被上帝遗忘了的小村子里。最好咱们还是马上参战，让这一切快点全都结束。"

"您认为我们还会参战吗？我认为，我们都将保持中立直至战争结束。您怎么想到让我们去冒险呢？万一我们被击溃呢？"

他点燃一根烟，漫不经心地说："说起击溃，他们要打败我们是不可能的，他们自己都快完蛋了。在特兰西瓦尼亚，他们连一个士兵也没有了，已经沦落到要吃动物的尸体的地步了。在布达佩斯，许多人都饿死了，连面包是按卡配给的。您怎么没穿军大衣啊，看得出来，您觉得冷吧？您也穿得太单薄了。瓦西里，把你身子底下的毛毯拿过来。"

我确实感到有一丝凉意袭来。云杉树顶上飕飕吹来一阵阵冷风，这让我浑身起了鸡皮疙瘩。我身上只穿了一件夏季穿的绿色呢子衬衫和一条用像亚麻布那种薄料子做的长裤。把毛毯盖在腿上顿时让我感到舒服了许多。

在漫漫长夜中，成对排列在公路左右两侧的德拉戈斯拉瓦莱的房子似乎长得一模一样。我们在大路旁一个小酒馆前停了下来。

"让咱们下去待会儿吧……马儿也喘口气休息休息吧,趁这会儿我们也去喝杯酒。瓦西里,好好看住它们。也许,咱们也可以稍微吃点儿东西,刚才我们赶路太急了。"

在屋檐底下白茫茫的灯光里,可以看见那里摆放着几张小桌子,几个山民正围坐在小桌子边,轻声地交谈着什么。在一个小提琴手旁边,有一个身强力壮、留着大胡子的小伙子,目光阴沉,孤零零地坐在一边。他喝醉了。他知道大家都在望着他,但他仿佛已完全沉浸在只属于他的那个世界里。桌子上还放着四个为乐师们准备的杯子。他又要了杯酒。邻桌(用几块木板架在几根很细的棍子上拼成的)的一个人对他喊道:

"喂,尼斯托尔,小孩子们满村子里追你呢……"

他微笑着,因为他留着大胡子,这一笑使他的嘴似乎咧得更大了。

"让他们追吧,这些小无赖……我觉得他们都是些淘气鬼!"说完他又冲着邻桌没有人的方向咧嘴傻笑。

"喂,尼斯托尔,你喝得够多的了,好歹少喝些吧……今天是星期六,接下来还有两个节日呢,星期一是圣玛利亚节,还有德尔斯特节,大家都不用干活了,把钱省着点儿花吧,明天晚上再喝。"

"好吧……好吧……我可是想着要一直喝到后天呢……喂,那你们待在这里做啥?"

这里的乐师们不是茨冈人(吉卜赛人),他们是从山里来的农民。有的弹柯布扎,有的拉小提琴,有的吹排箫,还有的敲鼓。他们那忧郁而悠扬绵长的歌曲和茨冈人凄凉而伤感的曲调毫无共同之处。诚然，几乎每首歌曲的歌词都带有两三声"哎呦"或"哎呀"或是"哎……哎"，但这种叠句并不是从胸膛处发出的号叫（这时唱歌的人眼睛都瞪得老大，都像要蹦出眼眶了），而是发自内心的一种真实的情感反映。同时，歌手唱高音时也非常自然，毫无压力，唱低音时则满含人类的情感，如同加了弱音器演奏时的那种效果，当这些歌曲唱到最激昂处时却也夹杂着忧郁的回旋。它们与音乐教师创作出来的那种庸俗的"和声"也有着天渊之别，正像墙上挂着的光滑的日历上的牧人和真正的牧羊人决不能相提并论一样。虽然城里的太太们往往卖弄"民族歌曲"，唱着《想我的情郎》《来自山间的美人儿》，或是多伊娜，但在一切"艺术节"中它们都已经让人厌倦，甚至讨厌了。而这里听到的歌曲却含有一种真实的苦味，一种仿佛是石头、橡树皮等真正含有的苦味，一种也是荒芜的心灵、已燃尽的爱情之火和忧伤的思绪所独有的苦味。这爱情不是"田园诗式"的，而是沉淀已久的痛苦和忧郁。这些歌曲中最常见的，是歌唱为狂热的爱情而付出一切的男人和爱过许多男人的女人。这些山歌中有使人沉醉的罪恶，因为几乎每首山歌里的女人都是被人爱的，虽然也都是不忠实的（这与鲍德莱尔、魏伦的那些最优雅的诗歌中所描写的古代罪恶的淫荡行为是奇怪的巧合了）。那个可爱但背信弃义的女人的身体似乎变得更加美好，更加令人珍爱了，虽然也让人痛苦，这是一种近乎病态的感情，因为很多人曾把它抱在自己的怀里，踩躏过它，而他们自己也像那个唱歌的人一样，被这种情感所征服，且陷入绝望之中。这是种既神圣，又淫荡的罪孽。爱情，这多半是痛苦的兄弟。但像这天晚上这样的歌手，我还从来没遇到过。

他唱了一首大家都已听过多次的歌曲：

> 绿油油的树叶就像莳萝，
> 我花银币给马掌换了三次，
> 只为了带我登上斯坦卡山谷。
> 可那农舍偏建在陡峭的山坡，
> 怎能怪无辜的小马，
> 也不是钉马掌铁匠的过错，
> 更不能由斯坦卡山谷负责，
> 要怪只怪我自己，
> 为了去见她，跑了太多次！

痛苦和忧郁，还有那发自内心的微笑，把这些话联结在一起，因此整个这首歌曲仿佛是对坐在喝剩的酒杯前的那个人低声细语。歌唱奥尔特河的那首歌曲里也隐约透露出内心的悲苦：

> 屋前窗下飞过一群燕子，
> 那可不是普通的燕子呀，
> 那是我年轻时的爱情哟，
> 当我深深陷入爱恋时。

而我的爱情也因这首歌，像罪恶的梦幻一般，又来到了这里。上校要了下酒的菜，想在这里多待一些时候，因为他被这优美的歌曲深深地吸引住了。此刻仿佛有一种不合时宜的柔情在我心中轻轻扇动着它那轻盈的翅膀。在这里，在这条大路的十字路口，我觉得，我的整个心犹如伤口般裂开了。这散发着泥土气息的歌曲在这里，在这十字路口，把我在城市里为爱情所受的痛苦和这些人内心深处如同沉渣般沉淀下来的痛苦，奇怪地融为了一体。那个正在喝酒的小伙子，揪弄着自己的胡子，孤零零地坐在那儿听，他用一只手托住腮帮子，扭过头去对歌手说："再来一首吧！"

于是他又听到一首歌唱爱情、诅咒罪恶的最令人悲伤的歌曲——这首歌曲就是从这个山谷里唱出来的：

哦……绿油油的野草叶子……
哎哟，哎哟，哎哟，莱亚诺！
我顺着切尔尼山坡往上爬，
在那里吃草的，是一头小鹿啊，
哎哟，哎哟，哎哟，莱亚诺！
黑溜溜的眼珠子盯着你呀……

如同烈酒一般炽热的嗓音，豪迈地唱出了歌的引子，仿佛向人发出召唤，随后，灵活地划过"绿油油的野草叶子"这几个歌词，第一个音节听起来深沉而紧张，就像那种突然中断了的刺痛感。随即"莱亚诺"这一声朴实的呼唤从痛苦到极点的胸中迸了出来，但立刻又被顽强地压了下去，进而以微笑和玩笑来结束这一句歌词，同时泪珠迸涌，犹如在扬琴上敲打出的一串和音。最后，一切都在内心深处平息下来，宛如痛苦的余音的第一个音节却拖得很长。整个歌曲取材于各种复杂的情感，在巨大的痛苦猛然爆发时，不管那个男人是否愿意，这些情感一下子猛冲出来，但又被自尊心和苦痛压抑住，被悲痛长长的面纱掩盖了起来，这就像在痛苦的痉挛中试图强颜欢笑一般。这头少见的"小鹿"和对城市模模糊糊的回忆已经浑然一体、融成一片了：

> 哦，她吃了我，就像魔鬼吞了我，
> 她吃光了我所有的钱币。

又是爱情，产生疯狂、蔑视和抢夺的爱情，渴望抛弃和它无关的一切逃走，以便以另一个面目或其他的形式来获得新生：

> 哦，来吧，我的心上人，我们一起渡过奥尔特河，
> 另一种言语和服饰正待我们去体验。

我亲爱的姑娘，一时陷入迷途的姑娘，如果我们也能一起逃走……我们，假如也能摆脱过去的一切……难道你不明白，不能再这样继续下去了吗？……

> 哦，来吧，我的心上人，我们一起渡过奥尔特河，
> 另一种言语和生活正待我们去体验。

让我们来改变这种生活……逃离这些卑鄙下流的勾当，让我们忘却怀疑、仇恨和绝望……让一切都像我们相爱的最初时光那样吧！

内心深处的一个十字架已然折断，仿佛被无药可治的重病折磨得憔悴不堪。我喝干了不知道是第几杯酒了，无边无际的黑夜送来了几丝凉气，使我们不由得轻轻地战栗起来，在这凉气的催促下，虽然艰难，但我们还是再次上路了。

在鲁克尔附近，我们被所有认识我们的岗哨拦住。在这个

设防地区，没有特别通行证，早已不准通行了。

黑暗稍微消散了些，我们偶尔会在左右两旁的道路边上看到几点火光，在它们的照耀下，树木投下了丝绒般的阴影。我感觉自己好了起来，像一个刚度过严重危险期的病人，尽管没有一丝微风，我却仿佛感觉到，从周边的山石缝里正送来阵阵能抚慰人的凉气，让整个人陡然振作起来。

空气和先前一样，充满着云杉树和干草的芳香，使人神清气爽，感觉也仿佛变得更敏锐了。

中校这时忽然兴致来了，很想谈话。

"先生，你看到今天我坐在咖啡馆里。因为，在肯普隆格我实在无事可做，不过星期天我经常到那里去，看看那里的人们，随便跟人聊聊，要不，老是待在登博维奇瓦拉，老是和士兵们待在一起，可真叫人腻烦死了……"

"是啊，不过今天是星期六啊！为什么您不等到明天过完星期天再走呢？"

"将军知道我准会来，所以今天下午四点钟光景，当我刚到时，便派了人捎信给我，叫我到他那里去一下。他们大家都知道我的习惯。我一到，总是把马留在'斯普蓝迪德'旅馆休整一下，我自己也稍微收拾一下，就会到林荫大道上的咖啡馆去。我们大家总是在那儿见面。我们看着街上的人群，谈谈大家各自听到的消息，吃点加覆盆子的乳酪馅饼，喝几杯掺兑汽水的葡萄酒。随后，我在斯皮雷亚那儿吃个午饭，在图多塞那儿再喝杯咖啡。今天，我已经跟你说过了，既然将军派人找我，说明他在等我。他说，叫我回团里去。明天一清早必须到达。可见，他好像是在怕什么检查。好吧，我让马稍微歇一会儿，自己到'西拉诺'咖啡馆去喝点冰镇过的兑汽水的葡萄酒。我在街上的一张小桌子边坐下，正好看见您走过来了。后来您进了'斯普蓝迪德'旅馆。哎，我跟自己说，这跟我也有关系呐。他在这儿干什么？所以我就派人去叫您过来了。我不知道您和夫人在一起。您该来找我请几天假的…… 我肯定会准您假的。不过现在是另一回事了，有将军的命令。也许，这和战争有关呢，谁知道呢？！"

"您认为，在这个夏天我们会开始参战吗？"

"不不不……我想不会…… 既然到现在我们都没参战……不过，也许是有点什么名堂。一个从布加勒斯特来的记者告诉我说，明天要召开王国议会。你知道的，从两点到四点，在人们出来散步以前，在咖啡馆里可真是无聊。于是这个年轻人对我讲述了……"

"什么记者？从布加勒斯特来的？"

"对，从布加勒斯特来的。看来，他在那儿跟上边有关系……知道的事情可多了。他给了一个议员的名字，说这个议员得到了出卖十车皮黄油的许可证。先生，那可是十车皮啊！在这桩生意中，他净赚五十万列伊，要知道，匈牙利人可是不管不顾的，出的价钱大得吓人……喂，瓦西里，要教训教训那匹棕黄色的马，它走得好慢……就在昨天，据他说，它们已经通过了普雷代亚尔的海关。可难道就只有这个议员一个人吗？先生，他们全都发了财…… 据说，在那里，一些年轻的太太们在各个办公室里进进出出，不拿到一切手续齐备的许可证，就不肯放下手里已经批示过的呈文……"

"您相信这些吗？"

"你知道吗，他跟我说那么多的事！……他在肯普隆格也没有一个熟人，在咖啡馆里也没有找到一张空桌子，于是他请求我让他坐在我旁边……后来，我们俩又一起坐到图多塞那里。不过，他这个人可是交游很广……您不也是布加勒斯特人吗？哎，那您应该认识他……等等，让我告诉你他姓什么……对了，想起来了……他跟我说他姓格里戈里安德。"

霎时我的脸失去了所有的血色。我的灵魂似乎也离我而去，飘向天际。上校什么也没有发觉，因为我们还身处黑暗中。他平静地抽着烟，香烟上的一点红火发出微弱的亮光，好像在这一瞬间这里并没有发生一场最可怕的灾难……我没有马上回答，因为当时我已经连一句话都说不出来了。过了一会儿，我像个垂死挣扎的动物一般问道：

"是个年轻的先生？大概三十来岁？是吗？"

"对……大概是这个样子。"

我都快吸不上气了，整个心都在胸膛里激荡：

"大眼睛，留着两撇小黑胡子？"

"哎，就是他……我就猜到您准认识他。"

对了……这就是我妻子的情夫。我对自己说，如果我不能尽可能保持镇静，我就打听不出会使我发狂的任何情况，也无法了解任何新的细节，而这些详情细节一定会为我提供令人恐惧的佐证的材料。我勇敢地努力着，勉强控制住自己，也许稍微提高了说话的声音，仍然用我所扮演的这个角色的语调说：

"我认识他……老实说，他并不是像他所说的是个记者……他只是个上流社会的新闻采访员……不过他交游的确很广。可他在肯普隆格干什么呢？"

一路上上校一直神态安详，和蔼可亲，显然他并未发觉，现在坐在他身边的已经不是和他一同上路的那个旅伴，而是一个怪物了。

"我不知道……但是……以前我在那儿也遇到过他。"

我继续用已经发干的嘴唇问道：

"那会儿整个夏天他都在肯普隆格吗？"

"我想不是吧……他说，在那里他没有一个熟人（所以他和我一起在饭店里吃的午饭）……不过我好像觉得，以前我也看到过他。他每次来那里，待上个两三天，然后就走了。"

"说吧……把一切都说出来吧！"我暗暗对自己说，"让我把这满满一杯毒药全都喝干吧，让它发酵，让我在血液里都能感受到它。"

"据我所知……这当中必定还牵涉到一个女人。"

我突然仿佛孤零零地被悬在了空中，似乎脚底下的梯子已经不见了。

"对……我也是这么想的。"

"他，"上校着重说出这个代词，"他对我说，在明天召开的王国议会上，将要讨论一个重要议题……"

据我估计，我们现在离肯普隆格大约是三十公里。三个钟头我就能跑到那里！那我就能在黎明时碰上他们两个睡在床上了。

"他说,塔克·约内斯库和菲利佩斯库达成了协议,可是我认为,更可能的是菲利佩斯库唆使他的……这是个有势力的人物,我在我们的军官学校里认识他的……正是他让……我是说,好像是他们商量好了,要一起对国王说:非此即彼!而王后是站在他们那一边。"

月亮出来了,白茫茫的公路看上去好似一匹丝绒,而且仿佛是湿润的,就像我们一路走过的绿草如茵的林中空地和谷地里那一丛丛黑压压的云杉树一样。

"上校先生,对不起,您还有香烟吗?"

"怎么会没有呢,我亲爱的,怎么会没有呢……您为什么不告诉我,您会抽烟?我抽烟是为了在路上能消磨时间,路可他妈的不近呐!"

通常我是不抽烟的,我不知道现在为什么想要吸烟。我明白,上校的善意是由旅途的寂寞引起的,他要带我和他同路,也是由于这个原因。我本来可以一个劲儿地细问下去,但认为还是应该让他碰巧在闲聊的时候想到什么就说什么比较好,而我则拿着钓竿,从岸上钓出我所需要的详情细节。我坚持自我折磨,又把谈话引回到以前的话题:

"这个格里戈里安德是个会享受的人……可惜我没碰到过他。他说过要在肯普隆格待多久?"

"他说,这次他要待到星期一……也许到星期二……看情况再说。"

我突然觉得,嘴里的香烟似乎是苦的。

"他到这儿来准是为了女人……"

"我也这么认为……要不然，他在这儿还有什么事呢？难道您没有看到她们吗？晚上六点钟的时候，林荫道上简直水泄不通，挤都挤不过去。她们全都在那里转来转去……打扮得很漂亮，满脸脂粉，身边没有丈夫陪着她们……"

可见我的妻子也……这么说，是这么回事……真的是这样……

有一瞬间我清醒过来，仿佛离我半步远的地方，一辆汽车疾驰而过，我吃了一惊，生怕上校知道，我也就是这些丈夫中的一个。

但我必须弄清详情细节，得继续扮演自己的角色。只要我善于向上校打听，他一定会向我提供能够说明这场灾难的关键细节。最好是让他想到什么就讲什么，而我却从他这些滔滔不绝的话中提取与我有关的一切东西。

"是啊……这个格里戈里安德……可真是个流氓……"

好的，进展不错，我要做的就是应该装出一副快活的样子，于是我咧着嘴，微笑着继续说：

"对……就我对他的了解，我知道他很得女人们的欢心。"

"是的，难道他只对女人在行吗？他好像什么都在行……真见鬼……就拿掷骰子玩十五子游戏来说吧……他在这儿的两个星期里，就赢遍了所有的人……捞了一大笔钱。这里可是有一些精明的老手的，掷骰子都已经超过四十年了……"

我感到又一丝战栗穿透了我的全身，让我浑身发抖。这么说，他在这里已经有"两个星期"了？可是上校刚刚还说，只有几天工夫……也许他知道什么情况……也许他也是他们的同谋，现在偶然说漏了嘴？各种可能性在我的脑海里急速地掠过。

"请听一段有关他的有趣故事。每当掷骰子的时候，他的嘴总是唠叨个没完。他说，他在巴黎挥霍光了所有的财产，穷得叮当响，甚至连吃的都没有。于是他和他的一个朋友，也是个像他一样的一个穷光蛋，一起想出了个主意。他们邀请卡鲁索举办一次音乐会，在三个月前就和他签了份合同，不过附有一个条件——他们有权在音乐会举办前的一个月内毁约，只消付给他一定数目的毁约赔偿费，不过，那钱数可是不多的。他们印了音乐会的海报，还在报纸上登了预告，并开始预售音乐会的票——瞧，在这里你就可以看出他们的能耐了——只是票价比普通的音乐会要翻一倍的价格。不过他们在售票处只出售了不超过五十张的票，其余的票他们先压在自己手里，然后是以大约五、六倍的价钱再卖出去。当然咯，票都卖光了。而在举行音乐会之前一个月，他们通知卡鲁索，说音乐会取消了，于是付给了他一笔赔偿费，并在报纸上登出通知，说是因为某种原因，音乐会不得不取消，请已买票的观众到售票处去退票。当然啦，是照票上所印的价钱退的款！其余的钱这两人都装进了自己的腰包。从法律上来说，这完全合法，无懈可击。他说，靠这笔生意赚来的钱，他在巴黎过了整整一年花天酒地的生活。这种人，我跟您说……"

这段故事让上校觉得很好笑，我也跟着哈哈大笑，希望以此鼓励他继续说下去。

"而他对我表弟又做了些什么呢？他跟我表弟又玩了个什么把戏？连这他都跟我讲过。当他知道丁库列斯库是我表弟的时候，他可真高兴坏了。有一次，他在巴黎那里急需弄到几个法郎。他已经向所有的人都借过钱了，此时真是无处下手，告贷无门了。他向丁库列斯库至少也借过了十来次了……可他还是找他去。他袖子上戴着服丧的黑纱，满面愁容。'亲爱的朋友丁库列斯库，您已帮过我多次了，如果您认为我在滥用您的善心和良意，那我深感抱歉。不过您瞧，我遇到了一件很不幸的事。我刚刚接到一份电报，'他想把电报拿给他看，但丁库列斯库拒绝了，'我父亲去世了……请您借给我两三个拿破仑金币，这样我就可以打个电报回去，让他们在那里给我买一些鲜花。'可怜的丁库列斯库又害怕，又深受感动，他立刻掏出一张一百法朗的钞票，并开始询问详情……老人家有多大岁数了……老人家得病后，他们有多久没有见过面了，等等……"

"但格里戈里安德走后，我表弟发现了'被遗忘'在桌子上的电报。他想着要拿上这份电报，跑去还给我们的这位朋友，但当他的目光落到了这张纸条上……他看到的是什么呢？总共只有一行字：如果世上没有傻瓜，那聪明人就会饿死。"

"格里戈里安德说，他和一个朋友打赌，说他准能'哄骗'丁库列斯库，因为他确信丁库列斯库会拒绝看那份假电报的。"

我如同一个行动笨拙、化装得很蹩脚的侦探，傻乎乎地笑了起来。

"先生，让他见鬼去吧……这狡猾的家伙……我也知道一些他和女人们的风流故事。"

"关于女人，我也可以给您讲一个和他有关的有趣故事……他说，在公使馆举办的招待会上，他认识了一个异常漂亮的女人。现在，他是怎样征服她的也可以编成一个故事了。我不知道他是怎么把去公使馆的请帖弄到手的。可见从前他有钱的时候，他在公使馆里还是有些熟人的，可这会儿，他连穿在燕尾服里面的衬衣都没有。于是他说，他用硬纸板给自己做了个硬胸，再在上面贴上光滑的白纸片。就这样，他就成当时打扮最光鲜的人群中的一分子。那时他想要和他的舞伴——跳卡德里尔舞时在他对面的那个人——开个恶作剧。不过这是个什么样的恶作剧啊！在两人跳舞时擦肩而过的那一瞬间，他对那个人低声说：'请系好裤子的纽扣！'那个可怜的人羞愧得要死。你要知道……你要知道燕尾服前面全都是敞着的，真的不可能用手去摸裤子的。由于窘困不已，他的脸色都变了，脸上的汗珠如雨。跳完舞以后，他才明白这家伙在开他的玩笑，于是想大闹一场，但最后事情总算对付过去了，大家全都乐得哈哈大笑。哎，先生，这您会相信吗？正是这个玩笑博得了那个女人的欢心……而她是巴黎那些最漂亮的夫人中的一位，是声名显赫、非常富有的公使馆参赞的夫人。"

我对这基本上是由一些奇闻趣谈构成的废话根本不感兴趣，但这些废话却是对这个家伙做了精彩的描绘，他把这样一些恶作剧当成了理想的典范，竟然还博得了大家真心诚意的敬佩和赞誉。于是我想，你一个女人，会陷入多么深的泥潭啊。上校讲这些故事的时候，只是单纯地觉得好笑，但是我却急不可耐地想要打听和我直接有关的事情。

"啊，我知道他和一个布加勒斯特女人有一段艳遇。"

"等一下，等一下，这也是一件有趣的事。有一次，那个女人到他的单身公寓去，她以为她丈夫要出门三天，去不知道的某处开一个外交会议，便决定整夜都留在格里戈里安德那里。不过为了以防万一，她把一个没有封口的信封送回家去，那封信是用她最要好的女朋友的名义写的，他说她叫马德莱娜，好像是要请她到马德莱娜家里去住一夜，因为后者的丈夫也不在家，她讨厌一个人在家。当然咯，这个女人对她这位最好的朋友十分信任，甚至都没有事先问问她，跟她打个招呼。她把字条交给送信的人，吩咐女仆把它放在她卧室的床头柜上。于是酿成一场灾难。丈夫一大早就回到了家，立刻大吵大闹起来。看来，他正好是在她妻子的这位'最好的朋友'那里过夜的……那位夫人出其不意地被抓住了把柄，她感到惊慌失措，但还是控制住了自己，一句话也没说就离家出走了。可是因为这个丈夫要求离婚，她忽然记起来她还有一个女朋友，也叫马德莱娜，于是去求她和她的丈夫，请他们说明写那封信的，正是这一个马德莱娜。于是费了多番口舌，她终于成功地说服了丈夫，并使他相信，只有疯子才想毁掉自己的家庭。"

大概我的心就像被烧灼过的皮肤，已经完全失去了血色。我暗自想象，为了对付我，她得算计出多少办法来解决这一系列的复杂问题。要和阿尼什瓦拉，和她丈夫商量，和我的女仆串通一气（好让那封信能够落到我的手里）。他们大家全都知道……而我却说服自己，让自己相信自己是幸福的。

上校继续在讲G的其他恶作剧，但我再也听不进去了。不知道什么时候，他转变了话题，谈起了王国议会、军备，还有其他什么问题。我只听到他的语调忽高忽低，犹如黑暗中道路

两旁时起时伏的波浪形的地形轮廓,但一点也不明白他在说些什么。为了不让他发觉这一点,我一直在重复他所说的最后几个字:

"……国王…… 十分清楚…… 他的父亲…… 我需要去军官学校。军官学校(声音低沉)…… 当然…… 有几个星期了…… 英国……白的……四十万…… 您想象得出来吗?"

我心不在焉,又突然惊醒过来,用沙哑的声音说:"太棒了!"

我觉得,我从此再也无法开启属于明天的生活了。如果我能回到肯普隆格去,我认为在我将来的生活中也免不了会出现法庭审判,报纸上的纷纷议论,以及苦役和监牢。要知道从今往后,我不会是从前那个人了。而如果我还是回不去,那我会发疯的。我全身充满了对这生活的狂怒和愤恨,仿佛有一种极其厉害的病毒使刚刚愈合的组织重又崩开来,现在身体里全部的血液一涌一涌地不断涌进脑子,就像一波一波不断冲击着河堤的洪水。所有过去的幸福、过去爱情的情调和柔情的光辉,现在都成了愤怒的源泉。一想到我被人"哄骗"(上校的用词)了,我的血就更加沸腾起来。过去的沉醉于幸福之中,又容易轻信,现在一桩桩往事犹如电影里的一帧帧叠放的或是戏剧舞台上一出出上演的风景和情节,浮现在我的脑海里。我曾经有过怀疑或疑虑,但它们随即又被接踵而来、在某种程度上可以用来消除我疑虑的场面抹去了。过去每当我开始怀疑自己受骗时,这种怀疑就会被从某种意义上来说,一系列行为和事件可以解释得通的情况所打断。但后来,从另一种出发点来看,这一系列行为和事件却又有了完全不同的含义。那时正流行一种黑与白的游戏。一张纸上布满了黑白相间的菱形图案。有时，看着这张纸，好像觉得，这是一些棱边向外突出的小立方块，而有时却又觉得，同样是这些立方块，它们又是空心的，棱边是向里凹进去的。同样地，对以前曾以某种观点来进行解释的事情，现在我的理解也完全不同了。比如说，她不想去乡下；她强烈要求离开乡下，虽然他也在那儿（当时我认为，她是对一切都厌烦了，想要和我两个人一起都待在家里；而现在我明白，她或许是吃了什么醋，和他吵架了）；过去我们还常常到剧院去看戏；她和阿尼什瓦拉置气互不理睬对方；还有她有时愿意、有时却不愿意满足我的欲望等等。对所有的这些往事，现在我都要重新解释，而这些解释会把一切全都反转过来，而真相准会让人发疯。

当我们驶入登博维奇瓦拉峡谷时，仿佛是进入了一座大门。裂罅里满是潮气，阴暗，因为月光照不到那里。只有长着几棵孤零零的云杉树的峭壁和山脊顶上，仿佛被圣灯照亮着，闪烁着微弱的光。从鲁克尔出来，一路上我们都没碰到行人，现在，就在这狭窄的隘口，出其不意地出现了一辆马车，坐在上面的人就像幽灵一般。他们给我们让路，停了下来，还闪到一边，站到紧靠发出哗哗作响流水声的路边上去，仿佛在那里暗暗地窥伺着我们。

由于哗哗作响的流水声，我们无法再进行谈话，于是连我的旅伴都不作声了。趁此我拟定了一个计划，一旦我和上校分手以后，我就回到村子里去，以便返回肯普隆格。我会塞给车夫一大笔钱，只要能找到另一辆马车，他能立刻和我一起回去。如果人们想要，那就叫我逃兵吧。但在白天到来之前，这一切都应该决定下来，都应该有个了结。世界上其余的一切全都已毫无意义。上校又点燃一根香烟，在火柴微微发黄的光亮中，他长久地打量着我。

"您怎么了？觉得不舒服吗？不管什么时候，在路上一定要穿着军大衣。或者也得穿上件厚实的军服上衣。"

我想起来，就在今天早上，我走的也是同样一条路，那时候山间的太阳和清晨的新鲜空气使我精神振奋，我心急如焚，迫不及待地想尽快赶到那里，因为她让我一定要回去，而我想当然地以为，她是因为我不在身边而感到痛苦。昨天我还深信，"她因为我不在身边而感到痛苦"，这心中的柔情使我沉醉，但现在回想起自己的这种想法，我觉得直犯恶心，于是不得不紧紧闭上嘴唇。就像一具已然得病的身体里的脉搏，过去的欢乐印象越生动，现在脉搏的跳动就越使我感到可悲。

唉，我们为结婚两周年举行的庆祝原来就是场骗人的把戏。我们邀请了二十多位朋友，在当时座无虚席的"弗洛拉"餐厅里大摆筵席，这些朋友全都是过着所谓的"上流社会"生活的年轻夫妇，还有几个还是单身的同学和姑娘。我像个孩子似的感到幸福，送给她一只价值不菲的戒指，桌子上撒满鲜花，摆满了水晶器皿，我们碰着酒杯，喝着香槟，直至天明。大家都满含柔情地看着我，甚至还有些妒意。啊，我真希望这隘口的石壁上落下一块巨石，把我砸得粉身碎骨，因为现在我懂得了，当时注视我的这些眼光里含的更多是嘲讽，因为当时到处都已经在谈论我妻子的风流韵事了,而我却容光焕发、喜气洋洋,还激动万分,没完没了地扮演着滑稽可笑的角色。我应该就在现在,乘着夜色,趁马匹还跑得动的时候,飞速赶回家去,只要能看到他们并排躺在沙发床上,就可以彻底清算他们。

还回想起,刚入秋时她怀孕了,可是她不想要孩子,我却欣喜若狂,一次又一次地吻她的手,眼眶中含着热泪,恳求她不要做这等残暴的事情,不要抛弃我们充满热情的交融后所带来的结果。

但她固执己见,执意要我把她送到疗养院去,在那里点缀着鲜花图案雪白的病床上,我吻着她的肩膀,她洁白的胳膊和胸部,直至全身上下,她的身体应该要将我内心的灵魂来赠予给我,而这灵魂将从我心爱的女人的腹中来到人间。但是她不愿意,而我一直坚持着,我在一种可笑的感情冲动中,想让她留住看来并不是我的孩子……我真想有人把我鞭打到鲜血淋漓为止,让别人的脚任意在我身上践踏!她总是希望我采取防预措施……这么说,这孩子肯定是他的了……

为什么我们婚后第一年她没怀孕呢?因为,现在我才明白,和情夫的关系是以轻率冒失为前提的。也许,他们一刚认识,这种关系就已经开始了。长久的握手,在桌子底下的轻轻触碰,事先约好去拜访大家共同的朋友等等。

"好,格奥尔基迪乌,看我们已经到了……您知道,我会说什么嘛?马已经累得精疲力尽了,因为它们今天跑了差不多六十公里的路。从山里走,路并不长,从教堂过去大约才五公里,不过路不好走,弯弯曲曲的,只能从山坡上过去。您就留在登博维奇瓦拉，等到天亮吧。在营部，或者在军需处找一个床位。您去跟值班的军官谈一谈。甚至可以就住在他那里。因为一个人在山里走路是很危险的，那里还有野兽。"

"上校先生，我请求您……我想今天夜里就赶回去……"

"可是，小伙子，马已经累坏了呀……你说呢，瓦西里？"

"是累坏了，上校先生……我早就想过，咱们怕是赶不到那里了……"

马车停在一个小铺旁边，我们俩都下了车。

"请告诉迪米乌大尉，叫他明天留点神，我嗅到了一些传闻，有人要来视察……他们那里，军团里，谁知道会干些什么。如果什么事也没有，您后天再过来，我给您三天假期，让您去肯普隆格看看妻子。"

和上校刚一分手，我就急忙跟着瓦西里到院子里去了，马车也在石头上颠簸起来，轰隆隆地一路驶进了院子。

"你听我说，瓦西里，要是你现在就用马车带我回肯普隆格去，我就给你十个波尔。"

"少尉先生……"

"就是到鲁克尔也行，瓦西里。"

"少尉先生，马可不能再跑了……"

"把它们换下来，另外套上几匹……"

"少尉先生，这可是团里的马啊……这可是要关牢房的呀……"

"瓦西里，我给你十二个拿破仑金币……你都可以买两匹拉车的马。"

"少尉先生，要知道，这可像是开小差啊，您这样做会害我的……不能这样……最好是让我领您去见值班的军官吧。"

"别管我，让我一个人待一会儿。"

现在我独自待在这小小的村子里。远望四周，目之所及都是重峦叠嶂，悬崖峭壁。巨石之间有一线裂罅，山溪湍急，林木茂密，坠落的岩石，还有盘旋曲折的山路。月光之下，这景色让我觉得一切都在永恒中凝固不动了。而离这里三十公里、在我不能到达的那个地方，我的妻子正像睡梦中的小猫一样蜷缩成一团，懒洋洋地躺在沙发床的床单上，躺在她情夫的身旁……再过两个小时就要天亮了，屋子外，此刻的黑夜是那么的安宁，夜幕好像永远不会消散的，而我的内心却生出了血淋淋、阴森森的幻影。我停住脚步，坐到一张桦木长椅上，想集中思想好好思考一下，这长椅是为了美化军队临时驻地，制作并安置在这里的。我明白，天亮以前我是无法赶到肯普隆格了。我对自己说，现在既然我什么都知道了，我应该有毅力、有耐心来寻找另一个合适的机会。但我却不能待在原地，一动不动直至天亮。我必须动起来，因为我身上仿佛有千万条发狂的蛇在到处乱窜，让我焦躁不安。于是我穿过树林步行返回自己的营地。我绕过有一些白色的小十字架的墓地，它就建在山坡上，四周似乎没有围栏，我又把小教堂抛到身后，在月光的照耀下，教堂顶部的塔楼似乎是黄色的（不知从哪里来这么多的死人埋在此地？），然后顺着被士兵们踩出来又有些难以辨认的小路，慢慢地往上走。当我穿过树林的时候，有好一会儿，我什么都看不见，不知道是因为月亮落下去了呢，还是月光被浓密的树枝遮住了，照不到我面前。我往上走得很快，大口喘着粗气，然后停下来歇一会儿。当我走出黑乎乎的树林时，四周的黑暗仿佛掺了些水汽……它正在消散，黎明已然临近。我就住在伊万娜的小房子里，它孤零零地矗立在左边，那里离边境线很近，大概只有二十步远。这一片最多只有十来间小房子，全部带有游廊，分散在一些有牧场的小山岗上。这些农舍，更像边境那边的房屋，而不像是罗马尼亚这边的农舍。现在我四周飘来一阵雪青色的雾气，几近紫色了，我仿佛已经置身于最现代派的画图中了。接着，在左边，接近小山村的地方，巍然耸立着雄伟的皮亚特拉·克拉伊山——我总觉得，它永远凌驾于万物之上，但同时又是孤独的——，它好像是一座用紫色石块砌成的巨大的主教教堂，它那仿佛有七座高塔排成一列的山脊，渐渐散发出金色的光辉。

我在山坡上跑了五公里的山路，已经精疲力竭了，但这也给我带来些好处。我连衣服都没脱，就一头倒卧在铺着毛毯的床上，把头埋进了枕头里。我的整个身躯，从头到脚，仿佛变成了一大块石头。

第二天早上，到处是白晃晃的阳光和生机勃勃、使人愉快的绿荫。行军用手表的指针告诉我这会儿已经是十一点半了。我嘴里发干，脸上好像晒脱了一层皮，眼皮也肿胀了起来。我尽力不去想昨天的事情，仿佛竭力想绕过一所里面有传染病人的房子。身材瘦高、干活不利落的杜米特鲁给我提来一桶冷水，我脱了衣服冲洗了上身。我好像一个开过刀、打过针、做过按摩的病人；此刻我自我感觉好些了，不过我还是害怕，任何一个清楚的想法都会引起我的痛苦,犹如一个不小心的碰触或动作会使扎上绷带的身体感到疼痛一样。我穿过呈马蹄铁形、环绕着我房子的、我们那些滑稽可笑的堑壕,到下面营房里去,士兵们住的茅草屋就分布在那里。

"少尉先生……"

"怎么了,茨冈人?"

"少尉先生,上帝保佑您身体健康……请您对我做点善事吧……"

"哎……你到底要干什么!"

"请允许我离开这儿吧……"

"哎,我说沃拉鲁,难道我知道可以让你走吗?你没听到大尉是怎么说的吗?等一会儿咱们再看看今天他怎么说吧。"

沃拉鲁,一个约摸四十来岁的茨冈人,头发浓密,皮肤黝黑,还有长得像鸟身上的毛一般乱蓬蓬的山羊胡,他被编进部队,照我看,这真是谁开了个玩笑。曾经有个军官在路上碰到了他,问他是否在部队里当过兵,接着就把他拉到团里来了。谁也说不清他是怎么来到我们连里的。

"少尉先生,祝您长命百岁……要知道,我有三个小孩子,他们没有吃的。他们才这么高。"他用手掌比划着到地面的距离,说明孩子们的身高。

"等大尉在的时候,你再来找我吧。"

当哈拉诺尤少尉和米蒂克·勒杜列斯库少尉看到我时,他们奇怪地问道:

"不是说你在鲁克尔吗,老兄……"

我跟他们解释说，是上校把我带回来的，他预料有人要来视察。

他们两人手里都拿着被传令兵加工得很漂亮的手杖，在这个阳光灿烂的早晨，刚刚散步回来。军士长内亚古迎着我们走来，他向我们大家发出邀请，但又只是对着我一个人说：

"少尉先生，请您也一起来。"

"到哪里去，内亚古？"

"到十二连去。昨天夜里士兵们抓到了几只兔子，我们举行一个小小的庆祝会……明天是十二连的军士长马林·杜米特鲁的生日。请赏光，顺便品尝一下美味吧。"

用树枝和树叶搭成的凉棚底下，现在成了一个真正的小酒馆儿。有两个提琴手，他们正拉着曲子，嘴里还唱着歌。我们在这儿还遇到别的军官，他们带着种优越感、倨傲地吃着放在小盘子里的烤肉，用大大的磨砂玻璃杯喝着红葡葡酒。一个军士长走到我面前来。

"少尉先生，您怎么看？我们什么时候离开这里？"

"哎，瓦西里，我能知道什么……我看，这儿也挺不错呀。"一边说着，我一边用目光打量着这个"小酒馆"。

"少尉先生，要知道我们也有老婆孩子呀。"

我的肋间传来一阵像刀割般的疼痛，乐手们还在继续演奏和歌唱。正在这时，我看到了茨冈人沃拉鲁。

"大尉先生，我们拿这个沃拉鲁怎么办呢？……把他还留在我们这里吗？"

这个沃拉鲁猜到他该靠近一些军官们，因为他总是会用他那完全不合乎军规的回答逗得军官们乐不可支。

"这么说，你想走咯？你不知道自己还这么年轻，这么壮实吗？"

"啊，不，大尉先生，祝您长命百岁……上帝捉弄了我，"他已经打算在所有在场的人哈哈大笑声中让人看看他的疝气了。

"我们要让你当班长，沃拉鲁，"有人模仿沃拉鲁的口音说，"等以后回了家，你那些茨冈人都要吓一跳。"

"你们让我当……罪过罪过……要知道，我从没在部队里混过……我可什么都不懂。"

"听好了，沃拉鲁，国王叫什么名字呀？"

沃拉鲁怎么也说不出"斐尔迪南德"这个名字，现在他像个大姑娘似的，羞答答地推托着。

"中尉先生，饶了我吧……因为我本来就不是当兵的……"

军官顿时冒了火："喂，听好了，茨冈人，我们在这里可不是闹着玩的……哼，见鬼，立正！"

听到军官严厉地大声呵斥，这个茨冈人吓得呆住了，试图像个军人般垂手立正。随后又是雷鸣般的一声口令："卧倒"……"起立"……"卧倒"……"起立"……于是沃拉鲁噗通一声趴在地上，又遵照口令站起来，活像一只上了发条的青蛙。

"喂，沃拉鲁，国王陛下叫什么名字？"

他顿时惊慌失措了，谁也不看，随口说道：

"祝您长命百岁，先生……国王叫利桑德鲁。"

人群中顿时爆发出一阵哄堂大笑。对于沃拉鲁来说，听着最美的名字就是利桑德鲁，既然他说不出国王的真名，所以他很高兴地为他取了这个名字。

"怎么？叫利桑德鲁？当心，今天夜里我可要罚你站三班岗！"

"国王他叫……国王他叫……他叫'鲁巴什库上校先生'……"沃拉鲁害怕站岗执勤，绝望地大声喊着。

这是他能记住的唯一的军官名字，一遇到非常情况，他就管所有的人都叫这个名字；也许他认为这个崇高的称号对国王最为合适，虽然看来他还是知道的，国王其实是叫另一个名字。

"大尉先生，我们到底拿他怎么办呢？"

"难道我知道吗？放他走也是可以考虑的……不过因为他没有任何证件……他无法证明他已经过了三十岁了……我们把他留在乐队里吧。"

年轻的战友波佩斯库微笑着插嘴说：

"让他见鬼去吧，他早已是四十岁的人了，大尉先生。他连歌也不会唱，这是个过惯了流浪生活、住在森林里的茨冈人。"

于是大尉向我们保证，明后天就放沃拉鲁回去。

"格奥尔基迪乌，给您，这是您的朋友拉约什给您的便条。"

战友们一直都很感兴趣地关注着我和这个指挥着一个海关警卫连的匈牙利军官的友谊。

通常情况下，他总在星期天或节日里邀请我，在下午四点钟之前去打一场地滚球，并和匈方的海关官员、罗方的海关官员、边防警察以及他们的妻子一起喝杯扎啤。这是非常令人愉悦的聚会，大家都开怀大笑，说一些很有趣的笑话。但今天大尉用平静但是不容违抗的口气劝我不要到那里去参加聚会。"还是等这个视察过了吧。"

他说的有道理。今天我务必安安静静地度过这一天。"等这个视察过了吧"这句话仿佛在我的头脑里发出阵阵回声，我的脑袋里现在已是完全空白，没有任何念头。难道这个"明天"已经过去了？……我感到一种痛苦又开始在我心里蔓延，疼得好像只能踮起脚尖站起身来。

在食堂吃过午饭后，我穿过战壕，从小路走回自己的住处，然后又躺了下来。但当我刚刚面对墙壁独处的时候，思绪立刻像幽灵一般又在我脑子里活跃了起来。如果格里戈里安德是在星期一早上离开的话，那我就永远得不到那个令人信服的证据了，只有这样的证据才能最终——以这种或那种方式——消除这个让我的精神堕入极度烦躁不安境地的地狱。每想到一个关于马上就走的新假设犹如一团烈火，在我心中熊熊燃烧起来。

我焦灼不安地从床上起来，决定到朋友们那里去转转。那里有两位少尉，他们俩住在一间放了两张床铺的大房间里。他们脱掉了军装和皮鞋，正在玩多米诺骨牌。他们俩不是这个骗那个，就是那个骗这个，两人吵吵嚷嚷，玩得正开心。作为第三个人，我也参加了进去。我绝望地努力让自己享受这个牌局，同时也能取悦我的战友们。哈拉诺尤一面分牌，一面说："你们听我说啊，如果这局我赢了，那就说明我走运了，上校准会允许我从二连调走……那我就可以摆脱这个科拉布了。"

我早就说过，科拉布大尉是团里令人胆寒的人物。他面容瘦削，胡子剪得很短，活像个年轻的宗教裁判所的法官。他那严厉的纪律简直会使士兵和军官发疯，就连团里的最高长官——团长"本人"也害怕这样的纪律,他曾写过这样的文字,照他看,二连的第一颗子弹准是为它的连长预备下的。我们营里的人全都是品行端正、满腹忧虑的,我们所有的军官看起来都不像是军官,倒更像是一些外省的教书匠,各有各的怪癖以及种种麻烦,在这些人中间,科拉布是唯一在维也纳经历过严峻的部队生活的军人。

"我比你更慷慨大度些,"瑟武列斯库说,"如果是我赢了,那我就会说,月底就会把我们从边境上调走……会派我们到R地去的,兄弟们,那冬天咱们就能在那里跳舞,也能看到太太们了。"

那我呢?有那么一大堆令人恼怒的纠葛,我还能寻求些什么?如果是我第一个把这些有一半带黑点的白色骨牌摊到桌子上,我希望能实现什么呢?

差不多下午四点钟的时候,一个军士冲进屋来,慌慌张张地立正行了个礼。

"敬礼,少尉先生……接到命令,让你们到营部去。"

"大家都去吗,小伙子?还是只有十一连?"

"所有人都去。命令我们装备所有士兵,撤回边境上的岗哨。"

一时我们大家都呆若木鸡。

"小伙子,你是说撤回岗哨吗?"

"是这样命令的……一小时后我们应该全部准备完毕。军官先生们已经到下面去集合了。"

瑟武列斯库开始欢呼起来……还在床上乱翻筋斗:"要到R

地去了，兄弟们呀……能看到太太们了。"

到处响起了充满狂喜的高声呼喊。匆忙中哈拉诺尤找不到自己的皮靴了。

"小伙子们，也可能是去打仗呀！"我充满疑虑地说。

"哪儿来的仗打呀，格奥尔基迪乌兄弟，打什么仗呀？难道不是命令我们从边境上撤回岗哨吗？难道是加强岗哨？是回家，兄弟……我们出发去R地！"

我们像疯子似的往下面奔跑，越过篱笆，穿过草地，一直奔向谷地。在下面的兵营里，在许多茅草屋之间，群情激昂的人们跑来跑去。其他各连的军官们都显得茫然不知所措。我们又听说了另一件事情：命令给士兵们分发弹药和武器。

"不然怎么办呢？"有一个人解释说，"因为要把一切装备都带走，这样分散给士兵拿就比较容易些吗。"

在这个星期天晴朗的下午，太阳懒洋洋地照着大地，似乎它更像是在散步，而非在工作。

奥里尚手里挥舞着一张只印了一面的报纸，这是份号外，上面用大号的黑体字写着：明天下午五点将召开王国议会大会。

我们大家都轻松地舒了口气……我们指定要离开这里了。

这时仓库里的所有装备都已搬到了士兵们的脊背上。

"大家都应该知道了，已经作出最后的决定，我们保持中立……所有部队全都撤走……你们看，迪米乌大尉来了。"

我们营长身穿草绿色制服的强壮而沉重的身躯出现在了小路上，看上去好似一个神态安详的巨人。

"走，我们跟他打听一下情况，因为他刚从团部回来。"

他还没走下山，我们一群人就在山坡上迎住了他，好像围住了一个刚下山的牧羊人。

他摘下军帽，擦着汗，又擦了擦他那浓密的金色胡子，接着用一种与其说是庄严的，倒不如说是恐惧的语气说："先生们，是要打仗了……我也被提升为少校了。"他给我们指了指肩上宽宽的肩章。"现在大家就在这草地原地坐下，我把作战命令一个字一个字念给你们听听。"然后，他怒气冲冲地对一个僵在原地、正在留心听他讲的士兵说："喂，你还站在这儿干什么？他妈的给我离开这里……"

谁也不说一句话。等到我们坐下，新晋升的少校接着说："先生们，请你们仔细听好了，这是作战命令，要打仗了……这次不是像上次那样的战斗演习。"

再也无需更多的说明。我们坐在草地上，紧紧挤在一起，大家的脚都是湿的。他从衣袋里掏出一个记事本，读道："'五点，全营按连在下面的兵营集合。五点三十分，分发军服和装备。五点四十五分，发给每个士兵二百发子弹。六点，第三营排成行军纵队，向团部所在地登博维奇瓦拉村进发。第二十团按下列顺序在瓦马·久瓦拉公路上整队，具体命令如下：第三营按第九连、第十连、第十二连整队。第二营按第五连、第六连、第七连、第八连整队。第九连组成团的前卫。第十一连听从旅部指挥。晚上八点，全团开始向瓦马·久瓦拉公路方向推进。'"

我平躺在草地上，把这场伟大战争中罗马尼亚军队的第一道作战命令记在一张四角已经弄卷了的明信片上，这是我口袋里唯一的一张小纸片，也不知当时是为了什么目的带在身上的。

我想，过后我该把它寄给谁呢，接着我心里突然毫无预料地感到极度空虚。此刻，我看到落日投下长长的影子，有的地方还有明亮、活泼的阳光。

少校努力集中思想，接着问道："谁是九连一排的指挥官？"

有人说出我的名字，而我觉得，这似乎不是我的名字，不是在叫我。

"格奥尔基迪乌，今晚您是前卫部队的指挥官。您会展开队形布阵吗？还要派精锐士兵担任巡逻。先生们，你们事先要向两翼派出警戒部队。现在，请你们马上行动起来执行命令……愿上帝保佑我们。"

第二部

战争的最初一夜

爱情的最后一夜　战争的最初一夜

兵营之中，一场想象不到的混乱持续了整整一个小时。上士们被分成十组，他们东奔西跑，骂骂咧咧，高声叫喊，将各式各样的军事装备扔到士兵们的手里。然而我觉得一切进行得还是太慢，任何人都没法在指定的时间里做好准备。一部分人在土屋前，按连列队站好，按照军士们所叫的名字依次领取军鞋。一些人显得过分快活，而另一些人则报以如同病人般无奈的微笑。一想到晚上八点钟就要开火打仗了，一想到剩下的这终将流逝的两个小时，就和我生命中度过的那么多个两小时，如在某个火车站候车，在办公室里等待，在下午等待一次拜访度过的两个小时一样，想到这里，我就被一阵干热打倒，浑身无力。就像以前读过的书上写的那样，我将冲向挤满了敌军的战壕，将遭受炮火的轰击与封锁，而最让我震惊的是，所有的这一切仿佛都是被一只无形的手安排操控的。

已经有四十年没有发生过战争了,供人阅读的书籍也只写到1877年的那一页。现在,你瞧,却要我揭开战幕了。在我看来,这是一个奇怪而又如天际般伟大的巧合。

军官们都比士兵们寡言沉默。身材矮小,头发金黄,面容显得过早衰老的大尉弗洛罗尤,他催促我让军士们去照看那些人,好让我自己去收拾行李。

我觉得这很愚蠢,且毫无意义。

"行李?我还需要行李吗?开战五分钟后,我还会活着吗?"

"没有人知道,谁能躲过这一劫。"

"大尉先生,没准儿在八点五分、在九点我还能幸免于难,也许我能活到今晚十点……你觉得我们还能看到明天的太阳吗?"

他陷入沉思,随即又面露惊恐之色,沉默了一会儿后说:"你去写封信吧。"说完,他又回到自己的思绪之中。

我写给谁呢?实际上,我所有的家人此刻都在远方,与我相隔几十、几百公里。我再也见不到他们了,就好比我再也见不到挪威、秘鲁和悉尼的居民那样,虽然我知道世上存在他们这样的人。

我仿佛全身都在灼烧,但肉体上的燥热与我思想上的安宁与平静形成了鲜明的对比。我不能再站在原地不动,我怀疑今晚之前我们能否做好一切准备。我还是回趟家,回到我自己的小屋里去吧,因为就算我很焦躁和急切,在这儿我也无事可干。

伊万娜和她的两个孩子排好队站在屋前,仿佛站在教堂门口一样，孩子们垂着小手，用带着哭腔的声音冲我喊着："先生，祝您安好……"

我愣住了，是"祝我安好"还是"愿我活着"？这句话现在又有着怎样古老的含义呢……

今晚，在步枪的火力之下，在兵刃交锋之中，在千百发炮弹的爆炸声中，我如何能安好，如何能活下来呢？我给了他们一些钱，他们就在这山中，在夏日夕阳的余晖中亲吻了我的手。我之前从未接受过这样向我表示尊重和友好的传统方式，还认为这是对我的侮辱，但此刻我把这些孩子像小鸟一样紧紧抱在胸前。

"杜米特鲁，把我所有的东西都放到行李箱里，别忘了什么！"

"少尉先生，我已经把箱子都装满了。"

此刻似乎出现了某种气息，对我来说它很陌生，无论我去哪儿，它都会出现在我面前。只有当我走了五十步开外，到了士兵们那里，它才变得无影无踪。现在还是周日，时间还停留在这个空荡荡、慵懒的下午。

"……还留下些东西……我们该拿它们怎么办呢？"

"就放在这儿，留给伊万娜吧。"

"您不穿上军靴吗？穿成这样怎么行呢？"

我还是穿着昨天去肯普隆格时的衣服，一件轻薄的军上衣、军裤和一双薄薄的软羊皮靴，缠着绑腿。

"不用了，杜米特鲁，我就这么穿。到晚上十点钟，这些就足够了……"我脑海中闪过一个念头：逃到肯普隆格，去跟妻子解释一下。最多就是冒着被枪毙的危险……反正都会死在夜里……

她会怎么跟我解释呢？对我来说，她的这些解释还有什么意义呢？昨晚发生的一切，所有的一切，仿佛都只被我看到了，我也弄明白了，但我却对此一点感觉都没有，就好比局部麻醉时，你能看见整个手术过程，能感觉到手术刀的碰撞和切割，但你一点都不觉得疼。我和我的战友们从那些拥有欢乐和绝望、节日和庆祝活动的人的世界中脱离出来，脱离了这个曾经也属于我的世界，我们仿佛是坐上了一艘无形的船只离开了。在这几十分钟的时间里，我们中的一部分人已然死去，就好比那些被判了刑的罪犯，在临刑前一晚，他们申请特赦但遭到了拒绝。

对我来说，现在这些该死的穿着制服的人，是唯一亲近的人，他们比我的母亲和姐妹还要亲近。

可是我又得带着自尊心、高傲地面对另一个问题。我不能开小差临阵脱逃，特别是因为我不希望自己错过这本应参与的具有决定性意义的考验，确切地说，我想它成为我精神世界的一部分。而那些经历过这种考验的人都会对我表现出一种令我无法接受的优越感。这将是对我的一种限制。到目前为止，我能允许自己做某些事情，是因为我有理由，也能为自己辩解：寻求验证和确定"自我"。当这个"自我"受到了限制，那么在广阔的世界中，不管是持有一个看法还是确立一种关系，都将不再有可能，因而也不能在精神上实现自我。这种无法修复的缺憾会令我丧失体面，甚至陷入堕落。昨晚我的良心还允许我去杀人，自觉凌驾于法律之上，因为在精神世界里我不会自责，但也正因为如此，我不容许自己懦弱地逃避很多士兵都无法避免的危险。在这个凡尘世界里，人注定要死，我又不具备什么天赋，我也不相信上帝，我已尝试过了，只有在绝对的爱中，我才能实现自我。我已遭受过一次欺骗，但我还能再进行新的尝试，因此甚至从一开始，我就不想因为这种精神上的缺憾而在女人面前显得卑微。

我急忙赶到武器库清点弹药，但多此一举，因为这里简直混乱至极。这种临阵抱佛脚的印象令我惶恐不安。我慌乱地四处乱跑，穿梭在嘈杂的人群之中，而就在今晚，这些人将会分别扮演昨晚那只有我险些要扮演的悲剧性角色。

军需处的两个士兵每人肩上都扛着四分之一的牛身肉，在小路上来回走着。

"少尉先生，我们怎么处理这块肉呢？"他们笑着说道，脸色苍白。

"谁还想吃呢，嗯？……明天，就算是那些能活下来的人，谁还会有胃口吃呢？"

"少尉先生，那我们拿这块肉怎么办？"

"扔了它。"

天渐渐黑了，没有什么可以阻止时间的流逝。我的嘴唇在灼烧。

在军官食堂里，连长和连里的两位军官在吃炸肉丸（这是用一小时前就已经搅碎的肉末做的，原本是为另一些人和另一个晚上准备的），每人喝着一杯红酒。

"您也吃点吧……我们还是稍微放宽心，还有……谁知道今天晚上还会发生什么呢。"

我觉得不需要，也不想吃，任何一点要吃的想法都会打破一种平衡。

"几点了？"

这个问题令人精神恍惚，而且现在还似乎在我心里扎了一个孔，让我感到刺痛。

"六点差五分了，还有五分钟。"

"我们去连里。"

呜呜的哨声响起，士兵们列队站好，其中夹杂着军用水壶、武器和军铲的嘈杂声。还传来呼喊声："尼古拉·菲拉……尼古拉·菲拉……去把准尉先生的军大衣拿过来。"夜幕的降临令那些说笑的人都变得沮丧起来。我们磕磕绊绊地走下来，到了另一条路上，一条铺着大卵石的路上，并不是我昨晚走过的那条路。没有人再说一句话。在下面，另一个营的士兵列好了队，等着我们。整个山谷之上，夜幕之中，只有士兵们沉默的身影，像是一群灰色的羊群。

现在担任团长的上校把我叫了过去。他想以符合军规的方式来结束这种散乱的局面。大部分军官也都在场。

"这么说，你是先锋部队的尖兵排里的？我听说你认识海关那边的连长。接下来好好听你该做些什么。"

我对他正在对我说的话感到难以置信。

"……你派两个人靠近拦路杆……我们的边防军人会向匈牙利海关人员借个火。就在那时候，这两个人就马上跳到他面前，拿着刺刀对准他的脖子，让他别出声。如果他叫喊，就刺死他。"

"但是如果……"

"你别说了。那个中尉住在海关,不是吗?你带四个人潜入他住的地方,拿枪指着他,跟他说明已经宣战了,如果他投降,我们不会对他做什么。然后其他人就可以冲进军营。"然后,他又对弗洛罗尤大尉说:"当然,你要紧随其后,包围住军营。"

我们出发了。因为在山区,天已经完全黑了。我带领身后的兵团到了大公路上,停了下来。一个联络官通知我,命令撤销了,我们旅的第十团将走在前面。

我想整顿一下部队的秩序,士兵们都扎堆混在一起了。

"小伙子,你叫什么名字?"

他的嘴唇颤抖着,嘟哝了一句,不知所云。

"那你叫什么名字……?哪个班的?"

"不……不……我要……"

队伍里的人都像母鸡一样萎靡不振,无精打采。我亲自帮他们调整位置,他们就怔怔地呆在了我指定的地方。军官们说话也变得磕磕巴巴。谁知道,在我们周围,在五步的可视范围之内,在今天这个如此黑暗,连一个人影都无法分辨的夜晚,隐藏着怎样的死亡陷阱和残酷场面呢?说不定另外那些人已经开始战斗了?如果他们和我们同时在晚上出发呢?

我很高兴我不再需要先发起攻击了,我猛地躺倒在还留有太阳余热的草地上。

我想到了约摸三四十分钟后就要开始的大屠杀。被枪托打碎的头盖骨,还有被刺穿的躯体,被后续过来的士兵们踩在了脚下践踏。火把、咆哮、炮弹爆炸，整排整排的士兵倒下。我知道我会死，但我自问，我在身体上是否可以忍受粉身碎骨的伤痛。接着，一个想法如同压倒一切的疑问浮现在我的脑海中：对我来说，我将会面临什么呢？子弹、刺刀还是炸弹？

"XX团前进……！"这是一路传达过来的命令。我让如同病人般萎靡不振的士兵们站起来，从这条公路出发，而此时已看不出白色的路面了。夜里，对我来说，唯一的保护伞就是我的同伴们，我们就像是被狼群一起袭击的旅伴，必须背对背彼此依靠和保护，因为在周围四面八方的各个角落，都有死于子弹和铁片的危险。此刻我们都有可能出其不意地遇到死神。按规定，要有巡逻兵在左右两侧各几百米的范围内巡视。我把任务指派给了一些人，但没有人愿意脱离大部队。我跑过去催促鼓动他们，派他们执行夜间巡视任务，但是他们怔了怔，只走开三步远，接着又慢吞吞地回来和我们一起走。我放弃了……听天由命吧。

在我空白的头脑中出现了一幅陌生的画面，远离亲人的我，就在此刻，清清楚楚地看见了我的妻子和她的情人，但是我没有时间停下来将这幅画面定格住，以便仔细打量。他们的快乐和谎言对我身边这些人来说很是儿戏，他们中一部分人过十分钟或十五分钟后就会死，另一部分可能活到明天、后天或下周。

在我们面前的黑夜中，那里是有生命的存在和人的活动的，但置身其中的我们就像是来自于一个空洞、一个漆黑房间的使者，什么也看不到，什么也不知道。突然间传来一阵阵枪击和爆炸声，这是整个世界里唯一的声音，是最原始的声音，犹如大地上出现的第一个人。我到死都不会忘记这个声音，永远也不会忘记。它仿佛是个巨大的风车快速转动时发出的声音，但我又问自己，夜间的那个声音到底来自于哪里呢？是谁开的枪？谁又倒下了呢？

一切已成定局。

全连，我猜测，甚至全团的人都害怕地转过身来，大家都准备好逃跑了。我想到，如此疯狂的逃跑远比死亡会更加糟糕，于是冲他们大喊："站住，待在原地！"

在精疲力尽之下，所有人都站住了，因为他们没有了逃跑的意志。过了一会儿，我们又继续行进，像送葬一样耷拉着脚步前行。

在走过山岗，走过公路转弯处之后，我确认了一下我们所在的地方。我大概估计了一下，明白了 XR 团作为先锋部队应该已经过了海关。这样一来，进攻那件事也就就此了结。以前只在口头上谈论和写在书上的事情变成了实实在在的诸如石头、布料、武器以及这样的一个夜晚。我们已经到了另一边，跨过了我在学校画了十年的那条虚线。

"你们看……你们看……"

两个哨兵拿着武器对着一个俘虏，押着他迎面走了过来。至于这个俘虏，用不着怀疑了，他是军士长贝拉·基斯，我是通过他的白色斜纹裤子认出他来的。

这样看来，他是我所参加的这场战争的第一个俘虏。人们的心情稍微平复了一些。此时一丝光亮穿过了伸手不见五指，暗灰色的黑夜。我们也经过了海关。这里的栏杆已经断了，旁边的地上躺着一个死人。一个士兵扶着一名伤员,让他靠在自己的膝盖上。

"这位战友,这是怎么了?"我路过时匆匆地问了一句。

"刚刚经历了一场短暂的战斗,P.B.少校先生他受了重伤,快不行了。您看看他。"

我之后才了解到,在被警告不要出声时,匈牙利哨兵大叫了一声,西吉斯蒙德·拉约斯中尉越过栏杆,他用手枪朝部队方向开了一枪,黑夜里,他的子弹击中了在先锋部队带队的上校的头部。之后经过一阵交火,匈牙利人全都逃走了。这是刚刚发生在这漆黑夜晚的事,而我们什么都没看到,就像我在镇上小公园里看不到一个游客一样,事情仿佛没有发生过。后来我得知,XR团已向右方前进,我前方没有任何人了,像是拉开了帘子,我的部队因此就成了先锋。这是不可能的事,我的这个排就在连队前方一二百米,而巡逻哨兵就在离我十多步远的地方。

我正站在整整几百万同胞的前方。在我面前,有公路、围墙、黑暗以及弥漫在四周的死亡。

在天刚擦黑时,我们所有人就排成战斗队形,在步枪上都上了刺刀。我们接到的命令是侦查在路上遇到的所有情况。我们以相当慢的速度摸索行进。在我前面行进的士兵就像是黑暗中浓缩成的影子。我们在等待一场短暂的、出其不意的袭击。

过了一会儿,我们在左边看到了一个房子……它有一个院子和高高的围墙,里面透出亮光来。我们停下来了。我命令前面的人翻过围墙进去,但所有人纹丝不动。于是我跳了过去,身上佩的军刀有点碍事，这时他们也随我过来了。这个房子有两个房间，左右各一个，房子内点着几十根蜡烛，像是死了人一样，还有一个罗马尼亚女人，像是刚来的，正面露惊恐地向我们鞠着躬。还有五六个孩子坐在地板上。我问了问他们，这里有没有来过匈牙利人，他们现在在哪里，我拿了三四根蜡烛放进口袋里，随后我们继续前进。随后我们又接到命令，要找一个向导。

我们又看到了另一处房子。这里死气沉沉的，整个陷入一团黑暗之中。我们敲了敲门。一个女人告诉我们，匈牙利人已经来过他们这里了，不过又跑了，匆忙之中还把他们的所有东西都留在院子里了。

廊台上出现了一个身影。

"这是你的丈夫吗？"

"是的，他是我丈夫，不过他是个残疾人，他们因此才让他留下了。"

"没关系，让他跟我们走，给我们做向导。"

他穿着白色的长裤和一件质地粗糙的衬衣，是个如同我们后方家人一般的农民。他不愿意跟我们去，但最终还是被我们带走了，也没有耽搁太久。我们带着他继续前行。

天色变得更黑了。我看了看表，将近晚上十点了。因此，这长达两个小时的进攻，应该已经过去了，我很惊讶，之前在头脑中想象出来的层层画面如今成了一片空白。

前面是一座桥，我们都知道桥上埋有地雷。我们停了下来，而后接到的命令是让一个班的士兵必须马上过桥，不得耽搁。

可想而知，士兵们自然犹豫不决……

"好吧，那我先过。"

"少尉先生，我也过去。"说话的人是我的勤务兵。

"还有我。"这是尼古拉·扎姆菲尔下士。

我们几个都过了桥，什么也没发生（但就在第二天，一辆马车过去的时候，桥爆炸了）。

隐隐约约可以看到，或者说更像是我们猜想出来的，公路两侧有一片树林，这不由得让我们紧张地注视起来。但是，当我们在黑暗中随时紧握着刺刀，穿过森林，绕过一座山岗之后，面前则是一片开阔、迷人的景色，我们仿佛来到了另一个世界的边界。所有的一切仿佛都通向一个平缓的山谷，我们很轻易地就看见弥漫在各处的几十堆大火。目光所及，全是燃着熊熊大火的房子，像是许多巨大火炬发出的亮光。布朗的整片土地都被群山围绕，这样一来，它的道路、村庄、教堂和树木都无法逃脱大火的拥抱。奥里尚少尉也从后面走来，查看火势的大小，忽而腾空而起、忽而跌落下去的火势让天穹也时而升高，时而降低。无数成排摆放的干稻草也燃烧起来，这样一来，就能让隐藏在黑暗中的人洞悉我们的到来。后来我明白，在战争中，对于所有人而言，黑暗都是难以忍受的。这时大家变得稍微活跃了些。这里风景优美，而且，想到不管怎样，死亡不会像魔鬼一样从两步远的黑暗中突然袭来，敌人也刚跑到下面的山谷，战斗也不是分分秒秒的事，况且这一刻还不是决定性的生死关头，这让我们的心情都平静了一些。我们沿着此时看上去又变成白色的公路，更大胆也更快地走下山谷。

但当我们不断地接近布朗镇的时候，我们惊恐地看见迎面飞来一支巨大的火箭，它在广阔的天空中急速翱翔，如同太阳这个火球，让人无法直视。整个营的人都害怕得跑进公路边的壕沟里，等待着世界末日的到来。之所以害怕，是因为在团里没有人给我们讲过火箭是什么东西，而躲进壕沟里倒是最符合上级指示的了。

这时开始传来一阵射击声，声音忽大忽小，高低起伏，就好像是排列在空间的乐谱。

我们又继续向前，而这时在路上看到火光中出现了一些人影。在这样的情况下，所有的身影都会是敌人。当我们走近一看，才知道他们是来自 XR 团的士兵，这个团又绕了回来，进入了布朗镇，现正在进行一场巷战。我们在城外停了下来，这里如白昼般明亮。外面丰富的景象和各种的感觉深深吸引着我，此刻我已无暇再顾及内心的感受了。现在我知道接下来将会是什么样子了。我看了看表，时值午夜。枪击声时而平息时而高涨，但没有完全停止，而是上下起伏，反反复复，像喷泉中调皮的水珠在阳光下喷涌跳动。

黑夜中，有人冲我们这边开枪了，我听到了第一波子弹从我耳边呼啸而过。是敌人，他们来了，我们第一次面对面。后来我才知道，总有这种感觉，好像总有子弹嗖嗖嗖地从你耳边飞过。大家拼命地扑进公路边的壕沟里，只把头钻进了房子旁的平台下面，身子还露在外面，就像是些鸵鸟。我喊了其中一些人的名字，但是不管用。我站在公路上，展示给他们看，什么危险也没有，就像是父母为了鼓励孩子吃药，自己先尝一尝、做做样子一样。但这是一种新药,我只能稍稍强迫一下自己。事实上飞来的子弹稀稀拉拉,它们打在树上,折断了树枝,落在路上的尘土里,或是打在老房子的围栏上,"砰"的一声,围栏被打断了。

之后,大尉和士兵们一起过来了。我看着他,仿佛现在又重新认识了他一样,他变得很瘦小,浓密的胡子修剪得很短,看上去过早地衰老了。

"那我们现在要做什么?"

"等待步兵准将的新命令。"

一队人从镇上朝我们这边公路走下来。看似稀疏的子弹嗖嗖地向我们袭来,并迅速钻进围栏和公路上的尘土里。我坚信自己必将死于今夜,因此便一点也不在乎现在所处的危险了。我甚至觉得,比起死在火中,死在这里就一点也不让人讨厌。

这时传来一声巨大的轰鸣声,但它好像与所造成的火光四射和扬起的黑色碎屑毫无联系。

"他们在炸桥,连带着炸我们的人。格奥尔基迪乌,我回去看看该怎么办。"

我试着去踢一直让头钻在平台底下人的腿。当他们终于看到飞来的子弹很难打中人的时候,又恢复了些镇定。

此时从镇上那边传来一阵嗒嗒嗒的脚步声,像是有一个骑兵连正在公路上向我们这边疾驰而来。我队伍里的人都越过路边的壕沟,就像回到了一处阵地,好准备逃跑。我冲到他们中间,呼喊着军士们和在我前面士兵们的名字,他们很快气喘吁吁地停了下来。他们又跳进沟里,把长刺刀放在身旁。

我独自一人站着,等待着去看看来者何人。

现在我觉得,决定性的时刻已然临近,这一刻犹如看不见的金属一般冰冷。

有好几十个人向我们跑下来,他们把宽阔的公路都占满了。借着如此明亮的火光,我认出了他们。他们在尘土中投下长长的黑影。他们是我们的人。我像栅栏一般张开胳膊:"站住,你们怎么了?"

他们急促地喘着气,看也不看我一眼,说:"我们被打败了……现在命令我们撤退。"

我愣住了……这是我感到极度恐惧的最初一瞬。我不断地用生硬而急促的语气回答道:"没有接到任何撤退的命令。"然后我又沮丧地下达命令:"一排,占据公路!"

士兵们遵照我的命令,马上拦在了公路中央。

我对逃跑的那几十个人说:"你们到这个院子里去!"

比起不情愿的训练,在原地停顿下来更能让他们冷静。他们像羊群一样涌入农户的院子里,这样一来,他们便在房屋后边有了藏身之处。

公路上又响起一阵脚步声……这是另一队人从镇上跑过来,人数更多。

当看到还有比他们更懦弱胆小的人,我的士兵们现在振作起来,开始大喊:"进院子里去……进院子里去……在右边。"

第三队人马是一整个连,包括军官在内,惊慌失措地跑过来:"让开,你们让开路!"

我走上前,一边大声吼,一边拔出军刀:"站住!"

但是他们不想听,只是大声喊着:"在撤退……我们是和大尉先生一起的。"

当看到有一个人要从一辆马车上下来,他们便停下来等待。他们向我指了指,那就是大尉。

"大尉先生,你们要去哪儿?"

"我们在撤退……他们把我们的军营都毁了。"他又告诉了我,他们隶属哪个连。

我被这种逃跑的想法气得脸都白了,用冷淡的声音简短地说了一句:"没有任何撤退的命令……你们进这个院子里去吧。"我给他们指了指左边的那个院子。

"我必须得过去。"

我对我自己的士兵高声喊道:"尼古拉·马林,谁想要从你们这儿过去,就让他们尝尝刺刀的滋味!"

什么话也没说,大尉和他的连队进了院子,到了房子后面。

大家都安静了下来。之后也没有接到任何命令,但我的大尉回来了,我向他说明了邻团的情况。

"我们不插手吗?"

"我认为不必。"

我感到一阵短暂如飞翔般的愉悦,这种感觉,就像是当我还什么都不知道的时候,没有被严厉的老师点名检查功课一样。

"我们在这儿等着吗?"

"那你想我们能怎么办?"

随后奥里尚少尉也过来了,想来看看情况。现在开枪射击的声音稀少了很多,弹雨猛烈的势头像人们相互数落的声音一般，渐渐弱了下来。

奥里尚对战术上有些困惑："我们为什么不采取行动呢？"

"我不知道。"

"大尉先生，我看我们和他们的炮兵都没有什么动静了。"。

"这是在巷战……炮兵能做什么呢？"

"可以炮击预备部队呀……我们的人。"

"还是保持这种状态更好。"

"你听我说，格奥尔基迪乌。走，我们去镇上看看情况。走，就到桥上去。"

"走吧……"

大尉不满地询问我们："你们到那儿要做什么？"

"我们要看看是什么情况。"

我现在知道了，在战争中，当你不能提前知道接下来会发生什么，这种压抑的状态对于一些人来说是无法忍受的，就像我在战争爆发前的一夜，不确定自己是否遭受了欺骗那样无法忍受。

朝向这片郊区的房子都带有大院子，样式更接近罗马尼亚的房子，不过这些房屋前面都围着高高的栅栏。我们让向导跟我们一路往前走。从下面镇上那里走来不少伤员和离开战场的人，他们的身影在火光中投下了阴影。

院子里有人叫我们过去。

"你们是谁？"

"我们是来自 XX 团的……您呢？"

"我是 XR 团的团长，现在情况怎么样？"

"××团在公路上列队待命……您团里有两个连已经撤到后面一个院子里了。"

"您让他们做预备队吧。"奥里尚强调了一句。

现在我们在镇上安然无恙,火光暗淡了下来。

在一个小十字路口,在一家面包店前有几个人影,而这家店外面的桌子似乎是空的……我们站在原地,愣住了。

"谁在那儿?站住!"

没有人回应,人影消失了。

"格奥尔基迪乌,你的手枪装满子弹了吗?我的没有一发子弹了。"

我的手枪……我想起了发生在肯普隆格的整件事情,好比一个病人被别人记起他说了胡话一样。我在口袋里摸索着,什么也没有找到。

"我没有手枪,我觉得是弄丢了。"

我们又回到我们自己人这里。

大火已经熄灭,让人觉得应该是战斗也已平息。我发现××团的一整队军官都回来了。所有人都疑惑不解。

"谁会信呢?"一个人抛出这么一句话,其他所有人都沉默不语,沮丧地思考着同样的问题。

过去我们总在食堂里讨论,当时我加入了名叫"反干涉主义"的讨论。现在,我更加悲观了,不过我这一晚的举动有足够的说服力,这让我能以一种看似科学的客观方式说出自己的意见:"我感觉,明天我们会在鲁卡鲁附近打一仗。"

小个子大尉忧心忡忡,略带惊恐地问道:"你认为他们会向我们发动进攻？"

"我觉得是……今天他们被打了个措手不及，但是如果他们得到支援，又怎么不会进攻我们。"

军官们同意了我的看法，他们心不在焉，眼神沉重而疲惫。

短暂的夏夜即将过去。火光很晚才熄灭，像是一场夜晚的聚会刚刚结束。现在，黑色的夜雾又开始凝聚起来，不过还没有完全漆黑一片。

"我们就这样在路上站到明天吗？我们做些什么呢？"

"走，去连里吧，我们会知道的。"

士兵们也在问我应该做些什么。我们很不安，因为如果到了天亮，就这样在白白的公路上列队站着，我们自然就成了机枪的猎物。此刻镇上算得上是悄无声息，但当我们知道，所有人都像阴影处的蛇一般睁着眼睛，而另外一些人或许也像我们一样等待着，那这样的宁静就比一场战斗还要可怕。

黑夜开始褪去，天亮了起来，黑夜的力量也消失殆尽。此刻战士们的身影也变得灰蒙蒙的一片，完全分辨不清了。

之后，块头巨大、体型笨重的上校来了："格奥尔基迪乌，带上你的人跟我来。"

他想跳过一个花园的栅栏，但栅栏被他的体重压趴了。我跑在他后面，士兵们跟在我身后，我们越过一茬茬绿色的白菜和胡萝卜苗。薄薄的软羊皮靴像套鞋一样陷进泥土里。五十岁的上校迈着大步奔跑，脚下的泥土飞溅到左右两边。我边跑边问自己，是不是所有人都端着刺刀跑呢。四周的风景像是被用细线条勾勒了出来，如同日本版画，它们在曙光中呈现出鲜艳的淡紫色。我明白，我们要将镇子包围起来，从"侧翼发起进攻"。我们踏进一条水深及膝的小河，但我并没有任何潮湿的感觉。我用舌头舔了舔灼热的嘴唇，它们像长了疹子一般。我们进到一个果园，跑过这里，接着开始爬上山坡。现在我明白了，但也感到了恐惧。麦古拉·布朗山耸立在我们面前，像是一座有着百米高、险峻的城堡。我们是向高山发起进攻，一直奔跑着，越过栅栏和溪流，身后拖着已经乱了阵形的队伍。

他们看见了我们，于是长长的、如同猫叫声的子弹呼啸而来。之后我听到了呻吟：那是最先倒下的人……这让我感到很不安，这种不安又是抽象的，如同博物馆用来标注一个陈列品的数字，这个标注是："这场战争的第一批伤员"。

我气喘吁吁，嘴里如同冒了火一般……在逃跑途中，我还拐到路边捡起掉落在地上的苹果，谁知道呢，这些苹果可能是被打在树干上的子弹震落下来的。

现在我看见上边的敌人了，他们仿佛站在中世纪古堡的围栏和护墙上。我们仿佛手拉手一般，全部紧跟在上校身后，继续朝着他们的方向往上跑。

我们来到了一个地方，这里的墙又高又陡，这使得敌人都无法向我们开枪。之后我们下达命令："全团在死角集合。"

瞧，我们都挤在了一起，仿佛是平时操练后在一处果园里小憩。战场上空，太阳已经升起。我们头顶是麦古拉山的峭壁与悬崖，身后则是一幅无比壮观的景象。就像在一幅历史画卷中描绘的那样，一排排一列列的士兵穿过道路，跨过田野，越过边境。紧随其后的是大炮和车队。这时，奥地利炮兵在我们头顶上方开火了。他们只有两门大炮，但也能远远地朝着我们后方，朝着海关的方向轰击，看来他们也击中了目标。这支宛如无形巨臂的力量叫人胆战心惊，它从我们头顶上方高高地延伸出去，像拳头一样精准地打到离这里八九公里远的地方。

我本不期望能够活到这一天，它对我来说也全然不是我以为的那个样子。我仿佛身在人间以外的一处景色中。感受到的只有当死者的灵魂穿过田野、飞往天空时才会感受到的感觉。白天作战似乎更轻松一些，士兵们全都精神振作。我坚信自己必死无疑，但也希望能由自己选择死亡的方式。现在我能理解为什么死刑犯们在砍头、绞刑还是枪毙的死法中偏好其中一种了，如今的我也是如此。我希望我的死能得到战友们默默的赞赏，对我来说，他们现在是唯一真实的存在，而其余的一切都变得像理论般空洞。想必那些走向断头台的人也是这样，宁愿摆出骄傲的姿态，也不愿因痛苦而哀号。我已见过自己的战友面对同样的姿态是多么伤感与难受，但我还会继续这么做。我还一并想到，明晚家里人就会在报纸上读到，我的举动是多么英勇，就像在战前我经常想象的那样（我幼时的梦想是成为一名伟大的演员），不过现在对我来讲，无论他们是赞扬，抑或是憎恨，在我面前都会像是石沉大海，我已全然无所谓了。

社会中堕落的人群，或者至少是上流社会中人人避之不及的人群，会逐渐产生一种源于被孤立和遭受不公平待遇后产生的傲慢，并试图将这种遭人排斥的劣势转化为优势。而在这里，人们与我共享着命运，而这一定需要各种不可思议的巧合，才能把我们汇聚在这里，并在生死攸关的时刻将我们用一些特殊的线索联结为一个整体。

我们就这样差不多待了两个小时。确信我军战力优于敌军，这种念头会使人冷静了下来。如果注定要死——会有这种想法很奇怪——那么你宁愿在进攻中牺牲，也不愿在逃跑中死去。我认为，这种想法是由一种本质的情感决定的，即如果是在进攻中死去，那么是自己选择了死亡；假如被别人追赶并最终被结果时，死亡就是被迫的。当你身处死亡的那一刻，前者是自杀，而后者是被杀，会体验到被谋杀时的所有感受。

人们可能会自问，当一个人想要自杀，而同时另一个人却想要杀死他时，那这个人会怎么样呢？

现在，当我看到我们一队一队的士兵越过丘陵，穿过谷地前进时，我尤其想知道：我们与之作战的敌人看到此番景象，会有何感想。

此刻同连的波佩斯库少尉正在吃苹果。

"格奥尔基迪乌，你说，这个国家不打仗的时候会是个什么样子啊？"

幻想这里没有士兵的景象似乎很容易，但此刻士兵们已是这片风景中最显眼的主题，以至于假如没有他们，难以想象这里会是怎样的光景，正如人们无法想象大自然中第四维度（第四次元）的存在一样。

此时，太阳高悬于丘陵之上，照亮了呈四方形的黑色树林、牧场间颜色如黄宝石般的空地以及这里、那里到处覆盖着红瓦的绿色别墅。这一切都在提醒你，此刻你正站在异国的土地上。

上校如同休憩时那样，躺在长着又细又密野草的草地上，接连两个钟头一刻不停地擦拭着大盖帽下和额上流淌的汗滴，我们则聚集在他身旁，而他现在做出决定，要继续前进了。

"前一晚是三营打头阵吧？多列斯库，现在你们营到最前边去。"

二营营长多列斯库少校有些惊恐地打量着石壁。

"不是这儿，我的伙计。你们往左边去，那里坡没有那么陡。带着你的兵挨个顺着石壁走，等到了射击地带，就散开成战斗队形，布成散兵线。"

过了大概一刻钟的光景，机枪射击时猛烈的哒哒声告诉我们，就在此时此刻，离开的队伍已经早于我们这批预备队看到了我们目前看不到的景象。我感到心都揪紧了，尽管已经吃了好几个苹果，但干裂的嘴唇还是火烧火燎般地疼。又过去了约半个钟头，上校起身发令，但是他的指令却与战斗的指令毫无相似之处："走吧！"

于是我们跟在他身后，走了大约几百米。右侧山坡已经十分平缓，甚至可以跑步上去了。上校的命令接踵而至，就像平时我们刚在饭桌前坐下，他就发号施令一样："一个一个绕到右边去，然后分散开，我们又要开始向上爬了。"

我看到了先于我们出发的士兵，他们躲在山谷里碎石块的后面不住地开枪，但他们没有瞄准目标，我也弄不明白他们在向谁开火。也就是在这一瞬间，我感到十分惊讶，子弹很少发出尖利的嗖嗖声，它的声响更像是将床单撕裂成长条的声音。

此时，上校就在我身旁，边跑边说："快，前进，快点！"

我加快速度，同时也大声吼道："前进！"

我在众人前面十来步的位置，不停地大喊着："前进！"现在我能看到上面那些向我们射击的人了，他们爬进巨石的裂缝中，就像动物园里的鹰爬到笼子里的假山上。我从一个士兵右侧跑了过去，他的脸颊伏在右臂上，右腿从膝盖处微微蜷起。像我一样，所有经过他的人都用眼角余光瞟了瞟他。瞧，这里还有一簇不大的灌木丛，几个人藏在细细的枝条间。我想起自己曾在一本德国军官写的有关1870年战争的书中读到过，有的士兵为了逃避进攻，会假装受伤，或者假装已经死去，和五六个人一起躲在连一个人也藏身不住的灌木丛里。

我边跑边转身向着他们："你们这几个怎么了？"

所有人都呻吟着说："我们受伤了。"他们浑身上下都沾满了血迹。

我的士兵们赶上我，随即就横躺在地上。上校也累了，气喘吁吁，满脸通红。

"上校先生，这个坡您爬不动……让我们去吧。"

上校个头高大，身躯肥壮，一双蓝蓝的眼睛，胡须金黄又茂盛。他已经汗流浃背，连嘴唇都好似被汗液浸湿了。他一把扯开衣领上的风纪扣，说："继续往前走，我马上跟上你们。"

我不停地大喊着："前进！"我深知自己无法用这把不中用的军刀刺死任何人，但最终可能会拼刺刀，那一切都将是一瞬间的事。这将令人困惑，如同一场幻境。我将像被架在断头台上那样死去。一些士兵跪了下去，还有的躺倒在地。

我转过身去，面对着他们倒着前行，一边大声喊着那些试图停下来的士兵的名字："柯尔楚，前进！……尼古拉，快跑，别停下！"

而那些被叫到名字的人，也开始大喊起来："前进！前进！"就这样，我在离众人七步远的地方倒着走，手握军刀，就像阅兵式上军乐队的指挥。我脑子里闪过一个念头：这里不仅仅只是"弹雨"，还令人无法意识到到底有多少伤亡数字，因为一些人躺着，一些人跪着，还有那么多人站着。

我们从先于我们离开的那个营的士兵们身边跑了过去。他们还停在原地，隐藏在突出的峭壁和倒塌下来的巨石后面。

大家仍在高喊着："前进！"我离山脊只有二十步之遥了，但仍背对着敌军倒着跑着，嘴里还喊着士兵们的名字。在千钧一发之际，我非常幸运，因为我突然看到大家惊恐地望着我，大声冲着我喊道："卧倒，卧倒……"

我立刻转身对着灰扑扑的山脊，现在我离它只有七、八步远了。同时，我看到一些匈牙利人正冲着对面的山坡往下跑，另外还有一个正对准我的枪管。我马上往下一跳，跌倒在地，结果我的头正好被一块像口大锅似的巨石给遮住了。子弹打到了石头上，好像击中了我的前额，身后有个人大声尖叫起来。我跟着逃跑的人群往下跑，但感觉到背后有响动，于是我转头一看，却空无一人。接下来我调转身子继续往回跑。在山顶的位置，一位军官跳起来抱住我，一把抓住我的衣领喊着："俘虏，俘虏！"

等事情都弄清了，大家都扑哧一声大笑了起来，笑得前仰后合。士兵们围着敌人的尸体和残肢，仿佛如梦初醒般地拼命睁大眼睛看着，尤其盯着那个刚才向我开枪的匈牙利人。在他开枪的那一刻，有五六颗子弹同时击中了他。他长着向上翘起的淡黄色小胡子，一张大嘴，一双小眼睛和突出的颧骨。士兵们拿走了他的军大衣和背包。他制服的上衣口袋里有几封信和两个苹果。因为渴得要命，我拿起苹果吃掉了。那几封信我一个字也不认识。上校朝我走来，若有所思地看着那具沐浴着正午阳光的尸体。

"他是个极厉害的士兵，先生们。他一个人能对抗一千人。"

"还是个好射手。"有人补充了一句。

波佩斯库并不赞成这个评价："一名好射手不会在七步远的地方瞄准这么长的时间，他应该立刻开枪射击。他还给了背对着他的格奥尔基迪乌卧倒的时间。"

"不错，但你也看到了，他把枪口瞬间向下瞄准，打得真准，正中目标……相信我，要不是有这块大石头，我们的格奥尔基迪乌已经被列入'伤亡者名单'了……"

又过了几分钟，从后面两百步远的峭壁处走出七个或八个穿着外国军装的人。我得到命令去押解俘虏。

我们大家都饥渴难耐，便派了几个勤务兵去采苹果。所有军官坐在碎石块上休息和闲聊，就像平时坐在凳子上一样。此刻我们待在山顶，仿佛置身于一座朝向天空，处在光明和死亡之间的岛屿。

我的那个大尉个子矮小，金黄头发，约摸四十岁，冲锋的时候就像孩子那样地奔跑，现在责备我说："哎，你不觉得你太悲观了吗？今天我们是在麦古拉山上进攻，不是在鲁卡尔。"

"怎么，难道这就是场真正的战斗吗？"

周围响起一片惊讶的抗议声，但是奥里尚赞同我的看法。他的前额本来就高，但秃顶显得他的前额更高了。他还有着两道细长的眉毛，下巴上没有胡子，这使他看起来神情总是极为严肃："这不是战斗。对方最多只有两个连，而我们有两个营。这算战斗吗？"

"但他们阵地如此牢固……嗯？不是吗？"

"他们知道了又能做什么吗？之后的抵抗会像样吗？你有没有发现，"我再次插话道，"对方的伤亡只有十或十一人，但是我方损失了二十至二十五人。"

奥里尚从战术（这是个恰当的词）的角度补充说："我们行军时就像一群牲畜，这一事实也证明了这不算是场严格意义上的战斗。这压根儿不是战场……现代战场给人的印象应该像在荒野里，而不会像是在军营的空地上，拿着出鞘的军刀来回走。在上千架机枪和几百台炮车的威胁下，部队寸步难行，无法像我们刚刚那样子不断变换队形的。"

"那现在该怎么办呢？"一个用军刀敲打草地的士兵问道。他对我们周遭的一切感到不安。

"明天可能会有场真正的战斗。你看看那边的山岗，去地图上找找。那个村子叫什么？……啊，是老托汉努尔村。哎，明天我们会在那个村子的上方与敌军主力来场对决的。"

"他们也可能会在夜里对我们发起进攻，如果获得增援的话。"

从麦古拉山顶俯瞰下去，周遭的景色就像一幅壁画，只不过这幅画比一个县还要大。

以我们所在的地方为底边，面前是一个宽约七八千米、高约二十千米的三角地带，就像是一个三面环山，界限分明的公园。这个公园就像是在现实中复刻的地图一般，里面有一些村庄，看上去与你在现实中看到的村庄有所不同，更像是画在地图上的一样，那里还能找到铁路、笔直的公路、水井、花园和教堂等。从这儿望去，我们面前的波尔塞伊地区像一幅与现实等比放大的地图，绿色、白色、黑色、红色将它装点得色彩分明、栩栩如生。此时老托汉努尔村上方的火焰即将燃尽，右侧稍远一些，另一个村庄正在燃烧，那边似乎有不少工厂。

上校歇了歇，又戴上了军帽："迪米乌，带上你的营，在整个麦古拉山上巡视一下布朗镇。"

"您认为现在这里还有敌军吗？"

上校反问："你没看到镇上还在交战吗？"

我的队伍分散开来，在麦古拉山上仔细搜索了整整一个多小时，但没有遇到任何人。而此刻眼前的景色则堪称无与伦比。从山脚一直延伸到罗马尼亚公国的土地上，是有着人称"奥穆小屋"和"雅洛米齐瓦拉洞穴"的布切吉山脉。右面就是皮亚特拉·克拉伊山，就像一座巨石砌成的哥特式大教堂，高约两千四百米。这些高山孤零零地矗立着，四周毫无遮拦，就像一座座塔楼。比如，布朗镇的麦古拉山，尽管它的高度只有皮亚特拉·克拉伊山的一半，但也能远眺这个国家约四分之一土地的美景。

就绝对高度来说，我们这里要比埃菲尔铁塔高好几倍；相对于山脚下的布朗镇，我们这里也要高出好几百米。

此外，我们还看到镇上的街道上有东西在动。那是一群鹅，看，还有一个小孩，再然后是一个妇女在穿过马路。而在山脚下，我方的士兵正不断赶来。奇怪的是，我们仍然能听到从城郊传来罗马尼亚军队的冲锋号，还看到排成连锁队形的步兵高喊着"乌拉"向前推进，他们的喊声一直传到了我们这里。

我们静静地观察着情况，像平时聚在咖啡馆里那样一起挤在草丛里。

"难道我们的人还没有拿下那个村庄吗？"

大尉认为还没有，奥里尚也同意。

"嘿，你们难道没有看到我们的人还在进攻吗？"

"他们是在进攻……可能也是为了有事要做吧。"波佩斯库推测。

"那我们现在要干什么？……啊，这是什么……等一下……你们快看啊……"大尉惊愕地看着下面。

我们所有人都往那边看。一群士兵，大约二十来人，正从镇上出发，沿着公路往北行进，正往我们所在的麦古拉山方向走来。远远往那里向下看去，他们身形很小，却很鲜活分明。

"是他们的人在撤退。"

"啊……不对。那是我们的人在推进，看马车上的机关枪。"

"先生们，开枪吧……"

"先生们，不要开枪。"

就这样，我们让他们通过了。

这时又走来了一队身材矮小、穿灰色军装的士兵。这次，我们很快确定他们是匈牙利人。

"我们现在该做什么？切断他们的后路吗？"

"我们还下去干嘛？我们接到的命令是占领麦古拉山。你们从上方用火力压制住敌军。"上校说，"现在我们在山上，而他们在下方。格奥尔基迪乌，命令你的排马上开火。"

八百米远的第一轮射击就驱散了匈牙利人的队伍，好像驱散了一群母鸡。又有一些人赶来，我们又把他们赶跑了。没有人再敢穿越公路了。我们的枪口也对准了路旁的农舍。一种狩猎的狂热涌入我们心头，并对未能亲眼看到敌人倒下死去而真心感到遗憾。有一小会儿，自己的这种念头让我既吃惊又害怕，但随后我又找到了开脱的理由。距离八百米之外的敌军不是真人，而是一些锡制的玩具兵。我们看不见他们的脸。一位撰写法律相关作品的作家曾说过：要是必须亲手处决犯人，那么法官将不会判处任何人死刑；共和国的总统也总是会赦免罪犯的。正是距离消除了一些代表人类本质的东西。一个人可以将一整个清单上的名字处以死刑，而一旦看到真正冠以这些名字的人，看到这些鲜活的血肉，就很难下得了手了。

当我们驻扎在八百米的高地上，执行着看守公路的任务时，村子里再次响起了"进攻"的冲锋号，不时还有"乌拉"声传入我们耳中。士兵们正翻过篱笆，越过果园。村子的另一边也发生着同样的战况。一群鹅还在村子的中心晃悠，时不时还有一位妇女匆匆路过。我们后来才得知，在这场从上方看去仿佛就是儿戏的战斗中，双方死亡的总数已近两百人，其中也包括我方的两位军官。他们可能是因为进攻时不够果断，被敌人占了先机。我终于明白，幸亏昨晚没有逼迫我们去攻占镇中心。任何在夜间出动大量兵力的战术都是极不谨慎的，这种情况只适合小股兵力突击。尤其在进行巷战时急需经受过锻炼的神经。派遣四十年都没有参加过战争的军队，在刚开始战斗的几个小时里就同时进行夜袭和巷战，这毋庸置疑是个头脑不清的错误。

稍后，勤务兵和负责补给的人员下山进镇里去寻觅食物。我仰天躺下，打算在这样一个晴朗的下午打个盹儿。

这时，上校提出一个非常合理的建议："先生们，咱们大家都睡一会儿吧，士兵们也是，夜里可不能睡了，所有人都得整夜站岗。"

我把手枕在头下，但由于不安，我仍无法入睡。对我而言，从昨晚六点起，似乎已经过了很长的时间了。现在这个把脸朝着北方，命运也指望着未来北方战斗结果的士兵，还是我吗？就在昨天，我还是个与四十年和平生活紧紧联系在一起，一边把玩着多米诺骨牌，一边归心似箭只想回到南方的平民百姓。我还是昨天那个我吗？

前天，在肯普隆格市，我也是穿着这双薄薄的黑色软羊皮靴，穿着这件蓝绿色的军服上衣。当时我失去了理智，感到自己的人生已经没有了出路。即使是昨天发生的事情也变得如此遥远，它们似乎距离我的童年更近，而非今日的我。就像你身处一个陌生的城市，远离原来的一切并和新认识的人待在一起时，会认为故乡与邻村之间的距离缩短了。现在我想起了我的妻子，想到了她的情夫，以及当时的一切混乱状态，宛如回想起了童年的一件往事。从那时起，我被这些事情折磨得痛苦不堪，如今却觉得它们毫无意义。今晚或者明天，我就会死去。

平躺在距地面六百米的高地上，我的思绪和视线都飘向天空，仿佛身处星际间发射轨道上的某处。可我的肉体还慢腾腾地滞留在地面上，我还是个士兵，就像那些刚刚死去之人的幽灵，会在他们的房屋周围徘徊，看着曾经属于他们，但以后不再属于他们的亲人。现在，妻子的肉体比她的灵魂距离我更近，因为我还留有肉体上的感觉。我后悔没有死于疯狂的情欲，而现在，在二十三岁的年纪，在我还能爱的时候，我就要死了。

几小片白色的云朵掠过天空。我感觉自己像病人一样，面容憔悴，胡子拉碴。我在军服上衣口袋里摸到两支几乎干瘪了的香烟，一页写着地址的纸和一张写有作战命令的明信片。波佩斯库在远处问我是否睡着了，我马上闭上眼睛，生怕他到我身边来。我只想独自待在这里。

但奥里尚也走了过来，把我弄醒才罢休："走！咱们下去看看镇上发生了什么。"但马上被迪米乌少校制止了："谁都不许离开阵地。你们现在最好去睡觉，鬼知道晚上会发生什么。再向上帝祈祷祈祷吧！"

向上帝祈祷？我用干裂的嘴唇微微一笑，同时感到眼眶湿润了。过去我就不曾相信上帝，而现在，当我沐浴在死亡之中，我仍不相信。昨晚当看到人们跪下祈祷时，我忍不住想笑，但是我很快恢复了严肃。毕竟，这些士兵是我的同伴，我的战友，对我来说是目前世界上我唯一的精神支柱。他们的一举一动就像是可爱的孩子，都使我深受触动。

我暗自思忖，也许就在今天或是明天，我将与这具躯体告别，而它健康无比，毫无缺陷，曾像一名忠实的仆人一样为我服务。二十三年来我从没有生过病，即便在学生时代，我曾与让同窗染病的那些女人厮混过。我对我自己身体所做的事情是多么的愚蠢！一个穷大学生，与女仆们私通，嫖廉价的妓女，之后是经历一些虚伪、缺乏柔情的拥抱。我一生中见过很多漂亮的女人，可到头来没有一个能够理解我。她们大多都无力摆脱周边环境的影响……只有一个女人曾给予我一些美好的夜晚，使我幸福地占有了她，沉溺在情欲之中。如果我的妻子并不爱我，如果我不曾爱抚过她，爱抚过她那年轻、健康、如同果实般圆滚滚、结实的身体，那么假如我今天就死去，那我将永远也不会知道一个美丽而又真诚的女人用充满魅力的躯体来拥抱我是个什么滋味。

那她曾经爱过我吗？我不由得为自己笑了起来……可她为什么要委身于一个穷大学生呢？难道我是一个合适的配偶？她未来的丈夫吗？为什么在她之前的别的女人没有考虑过这么做呢？无论如何，她是唯一一个为我做出牺牲的女人，与此同时我的亲生母亲，都为了遗产要同我们，同她的孩子们打官司。应当承认，她是在我有钱以后才背叛我的。

我用手抚过头发，弥补我渴求但缺失的抚爱。

我侧身站了起来，环顾四周。一些人朝天躺在地上，嘴大张着，面色苍白；但是更多的人像羊群一样挤在一起，没有入睡。上校把军大衣铺在身子底下，平躺着沉思。我相信，所有军官和优秀的士兵都无法入眠，就像此刻的我一样。尽管自周四晚上，从我激动不安地等待出发前往肯普隆格市开始，我只睡了几个钟头。

我抖擞精神,站了起来,走到上校身边:"上校先生,现在我们可以准备正式的文件吗?"

"你想准备什么文件呢?当然,你现在可以立一封遗嘱,如果你想的话。"

"那么赠与证书呢?给银行写信呢?"

"我不清楚。但我想应该可以……你去问问我们队伍里的那个律师吧。"

之后我们都陷入了沉思,就像落入了水中,不敢开口。

少校突然开口对着我们说话,但又像是在说话,又像是在梦中叹息:"今天是圣玛利亚日,是我妻子和小女儿的命名日。"

十连的S大尉若有所思地补充了一句:"是啊,也是我妻子的……"

之后便再也没有人说话了,仿佛所有人都得了伤寒而精疲力竭。

然后我想到了沃拉鲁,于是向大尉问他的情况:"大尉先生,对沃拉鲁我们该怎么办?"

他沉思着,直白地回答我:"任何人都不得离开这里。"

我明白,我们就像麻风病人,来到我们这里的人必死无疑。

黄昏时分,勤务兵们扛着麻袋从镇里回来了。

杜米特鲁把我从排里单独叫到一边:"少尉先生,看我给咱们弄来了什么。"

他拿来了两只烤鸡、一个大的白面包、葡萄干、干酪、一瓶葡萄酒、一件新衬衣和一双新靴子。这双鞋也是软羊皮的,看起来像是从被洗劫过的小店里搞来的。

"我之前注意到,您的皮靴实在没有办法再穿了……"

出于迷信,我有一瞬间的犹豫,不知是否应该穿这件从死人堆里偷来的衣服。但是我身上太脏了,而且鬼知道什么时候才能拿到自己的行李。再说,现在这个混乱时期,我们随时都可能会牺牲,想必复仇的幽灵也会更宽容一些。靴子就更不用说了,它们早已磨损变形,如果能摆脱掉它们,我会非常乐意的。

"杜米特鲁,叫军士们过来,把这些东西分给他们吃。"

"这只是给您的东西,也为军士长特意带了圣玛利亚日的东西。"

"把东西分给他们吧…… 还有,下次派两人去镇上,记得给士兵们带点他们需要的东西。"

我真可以为身边注视着我的士兵们去抢教堂,去把博物馆洗劫一空,他们的眼睛美丽又充满着信任,就像是有着被诅咒般忠诚的狗的眼睛。

"杜米特鲁,如果你找得到的话,给我拿张纸和一支笔来。"

我必须在今晚就写好赠与证书…… 今晚匈牙利人就可能获得增援,对我们发起进攻,谁知道呢?在夜间拼刺刀,我不认为我可以幸免于难。

然而,他们违反巡逻条令,只派了几个排出去林中巡逻。其中也包括我的排,离大部队只有十五米远,剩下的兵力在麦古拉山顶枕戈待旦。午夜时分,右面突然传来枪声,吓得我们不禁战栗起来,直挺挺地跳了起来。夜里大概三点来钟,不知从什么地方——令人吃惊的是,在那片寂静之中,有一些和我们联系的人——传来了命令:在凌晨时分拿下离这里五公里远的老托汉努尔村。

也有一些好笑的事情。勒杜列斯库把他的排招呼到一块儿,在士兵面前做了一场关于祖国的演说。我们所有人一开始都以为这是一场滑稽的闹剧,后来我们从他本人那里才惊讶地发现当时的他对自己的演说是绝对认真的。

最初的四公里,我们跑步穿过李子园、苹果园和农户家的院子。因为我们不知道面对的敌人的兵力,怕落入对方的圈套。我真想知晓那些还在继续劳作的农民和他们的妻子心底在想些什么。不,这不是一场真正的战争,不过真正的战争即将到来。为了对身后的村庄和山岗发起进攻,我们派出了四个营的兵力。当然咯,我们对面前的敌军兵力一无所知,因为我军参谋部似乎只通过采买回茶叶和大豆的后勤人员来获取情报的。

虽然夜间我们就驻扎在前哨阵地,但这会儿我再次身处第一线。关于老托汉努尔村的战役,倒是有一些值得讲述的事。

首先,我的排一路艰难向前,毫不停留,直到抵达村庄附近,却发现我们已成孤军。尽管我不住地破口大骂(我尤其对沃拉鲁恼火不已,他一直把事情搞得一团糟,直往上开空枪,还不愿意停下来),尽管在之后也接到过命令,让我不要往前推进得太快,以免与进攻的大部队失去联系。

其次,我开始恐惧暴力,确切来说就是我军对准敌军战壕的炮火。

接着,一颗子弹飞过,我第一次有了心上钻了个洞的感觉。子弹稀稀落落地飞来,尖声呼啸着,时不时地就像无形的布匹在不断撕裂着。其中一颗子弹从距离我脑袋最多巴掌宽的地方飞过，落入我卧倒的布满收割后茬儿的地里，在松软的泥土中发出金属爆裂的闷响声。就这唯一的一颗，但我感觉它似乎打中了我的前额。我真的感觉到在我的前额也有这么个沉闷的爆裂声。之后又飞过许多颗子弹，但是都没能像这颗一样击溃我内心的防线。

第三，——我之后才知道这件事——在战争第三天的官方公报里提到我和沃伊库少尉（就是之前把我当成俘虏，一把抓住我脖子部位的那个人）几乎是孤军奋战地拿下了这个村庄。这让我有了那种感受，即人们讨论的都是我的事迹，虽然大家都不知道这一点。

晚上，我们享用了一顿丰盛的晚餐，有海杜克肉排和各种各样的美食。上校决定所有人不留在村子里睡觉，而是回到山岗上前哨驻守。对于XX团的军官们来说，战争是让他们痛苦不堪而又精疲力尽的活儿。不过上校的这个决定也使我们团成为整个步兵团中首个荣获"勇敢的米哈伊"战旗的队伍。

被派去镇上带回让我们晚餐饱餐一顿食物的士兵告诉我们，虽然已经历了两年的战争，那些被攻占的村庄里竟还有不少肥壮的家畜，以及各种各样农家制作的乳制品。不过许多运输车队和后勤部门的人正在冷静、有计划地洗劫这些物资。我们对这种抢劫行为感到愤慨，如果我们能做主的话，我们一定会立马枪毙他们。

现在我们和科拉布大尉又见面了。他的连队被我们戏称为"科拉布旅"，因为在穿越边境时，他的连在我们旅和在普雷代亚尔市作战的布加勒斯特人组成的旅之间独立穿梭,在战争首夜即决绝地发起猛攻,一直深入到勒什诺夫市,直抵敌军阵线后方,人们甚至不得不将他们召回大本营。他手下的士兵,非但没有开枪打死他们现在变得愈发严厉的指挥官,反而十分爱戴他,对拥有像他这样的长官而感到自豪。士兵们和他们的大尉一样,对于人们低声的赞赏十分敏感,大家一致认为他们是全团最好的连队。除此之外,由于科拉布大尉实行了一套严厉的后勤补给和站岗的纪律,因此这个连队也是吃得最好、最安定的队伍。

有着黝黑皮肤的武尔康姑娘

第三天，我们已在武尔康驻扎，上校把我叫了过去并下达了指令，让我带领一个班的士兵去村子里做好警戒，同时开展侦查。村子里来了一些当地的罗马尼亚农妇，大声哭诉着说，自从匈牙利人离开了村子后，他们的房舍就经常遭到住在附近的茨冈人的劫掠。有一两个老太婆一直陪我到那里去，以便让我们进行仔细的搜查。不久前刚下过一场阵雨，不过地面已快干了。现在太阳又从云朵后面露了出来，阳光让树叶和野草上的水珠闪闪发光。大老远茨冈人就看到我们正走过去，所有人纷纷从自己简陋的茅草屋里跑了出来，恐惧地等待着我们。

我紧绷着脸，神色严峻，仿佛一个一刻不停地感受到死亡临近的人一样。我下定决心要以身作则，以自己的行动作出榜样。

"你们为什么要抢劫村庄？"

有着黝黑皮肤的武尔康姑娘

霎时传来一阵阵轻声带着哭腔的抗议声，看到一双双睁得大大的眼睛，以及老人们伸出来的一双双像木乃伊柴枯般的手。他们没有行窃，他们连一个手指头也没碰过别人家的财产……我向我的士兵们作了个手势，让他们把人群包围起来。不知是遵照大人们的指示，还是自己就感觉到了危险的临近，约摸七八个最多才五六岁的茨冈孩子，甚至还有几个大概只有三岁光景的孩子，光着脚丫，露着肚子，一下子笔直地跪倒在车辙压过后形成的积水里。他们的长相都很可爱，宛如拉斐尔的传世名作——《西斯廷圣母》中的小天使。

"那么现在所有这些人……"

刚说到这里，我突然住了口，因为我看到他们中间有一个约摸十五或十六岁、中等身材的姑娘。她长着完美的椭圆形脸蛋，琥珀色的皮肤带着微微发绿的光泽，一双细长的杏眼，眸子也是绿色的。那一头赤铜色的头发，而泛着淡绿色光泽黝黑的脸蛋上，皮肤光滑、完美无瑕，再加上绿中带些蓝光的眸子，这一切如同配合得恰到好处的爱情游戏，我立刻心醉神迷，有一会儿工夫愣是呆在了原地。我没有失去艺术的联想力，我微笑着想到了莫娜·瓦娜[1]。接下来我以军人的方式、语气短促地说：

"你为什么要去偷东西？"

她鄙夷地将脸扭到一边去，拉了拉从肩部滑下来的吊裙的背带。

"我没有偷。"

---

[1] 比利时象征主义诗人和剧作家莫里斯·梅特林克（1862—1949年）于1902年创作的剧作《莫娜·瓦娜》中的女主人公。——译者注

我立刻感到嗓子眼儿发干,神经紧张起来。

"怎么没有偷呢?"

她嫣然一笑,露出一排雪白的牙齿,颗颗如同精心雕琢的象牙马蹄铁,然后又扭过脸去,把一只手撑在胯股上。

我生气地走到她的跟前,拽了拽她罩在连衣裙上、格雷琴[1]式的天蓝色罩裙。

"这难道是你的?一眼就能看出这是偷来的。还有这把红色的小伞?"

她手里拿着一把樱桃色的绸伞,矫揉造作地转动着它,宛如歌剧中的卖弄风情的女人。

"在下雨啊,难道不打伞吗?"她一边回答,一边转动着纤细的腰身,以致上衣全都歪到了一侧。

"因为下雨,所以就应该偷,是吗?"我又简短地说道:"我要枪毙你。"

她移动着有着橄榄肤色、一直裸露到膝盖的脚,那双玲珑小巧的脚,简直可以放在药店的橱窗里(为护肤品打广告),在泥泞里留下一些像蛇爬过的痕迹,同时,她眼都不抬一下地就回答道:

"为什么要枪毙我?"

我顿时发火了:

"因为你偷了东西,明白吗?因为你偷东西,因为你是个'女贼'。"

那群茨冈小孩子们仍然跪着,像祈祷般地合拢双手,大概

---

[1] 歌德所著《浮士德》中的女主人公。——译者注

是别人教他们这样子做的,而其他的茨冈人看着,因恐惧而失魂落魄。

"你住在哪儿?"我双眼紧盯着她。

她手指胡乱地向我指了指某个方向,用她那红葡萄酒般诱人的鲜红嘴唇高傲地微微一笑。

我心里升起一团疑云,甚至有些惊慌起来。

"咱们走,到她那里去。"

我们所有士兵一起向有着许多破旧且窄小房屋的村落走去,这些小房舍上刺眼地涂抹上了红色、天蓝色或鲜艳的黄色。

士兵们在各处搜查住房,就连我自己也不知道,他们是否能找到能证明违法的"物证"。

我焦躁不安,心中的怒火如一头困兽般不断翻滚着往上涌动。

"到此为止吧。明天我们回来重新搜查。大家都听好了,你们还有时间归还偷来的东西。这个,"我鄙夷地指指那个姑娘说,"我们把她带走。她偷盗的罪行已经证实了。"

所有的老人都开始号叫起来,要我们把那个姑娘留下来。一对对惊恐的眼睛,一张张蜡黄的脸,一双双伸向我们的黑乎乎的手……

"请把她放了吧!她没有偷东西!"

他们一边抓着我的军服上衣,一边叫着:"她没有偷东西。"

"咱们到法庭上再说吧。"

我命令士兵押解着她,一起跟我们往回走。此刻夜幕已经降临,四周腾起一层薄薄的雾气,天显得阴沉沉的,有了丝丝凉意。她赤着脚走路，在泥泞中留下了一排排脚印，手里仍然转动着那把红色的小伞。当她弯腰跨过一条小水沟的时候，连衣裙滑向了一侧，露出了她穿着胸衣且被狭窄的罩裙箍紧了的、小小的乳房，好似一双戴着手套、攥紧了的拳头。

当我们已经快到村子的时候，从远处突如其来地传来了哒哒哒的枪声。在我们左侧的山谷里，全团都警戒了起来，各级立刻排列成战斗队形。而我总是摆脱不掉各种规章制度的束缚，知道此刻的我必须不顾一切，向传来枪声的地方跑去。我们行进的脚步停了下来。士兵们不知所措地望着我，不知道下一步该做些什么。我心急如焚地思索了一会儿。

"我们放她走。"我的目光中满是烦躁与不安。

她靠近我，我的头被罩到了那把红伞之下，她把自己的嘴唇凑近我的嘴唇，一边用那双深沉的、绿莹莹的、调皮的眼睛瞅着我，一边问：

"那我怎么办呢？"

我皱着眉头，恼火地冲她说道：

"什么怎么办？回家去，你这个女贼。"

她把一只小鸟儿般温软的手放进我的手里，轻轻地带着热情和良善的语气低声说道：

"您也留下来吧。"

现在轮到我把头扭转过去，害怕看到她的眼睛，那双犹如被柳荫覆盖住的绿莹莹、清澈的大眼睛。

"你别打搅我！"

她的手在我手里渐渐发热，好似我的手按压在她那个小小的乳房上。

"那你夜里过来,我会到村里去的。"

我真想把自己的嘴唇狠狠地压到她的嘴唇上去,遮住她的双眼……但是我只是甩开了她的手:

"不行!我得留在这里。"

我移动脚步,内心几乎因为一股突如其来的悲伤而几近崩溃,仿佛这个夜晚潮湿的雾气全部都压到了我的身上。我走了约摸十步,又回过头去,她还站在那儿,赤脚站在泥泞里,围着她那条天蓝色的格雷琴式的罩裙,打着的小伞如同在有着橄榄色的椭圆形小脸周围形成了一道神圣的、罪孽的红色光环。

当我走到村边,又回过头去,仍然看到她在原地一动不动的苗条身影和那把小红伞。

当我来到团里,终于搞清楚了状况。这是敌军派来的侦察队,被发现了后立刻就逃跑了。不管我是否愿意,此刻我发现了一个对于我的理智而言是十分可悲的事实,即每次开战前,只要我戴上那副褐色的皮手套,所有的事情就会顺利地得到解决。我自己知道,这种想法是愚蠢的,但要否认这种巧合,自己却又无能为力。

我想着这个有着清澈的橄榄色肌肤的脸蛋,渐渐进入梦乡,同时还担心,要是今天夜里,敌人像狗熊样摸进我们的营地,我会不会和大家一起被惊醒。我对自己说,我想活下去,想等到和平到来时,能够再到这里,到武尔康来,并且再见到这个有着如蛇般柔软身躯的姑娘。是夜,外面下起了倾盆大雨,我已经对自己能安然无恙地等到天亮不抱任何希望了。当我全身衣服都被雨水淋透变得沉甸甸时，我徒然地把帐篷的一角盖到了自己头上。

在第二天的凌晨三点，我们接到命令，去攻占科德里亚山头。山很高，就像一顶高达数百米的"羊皮帽"，而四周只是一大片平原和一些拔地而起的小山岗。任何一座真正的山都不会给人以这么高的感觉。这座山始终高耸于一片广阔的平原之上，直至延伸至布拉索夫的登巴山。

我们所有人都感到，这里将会发生第一场艰苦的战役。奥里尚和我，一直被我们这个营里的战友当成是战略家和战术家，此刻，他们都在担心地征求我们的意见，看来，他们都相信我俩还是看手相的术士。

"我认为，在任何情况下我们都不应该对高地发起进攻，"这是奥里尚发表的意见，他一面说，一面斜着眼半瞟着列成纵队的士兵们，昨晚上下过雨后，还潮湿的背囊压得他们都不得不弓着腰。"应该包围它。"奥里尚接着表态。

"不过这也很难。要知道，这是一个瞭望站，敌人会负隅顽抗的。"

现在士兵纵队已全部排好。他们都在画着十字做祈祷，而我则戴上了自己的皮手套。这是怯懦的逃避之术，也是不可公开的，我永远不会跟人说起它。无论是对奥里尚，还是对图多尔·波佩斯库。

然而无论是在科德里亚，还是在岑察尔，都没有爆发战斗。只有在一个晚上，当师指挥部向我们指明敌人位于东北方向时，才产生了一个小小的混乱。所谓的仗打到现在，我们一直是往西走的，但现在，尽管我们都很吃惊，却不得不执行师指挥部的命令，让我们面对东北安置前哨，简而言之，简直就是将自己的背对着敌人。午夜时分，敌军由匈牙利骠骑兵组成的侦察队没有遇到一个哨兵，一路畅通无比，直接快闯到了我们军官的帐篷里。我们都吓坏了，不过对方也吓得不轻，马上就逃之夭夭。之后我们才把岗哨"从后面调到了前面"。后来，经过一场短时间的酣战，我们顺利到达了奥尔特河河岸。

现在我们确信敌人已经撤退到了对岸，那一侧的岸边满是丘陵，仿佛一道真正的石墙从岸边拔地而起，而在我们这一侧的河岸，却是一马平川的平原。我们不能停留在这片平原上，因为极易遭到敌人的火力攻击。离奥尔特河大约一公里远的地方，沿着河岸平行的地方，有一道很深的黄土峭壁。我们将会隐蔽在那里，等待进攻日子的到来。

发生在奥尔特河上的事件

看来在丘陵起伏的河岸边已构筑起坚固的工事。这里、那里到处都是铁丝网，还有布满雉堞的战壕。我暗自思忖，我们如何才能在机关枪的猛烈火力下，渡过水深浪急的奥尔特河。我似乎已经提前看到了一幅可怕的景象，死人成千上万，猛烈的炮火犹如暴风雨般袭来，顿时空中血肉横飞。

我们当中有一些人认为，我们永远无法做到成功到达对岸。

敌人的炮火又打到我们这边来了；但是打得零零落落、稀稀拉拉。不过我们这边又发生了不少可笑的事情。我们两三个都是军官的朋友，经常站在岸边的悬崖峭壁上，一边闲聊，一边观测，研究对岸绵延三十多千米整条战线的情况（哪里草木丛生，哪里是巉岩峭壁，哪里受风雨侵蚀，哪里又布满壕沟）。

就这样，有一天，一声爆炸之后，我们觉得自己头朝下向峭壁下面翻滚而去。炮弹就落在离这里几米远的地方，炸毁了一段河岸，我们也随着炸开的山石一起陷落下去。那是一门大口径火炮打来的炮弹，但似乎填装的弹药威力并不大。又过了两天，当我们的一个炮兵连向对岸的山岗开炮时，我们第一次看到了双方炮兵决斗的景象。让我们大吃一惊的是，只过了十分钟，罗马尼亚炮队就哑火了，被打得如同手无缚鸡之力。两门大炮被炸得粉碎。这真刺痛了我们的自尊心，犹如罗马尼亚冠军队在竞技场上一次彻彻底底的失败。无论是我们在书里读到的内容，还是儿童时和土耳其人打闹玩的游戏，土耳其人从来没有打过胜仗。与此同时，我也第一次有了这种体验，即在炮弹击中目标之前，我就可以看到它们。也许是因为各种形象的相互重叠，但当火力密集时，而你又处在火炮飞行的弹道下面，那么在它们命中目标时，你就仿佛看到一些尾巴冒着烟的钢铁小彗星。显然，这不如说是一种启示，或者像我们后来才知道的，叫作半截式火箭炮攻击。打哑了我们的炮兵连以后，敌人的火炮带着怒火又落在了整条战线上，且怀有明显的恶意。这是即将到来的不祥之兆。

从第二天起，我们在阵地上增强了防御工事。我们挖了相当坚固的庇护所，对此我觉得完全可以经受得住敌方的炮火了。但炮弹依旧异常准确地击中目标，这让我们不得不思考再三，阵地上也出现了关于间谍和隐蔽电话的传说。

虽说如此，我们还是每天登上陡峭的河岸，既痛苦又好奇地望着对岸的山丘，就跟被判处死刑的人，望着监狱院子里为他搭建断头台时的心情一模一样。我们经常在那里逗留徘徊，因为我们知道，对方正准备在此发动一场重大的战役。我们又得知图尔土卡伊亚也陷落了，觉得这不过也是如同丢失布朗镇那样无足轻重，但这真的令人感到屈辱，叫我们难以接受。

有一个晚上，正当我担任守卫的时候，前哨来报，说敌人发动了进攻。头一天晚上他们就渡过了奥尔特河，来到了河的这边，进入尚未被我们占领的韦内茨亚村。在像湖面一样平坦光滑的大平原上，敌方的射手正排成一行行的队形向我方逼近，在朦胧的黑暗中，我分辨出他们像焦油般黑乎乎的身影。他们如同夜间的幽灵，逐渐向我们靠近。我既害怕，又觉得发冷。我们连散开队形，悄然无声地迎着他们走去。我浑身抖得厉害，牙齿也咯咯直打战，真害怕被和我并肩行进的战友发现。因此，我也无法回答弗洛罗尤大尉悄声提出的问题，他倒是神情坚定，也十分镇静。我无法确切得知自己为什么抖得像个疯子，是由于害怕，还是因为冷（因为我穿得很单薄，还是穿着那天晚上我离家时的那身衣服）。我感觉自己膝盖以上的肌肉还在发颤，但没有感到疲劳。过了一会儿，他们的队伍停了下来，我们的队伍也随即站住了。他们就这样站了约摸一个小时，等到夜色变得更浓时，我们往前方派出了一支巡逻队，他们回来报告说，敌军已经撤退了。

第二天，在河谷下面，河岸边矗立着满是裂缝的峭壁，小河的河床已经干涸，我们在那里搭了几个帐篷。一个留着浓密胡须，面容干瘦，好似一个殉教者的农民走了过来。

"指挥官先生。我想跟您说点事。"

"什么事？说吧。"

他将双臂交叉，用手掌遮着胡子和嘴，慢吞吞地轻声说道：

"我们村里有两个女奸细。"

一听这话,我们惊跳了起来。就像看到一个幽灵现出了人形。

"是的,是的,她们是姐妹两个,跟匈牙利军官们勾搭上了,因为这两个姑娘长得都很漂亮,现在也常常在为他们那边传递消息。"

上校用手扯着他那"恺撒式"的胡子。

"她们是怎样递送消息的呢?"

"呃,这个说实在的,我自己也不清楚……但她们是在传递……也许是通过打电话……或许是夜里渡过河去……因为她们对奥尔特河太熟悉了……我搞不清楚。"

"这两个姑娘到底是什么样的人?"

"跟您实说了吧,她们长得都挺俊俏……所以军官们才会看上她们……她们还常常跟你们的军士一起闲逛呢……"

可我们谁都没听说过这种事情。

"格奥尔基迪乌,带上四个人,到那里去看看到底是怎么回事。"

这个农民把我领到那两个女孩房子的门口——那个大门高高的,让人想起了萨斯人放射的大门—— 就躲到一边去了,以免被人发现。

"就是这幢房子……是她们的房子……她们叫玛丽亚和安娜·门丘莱亚。"

屋里的人正在大吃大喝,举行酒宴,传来一阵阵大叫声和歌声。听到我们的敲门声,两个姑娘来到了屋外的游廊。其中一个姑娘个子矮小,约摸二十来岁,长着一双淡褐色的大眼睛,圆圆的脸,看上去就是一个健壮的农村姑娘。

"你们在这儿干什么呀?"

"我们在庆祝,军官先生……我们太高兴了,也要庆祝罗马尼亚人来到这里了呀……请您进屋吧,我们这里有炸雏鸡,还有好酒呢……"

我应该表现得像个侦探,但我不知道该如何做起。不过从表面看起来,这儿没有任何可疑的情况。我感到非常困惑。

"听我说,我觉得你们在干些跟踪盯梢的事儿。"

她们发着誓,又哽咽抽泣,不过没见到眼泪,表现得就像几个精明的流动摊贩似的。

"啊呀,听着,军官先生,您怎么能这么说呢?说我们是女奸细?!看到我们罗马尼亚自己人来了,我们都高兴得不知怎样才好……"

我就这样回去了,任由她们继续欢庆。

当上校得知我没能得到任何可以证实我们所担心的情况的证据后,立刻大发雷霆。

"怎么可能呢,军官先生,您可是个聪明人呀,看到她们大办宴席,您竟搞不明白任何情况?你立刻回去,重新搜查,逮捕她们,在那儿派个岗哨,一直守到明天。"

我只好又回去了,点起蜡烛,重新进行搜查,因为这会儿已经是夜里了。还是什么也没有搜出来,不过我还是跟她们说,她们被逮捕了。我在那里留下一个下士,三个哨兵,轮班放哨。女人们都被吓坏了。午后欢乐的宴会完完全全变成了灾难。

午夜过后下起了雨来。雨水像溪水般顺着低矮的帐篷帆布往下流,但最伤脑筋的是,雨水还从地下渗进来,把我们睡觉的地方都弄湿了,这下谁都不能躺下来了。半夜一点钟的时候,我们接到命令立即出发,大家立刻晕头转向地忙乱起来,继而又感到无比恐慌。人们谁也找不到谁,不断地互相呼唤着,也无法立刻把帐篷卷起来,河岸边的峭壁空间狭窄,我们甚至没有整队的地方。

"上校先生……村里有我的……那些女奸细……我拿她们该怎么办呢?"

在一盏铁路扳道工使用的信号灯的照耀下,上校和二营的少校以及他的副官正仔细查看一张小地图,看来他们没找到要找的那几个地点。

"上校先生……"

"你有什么事,先生?"他嘴里咕咕哝哝的,勉强把眼光从地图上挪开,而少校的一根粗手指此刻正在这张地图上划来划去地找地点。

"我们拿这些姑娘……女奸细,该怎么办呢?"

他震惊无比:"别来打搅我,先生……,这会儿我还顾得了这些事?……哎,我的天啊……"

我再次鼓足勇气说:"上校先生……那里有我派的一个岗哨……"

他终于火冒三丈了:"别打搅我了,先生,你应该明白了吧。"

虽然我已灰心丧气,但因为自己真的不知道该怎么办才好,

305

于是我仍然坚持追问道:"我该拿她们怎么办呢?"

"怎么办?把她们枪毙了……先生……你爱怎么办就怎么办。只求你别打搅我……枪毙她们……"

我脑袋里一片茫然,神情恍惚地走开了。

"少校先生,村里有我的一个岗哨,三个士兵轮班站岗……这些姑娘,我该拿她们怎么办呢?"

"先生,什么姑娘?别拿您那些姑娘来打搅我……哎,九连已经准备好了吗?"

"少校先生,"我开始烦躁起来,声音听起来像是在哭。

"快离开,先生,你去问上校。"

"我已经去过他那儿了。"

"啊,然后呢?他跟你说了什么?"

我不太想实话实说。

"他说,叫我别缠着他……只要不烦他,把她们枪毙都可以。"

"弗洛罗尤,你把你的人都集中好了吗?……科拉布,准备好了吗?大家要当心,行军时任何人都不能出声……水壶塞到口袋里,不要挂在一边发出响声。"

"少校先生,我该怎么办呢?"

"先生,别打搅我了……既然上校这么吩咐,那把她们枪毙掉就完事了,然后赶快回你自己的排里去。"

我决定也把这事都交给下士去处理,他心血来潮想怎么办就怎么办吧,就像赌博一样。

我们出发离开奥尔特河,似乎在往后退。撤退路线是一条非常难走的路，雨还下个不停。人们不时滑倒，互相撞在一起，痛苦地咒骂着。不同的队列也因此老是混在一起。

拂晓时分，有个人竭力想赶上我的脚步，和我如影随形。

"少尉先生！"

"嗯，什么事？你是谁？"

他沉重地喘着气，还是那样低声说道："我是尼古拉·扎姆菲尔，那个下士。"

"嗯，那儿情况怎么样？"

"我把那两个姑娘一起带上了。"

"什么，你疯了吗？"

"瞧，那不是她们吗？"

两个姑娘都穿着衬衫，光着脚，肩上披着刺绣围巾，被举着刺刀的警卫押解着，冒雨并行。

我决定对什么事情都置之不理。

天亮时我们在另一处峭壁底下做短暂的休整。

"少校先生！"

"什么事？"

"下士把女人们也带来了。"

这下就连魁梧的少校也惊诧地在胸前画起了十字。

"带到这儿来了？"

"带到这儿来了。"

"唉，我亲爱的，要是让上校看到，她们准得遭殃，一个都跑不掉，立刻让下士送她们到旅部去。"

我当然一切照办。

第二天我们得知，夜间将在科里哈尔马附近渡过奥尔特河。这种让人感到窒息的濒死状态即将结束。我们在林中的一处开阔地占据了有利的位置，并在精神上作好了准备，就像是为死人准备好了棺木和殓衣。周围的种种形状和色彩，看起来也变得不真实了。

四点钟左右，旅长来了。他把我们所有军官都召集起来，围成了一圈。周围的一切都看起来死气沉沉。

"那么，上校先生，我们都说好了吗？"

我们灰心丧气地听着不能向我们说明任何问题的各种解释。我们将在夜间发起进攻，但没有安排炮兵做哪怕是最少的准备。

我们当中有一个人含含糊糊说出了大家的共同想法：

"将军先生，河水可是很深呐！大概有两三米深，而且水流湍急。"

旅长显得困惑不解。

"嗯，难道我知道该怎么办吗？……把那些身材最高的人安排到右翼……让士兵们一个拉着一个……你们想怎么办呢？"

奥里尚咧着嘴笑了一声，面露震惊的表情，朝我瞟了一眼。

另一个人开了口，语气显得毫无把握，听天由命似的："再说，在河床的浅滩那里，水下都密密麻麻地布满了铁丝，为的就是要牵制住我们。"

我们的旅长看来是头一次想到这一情况。他皱起了浓眉。

"嗯，难道我知道该怎么办吗？上校派人到树林里砍一些V形树枝，用它们做一些树钩，把铁丝都拉出来。"

说完，他抚了抚自己长长的花白胡子。

我们如同被牵往屠宰场去的牲畜,困惑不解地互相对望了一眼。我们在原地待了整整一个星期,难道就是为了这个吗?

上校喘着粗气,心情激动,面色苍白,显得焦躁不安。

"是的……当然啦……不过您要知道……将军先生……这么做会很困难……他们那里有大量的机枪手,大清早就瞄准好了……"

"也许是瞄准好了,不过照您看,我们该怎么办呢?"

肤色黝黑、体格健壮的科拉布走近前来,指指对岸一块向前突出的巉岩峭壁。

"将军先生,首先需要占领这块山头,然后就可以攻陷他们的整个阵地。"

我们大家都暗自咧嘴笑了起来,因为都觉得这样的事情是不可能发生的,将军也轻蔑地问道:"占领……当然我们要占领它……不过谁去执行这个任务呢?"

大尉仿佛是这里唯一身着标准军服的军官,他简短地回答道:"我去,我和我的连去执行这个任务。"

将军更加轻蔑地望着他,显然对这样看起来打肿脸充胖子的行径很厌恶,甚至认为对这种提议都不值得回应。

"对了,上校……我忘记告诉你了……你只带两个营去。一个营给我留下,留作旅部的后备部队。"

营长们进行了短暂的讨论与协商,结果是轮到我们营到后备队去。

这个结果我可真没想到,我轻松地舒了口气。和其他人相比,我们又赢得了几个钟头的时间。

这就如同将作战行动往后推迟了几分钟时间。

一到晚上我们就出发了,在如同墓地一般的寂静中,在静悄悄、黑压压,仿佛是一些幽灵居住的房屋之间穿行了大约两公里的路,接近午夜时分,我们在高高的铁路路基旁停了下来。我们就在那里隐蔽下来。我们知道,敌人在我们这边,在奥尔特河这边的平原上设有岗哨。

需要趁他们毫不知情的情况下,我们前方的人一个一个地悄悄摸进他们后方,然后按连整合,接下来就可以开始进攻……如果可能,渡河时应保持绝对寂静,待都渡过河后,再开火。

在我看来,这计划是无法实现的。此外我们也知道,在长达三十公里的前线,整整一个师要在夜间强渡奥尔特河。两天前有一个团试图渡河,但已被击退,而且我们也知道,那次渡河还有不少士兵伤亡。

走在我们前面的人消失在了黑夜里,去了另外一个世界。现在,在这几分钟里,他们触摸到了什么,看到了什么,此刻又感觉到了什么?大概过了一个小时后,我们终于听到了一丝动静……这是匆忙开火时子弹发出的嗒嗒嗒声,这射击声撕裂了黑夜,急速飞向星空。四周开始长时间回荡起能碾碎一切的机关枪发出的尖锐、震耳欲聋的嗒嗒声,一条又一条的子弹弹匣被打空,弹匣转动时的嗒嗒声犹如狗的吠叫般响亮、可怕,又好似摩托车的马达转动声。

虽然当晚明月高照,我们却不知道前面发生了什么情况。我一直试图想象,在那边的人所直面的战况。我觉得自己穿得太单薄了，但从一开始就戴在手上的手套似乎使我感到了些许温暖。我把军刀交给了装载军用物资的辎重队，而且也不佩武器，为的是便于轻装上阵，而且也因为，我非常肯定自己永远不会去杀人。

我们聚集在铁路路基的后面，一直在等。那口无形的大锅彻夜在沸腾，而我们却什么也看不见。这是另外一个世界，而我们正站在它的大门口边。

后来消息开始从四面八方送到将军那里，仿佛是送来了一份份的判决书……藩属于XN的一营被击退了，三营也被击退了。联络兵送来了情报，沿岸一带都成了坟墓。XM营被击退……XR团被击退……

只是离我们正前方四百米远的地方，却没有传来任何消息。时不时地，交战双方都各自感到了疲倦，而激烈的战斗似乎开始平息下来，但后来嗒嗒嗒的枪声再次传来，而且变得更加猛烈，更加凶狠了。耳边还没有传来人的呻吟声，但肯定会有的。

夜色渐渐消褪，林间空地上腾起白蒙蒙的雾气。

在我们面前逐渐现出一座宛如高高的圆形阶梯剧场穹顶的山顶——那里有树木、牧场，还有房屋。在那里可以监视那片浅滩，现在这片浅滩又从黑夜里和一片不为人知的虚无中出现了。当天色变得更白的时候，我们看到山顶上出现了敌军的身影轮廓，而右边则是掩护他们的机枪巢。我们拥有的两门五十三毫米口径的"玩具"小炮试图进行徒劳无益的还击。科拉布和奥里尚马上加入了战斗，后来就由他俩瞄准发射。一发不知道由我们当中谁发射的炮弹击毁了一个机枪巢，机枪哑了，但剩下的机枪巢继续在射击。这一发炮弹的准头简直让我震惊。但匈牙利人的步兵散开成线式队形,开始冲了下来,一看就是要准备发起进攻了,这让我们震惊无比,几乎喘不上气来,因为我们的人已经过了河(现在他们正面临被击退的危险)。

"三营,前进!"命令从一个人口中传给另一个人,于是就在朝阳初升的那一刻,我们开始飞速向前冲去。我跳过一个个水洼,一道道壕沟,时而在草场上滑一跤,立马跳起来,又继续向前跑。夜间的雾气消散之后,展现在眼前的俨然是开天辟地时的景象。有一个磨坊……它附近是几个小干草垛,然后就是让人诅咒的奥尔特河,波涛汹涌、翻滚的奥尔特河。一件件军大衣,一个个背囊,到处都是尸体和伤员。一个军官戴着熏黑的尖顶帽,靠在一个草垛上,向我们咧嘴微笑,还抬了抬手,向我们致敬。我们在跑过他时,发现他的肠子都已经掉出来了。

我们毫不停留地冲入战场,一直这样奔跑着,直至跳进河水里。波浪用力把我们推回去,但无论到哪里,水都没有漫过脖子。对岸岸边的洼地里也在上演着一模一样的景象。战士们的军大衣……背囊……一些伤员,几具尸体……稍靠左侧,在两棵柳树旁的地上仰面躺着一个死人,他的双腿并拢,两臂贴着身子两侧,仿佛是一具躺在灵柩台上的尸体,他穿一件镶红边的黑大衣,领子竖着,头上戴一顶红色军帽。

是我们的上校……

在继续向前冲刺的过程中,我往旁边跑了三步,手里仍端着上了刺刀的步枪,绝望地向那个用一条腿跪在尸体边的士兵问道:"是上校先生吗?"

我的胸口因为太过激动，胀了起来，但我没有停下脚步，和我的士兵们一起继续向前跑去。敌人改变了主意，然后逃跑了。

这一夜的总结：我军俘获了共计八百名俘虏，占领了整个河岸。上校是在夜间和第一连一起渡河的，所以他们（牺牲前）未能听到这些战果。第二连在河中出其不意地遇到了密集的机枪火力攻击，他们的警戒哨兵在弄清情况以后，终于发出了警报。但全连伤亡已过半。到处是一片可怕的惨象，还有绝望的哭号。上校是天亮时被打死的，就在我们站在后备队里，看到敌人在乳白色的晨雾中发起反攻的前几分钟。

傍晚，正当我在奥尔特河对岸的一个村子里烤干被奥尔特河水完全浸湿的衣服时，勤务兵给我带来了一个意想不到的消息，他自己也是一脸震惊的模样：

"少尉先生……"

"呃，什么事？"

"……您知道吗，玛丽亚·门丘莱亚？那个女奸细？我们昨天抓住的那个女奸细？"

"嗯，说吧……"

"我遇见她了……她就在这儿…………师长赏给她一千列伊和一双皮靴……她走在全团前面，渡过奥尔特河……为他们领路。"

大约两星期后，我也遇到了她，她欢快地跑到我跟前来，数落责备我，但语气却是友好的：

"您看，少尉先生，你还想枪毙我……可我和我们的战士一起渡过了奥尔特河！"

后来当我负伤被送往布加勒斯特时，在"茹列塔"的橱窗里看到了她的照片，她就站在王后和宫廷贵妇们的身旁。我还得知，她荣获了一枚"作战英勇"的金质勋章，之后还在报纸上也读到了她的故事，当然，没有节外生枝地提到因为怀疑她是奸细而逮捕她的那些事。在雅西，我再一次看到了她，当时是在科波乌花园，她非常高兴地看到了我，还向我展示了她的制服，因为她已被安排在由王后监管的医院里工作。而现在我也听说，她的故事也写入了一些书籍里。

晚上我们大家聚集在一所地主的房子里吃晚饭，因为自从参战以来，这是大家第一次能在"铺着桌布、摆放餐具"的桌子边用餐，第一次能在铺着床单的床上睡觉，因而大家都感到十分幸福，并不断互相谈谈各自的印象。

"喂，奥里尚，以前还没有发生过像这次的战争吧……你的高见如何？"

"没有……照我看，还没有……但总会有的……要看在哪里发生。"

我们每一个活了下来、摆脱了这场战役的人感到心满意足，但上校的死却让这种满足感蒙上了种令人痛心的苦味。

位于科哈尔姆的前方哨所

爱情的最后一夜　战争的最初一夜

　　我们的营向前推进了不少，在距离奥尔特河对岸丘陵地段十公里远的地方，也就是一个叫科哈尔姆的地方驻扎下来。这座小城市的街道是乡村式的，十分宽阔，当地的房屋都是萨斯人[1]建造的式样，高高的大门紧闭，窗户的样式也像中世纪城堡的窗户。市中心有个平坦的广场——每个星期天大概会有大集。小城坐落在两处山谷的交会处，周围绿草如茵的斜坡缓缓地由山谷底部向上爬去，斜坡上这儿那儿夹杂些黑色的斑点——那是一片片簇拥在一起的树林。

　　而在我们的前方哨所，每天都会看到些小规模的武装冲突。
　　"Bitte，ein Milch-kaffee."[2]
　　"Es wird glei' kom."[3] 我的女邻居（也是女主人）回答道。

---

[1] 萨斯人为12、13世纪居住在罗马尼亚特兰西瓦尼亚地区的日耳曼族。——译者注
[2] 原文为德语，意为："请给我一杯已加牛奶的咖啡。"——译者注
[3] 原文为德语，意为："马上就好。"——译者注

位于科哈尔姆的前方哨所

她是个年轻、美丽的萨斯人,好似一头瑞士母牛。

"Wenn das Kaffee gut schmeckt werde ich ihr Mann heute hebringen."[1] 她对我说过,她的丈夫在邻村,是驻扎在那儿部队中的一名中士。

"Gott sei Dank, dar könnten Sie machen!"[2]

我还没来得及把一块宽宽的面包在咖啡里泡一下,耳边就传来了机枪的开火声,一个士兵闯进门来:

"敌人向我们发动进攻了,少尉先生。"

我从他手里抓过步枪,在门口又把枪还给了他,折返回来戴上手套,然后快速冲出门去。

大约中午的时候我回来了,又累又饿。

"Mein Milch-Kaffee, bitte..."[3]

"Und mein Mann?"[4] 说着,她又端来一杯咖啡。

"Es wird zum Morgen sein."[5]

午饭后我们经常在集市周边荒无人烟的街道上散会儿步,一路上也只能碰到我们的战士和团里的信差。

在这秋意浓浓、阳光明媚的九月里的一天,当我们到军官食堂去吃饭的时候,集市里仿佛空空如也,百叶窗全部都放了下来,房门紧闭,连一个行人都见不到。大家都躲藏在沉重的橡木大门后边,好似关在监牢里。

---

[1] 原文为德语,意为:"如果咖啡味道好,我今天就把您的丈夫带回来。"——译者注
[2] 原文为德语,意为:"感谢上帝,您一定可以办到!"——译者注
[3] 原文为德语,意为:"我的咖啡加牛奶,谢谢……"——译者注
[4] 原文为德语,意为:"那我的丈夫呢?"——译者注
[5] 原文为德语,意为:"明天早上他就会回来了。"——译者注

然而，不！瞧，一个婀娜多姿的女人，系着格雷琴式时髦的天蓝色围裙，悄悄地从一处院子里走了出来，就像鼓足勇气的小老鼠那般移动着脚步，猛然看到我们，她大吃了一惊。因为害怕，她停住脚步，浑身发抖。不过我们没有对任何人采取什么行动。因为现在正是战时。

在军官食堂里，我们听到了关于图尔图卡亚更糟糕的消息。但谁也没有把这些消息当回事，因为更使我们感到不安的是，还没有命令让我们换防。我们渴望宁静，而在这儿，菲舍尔和斯泰纳的匈牙利巡逻队每天都会来骚扰我们。每天早晨和晚上，经常有规律地传来嗒嗒嗒猛烈的枪炮声，震得山谷轰鸣。我们真想无忧无虑地睡上一两个晚上。

这会儿大家全都挤在一间狭窄的房间里，屋子的墙上挂着那些写着格言和缀满太多刺绣的麻布："Dein vaterland sollest du..."[1] 等等，在这种格言的"保护"下，大家吃饭的胃口都没有了。

从团部军官食堂里来了一个士兵，大家都向他欢呼，表示欢迎。因为他给我们带来了葡萄酒。

"敬礼，大尉先生，团部只让我带来够喝一天的酒。弗洛雷亚中士先生说，看来，从明天起，您就要到我们那里，到后备队里去了。"

既然弗洛雷亚中士这么说了，那就应该是这样安排了。因为弗洛雷亚中士是军事参谋部里的人。于是我们大家伙儿碰了碰杯，先喝点儿尝尝。

---

[1] 原文为德语，意为："你应为祖国……"——译者注

突然一个骑手策马疾驰而来，他在食堂门口停了下来，正当我们心神不宁地互相交换眼色的时候，一个农民打扮的小伙子飞也似的冲进屋里，打断了我们，他满头大汗，气喘吁吁。

"军官先生，匈牙利人在抢劫我们，请帮帮我们吧！"

营长镇静地用绿色的小眼睛朝他上下打量了一下，疑问地翘起小胡子：

"你从哪里来的呀？"

"我们是从斯泰纳来的。看，就在山岗这儿。他们把我们抢得精光。这会儿来了一大群炮兵，把大家伙儿的牲口都牵了出来。谁要反抗，就请他吃枪子儿。"

"他们有很多人吗？"

小伙子顿时不知所措了。一眼就能看出，这些问话压根儿没进他的脑子里，他太激动了，家里发生的事情让他担忧不已。

"很多人，军官先生。"似乎是害怕我们不会去，他接着又说，"也就是说，也不是那么多——加起来总共有五六十人吧。他们是在市政厅那里下的马。"

弗洛罗尤大尉——因为迪米乌少校现在指挥着整个团，且又留在师部的后备队里——稍微思索了一小会儿，然后用平静的目光向我们每个人身上扫视了一眼，最后将目光停留在我的身上。和所有刚当上指挥官的新手一样，他下达的命令语句完整，语气骄傲：

"格奥尔基迪乌少尉，带上你的一排兄弟，去看看那里到底怎么回事。如果可以，你就进村，没收那里居民的武器。当心，不要让人家把你打个措手不及（大家都知道，有一部分萨斯族的居民对我们是极端仇视的）。在搜查的同时，把村长扣为人质。"

我看着盘子里的烤肉，脑子里满是忧愁。

公路上蒙着一层山间的尘土，我们顺着公路两旁杂草丛生的壕沟，一个跟着一个，一路几乎是疾跑着来到了斯泰纳，它坐落在离一座山岗后面大约有四五公里的地方。我心潮澎湃，又忧心忡忡。

这是我第一次负责指挥一次行动。任务无论大小，但在死亡面前，当然什么任务都是一样的。而我也有这样的感觉，那就是我即将以指挥一次"大战役"的方式面对一场小规模的战斗了。首先，我需要把一整排的弟兄分成射击组和预备队。但同时我也觉得，这样一来，一排人就剩不了多少了。这么说，我不能这样办……然而战士们在往前跑着——因为时间正在飞速流逝，而我却没有能力做出任何决定。如果我们去靠近公路边的那条小壕沟，显而易见我们是会被敌人发现的。不过假如我们穿过白茫茫的道路左边或右边棕黄色的大片玉米地，那我就将损兵折将。

我该怎么办呢？我们越走越近了。在山岗后面，村子突然就从我们眼前冒了出来，村里的房屋屋顶铺着红瓦，一座萨斯人的教堂的尖顶直插入蔚蓝色的天空中。

时间在飞逝，仿佛是我奔跑的双腿在驱策着它，或者是它在驾驭着我的双腿。

此刻，就在这白茫茫的公路转弯处，突然出现了一个穿着灰衣的骑手。

赶紧到玉米地里去！我们大伙儿马上匍匐爬进壕沟里，或者隐蔽在玉米秆旁松散和干燥的小土堆后面。

"活捉他，少尉先生。咱们别开枪，小伙子们……谁也别开枪，别开枪……"我的士兵们自己在下命令，"谁都别开枪！"

骑手越来越近了，只见他低身俯在马背上，和着马蹄的得得声，在马鞍上轻轻摇晃着。离他百步开外的树丛中又出现了一个，随后又是一个。

中午的太阳明晃晃的，周围的一切仿佛是静止不动的画面，在整条白茫茫的公路上，只有他们在移动。

"是侦察队。"我的士兵们顿时热血沸腾。"听到了吗？大家谁都不要开枪。"我身边的传令兵也表现得很勇敢——不过，此刻大家都毫不费力地展现出了这种勇气。

"咱们去弄几匹马和一些马毯，少尉先生。"

我望着前面，紧张不安，只见一个骑手坐在马鞍上，沿着白茫茫的道路，晃晃悠悠地渐渐走近了。在得得得的马蹄声中，他看上去毫不紧张，抬眼向上望去，望向大片大片玉米地的上面，望着这极其美好的蔚蓝色的晴空。再过几秒钟，如果他还不停下来的话，那就在这片阳光里，必将有一个人会死去。也许是他，也许是第一个逼近他的人。强烈的好奇心折磨着我，我浑身上下似乎都停滞了，仿佛在作一次快速的飞行。这一切结果会怎样呢？

他骑着马越走越近了，离我们大概只有一百步远了。我甚至可以看清他的脸，他仿佛两个黑点一般的眼睛。他的马得得得地跑着，他越来越近。他望着山岗的后边，却不知道玉米丛中至少有五十支枪的枪口都对准着他，等待着他。他望着天空。"谁也别开枪，少尉先生。谁也别开枪。"士兵们隐藏得很好，拼命克制住自己的冲动，敌人发现不了他们。

而他却是越走越近了……瞧，只剩下二十步的距离了。这是个小伙子，长着一双橄榄形的眼睛，一张颧骨过于突出的方脸，留着两撇黑黑的山羊胡，胡子修剪得很短。他的两片嘴唇上下动着。现在可以听得到他的声音了。小伙子在唱歌。我握着步枪的手在簌簌发抖。我早应该派两个士兵过去，出其不意地冲到他跟前，将他活捉，但我觉得自己的责任太大了，尤其是这么做的话，会给人造成这样一种印象，即我为了避免自己去冒险，而强迫别人冲在前面。因此我把步枪紧紧握在手里，回过身来向和我一起埋伏在壕沟里的士兵们发出命令：端着上了刺刀的步枪跳出去拦住他。士兵们浑身都在发抖，我觉得这是因为大家都等得不耐烦了，手里紧握步枪，脸涨得红红的，目不转睛地盯着目标，仿佛被人施了催眠术。接下来还会发生什么呢？这好像是一出执行枪决的场面……

现在歌声听得很清楚了。我都想跟他说话了，就像通常情况下跟熟人那样聊聊天。但一声枪响，自上而下将空气一劈两半。骑手惊恐万状地将马停了下来，全神贯注地注视着坡顶。大家伙儿克制了许久的焦躁不安、心神不宁和不耐烦的情绪，突然在连续轰鸣的枪声中爆发了出来，仿佛填得太满的弹药桶突然爆炸了一般。

小伙子看来搞不清楚枪声来自何方，因为他先是如同一尊解了体的雕像，在原地呆若木鸡，但他马上又掉转马头，伏身策马，往回逃跑。弹雨扬起公路上的尘土，犹如夏天的雨落在河面上激起的泡泡。他拐了个弯，不见了。

路面上只留下一串血迹。我想到了一颗流弹，从两公里外的方向射来，落在命中注定该被它射中胸膛的人身上。是谁这般爱他呢？

现在，在村边迎接我们的是一阵连续发出的急促的枪声。

我早就知道事情会变成这样。

士兵们马上在玉米丛中卧倒……可我再也不知道下一步该怎么办了。我焦躁不安，然而又极其认真地思索着。

我知道，敌人的主力部署在距离村子两公里远的地方，而我们的营距离这里却有五公里远。也就是说，从后方去袭击村子是不可能的。可是从另一方面来看，假如你对前方的敌情一点都不了解的话，如何带领一个排从正面发动进攻呢？！

但有人在右边喊道："咱们从侧翼发起攻击。"所有人都吼叫着表示支持："咱们从侧翼进攻，少尉先生。"士兵们精神都振奋起来了。

我还没来得及醒悟过来，但此刻已经有十到十五个人从右翼向前冲去，他们踩倒了玉米秆，军靴卷起了尘土，想把整个村子都包围起来。

前面传来的交火声越来越密集（不过说实话，子弹从头顶飞过去老远才落下）。匈牙利骠骑兵们胆子大起来了，占领了村边山丘上的一处斜坡。在距离他们四百米远的地方，我试图让步兵止步，布成散兵线，但我身边一个人也没有。天晓得我的士兵们躲在哪片玉米丛里了。

一个尖而细的响声从很远的地方传来，后来响声越来越近了。接着又传来一阵阵刺耳的嗖嗖声和可怕的轰隆声，与此同时，烟雾和尘土遮天蔽日般地漫过了我们全身。

他们的炮兵行动起来，投入战斗了。

但炮火并不密集，而且都打偏了。

唯一令人不快的是他们的炮弹相当调皮，会在你意料不到的时候突如其来。落在这里……那边……也许，最终会给你一个清晰的答案，那就是径直落在你所处的位置上。

我站在仍然是一片绿色的玉米丛里，用望远镜仔细观察敌人的布阵，但我一直没能搞清楚。起初，我们大家都怒不可遏地开枪射击，后来大家又平静了下来。接着就在村子后面，枪弹的噼啪声突然又冲天而起。匈牙利骠骑兵们像黑色的兔子逃窜一般，惊恐万状地一下子跳过篱笆，因为有队伍从后方向他们进攻了。而我们则从这里继续向他们开火射击。

到处是尖叫声，哭号声。我们向村子的方向冲去。我脚上的皮靴沾满了泥土，几乎是从斜坡上滑下去的，接着我清醒了过来，原来自己正站在公路的当中，面前是一排房子。

一小群茨冈人兴高采烈用手指给我看那些正向左边山岗上逃跑的匈牙利人。看来，我们连一个敌人也没活捉到。

但是我们好歹"拿下"了这个村镇。现在我们顺着一条主要街道向下走去，街道非常宽阔，足足抵得上布加勒斯特市里的两条大道，街道中心是一个用栏杆围起来的种植花草的园子。孩子们从四面八方向我们迎来，所有的窗户后边都露出了藏在彩色窗帘后面充满好奇心的脸。只有我们那些面色红润、身材丰满的罗马尼亚妇女,用裙子下摆兜着一满兜的苹果和梨,拿着盛满牛奶的奶罐,走出了房门口。不一会儿,我身边就只剩下沃伊库中士和两三个士兵了。其他人都禁不住红彤彤的苹果、一罐罐牛奶以及面色同样白里透红的罗马尼亚妇女们的诱惑,纷纷跑散开去。我还能搜查什么呢?但是,一群萨斯人一起来到我跟前。他们都在哭泣。

"你们出了什么事?"我问他们,当然啦,语气很严厉。

于是他们大家一块儿答起话来。他们中有一个人长得又高又瘦,留着两撇过于浓密的胡子,还有一个人是个矮个子,只留了一半的山羊胡。还有一个高高的、骨瘦如柴的萨斯女人以及一群大大小小的孩子。

"他们可让我们倒了大霉,我们都快被他们毁了。上帝啊!"他们哭着,大声呜咽叹息着,有人用罗马尼亚语,有人用德语哭诉着。

我被搅得心烦意乱,而且自己什么也没弄明白,这让我顿时发起火来,冲着他们生气地喊道:

"你们到底出了什么事?"

于是那个又高又瘦的萨斯人哀怨、愁苦地述说起来:

"他带走了我们的姑娘……我们的姑娘!"

我皱起眉头。然后那群人齐声说道:

"他带走了我们的姑娘……我们的姑娘!"

那个萨斯女人递给我一张镶在亮闪闪的灰色硬纸板上的大照片:

"您看,她是个多么漂亮的女孩儿,还是在锡比乌读书的大学生！"

说实话，这可真是个极其美丽的姑娘。

"怎么，是谁把她从你们这里带走的？"

"是个当兵的……是个当兵的。"

我差点惊跳了起来，但又完全摸不着头脑：

"是我的一个士兵吗？"

于是大家又齐声说道：

"不是，是一个守卫村镇的当兵的……一个骑着马的士兵。"

我已经完全给搞糊涂了。

"怎么？谁在守卫着这个村镇？是个什么样的士兵？"

我方的一个罗马尼亚人帮着来跟我解释，说话时的表情十分自然：

"军官先生，是守卫村镇的那个士兵，是您的士兵，是您让他留在这儿，来守卫村镇的……他说她是个女奸细。"

我仿佛是从天上掉落到了地上，云里雾里地摸不着头脑。

"难道有人在镇守着这个村镇吗？"

"要不还能是谁呢？有个士兵白天夜里都留在村镇里。就睡在有姑娘的他们家里。他有一匹白马，整天骑着马在村镇里从这头跑到那头。呃，要不是他一直在这儿，您想，匈牙利人还会来吗？他会朝他们开枪的。"

这个故事非常简单明了。于是我接着问道：

"现在那个士兵在哪儿呢？"

萨斯人齐声哭叫：

"不知道，我们不知道。"

"他是什么时候离开的?"

"今天早上,他穿过树林往右去了,带着我们的姑娘。"

我终于明白是怎么回事了,决定抓住他,将他了结了。我非常同情这些可怜的萨斯人。

但此刻我又无法摆脱这一大群人。

"我们可怎么办?"他们又哭起来,女人们拽着头发,"我们可怎么办呢?军官先生!"

我尽可能让他们平静下来。在这宽广而美丽的村镇里,萨斯人和罗马尼亚人簇拥着我,跟在我后面走着。落日的余晖斜斜地洒满了街道,仿佛太阳就从街道的尽头射出的光芒。这时有一个没戴帽子的人飞奔而来。

他尚未靠近我们,从老远就喊道:

"他们向我们进攻了,少尉先生,向我们进攻了!"

他气喘吁吁地跑到我跟前来,后面跟着一些惊慌失措的妇女和孩子。

"匈牙利人得到了增援,兵分两路,一路沿着公路,另一路从山顶发起了进攻。"

我感觉到我的耳朵里嗡嗡作响。我的士兵们呢?

有个老婆婆拉住我的手,摸索着走着,一边弓着背,一边含糊不清地说道:

"让我指给你看,他们会从哪里来,我来指给你看那些匈牙利人从哪里来。"

她想把我带到敌人那里去,而我却焦灼不安,拼命想推开她,让她别管我了。但我又感到了羞愧。我连一点儿平静下来做决定的时间都没有，而这个决定又是那么刻不容缓，不能迟疑。还有，我本来抱着幻想，希望自己能成为一个优秀的指挥官，现在这个幻想也在我心中破灭了。

又传来一阵枪响。最后，我也向山坡走去，该怎样就怎样，听天由命吧。我气喘吁吁，沿街顺着山坡往上爬，跳过一块块大石头，跳过一根作为井槽的树干，一直往前跑，沃伊库中士跟在我后面。子弹的哒哒声越来越刺耳了。爆炸声犹如一道道长鞭，向天空挥舞着。

我觉得，这条街道好像永远也走不到尽头。

在交战时，如果是在黑夜和城市里——我又感觉到了这一点——是战争中最让人难受的事情。

在最后两幢房屋之间，周围的景象顿时豁然开朗，只见一片翠绿的山坡，缓缓斜着向上延伸开去，最上面的四周环绕着树林，下面是一大片一大片的玉米地。我还看到了令我吃惊的意外之喜：我排里的士兵在村边布成一道散兵线，几乎是按照战斗条例规定的间歇，正在猛烈地进行回击。时不时有人从口袋里掏出个苹果，贪婪地啃上几口。但敌人的纵队也开始分散开来，沿着玉米地的边缘布成了散兵线。他们还在挖壕沟。可见，他们是想着要在那儿掘壕避弹。因此他们珍贵的几门重炮又在向我们猛烈轰击，但毫无战果。

我命令停火，向前面派出一个警戒哨，接着我们所有人都抬起脸仰望着天空，开始抽起烟来。现在四周非常安静，我和一个神情严肃、约摸五六十岁的罗马尼亚人开始平静地谈论起政治来，他蓄着两撇浓密的、仍然是漆黑的小胡子，他摇晃着胸膛和宽阔的肩膀走到我跟前,想打听一下国内的状况。此刻远处的山岗布满了茂密的树林,充满了神秘色彩,而在"敌人的"山岗那边,太阳光洒落下来,就像从蔚蓝色的天空中把融化了的金水倾倒在山顶绿茸茸的草地上。光线渐渐减弱,周围慢慢沉入黑暗中。我的士兵们一个个地走了下来,来到集合点,村子里的水井旁。当大家都到齐以后,我们没有受到任何人的干扰,就踏上了回家的归途。在村镇的一头,我遇到一位可以说是十分优雅的姑娘,她穿着一件樱桃色的夏季连衣裙,美丽动人。她身边还站着一个士兵。我认出她就是萨斯人的女儿,感到由衷的高兴。我抬手打了个招呼,皱着眉头向那个士兵走去。

"你从哪儿来的?"

他镇定自若,以一个军人的站姿立正,一字一顿地慢慢回答说:

"敬礼,少尉先生!我带这位小姐到旅部去了,因为有人告密,说她可能知道武器藏在哪儿。"

"然后呢?"

"在旅部大家都认为她无罪,于是就把她放了。"

"就是这些吗?"

"是的,少尉先生,祝您长命百岁!"

我接着用德语问那位姑娘,她有没有什么要申诉的,她咧嘴微笑着回答我说,没有要申诉的。

于是我松开了紧皱的眉头,但我的疑惑并未减少。我又转身问那个士兵:

"但你在这儿又在干什么呢？"

"守卫村镇。"

"你如何守卫村镇的？谁给你下的这个命令？"

"是弗洛雷斯库少尉。"

"你隶属哪个团的？"

"XR 团的。"

"好吧，可是 XR 团已经开走了。"

他顿时懵了，完全意料不到。

"怎么可能会这样呢？我可没接到撤退的命令呀。"

晚上我很兴奋地在军官食堂里讲述着这个事情。大家听完后的反应都很强烈。但当指挥官突然气愤地皱起眉头紧盯着我时，酒杯和刀叉的叮当声马上都静了下来，而感叹声也跟着静止下来。

"格奥尔基迪乌少尉，我派你到那里去，因为我认为你是一个聪明的年轻人。"

"唔？！"

随后，他用干巴巴的嗓音轻蔑地说道：

"先生，是不是有可能你没察觉他是个间谍呢？"

一阵沉默变得让人感到压抑。指挥官说的没错。大家面面相觑，并由此感到深深的不安。

"马上出发，把他带到这里来。"

但我自己没有去，而是派了一个巡逻兵去把他带了过来。在路上，巡逻兵就狠狠地揍了他一顿，白天值班的中士也如法炮制，而指挥官又让他吃了两回苦头。

一个星期之后，为了即将面临的一场战役，各团又到旅部集合，这时有一个下士在街上拦住了我。

"您看到了吗，少尉先生？您曾说我是个间谍，可在旅部，他们却把我升为了下士。"

营里的一个副官出发去侦察敌情，与此同时，我也在斯泰纳进行侦察，结果证实，另一个邻近的村子已被我军牢牢掌控。这一切都使师部派出的骑兵侦察队感到高兴，他们都没有勇气越过我们自己的前哨阵地（就连到我们这里，他们也觉得是在冒险），现在他们可有了向师部报告的材料了。于是就在接下来的几天里，大家又开始闲逛和聊天了。

波佩斯库和其他的战友们都变成了思想家。

一群正在争吵的人吸引了我们的注意力，于是我们走上前靠近他们。两个士兵正拉着一个上了年纪的萨斯人，他肤色黝黑，面容干枯，蓄着浓密的山羊胡。他们想把他带到团部去。

面对机枪手的指挥官的问话——因为这两人都是他的士兵——这两个士兵告诉我们说，这个萨斯人想开枪打死当时刚好在场的一个罗马尼亚人。

而这个萨斯人则用罗马尼亚语坚定地维护着自己的权利：

"他想偷走我的缝纫机，军官先生，瞧，我好不容易才把它又夺了回来。"

真的，缝纫机，这个引起这桩官司的物件，就放在他们中间。

"指挥官先生，他拔出了左轮手枪，要向我开枪。"

萨斯人则竭力澄清，只有用这种方式才能让对方放弃缝纫机。

而军官的审讯则非常简短。

"你为什么要随身携带左轮手枪,为什么不把武器上缴?你们把他带到师部去。"

有人顺便指了出来,说并没有接到收集武器上缴的命令,于是我们之前的争论又开始重启,而且更加激烈了,因为看起来波佩斯库一直被一种想法所纠缠。

"不,亲爱的战友们,这完全是两码事。我们来作个比较,比如说凡尔登战役[1],它难道能和我们在奥尔特河上的战役相提并论吗?"

奥里尚内心虽然勃然大怒,但他从来不会提高嗓门儿,只不过凌厉的眼神都可以把人点着。

"亲爱的,当然啦,对于历史而言,或者对于外国人,对于报纸和那些留在家里的人来说,在奥尔特河上发生的事情和在凡尔登发生的事情是无法相比较的……"

我也被卷了进去,重新加入论战中说:

"当然咯……绝对是的……甚至对于我们,我们三营,虽然是在后来投入的战斗,也只损失了五六个人。可是照我看,对于二连来说,敌军机枪的火力在他们渡河时出其不意地攻击他们,嗒嗒嗒几梭子弹就消灭了他们一半的兵力,那他们对这次战役的感受和在凡尔登城下作战的任何一个连的感受也是相差

---

[1] 凡尔登战役是第一次世界大战中破坏性最大、时间最长的战役。战事从1916年2月21日延续到12月19日,德、法两国投入100多个师兵力,军队死亡超过25万人,50多万人受伤。——译者注

无几。请大家都好好想象一下,那些整夜都在和波涛搏斗的伤员吧。对于和优势兵力作战,或者被唯一的一门大炮精准命中而击溃了的一支巡逻队来说,那次战役和松姆河会战[1]一样艰难啊……"

为了加强这种印象,我不断引用以往看到的各种描述:

"另外我还读到过,发生在那里的战斗中最可怕的情况是,两三个人孤零零地躲避在一个炮弹炸出的大坑里,与自己人失去一切联系,还要被迫整夜进行还击。这也正是我们一些巡逻队遇到的情况。"

看来他们几乎都被说服了,但中断的争论又重新开始,因为一想到要同意这种谬论,这让大伙儿几乎都感到了愤懑。

"请你离开这里,亲爱的,难道能够把在一次重大战役中遇到的危险和我们在布朗城下遇到的危险相比吗?"

一个士兵过来喊我们到军官食堂去,但争论仍在那里持续。波佩斯库对已经坐在桌边的大尉告状,说我们在主张谬论。而奥里尚则继续激动地进行反驳。

波佩斯库觉得我们这场战争没有什么了不起的。我同意他的部分意见。血肉横飞、猛烈的炮火,成千上万、像木柴垛似的堆积成山的尸体,面对面激烈的白刃战,以及被血水染红了的河流,这些场景直到现在我们还没有看到。

"毫无疑问,这一切都会发生的。这场战争目前还是被定义为战略性的撤退。我觉得,他们(敌军)好像在避免任何一场

---

[1] 松姆河会战,第一次世界大战中,1916 年 7—11 月,英、法联军在法国北部松姆河地区对德军发动的一次阵地进攻战,是第一次世界大战中规模最大的战役。——译者注

重大的战役,和我们作战的只有后卫部队,在那里只有几个团的兵力。"

"他们也没有再多的兵力了……战争已经结束了,你就听我的话吧。"波佩斯库继续坚持他的想法。

我不知道我们何来星期天可以出来散步的这种想法,有可能是因为我们没有身处前沿阵地,也有可能是因为一顿备有美酒和丰盛的午餐正在等待着我们。

奥里尚把手放在背后,加入我们的辩论,这人长着一张长脸,看上去像个英国人,常有自己正确的判断,他说:"我无法理解您的说法。您为什么只根据投入兵力的多少来判断某次战役的重要性呢?如果是留在后方的人这样判断,那我还可以理解,可是我们身处前线的人也这样判断吗?"

波佩斯库也显得困惑不解。

"我不明白你到底想说什么。"

"听着,波佩斯库,假如我们在一场发射数千发炮弹,死伤无数的战役中死亡,或者当我们围坐在桌边吃饭时,被一颗流弹击中死亡,这两者对我们而言有什么区别呢?"

"呃,这怎么会毫无区别呢?"

这一不同意见所表达出的公正让我感到惊讶,我又插嘴说:

"当然啦!对于一个身处前沿阵地上的士兵,不存在所谓的'重大'或'无足轻重'战役的区别。"

我的主张表面看来是有悖常理的,这让其他的同志们群情激奋起来,纷纷加入辩论。

"对于那些身在国内的人而言,这当然是两码事,可我们,情况就不同了。"奥里尚又说。

"哎，确实！"

"这是毋庸置疑的。听着，我给你们举个例子。当我们在报纸上看到某个火车站发生一桩'不幸事件'，并得知有一个扳道工死了，另一个扳道工的双腿不得不截肢，我们所做的只不过是匆匆扫一眼报道这一消息的那几行字。但当我们打开报纸，如果在一整版上看到这样的字眼：'在肯普隆格发生火车重大事故'，那我们就会惊恐地一口气看完，尤其是那些耸人听闻的细节。"

奥里尚继续阐述他的论据，还越说越兴奋：

"对于那个已经死了的扳道工以及那个被截肢的扳道工来说，即使还有几十个人和他们同时遇难，结果都是一样的。因为他们体验到的感受是一样的，没有任何变化。无论是世界末日的到来，还是行星相撞，对他们来说，这都是一样的事情。"

"大尉先生，请您说说看，像凡尔登城下那种有众多兵力参与的重大战役，或者是与一小股兵力发生冲突，这两种情况对于参战的人员来说，都是一样的还是有所区别？"

"这怎么会是一样呢？"大尉正在剔下白煮鸡鸡腿上的肉。"这怎么会是一样呢，小伙子？在前一种情况，危险要大得多。"

"奥里尚，让我说一下吧……我想弄清楚情况……大尉先生，为什么您认为第一种情况危险更大呢？"

"因为在凡尔登那里死了好几十万人，而在布朗，总共只死了一二百人。"

"呃，那又怎么样呢？"

"什么'那又怎么样呢'？"

顿时响起了一阵骚动，大家纷纷提出抗议，期间又夹杂着高声要酒、要餐具的呼喊声。

"好吧，听着，我要向你们解释清楚什么是危险。请让我来说几句，奥里尚。当一个美国人去参加夜间舞会的时候，他用不着冒什么危险，或者几乎不用冒任何危险，是不是？"

"嗯，是的……"

"可当他和另一个美国人吵起架来，并挑衅要求决斗时，如果他们这么约定：'谁抽到黑签，谁就要在第二天早晨开枪自我了结。'那么这个时候是不是这样，他就要冒百分之五十的危险，因为他可能会在第二天死去。对不对？"

"嗯，是的……是这样的。"

"当他抽到黑签的时候，如果他是个诚实、正直的人，这时候他所冒的危险就已经是百分之百了，不是吗？这种情况在我们这里也说得通。"

"这话是什么意思？先生，让他说……这话到底什么意思？"

"师里作出决定，要某连去攻占一个村镇，"我一边说，一边悄悄把叉子、刀子和盐瓶都摆在桌子上，似乎我想让摆放这些东西的次序与我脑海里想好的完全一致。

"呃，好，就假定如此吧。"

"我们面对的危险，九连面对的危险，只占百分之二，因为考虑到一个师里有四十八个连……"说着，我激动起来，对给我端来烤肉的士兵挥了挥手，让他马上走开。"当上面决定由我们这个旅派出那个连去打仗的时候,那我们面对的危险就变成了百分之四。如果决定这个连要由二十团派出,我们的危险就增加到了百分之八,因为一个团里有十二个连。当最终决定由第三营派出连队投入战斗,此时危险就达到了百分之二十五,而当命令九连去占领村子的时候,那么可以这么说,它可是中了头彩。"

"这么说来他似乎讲得有些道理,"大尉下了判断。"瓦西里,斟酒。"接着,他又对勤务兵们说道:"你们在那里别吵吵了……你们看哪,先生们,他们差点儿没动起手来……"这说的是勤务兵们为了他们的军官在和食堂的厨子对骂。

波佩斯库和拥护他的人再一次提出异议。雷德莱亚中尉也赞同他们的想法:

"不过,没有发生大规模的战役,这就是说师部只会让它全部兵力中的一小部分投入战斗。这么一来,危险性就更小了。"

"当然咯,"另一个人也表示同意,"最好的证明就是,我们营没有参加布朗城下的战役;在奥尔特河战役中,同样也只是后备队在打仗。"

又响起一阵喧闹声,那是大伙儿开心碰杯发出的叮当声和一阵阵叫喊声。

哎,说实话,八九个不在前沿阵地上的人共进午餐,真是快活又热闹。但在这快活热闹中,尽管嘴里吃着美味的食物,还是让人感觉到一种干涩的苦味,仿佛身处后宫的太监,尽管身边美女如云,却也索然无味。

我又提出了异议:

"啊,让我们相互体谅一下吧。我谈论的只是参加战斗的那个营,而且讲的是部队时常在那里换防的前线,因为他们有后备队。此外,我还观察到了一个情况:我们从一开始行动就持续处于不断推进的第一线。是,还是不是?"

有几个人同意我的观点。

"还有一点,"奥里尚又插嘴说,"我方没有大伤亡的这一事实只能说明一件事情,即我们进攻速度很快,根本没有留给敌方反击的时间。我认为,XR团之所以有伤亡,是因为他们打仗打得过于拘谨了。如果在麦古拉·布朗山我们也是那样作战的话,那我们就会有半个营的伤亡。而在老托汉努尔村呢?就连在奥尔特河上也是一样的情况。我们的预备队助攻非常及时,所以本来已经发起反攻的敌方部队不得不停止进攻,还一路逃跑。"

人群中又爆发出一阵欢呼声,因为他们觉得他说话缺乏逻辑性的问题被他们当场抓了个现行。

"啊……啊……你难道看到了?你和格奥尔基迪乌都认为我们还没有遇到过真正意义上的重大战役。不过如果你认为这只是因为我们进攻速度太快的缘故,那你可不就自相矛盾了啊,因为以前你曾断言,至今没有发生重大战役的原因,是因为敌方不希望这样。"

"等一下,先生,我们又跑题了。让我说,奥里尚。我们只主张一点,即对于一个正在参与小规模作战的兵力,无论他是死在凡尔登城下,还是死在一场与巡逻队的冲突中,那都无关紧要。"

而我则坚持认为，对于我们这些身处前沿阵地、持续不断要打仗，而且天知道从今开始还要打多久的人来说，那么这就是战争。而在国内，对于那些此刻正漫步于布加勒斯特街头，喝一杯咖啡的人而言，他们只是在等待着最后的战果公报；对于整个罗马尼亚军队来说，那当然完全是另一回事了。此外，我认为，会有重大战役发生，且所有的部队单位都将投入战斗。

今天晚上，在黑沉沉的夜里，我们就可能会受到攻击，也可能五分钟之后就会开火。我们的凡尔登战役其实已经拉开了帷幕。

"不错，不过在国内的人会没有任何感觉吗？"

"这个我也认为不会！从全人类的角度看，只有当你和成千上万的人一起被打死的时候，你才能引起别人的关注。如果有那么一个作家，只会写与巡逻队的小规模冲突，那他的书一定会滞销的。"

波佩斯库向右稍稍转过身去，仿佛是要躲避什么看不见的东西，接着耸了耸肩，继续说道："只有傻瓜才会这么干。作家的书里只会写些堆积如山的尸骨，像暴风雨般袭来的炮弹，河流被血水染红的景象。诸如此类的种种，来引起令人感到疯狂的轰动效应。"

今天我们还没来得及吃完饭，又响起了枪声。

这一次情况看起来相当不乐观。一条白茫茫的公路蜿蜒穿过山谷底部，敌方一条密集的步兵散兵线正顺着山谷两边的斜坡（那里有一小片树林和草场），从邻村的方向一直向我们扑来，但是我们只看到几队猛冲上来，随后又急忙卧倒在地的士兵。

一个配备了七十五毫米口径大炮的炮兵连正向靠近我们这边村子的地方猛烈轰击，而我们的军官食堂就在那里，于是我们赶紧跑离食堂。

我们整个营的三个连都聚集在山脚下，做好了反击的准备。"科拉布旅"目前在左侧很远的地方，在一处树林里。我们的前哨一面扣动扳机，一面向回撤。

飞舞的炮弹没有给我留下太强烈的印象，虽然我十分紧张不安。这次炮击的次数实在不算多。大尉的脸上尽是一副烦躁不安的神情，不知道该做些什么，就像我昨天那般模样。也许我们又要像在布朗镇那样，上好刺刀，发起冲锋了。有一发炮弹没有爆炸。我为了逞英雄，向那些正紧张不安的同志们宣称，匈牙利的大炮根本不会伤到人，还用胳膊夹着那发炮弹，想让大家伙儿看看，它里面装的只是些蹩脚火药。大家都惊恐地冲我大声叫喊：

"请你安分一点吧，格奥尔基迪乌……你疯了吗……？"

大尉愤怒地皱起了眉头，像发布命令似的举起手来。

"把弹头放下，少尉先生！"

我还在充好汉，手上戴着手套，胳膊夹着炮弹，如同抱着一个襁褓中的婴儿，一路向他们那群人走去。这可把他们都惹怒了，纷纷让到一边，冲我叫喊道：

"从这里滚开……！大尉先生……看，他发疯了！"

我脸上带着狡黠的姑娘特有的那种做作，说道：

"没有任何危险……绝对一点儿危险也没有。"

"快把它放到地上，先生！"他们一面冲我大喊，一面向四周纷纷散开。

我将炮弹扔在地上,就像仔细看了看一棵甜菜,然后又把它扔掉了。直至今天,当我回想起自己将炮弹扔到地上的这种疯狂行径,我还吓得不轻,因为炮弹撞到地上,有可能会发生爆炸。

当我走回战友们那里,才明白我的那种行为是极其粗鲁的。我非常清楚,这是一群做得比职责要求他们做的要多得多的人,而现在,当我写到这里的时候,我还知道,除了其中两三个人以外,这些人是整个罗马尼亚军队中最可敬、最出色的军官。但是他们对于这种毫无意义的孩子般的行为,会令众人置身危险中的行为深恶痛绝,而我粗鲁无礼的举动暴露出隐藏在内心深处不易察觉的冷漠,因此我的行为是令人难以接受的鲁莽。

大约过了一个小时,敌军的步兵散兵线似乎停在原地不动了,但这更使我感到坐立不安,这突然中断的片刻仿佛让人在空旷的高处听到了危险的回声。

"他们包围了村子,要切断我们的退路!"大尉马上下了判断,"跑步穿过村子,到山岗上去,我们要赶在他们之前占领山顶和要塞!"

于是我们快速跑着穿过了村集。那些萨斯族的男男女女以为我们是在撤退,纷纷在房屋的门口和窗户那里露出脸来(哪儿来的这么多人?),不住威胁着我们。还有我那个有着红彤彤脸蛋、乳房高耸的萨斯女人也在这儿,她用一连串的咒骂来驱赶我们。一个士兵在奔跑途中,朝着一个老头儿的肚子上踹了一脚,因为他就像一条冲向马车的狗,向我们猛扑过来,嘴里又是威胁，又是咒骂。

直至冲到了山岗上面，一种感觉油然而生，仿佛我已经远离了整个世界。

弗洛罗尤大尉心情激动，但也很果敢，他从端着上了刺刀的步枪、面对树林站成一排的士兵们前面跑了过去，然后在一片低矮的玉米地旁等待着。

此刻正是中午，初秋时节的阳光既温暖又慷慨，还折射出耀眼的反光。而我浑身绷得紧紧地等待着，这让我几乎产生了一种错觉。我好像觉得，敌人已经距离我只有十步远的地方，就躲藏在那些稀稀落落、粗壮的树干后面，而那些树也好似有了灵魂，也变成了敌人。但其实什么人也没有过来。又过了一会儿，我完全沉不住气了，因为我无法长时间这么紧绷着来等待下一步行动，就像人无法长时间一动不动地朝前伸着一只胳膊那样。况且我什么也看不见。我带了两个人往前走去，更确切些说，是在全连前面匍匐往前爬去，爬向左面与小树林平行的地方，目的是重新获得视野，这回能从上面观察不久之前曾置身其中的山谷。我穿过稀疏、矮小、已经干裂的玉米丛，目前要塞距离我左侧一百来米远的地方。对我们来说，要塞如同一个极其有用的避雷针，因为虽然没有人去占领它，但它高傲的"身姿"还是吸引了所有的炮弹。继续前行至二百来米处，我遇到了我方的一个士兵，他正把步枪放在身边，仔细观察前方圆圆的丘陵，研究那边山谷和树林的情况，他紧紧盯着前方注视着，好像手中有望远镜似的。

"尼古拉·扎姆菲尔，你在这儿干什么？"

"我来这儿侦察敌情,少尉先生……我想看看他们在那儿的情况……"

显然,不仅仅是我和奥里尚,士兵们对未知的状况也难以忍受,他们极度迫切需要知道前方所发生的一切。我认为,这种感觉是由内心的恐惧演变而来的。

我认为从某种意义上来讲,正是恐惧在驱使我们不断向前进,因为想象力的空间过大,这会使因未知的状况而产生的恐惧变得让人难以承受。但毫无疑问的是,这种情况只是在那些下定决心无论如何决不后退的人身上才会产生。

激烈的战斗在左翼打响了,猛烈的火炮声如同鞭子般啪啪啪地抽打着天际。在斯泰纳的敌军将"科拉布旅"的攻击击退,他们还试图攻入科哈尔姆。但"科拉布旅"退守至科哈尔姆市郊,并在那里和留下来经受住各种考验、头脑保持清醒的奥里尚相遇,于是他们决定一起进行激烈的阻击,粉碎敌军任何攻入城市的企图。

与此同时,令我们全体战士感到高兴的是,我们的炮兵连也开始还击了。而我也重新,也是最后一次为罗马尼亚炮弹的准头,或曰碰运气般的准头感到吃惊。就像在奥尔特河上以及布朗城下的情况一样,第一发炮弹在离我们两公里远的地方炸开,驱散了一大批敌方的士兵,在此以前我们根本没想到那里会有敌人,只是当敌兵如黑蟑螂般惊恐地四下逃窜时,我们才看到了他们。

我们在傍晚时分发动了一场毫无意义的反攻,因为没能成功攻入城市,敌军已经撤退了。因为很多人都担心敌方完全有可能在夜间再次发动进攻，因此我方也做出了决定，要把我军的前方哨所远远推进到树林里去，尽可能接近敌方。同样的，我方也决定这个哨所由我带的那个排来执行。

我表示反对，但语气显得苍白无力，我说自己的手下都很累了，还提了另外两个理由，但大家都不予理会。

"算了吧，今天你'玩炮弹'，不是还露了一手吗！"小个子的大尉用冷冰冰的语气揶揄我，听了这话，周围的众人咧开嘴笑了起来，这让我觉得自己受到了些许可笑的中伤。

过了一会儿，一个负责和营部保持联络的中士跟我解释了为什么偏偏指定要派我去。大尉是这么跟他说的："这个哨所必须确保可靠，免得夜里敌人把我们打个措手不及……假如行的话，就把哨所派到前方两公里处……我们派格奥尔基迪乌去，他总是能够准确地执行命令……"

接着大尉又恢复了友善的语气，跟我再次解释说，连里的巡逻队会整夜和我保持联系的。

我经过了一个很深的陡坡，我料定，夜间所有的巡逻队都会驻足在这个地方找我的。经过约摸一个小时在灌木林和树丛中的摸黑前行，我终于在一处林中空地上停了下来。月亮还没出来，我觉得，这个夜晚到处都充满了敌意。我警觉地凝望着黑暗深处、整片树林以及一直延伸到世界尽头的无边无际，但什么也看不见。我感觉自己心脏里的血都凝固了。

我仿佛和我的战士们乘坐升降机，一路下行到了一处可恶的矿井，它在黑夜里几乎无法分辨出轮廓。

谁都没睡。士兵们排成方阵，紧握手中已经上了刺刀的步枪，互相挤在一起，聚精会神地谛听着，好像正在等待猎物的猎人。我们都只保持了听力，因为这是唯一的、对留在后面的人有用的办法。我又派出两个警戒哨，共四人到公路右边去，让他们在那里监视这个未知的黑夜里的情况。

而我卧倒在地，浑身开始抖了起来。我这才想起来，自己穿戴得还像八月十四日那天一样，上身一件单薄的军服，下面一条薄薄夏裤，布料就像家纺的一样，脚上一双软羊皮皮靴。在相当长的一段时间里，恐惧和寒冷的感觉来回交替转换；之后，当月亮升起来以后，我只觉得寒气刺骨。我再也不能呆在原地，想在林间空地上走两步，活动一下。但尼古拉·扎姆菲尔抓住我，提醒我说，那样会让他们监听不到动静的。我只好重新站住，又卧倒在地。紧箍在腰身上的军服上衣使我稍稍感到点儿暖意，绑腿也起到了一点相似的作用。但在膝盖上方的肌肉处，仿佛插入了一双冰冷的爪子。我用拳头捶打它们，最初一瞬间就像捶打在肿胀的伤口上，似乎松快了些，但接下来又感到像是动物冰冷的尖牙咬住了我的大腿。后来两条胳膊也感觉到了疼痛。我仰身朝天平躺，像一只垂死的甲虫，缓慢地活动着四肢。有一小会儿似乎四肢都麻木了，但之后那动物锋利的爪子重新插入我的大腿肌肉里，我的肌肉就这么不由自主地颤抖了起来。此刻我已不能思考什么了，只能由别人来侦察一切敌情，而我就像一个病人，把手掌紧紧贴在疼痛的肌肉上。后来，我实在忍不住了，站起身来，开始像是发了懵似的走来走去。

"喂，小伙子们，你们谁有大衣啊？"

经过一阵轻声交谈后，他们告诉我，今天一大早所有的军大衣都交到我们的临时营房了。作为交换，他们也拿到了衣料厚实的上衣和长裤。

已经是深夜了，但还要过多久才能盼到明天早晨呢？遥遥无期。我来回走动着，拖着两条僵硬得无法弯曲的腿，小腿肚之间尽是些这么走路带起来粗糙、颗粒状的尘土。

就这么过了一会儿，我发现连走路也没有用了，于是不得不再次卧倒在地。现在我又感到胃里空荡荡的。皮肤仿佛紧紧贴在骨头上，以至于我都能感觉到骨架的轮廓了。我已冻僵。

这种痛楚已经超出了我能忍受的能力。白天却是那么的暖和！我试图参照日历来确定今天是几号，但当下谁还会去计算日子啊？对于我们这些活在永恒的日历中的人而言，计算日子已经变得毫无意义。不过我还是搞清楚了，参照战时的算法，今天可能是在九月十二日至二十五日之间的某一天。

在这里，在阿尔迪亚尔地区，到处是崇山峻岭，寒冷刺骨的黑夜大概是常态。我徒然地辗转反侧，牙关紧闭。这会儿甚至连手套也不保暖了。除此而外，我身上还增添了一种新的痛苦，令人感到屈辱，这天夜里也只有我一个人体验到它：我泪如泉涌，无法控制住自己，每次竭力想止住泪水，而它反而流淌得更厉害了。但愿战士们谁都没有看到这一幕，谁也没有去猜测会发生这一幕的原因。

我精疲力尽，凝望着黑暗的深处，细细比较树木的影子，好让自己看到黎明即将临近的征兆，但却是枉然。我觉得到明天早晨我怕是要冻得发疯了……

有一会儿，看来我的战士们已经感受到发生在他们身边的戏剧性场面。

"少尉先生，您是生病了吧。"

我跟他们解释说，这是因为我再也受不了这般寒冷了，同时我也觉得，他们因为无法帮助我都很沮丧。而我自己也害怕这种寒冷会将我逼疯，这种恐惧使我的脸抽搐，变了形。

不久之后，正当寒冷好似一些刀片穿透我的全身时，我感到沃伊库少尉的建议简直是在救我的命。于是我直挺挺地平躺在地上，另外两个人躺在我的身上，这可正及时。我的上下颚冻得直抽搐，几乎不能说话了。那两个人好像是些垫子，虽沉但暖和，但不一会儿我还是觉得他们太轻了。此刻，当我的大腿被他们的肋骨温暖过来后，我终于感觉到了自己的肩膀，感觉到了紧束在我腰间的皮带，接着浑身上下都感觉到了布料在触碰我受到刺激的皮肤，我全身抽紧。这一夜似乎永远不会结束，无论如何，我想象不出它会有一个尽头。当我意识到自己的注意力已经冻结，似乎脑子里塞满了稻草，无法做出任何思考的时候，我却明白，为了让时间飞逝，哪怕只是过去几分钟，也需要思考，需要脱离现状，那么当下自己的状况让我清楚地认识到，自己永远看不到东方逐渐发白的景象了。

后来果然不出所料，一整夜连一个巡逻兵都没有露面。不过敌方也毫无动静，似乎他们根本就不存在。而当这一夜，这如同寒热发作一般的夜晚终于过去时，林中空地和树林都呈现出了一个全新的模样。到处都结了一层严霜，好似在大地上盖了一层撒上了白糖的大毯子。我如同一个刚过了谵妄状态的病人，咧开嘴微笑着，人们看着我那干裂的嘴唇和枯槁消瘦的脸颊，也都微笑了。

"这一夜可真难熬啊，少尉先生。"

我感到非常吃惊，因为直到目前为止，他们谁也没显露出难受的模样。

"这么说，你们也觉得冷？"

"唉，我的天啊！"有一个人接着我的话头，而其他人都带着痛苦的表情摇摇头。

太阳出来后约摸又过了一小时，我方来了一个巡逻兵，命令我们撤销哨所，又过了约摸半个小时，我们的营整队换防，向师部驻地博加达开拔。我们从用小船架起来的桥上渡过了奥尔特河，我凝望着长长的、开阔的河滩地，那上面长满了歪斜的小柳树和灌木丛。自从上校阵亡之后，对我来说，奥尔特河有着某种阴郁的死亡气息。在它布满砾石及灌木丛的河滩上，我想象着当时冲锋的情景，仿佛看到了一条条为了抵抗反击挖掘的战壕，以及那个夺去众多生命、火光四射的夜晚。

我们的队伍列队开进一个村子，就地驻扎下来。

部队、马车和士兵们，有的来回跑来跑去，忙得团团转，有的安安静静地走着，对周围的动静视而不见。此刻的场景与布加勒斯特胜利大道上的一幕何其相似。

原先的一所学校的大厅现在成了师部的军官食堂，等大人物们都吃过饭后，我们也在那里用餐。这里供应的饭菜类似小餐馆里的食物，但味道还不错。在准备吃烤肉的时候，敞开着的窗户外传来三声低低的哒哒声，好似舞蹈时用的响板发出三声响声。我们所有人都从座位上跳了起来,因为一听到类似作战时的任何声响,我们的躯体就会惊恐地、失去理智般地、不由自主地僵硬起来。驻地的一名中尉一面继续吃饭,一面跟我们解释这些开火的声响:

"没事没事……这不过是在枪毙你们昨天押送来的那个萨斯人。"

刚才惊跳起来的动作,此刻犹如水面上激起的波浪都偃旗息鼓,但我们突然想了起来,空气中立刻充斥了些什么,我们的双手瘫软在了刀叉上,互相对视着,但目光却是模糊、飘忽不定且迷离的。奥里尚将面前的盘子推到一边,波佩斯库用双手抱住脑袋,个子矮小、模样有点像女人的大尉则犹犹豫豫地想寻找些谈论的话题。

少校,虽然知道事情的来龙去脉,但仍以一种充满着敌意的轻蔑语气问道:"是谁把这个萨斯人送到师部来的,然后马上转过头去。"

也许是夜间受冻的原因,抑或是其他的缘故,我闹肚子了。三天三夜不得安宁。口渴得要命,而且不停地腹泻。我就像一具被吸干血汗的尸体,一个灰心丧气的瘫痪病人。我并没有感到剧烈的疼痛,但每天来看我三次的那位医生,却决定送我回后方的医院。他担心我得的是伤寒。这个想法倒真的吓到我了。因为腹泻闹肚子就回家吗?因为频繁去厕所解"大便"就离开前线吗?

"先生,请你考虑一下,你想回家吗?"

"想啊,医官先生,想啊……但就是因为闹肚子吗?"

349

我觉得这个对话当中有些极端可笑的东西,犹如一位将军打着小伞,又好似《茨冈史诗》[1]中那支满是英雄人物的军队去恳求采佩什大公[2]派兵保护他们免遭强盗袭击。

"少尉先生,我再问你一次,您想回家吗?你难道没发觉自己已经精疲力尽、虚弱不堪了吗?你究竟想不想回去呢?"

"我想,不过不想让家里边的人知道我是因为闹肚子,因为闹肚子才离开我的战友的。"

"那你是不是也想让大家知道,你本来要去干番大事业,结果却因为闹肚子而英勇牺牲呢?"

我知道我的躯体像奴隶一般顺从,如果我想回家,它绝不会背叛我。但是假如科拉布、奥里尚、波佩斯库和旁人知道我是因为闹肚子的原因而离开前线的话,他们会说些什么呢?

连里的小伙子们都来看望我,我也从他们口里得知,被大本营任命为新团长的是另一个人,而不是目前在代理已牺牲的上校的迪米乌少校,这让所有人都感到吃惊。新团长也是一位少校——据说他极有才能,但大家都已习惯迪米乌的领导了,而且他也证明了自己是一位有才干的军官,一位好战友。

杜米特鲁在我肚子上放了几块热石头,我又喝了五杯白兰地,蒙头大睡。第四天,当我得知自己的那个团已经开拔,于是我连一个字也没跟医生说,坐上辎重队的大车就出发了。

---

[1] 《茨冈史诗》是18世纪末叶出现在特兰斯瓦尼亚地区的阿尔迪亚尔学派的主要领导之一I. 布达伊-德里亚努(Ion Budai-Deleanu,1760—1820年)的代表作,该作集中体现了作者的启蒙主义思想。——译者注
[2] 弗拉德·采佩什(Vlad Țepeș)是15世纪罗马尼亚公国的大公。——译者注

上帝的尘土将我们掩埋

我们接到命令，必须不顾疲劳，急行军至锡比乌市，同时击溃路上会遇到的任何敌军。我们知道，还有两个师与我师同时行动，一个在右侧，另一个在左侧。可见，锡比乌那里的确发生了些什么。

在接下来的四天时间里，我们只遇到一支拼命阻截我们侦察活动的匈牙利骑兵。这迫使我们在原地驻足不前，按照奥里尚的看法，他认为我们是因为一些小规模的冲突，以绝对不能容忍的方式耽搁了一整个步兵师的行动。

其他人则反驳说，这是因为我们直面的是大规模的敌军兵力。目前有一点是明确无误的，即敌人只有一个炮兵连，也就是说，他们的步兵力量应该也很有限。不管怎样，我们用整整几个营的兵力去进攻区区几个骑兵连，这就说明我们的侦察能力极其平庸。

与此同时，这也证明了我们的作战指挥无能，他们忽略了最重要的一个作战原则，即永远不要在进行战术性对抗时，投入数量上远远超过敌人的兵力。这是毋庸置疑的。这一原则本身也是执行另一条重要原则的结果：赢得战争胜利的一方，往往是以小部分兵力投入战斗的军队。因此，那些伟大的征服者们：罗马人、蒙古人、拿破仑等，只是在他们的军队人数还比较少的时候，才赢得战争。只有对于真正懂得战争心理学的人来说，这是个显而易见的事实。

现在我们待在路旁杂草丛生的战壕里，等待前面那个营为我们打通前进的道路。

"喂，我们还在进攻吗？"弗洛罗尤大尉一边微笑着，一边问我们两个团里的"悲观主义者"。

奥里尚非常愤怒，但他那像英国人似的平静举止，已经秃了的前额和高傲的冷笑，并没有怎么过分暴露他的内心。其实此刻的他比正在参战的军官还要激动难耐。

"难道这就是进攻？难道您没看到，战场上到处都是罗马尼亚几个营的兵力，就像在演习一样？他们之间没有联络，更缺乏指挥……您没有看到昨天我们的炮兵朝自己人开了炮，我们甚至没有任何办法把射程通知他们。"

我为了增加他说的话的可信度，也插嘴说道：

"再说，根本不向我们通报前面发生的情况，也不告诉我们与之作战的敌方兵力的人数，哪怕是给个大概的数据也好，难道这也是可以的吗？此外，我们连自己在什么位置也不确定。我们团和炮兵团加起来，也只有唯一的一张小地图，我们还在与他们发生争吵，因为要修正射程，地图对炮兵们而言是必备的。"

我们的一个战友深信，我们是在和从"西吉什瓦拉"开来的一个师作战。

这时一辆插着蓝色信号旗的小车从一旁驶过，两个军官懒洋洋地倚靠在座位上。唉，如果将军是一个非常聪明的人，肯派这辆小汽车来接奥里尚去，请他吃一两次饭——我听说，外国军队里常有这种事情——那么今天很多情况就会完全不同了！

前一个晚上，当我们的纵队正在公路上摸黑极速前进的时候，就在前面的黑夜里，但不能确定到底在哪里，我们听到一阵短促而猛烈的射击声。我们的纵队马上原地静止不动，警觉的骑兵们开始前后奔忙，来回传递命令。

"XX团……旅指挥部在哪里？"

这个问题不断重复，一个接一个往下传：

"旅指挥部在哪里？旅指挥部在哪里？"

"在这里，旅指挥部在这里。"

"Y将军呢？Y将军在哪里？"

在隐没一切的黑暗中，谁也看不见问话的人，而他的话立刻被人接过来，又传递下去，就像在传一页纸，再也无人知道它的出处。

"Y将军在这里……Y将军在这里……"

有关死亡的想法与所有的未知状况，都在我的头脑里昏睡着，仿佛已被麻醉了。然而怎样在黎明前的严寒中入睡，这个问题一直纠缠着我，让我感到烦躁和不安。

过了半个小时，我们又开始行军了。走出五百米远之后，我们才明白刚才发生了什么，为什么停下来。可以看到一些大炮翻倒在道路旁的壕沟里，有几具尸体卡在炮车的轮子中间了。纵队缓慢地向前推进，而我也有了点时间在行军时顺便打听一下是怎么回事。一支敌军侦察队，约摸有一个骑兵连的兵力，隐蔽在紧靠公路的小树林里守候着，他们故意让我方步兵过去，而当听到我方炮兵开近时，机枪就开始扫射了。

奥里尚代表我们大家发表议论：

"这就是所谓的侧翼警戒？假如是敌军整整一个营的兵力开到这里，那我们这一师的人如何选择？不过令我感到惊奇的是，那个在队伍前方负责的军官，不管他是谁，还是没有晕头转向、惊慌失措，而且还能意识到敌军的火力是从哪个方向来，敌军兵力的多寡……有人跟我说，这个军官只派遣了一个排（对当时的情况做出了惊人正确的评估），在伸手不见五指的黑夜里，把小树林里的敌人给一举歼灭。类似这样的事件可以令人产生信任感，使人忘却军队中缺乏足够的安全措施的痛苦想法。正因为这位果敢的军官，炮兵队里出现的惊慌情绪没有蔓延至整支部队。"

我们继续行军，直至黎明。有一些征兆说明明天我们会有一场重大的战役。大约在凌晨三点钟的时候，我们在一处山岗脚下停了下来，并在此安置了前哨阵地。连队应该在距离师部很远的前方派驻一支岗哨。这支承担岗哨的巡逻队越过深深的布满泥泞的沟壑，在那里登上了山岗（我们是这么听说的，黑暗遮住了前面的山岗)。然而派到前面去的巡逻队回来向我们报告说,由一名军官指挥的那一排人,在离我们一百步远的地方卧倒隐蔽了起来,因此未能执行命令。连里的军官们碰头协商了一下,但我们当中谁也没有生气,因为N是全团军官中唯一一个胆小鬼,而且这事可真出人意料,不知怎的,大家都会用宽容的眼光看待他,似乎他只不过是个闹胃病的病人,而他也就聪明地顺势而为了。真的,就像《圣经》里的犹大,对于自己的同事来说,他不可或缺,因为他能更加凸显他们的价值。他使每个人感到发自内心的安宁与满足,因为都感觉到自己比他优越。

只有我一个人感到愤懑不已,因为上面决定让我去到隐蔽起来的那个排那里,把它撤回连里来,并由我在山岗上设立一个警戒哨所。由此也开始了我这一生当中如果不是最可怕的,那也是最恐怖的日子之一。这是炮火隆隆的一场幻觉。

清晨雪青色的天空渐渐发白,在日出的方向,空中一小朵一小朵的白云从后面被阳光照得发出光彩,好像被镶了一道金边。我们精神抖擞地穿过深谷,正是这种情绪促使我们不断前行。就当我们登上前方的山坡,碰到了敌人仓皇逃跑时丢下的两辆有粗麻布顶的辎重车。我们感到十分惊奇,上前仔细察看,发现车里装满了东西。我拿了一件橡胶雨衣,几包巧克力和糖水蜜饯,还找到一些德语书信,我把这些书信和一些德语报纸都带走了。我的士兵们见到奶酪高兴极了,他们深思熟虑了半响,挑了两小桶干酪。我的勤务兵终于找到了一条盼望已久的军毯。

一刻钟以后,我们终于登上了山岗之巅。就在这上面,我们站在高原之边，高原中间稍稍向里凹陷，好像一个长满了一层绿草的足球场。正对面，高原的另一边比我们这一边稍高一些，左边以一片森林为界，犹如一堵黑黑的高墙，右边的界线并不太分明，那里耸立着变幻莫测、高高的峭壁和深谷。

因为天色已亮，我让士兵排成一列，布成散兵线，每个人之间距离两步远，卧倒在地上，又吩咐他们打开那两小桶奶酪，把干酪分给大家，然后我把一个空桶当作椅子，一面吃着巧克力，一面在明亮的晨光中阅读《Neue freie Presse》[1]。

《图尔图卡亚的可怕景象》《两万五千名俘虏》《布加勒斯特告急》《我军犹如铁流，滚滚向前》《给马肯森[2]的电报》《Wer Kann Rumänien retten？》[3]等这一类标题的文章占据了报纸的整版篇幅。

这里的一切对我来说都是全新的体验。在我面前展开的这个广阔的高原，丘陵上和山谷里，活力满满的阳光闪耀在蒙着一层霜花的绿树上。看来汉诺威的一个第四炮兵团的辎重车曾到过柏林，也到过我也没到过的其他首都，而这张看来毫不真实的报纸犹如系在一条细绳上的风筝，联系着距离我们这处高原几千公里的另外一个世界，正在给我描绘出正处于"危急中"的布加勒斯特的景象。此时的太阳战胜了一切，阳光在露水中闪烁，给世间万物带来了生机。我能看到面前的所有一切。那里，在正对面稍稍隆起的边缘上，连一个人影都瞧不见。我写

---

[1] 原文为德语，意为：《新自由报》。——译者注
[2] 奥古斯特·冯·马肯森（德文：August von Mackensen, 1849年12月6日—1945年11月8日），德意志第二帝国陆军将领，第一次世界大战中德国五位大铁十字勋章获得者之一。——译者注
[3] 原文为德语，意为：《谁能拯救罗马尼亚？》。——译者注

了一张便条,派人传给奥里尚:

"我们缴获了两辆辎重车,战利品极棒。请派人拿些'口袋'来装。里面有两双汉诺威伯爵穿的靴子,一双给你,一双归我。请转告大尉,我在等候命令。"

我又在便条后面加上几句话,说送去一份报纸,刚才我把这份报纸给忘了:

"还有一些其他的德语报纸,非常非常有意思。《谁能拯救罗马尼亚?》,是莫拉特少校写的一篇文章。对谁也不要提辎重车的事,咱们自己挑一些最好的战利品留下,其余的再分给大家……"

出现在我正前方的高地仿佛是一小块被牧草覆盖的丘陵,中间的部分微微拱起,是那么甜美;从左侧开始,绿草如织,仿佛一片森林,是那么漂亮。到这片草场来过"五一"该多好啊!

没过多久,正前方一处低矮的土岗上出现了一个骑兵。他止步不前,站在那儿,宛如安放在底座上的一尊雕像。这戏剧性的一幕令我的士兵们感到吃惊,但他们同时继续以一种农民所特有的心满意足吃着奶酪。我们和他之间大约相隔有三四百米的距离。他平静地望了望我们,又催马前进,令我们大惑不解的是,他竟往下走了三十来步。然后,他拨转马头,一步一步登上土岗,然后在一直去往维也纳方向的空间里消失了。

紧接着又出现了两个步兵。他们也在像菜盘边一样稍稍隆起的那块绿草覆盖的丘陵边缘上停了下来。他们的身影在空旷的蔚蓝色天空的衬托下格外显眼,好像两个牧羊人站在小山顶上。然后他们往下走了三十步,又回过身来,也走进那边我们看不见的虚空中。随后，又有四个人出现在那片山岗上，他们准确地重复那些同样的动作：也是先下去三十步，转身回去，然后沉没于那片隆起的丘陵边缘处了。

这样已经有十六个人了。他们排成纵线下来，然后停下，布成散兵线，最后向我们走来。

据我的那些正吃着奶酪的英雄们的"建议"，他们认为可以让他们走近一些，看看他们到底要干什么鬼。这种"建议"在排里享有很高的威信，我从来不会就这种建议提出任何问题，向来就是直接批准。但这十六个人走了三十步以后，也停下来了，他们并没有开枪射击，反而是站在那儿，望着我们。我们面面相觑，好似一条街道两边的邻居，各自站在家门口，互相对望着。

我问自己，真见鬼，他们还知道些我们的什么情况？随后我把尼古拉·扎姆菲尔叫过来。

"你听我说，扎姆菲尔，带上两个人，从树林那里匍匐前进，一直爬到他们那边去，看看这究竟是怎么回事。"

看来今天指定要有一场大战了。我不能说，我早已有尸骨堆积如山、炮火猛烈轰鸣的可怕幻象，不过我明白，只要部署在对面的那些人一开火，那么第一排齐射就会把我打死，因为我们毫无遮掩、毫无庇护地站在这儿。可我还是不想和我这一排人隐蔽起来。这种固执的劲儿犹如运动竞赛中最后的坚持。

班长神情警觉地回来了。

"少尉先生，我不是很清楚，但我觉得他们是在作炮战准备。能听到弹药车车轮吱嘎吱嘎的响声。"

就在这个时候,那十六个人背对着我们,已经到达山顶;他们遵照我们听不到的口令,停下脚步,相互之间并排靠拢,然后转向左面,排成一列纵队,仿佛是在举行分列式。有个看来级别挺高的军官不时挥舞着鞭子或手杖在敲打着他们。大概他们想让自己以为,他们是在兵营的大院里。

后来,我们越发感到困惑不解了,因为这个"高官"依然背对着我们站立,真的在检阅士兵的分列式了,而且从我方这儿看过去,士兵们如同机器人般自动立正。最后他们停下脚步,面对着我们,在土岗上排成一列,那土岗仿佛将那处丘陵的边界清晰地划分了出来。接着,我们觉得也是遵照口令,另外一些士兵仿佛是从阴间无尽的虚无中(那里可以隐藏着任何可能的东西)一个接着一个地爬了上来,出现在之前队列的左右两侧,并和他们站在一起。

我给大尉送去一张小纸条,要求炮兵立即做好开火的准备。

"请求炮击,以阻止敌军开火。"

一想到我们炮兵连命中目标的准确度,现在我就很有把握地等待着战斗的开始。在我的背后,成连成营穿灰色制服的士兵正顺着呈扇形的山坡下到山谷底部。我暗自说,这可能是为了即将到来的进攻而重新部署兵力。

"少尉先生,这是什么队伍从小山谷下来,开到村子里去了?"

"是我们的部队,否则还会是什么人呢?"

"他们倒是我们的人,这您说得不假,只是他们为什么要这样往后去呢?"

"是演习，扎姆菲尔……他们正在演习……"

正面冲着我们，站在草场另一边际的那些人，已经不再往下走了，他们一动不动地站着，仿佛在土岗上扎下了根，又好似被焊在同一片金属薄板上的大型铅制的士兵。

"一百五十二。"

"一百五十六，一百五十八，一百六十。"

我的士兵们正数着对方的人数，但常常数错，于是不得不从头再数。

奥里尚亲自来了，带着他的四个兵，还带来一顶帐篷。他可不会开玩笑。瞧，他已经钻进那辆辎重车的车篷底下，在装那些东西了。我困惑不解地寻思着，应该采取些什么措施。在我对面的人一直持续不断地在增加，对此我深感无力，不明白他们到底想干什么。但他们的举动部分印证了我所知道的关于连队勤务条令中的一条，即前方哨所只有在遭到攻击时，才能开火。我意识到危险在哪里：如果在演习结束之前提前开火，我就会让我们的部队在尚未进入他们一半的阵地时，不得不卷入战斗。

"喂，杜米特鲁，他们那里现在有多少人了？"

"二百六十，少尉先生。"

伊里耶·奥尔扎鲁带着些愁苦、倒了大霉的人才有的语气纠正他说：

"哪里来那么多人？二百五十六……瞧，这会儿是二百五十八，现在才是二百六十。"

士兵们一边数着对方的人数，一边互相纠正。

我觉得只消一挺调试好的机枪，架在他们面前，几秒钟就能把这二百六十人统统变成死人。

我们好似两个足球队，相隔一定距离，面对面地站着，我越来越强烈地感觉到，我们似乎是两队参加决斗的人，眼看着就要举起手枪开火了。不过还是有一点区别，在这次决斗中，证人、医生和"观众"都将一起参战；双方之间的距离为四百米；还有一点不同的是，第一次相互射击之后，战斗不仅不会结束，而只是个开始，它将一直持续到全数歼灭，期间还会出现炮击以及种种可能发生的意外；最让我感觉强烈的是，我认为那些即使经过十个小时战斗侥幸活下来的人，也可能在今夜、明天、后天，或者一星期，谁知道何时，也会死去。而在古代，战争的结果，至少在一天、两天或三天之内，就可见分晓了。

但我们的炮兵一点都没有打算开炮。联络兵给我送来了写在一块小纸片上的命令：

"我营将掩护全师撤退，而后你们掩护全营撤退，任务完成以后，你们自己撤退。"

我怎么都搞不明白了。这个撤退有何意义？既然我们压根儿就没有遭到攻击，这种掩护是什么意思呢？

我决定要求得到更明确的新指令，但首先我想要知道自己将面对的情况。

"喂，小伙子们！现在他们那里有多少人了？"

"三百多点，不过没有再增加。"

对面微微隆起的草场边缘，那些仿佛铅制士兵的身影投射在他们身后空旷的天空背景上，他们呆立不动，在等待着。可等待着什么呢？

我用目光催促着正顺着深谷里的小路往下走的联络兵，试图弄明白，给我的命令是否属实。全营确实排列在白茫茫的公路上。就在此刻，如同地狱传来一声巨响，我感觉就好似两列火车迎面发生相撞，接着我看到两辆马车上升起一股烟柱。奥里尚和他的士兵大概都统统化为了灰烬。

接着又是一阵炮轰，炮弹尖声哀号着飞过我们头顶，在道路中间、在我背后很远的地方爆炸了，直接命中纵队，一股股黑色的尘土犹如大树般升向天空。士兵们四下逃窜，犹如一大群人同时遭遇了雷击。幸亏他们右边有条布满泥泞的小河，河水的一边是处陡岸，可以掩护他们，避开敌人的炮击。很多人向那里冲去。但又是轰隆一声巨响，炮弹向上在天空中发出裂帛般的声响，又落到道路上，顿时又掘出四个圆形的墓穴。我只看到几个落在后面的士兵和团里一个正在疯狂策马疾驰的副官。他的逃跑拯救了一营人，因为敌人从上面清楚地看到了正在逃跑的他，决定无论如何要将他围猎（大概以为他是个很重要的军官），所有的炮弹都追着他发射。但他很走运，及时转到了一处土岗后面，使得敌人失去了他的踪迹。但公路已被可怕的爆炸毁坏殆尽。

我无法弄清楚我们到底损失了多少人，因为炮弹飞来时，士兵们都原地卧倒。等到满是黑色烟尘的旋风消散以后，我看到他们灰蒙蒙的一片，东一个西一个地四散倒在地上，但不知道他们中间谁已经被炸死，谁仅仅只是卧倒在地来躲避炮弹。

联络兵在深谷的对面拼命用胳膊在头顶向我挥手，发出撤退的信号。我们稍微耽搁了一下,因为那些如同铅制的士兵开枪了,不久又向我们的方向走来……我们的射击迫使他们机械般地卧倒在地。我们很快沿着深谷的斜坡撤离,同时镇静地进行回击,无法得知会有什么等待着我们。敌我双方猛烈地射击,子弹发出嗒嗒声和嗖嗖声,时高时低,我一挥手,发出了撤退的信号。但此刻敌人又向我们冲来。看来我们的撤退不在他们的计划之中,因为炮弹轰隆隆地在我这个排里爆炸了。我们心神俱裂,只能跪了下来,扑倒在地上,后来大家又跑动了起来,心惊胆战,顺着斜坡向下四散开来,谁也不知道我们还剩下多少人,特别是现在,当我们浑身上下沾满泥土,被烟熏火燎的时候。天地自上而下发生了变化,仿佛天堂的圣幛跌落了下来,周围的景象有一半翻了个个儿,宛如一个病人眼里看到的景象,又像是在突然倒过来的镜子里看到的景象。

短暂的间歇之后,接着又传来了炮弹嗖嗖的呼啸声。我们和炮弹一起倒了下去。全身的神经都要爆了,天空和大地都已撕开了口子,灵魂飞出躯壳,但立刻又飞回来,为的是让我们明白自己还活着。但我们依然不敢将脸离开紧紧贴着的地面。

我怀疑这些炮弹产自德国,与奥地利的炮弹完全不同。它们大概是一百零五毫米或一百五十毫米口径的,一半是定时引爆的弹头,一半是着发弹。炮弹是从离我们极近的地方发射的,距离太近,我们的耳朵都快被震聋了,只是炮弹飞到了近处,才能听到它们那让人无法忍受的嗖嗖声。在离地面只有三米高的地方,在第一次定时引爆的炮弹爆炸的同时,第二次灾难接踵而至,短促但猛烈,它腾起一阵厚重的烟尘,如同黑色的喷泉，旋风般升向高空。在炮弹的可怕的嘶吼声中，仿佛能听到一条铁蛇急速地爬过来，正咝咝地发出"直接的威胁"——只要你仔细倾听，真的能听见——因为炮弹爆炸声之猛烈，像是超出了人类能够接受的程度，好像整个金属宇宙内脏发生了断裂。

仿佛是枪闩致命的咔哒声、炮弹轰隆隆的爆炸声将我带回到了现实世界，我刚才投入战斗时那种愚蠢的镇静已在胸中变成了一种疼痛，犹如罹患肺癌时感受到的那种疼痛。

起初，我和几个吓得瞪大眼睛、脸色发白、紧跟着我跑的士兵，寻找一处地方，尽可能是很小的可以隐蔽的地方。我们顺着一道缓坡往下，走过一段坡度较陡的地方，尽管坡势高低不平，可是除了几个像狗窝或是一些不比床上的枕头大些、长着几簇野草的小沙丘外，斜坡上找不到任何藏身之处。茫茫的天空下只有我们这几个人，而大地也不愿接纳我们。隆隆的炮声不断向我们的方向传来，但我们看不到火光，因为我们都紧闭着双眼。

从那边向我们开炮的那些人，动作颇有节制，显得从容不迫，他们既不用怕我们炮轰，也不用怕我们用枪射击，而在那边，他们的观察兵则从上面跟踪每发炮弹的着落点，也就是说，能够以数学的精确性来校正射程。

爆炸声极有规律地一声接着一声。我听到，其中一些炮弹是在离我几步远的地方爆炸的，而另一些似乎就在我身边。一声爆炸声刚刚平息，人们的身体稍微松弛一下，刚短促地呼了一小口气，立刻就又紧张起来，等待着新一波的爆炸声，如同得了强直痉挛的病人。一声短促刺耳的呼啸，似乎在它发声之前，人们的耳朵就能听到它，于是你咬紧牙齿，弯起胳膊捂着头，好像发羊癫疯似的等待着它来打中你的头顶，将你撕碎。在你头顶，第一声爆炸震坏了你的耳朵，让你不知所措，第二声爆炸则将你盖上一层泥土。但这两声你都听到了，那这就意味着你还活着。人们像动物一样，互相紧紧靠在一起，躺在我脚边的那个人，满头的鲜血。我们身上已没有任何人的特征了。

"啊呀，少尉先生，他们要把我们杀光了！"

"大事不妙，扎姆菲尔。"

士兵们不停地祈祷着："主啊，圣母啊！救苦救难的圣母……"我们跑着，因为停留在原地是毫无意义的。你是该在一簇野草旁停下来，还是该在一个沙堆那儿停下来，这个问题似乎如同创世纪一般重要。我们只能碰运气般地乱跑，指望能跑到深谷里去。但是敌人正确地估计了战况，对我们这边改变了战术。假如我们趴下卧倒，他们那边的炮声也开始稀少，比较低沉，但只要我们再次跑起来，炮弹又如同火山爆发般的巨石，向我们飞来，毁灭一切。我看到那些人站在山顶上监视着我们，仿佛是一些猎人，当年我们在布朗，从麦古拉山上也是像这样扣动扳机的。我们任何逃跑的企图更使得他们变得凶狠（也许，谁知道呢，这只不过是让他们感到了"厌烦"）。

我勉强张口说了几个字，因为一直痉挛地咽着唾沫，我的喉咙已经发干。

"尼古拉，其余的人呢？"

"不……"

他还没来得及把话说完，山崩似的一声巨响带着烟尘吞没了他的回答。我转动着脖子，就像一只放在砧板上的温顺、生了病的小鸡，引颈待宰。这一发炮弹又打偏了。刚才被碾得粉碎、飞上天去的泥土，现在又如同暴雨般降落到我们身上。

我惊恐万分，又感觉受到了侮辱，于是戴上了自己的手套。

我时常在想，那些被判了刑，但在最后一刻得知自己被特赦的人所体验的是一种多么可怕的感觉。此后他的余生都将生活在这几分钟的阴影里。而我们此时此地，每一阵炮轰过来都如同被判了刑，而每次过后似乎又获得了特赦。甚至当几发炮弹从你身旁一掠而过，掀起阵阵气流并发出尖锐而响亮的嗖嗖声时，你会感到，这就如同你站在离铁路很近的地方，当一列特快驶过，要把你一起卷走似的。

我们又往前猛地一冲，但炮弹尖叫着赶在了我们前头，它在我们原本想要停留的地方爆炸了，我们一到，就摔落在刚刚炸出的巨大的弹坑里。

我和紧跟着我跑的士兵们一起扑倒在地。看来，我能忍受一切，唯独不能忍受这隆隆的噪杂声。爆炸声犹如两辆烧得通红的火车头猛然相撞，又好似大铁锤把钉子钉进我的鼓膜，把刀子扎入我的脊髓里。

这时传来了枪声，他们开始在近处跟踪追击我们。

我知道，我们再也不能做什么了。

"他们在追击我们，少尉先生，"一个士兵呻吟着说，他精疲力竭，好似一个伤寒病人。

我反而感到无所谓，或者说已然麻木。我的意志力已经在身体一阵阵的痉挛中全部消耗殆尽。子弹飞来的嗖嗖声中，又夹杂着震耳欲聋的爆炸声,我似乎觉得这片嘈杂声十分可笑,它们也仿佛在远离我的听觉。

我们又往前猛一冲,因为就在那里,靠下更远的地方,就是一个村子。然而又是一阵炮弹的嘶吼声和爆炸声,泥土在我们面前腾空而起,犹如油井在喷着一道道的焦油。

现在似乎处于一个短暂的间歇。我疲惫不堪,低声说道:

"尼古拉,我们往左转。这些人故意在我们前面十步远的地方开枪,好让炮弹落到我们头上。"

但就在此刻,突然又传来了炮弹的嘶叫声,除了那些在我们卧倒时朝我们开火的大炮,另外一些大炮早就瞄准好,等我们站起身来伺机开炮。显然,之前上面的那些人是在利用这个机会练习射击,就像不久前在练习分列式一样。

我们精疲力尽,试图跑向右面。但那里炮弹又赶在了我们前头,因为敌人就像捉鸽子的猎人,什么都估算到了,什么也都预见到了。此刻我已无法思考。大脑已经变成了浆糊,神经由于高度紧张,像腐烂了的绳子那样绷断了。我甚至搞不清,紧跟在我周围的是不是从前那些士兵,有没有人死去,又死了多少人。现在我都不想再跑了。我听别人说,里海上的风暴是那么可怕,有些男人和女人由于晕船,遭受了极大的痛苦,进而什么也顾不得了,即使被抬起抛进大海里,也不想做出任何反抗的动作。现在,已经瘫软成泥的我,也觉得自己就是这样一个不管不顾的人。我再也无法搞清楚,周围人们的脏脸上糊的是泥土还是煤烟。我还隐约听到一阵哭诉声,仿佛是连续不断的祈祷,又好似发自灵魂深处、来自《启示录》中的诅咒:

"上帝的尘土将我们掩埋……"

一个脸庞瘦削的人,胡髭耷拉着,唇边沾着唾沫,别的什么话也不说,只是一个劲地重复着这几个字。此刻周围突然一片寂静。敌人真的是在远方,在山岗上射击,炮弹从我们的头顶极高的地方飞过,像矿场里的小推车那样吱吱尖叫着,不知道是在找谁。离我们大约二十步远的地方有一条散发着恶臭的小溪,如同一滩泥塘。我们互相交换了一下眼神,我又用干涩的舌头舔舔干裂的嘴唇,接着掉头向那边跑去,现在根本不需要任何命令,士兵们都跟着我跑。当我们跑到那泥塘的时候,敌人的几发炮弹同时飞出,并恰好落到了前面的一座土岗上,好似把它提了起来,震动不已,土岗顿时笼罩在一片泥土和烟雾之中。耳朵里,震耳欲聋的轰鸣接连不断,即使是现在,炮弹没有冲我们的方向飞来,也是如此。

但是敌人突然怒不可遏,如同受了欺骗。他们发射的炮弹本已渐渐稀少,因为——此刻我们才明白过来——他们认为我们都已经被打死了。现在他们又对准我们,冲着泥塘开始发射。我们抱着希望,想着至少在那些柔软的地方,炮弹应该不会完全爆炸。不错,只有几发炮弹掀起了漩涡般的污泥,另外几发则啪嗒一声响,没入了泥塘中。现在我清楚地意识到,这一瞬间的可怕倒不是爆炸,而是因为其他的缘故。在我们看来,那些炮弹如同水桶般大小,径直地向我们飞来,像子弹那样在搜寻我们。而且我们也觉得它们硕大无比,子弹简直无法与之相比,那些在其他大陆上旅行的欧洲人看到像老鹰那么大的毒蝇——如果当真有的话——向他们扑来的时候,想必也会有同

369

感。在我们周围，炮弹一发接着一发地飞来，仿佛有许多人挥舞着刀剑，因为未能一剑砍掉我们的脑袋，便恶狠狠地、嗖嗖嗖地前后左右齐砍，疯狂而又盲目地斩断、推倒它所碰到的一切。我们只好扑倒进了泥塘，只将脖颈以上露出水面，因为不管我们有多害怕，不能连头也埋进泥塘里去，否则就会窒息而亡。后来我们又跑了起来，同时感觉到仿佛有许多大锤正击打着我们的鼓膜。正对着我们的前方，相互之间的距离不过五六步远，一道道的污泥和粘土飞向天空。小溪在这里拐了一个弯，右岸因为不断被水冲刷，比较陡些。我们就躲在那里，耳朵完全被震聋了。即使在这里，我们也不能免遭炮弹的袭击，但是至少人家看不到我们，而且能够暂时躲开死神的眼睛，这种感觉难以比拟。我们几个人都只把头露在泥浆水的上面。我们一共七个人，脸部表情僵硬，恍如濒死的病人。

其他敌人正在疯狂地猛烈射击，仿佛是由于受害者的过错才导致他们不能成功地炫耀自己的技能一般。

我知道，只要一发炮弹，即使是打中陡岸的最上边——如果可以这么说的话——也足以打中我们，把大家全都化为齑粉，然而，就是现在，我也无法解释明白，为什么我并不觉得这很可怕，也许是因为在我们和那发炮弹之间，虽说只是一瞬间，也隔着一层泥土，因而弹头不会径直飞来掀掉我的头颅。

我的内心在哭泣，同时痛苦地想到无与伦比的勇士阿喀琉斯，他全身刀剑不入——也许正因为如此，他才那样勇敢吧——除了他的脚后跟。我却希望，只要能避开这猛烈的钢炮，至少护住我的脑袋就好了。

四门大炮朝我们前面十步远的地方射击，试图用火力织成一道铜墙铁壁，截断我们的道路，而另外四门大炮则要炸毁我们已经靠近的右岸（差不多一人高）。密集、短促的炮火震动着山岗，犹如没有间歇的地震。

　　就这样大约过了半个钟头，许是他们对此感到厌烦和憎恶了，于是炮火终于停了下来。我们缓缓地松了口气，但由于过于疲倦，嘴里一句话也说不出来。我们满脸都是污泥，互相之间已分不清彼此，大家紧紧地挤作一堆，爬行至陡岸底下一处最多只有一张小床那么大的一块地上。只有马林·图凯伊，胡子和嘴唇上全都沾满了唾沫，一个劲儿地哭号着，声音拖得很长，仿佛老是在重复那句自古以来就有的诅咒：

　　"上帝的尘土将我们掩埋……"

　　尼古拉·扎姆菲尔用手一把将脸上黏糊糊的污泥抹掉。

　　我带着仿佛刚做完一次手术后、劫后余生般的微笑，问他：

　　"你还活着吗，扎姆菲尔？"

　　"我们简直是被下了诅咒……不过我们紧跟着您，少尉先生……您会发生什么事，我们也会发生什么事。"

　　有两个士兵为了跑起来轻快些，把他们的武器都扔掉了。

　　"喂，马林，你们的枪呢？"

　　他忧郁地摇摇头。

　　"我们的枪……"

　　尼古拉·扎姆菲尔看着他自己那支弹夹上沾满污泥的步枪。

　　"难道我们的武器还好使吗？没看到这儿丢了多少枪啊。瞧，到处都是。"

"喂，你仔细去看看，他们是不是跟着我们追来了？"

扎姆菲尔慢慢伸出头去，不知是惊讶还是逆来顺受般地说："来了，少尉先生，他们来了。我们放它几枪，叫他们吃一惊，然后我们还来得及跑。"

我脱下沾满污泥的手套，拿过不知是谁的一支步枪。扎姆菲尔也拿起枪来，还有两个人也跟着我们站起来了。

"开枪，不用瞄准，赶快……"

听到我们啪啪啪的枪声，那些毫无顾虑、仿佛是在散步的人立刻就扑倒在地。

"我真搞不懂他们，他们在磨蹭什么？……他们人那么多，早就能跑过来，将我们瓮中捉鳖了。"一个士兵问道。

"德国人会算计。"扎姆菲尔解释说，"既然能用大炮杀死我们，他们干吗要死自己人呢？"

炮兵连突然重新开火，仿佛愤怒到了极点。恐惧的毒素又再次注入我们的血液中。我们本来就知道，什么都没有结束，但炮弹的再次降临却还是让我们感到了意外。我恐惧得紧紧抓住了自己的手套，但迷信还是将我彻底击溃。我扔掉了那包信件，我总觉得在这些偷来的信件和那些难以预料的游戏之间（炮弹总在距离我半米远的地方，或左或右爆炸），存在某种联系。我还把照相机也扔了，但保留下了橡胶雨衣，因为我是那么的怕冷。

落到沼泽里的炮弹又一次溅得我们满脸污泥，另外一些炮弹，忽近忽远，在探索陡岸我们的藏身之处。每一次的爆炸声都将我们震得晕头转向，仿佛是一把大铁锤，一直不断地往我们的耳朵里敲铁刺,那可怕的金属轰鸣声,犹如火车铁皮制的车厢从上面什么地方翻倒在岩石上。

炮弹的爆炸声好似列车在相撞。谁能仅仅在一天之内经历六七百次的列车相撞呢?

一发炮弹打中了陡岸……我好像觉得,弹片击中了我附近的两个士兵,但我来不及去细看,因为我的眼睛突然闭起来了,身体也像发羊癫疯似地抽搐了起来。

"喂,杜米特鲁,快丢掉这件雨衣,那你跑起来会轻快些!"我一边说,一边奋力向前冲去,因为我感觉此刻的我们仿佛是在坟墓里。我们开始在河床里绝望地奔跑起来,就像上回那个副官骑马拼命逃跑一样,尤其在这段,河床里不太泥泞。跑过两百米远之后,前方又有一段布满沟壑的转弯。我们有三个人跑到了那里,因为腾空而起、如同高塔一般、由烟尘形成的一道道巨大的喷泉,把我们和其他的人隔开了。

在这里,我们又遇到了我们排里的八九个人,他们正在等待一个合适的时机,好继续往前跑。

后面又有两个曾和我在一起的人跑了过来。跑到我们跟前时,他们不是卧倒,而是扑通一声瘫倒在地,后来才仔细地往四处张望。

"那是彼特鲁·克尔里奇?"

另一个士兵紧张地打量了一下。

"我觉得不是,他好像留在那边了……他是玛丽亚的儿子……"

接着他们向我们解释了一下情况,原来他们得知我们立马跑了，不久他们也跟在我们后面跑过来。这时他们看到一发炮弹轰掉了玛丽亚的儿子彼特鲁的脑袋……

"……但他接着跑，没有脑袋，接着跟着您跑，少尉先生。"

"他大概跑了五、六步，然后双膝跪下，接着就倒了下去。"

士兵们开始画着十字祈祷："……妈妈……妈……"如果这不是他们的某个幻觉，那就是说，呼啸而来的利剑还是击中了一个牺牲品。而那个叙述这件事情的士兵，又从头讲了起来，以便说服自己相信：

"他是玛丽亚的儿子……"

现在我们加起来一共有十二个人。

"我们赶快走吧，这里是个死亡陷阱。"

"不用战斗，他们就能把我们打死。"

但我们还是没有足够的勇气来穿过那道犹如铜墙铁壁的火力网。如果敌人的炮兵只朝一个固定目标开炮射击，而这个目标也是指挥官们只根据纸上的计算，而非亲眼观察所见来确定的话，那么只要下定决心，看来要通过这拦截网就会容易些……这就像买彩票一样，你只要还有稍微一点希望，就必须去冒一下险。但这道铜墙铁壁是那些跟踪侦察我们的人织就的，在他们看来，我们就好比是一些小甲虫。他们的意志不可动摇，他们的手决不会发抖，而他们的眼睛也镇定自若地在选择动手的目标，因为我们的炮兵无法干扰、无法动摇他们，他们好似火车上的机械工，早已习惯摆弄他们的那些轮子和操纵杆。

不过，我们还是不能再站在原地不动了。还会有新的冲击，还会有新的雷鸣似的炮轰声（因为敌军看不到我方人的时候，就不发射炮弹,但大炮早已严阵以待,只要发现我们在移动逃跑,就朝我们开炮)。

但我们终于还是逃到了村子里,路上又遇到了排里的其他几个人。现在大概是中午时分。这么说,我们待在敌军猛烈的炮火下几乎有三个小时了。

村子里满是神情恍惚,犹如幽灵的军人。

图多尔·波佩斯库带着他整个排的人站在一所农舍的后面。

"老兄啊,你知道我在这儿等你多久了……"

我呆若木鸡。大伙儿都在逃跑,他却在炮弹横飞、死亡如影随形的情况下等待着。

"我怎么可以把你一个人丢在这里。情况就是这样……团里这些人简直像狗一样……怎么能丢下一个人,让他带着四十个士兵单独面对正发起进攻的敌人呢。"

我没有拥抱他,也没有和他握手,只是像个傻瓜似的痴痴笑着。

我在一口井边洗了个脸。我的士兵们用手掌抹去脸上和烟灰混合在一起的污泥。

"团部呢,营部呢?它们都在哪里?"

"团部?鬼才知道……从这里开拔应该已经有三个小时的光景了。天一亮,整个团就离开了。连队吗?大概也走出去有十公里远了。"接着波佩斯库又对自己的士兵们说:"喂,走吧,可怜的人啊……喊那些躲在地窖里的人一起走。"

在那些破破烂烂、东倒西斜的房屋之间隐约出现了一个十字路口。

"咱们是顺着这条路往右去吗？"

"哪有什么路哇，小伙子？那里有德国人。"

"那么在那边呢？"

"那边也有德国人。我们得顺着山岗上去，我们的团也是往那边去的。"

我有那么一种感觉，仿佛河水漫过了我们的头顶，这是没顶之灾。

我们在那边顺着一个长满小树、陡峭但不太深的小河谷的斜坡向上攀登。

刚才在村子里已经完全减弱的炮火又开始猛烈起来。但现在情况发生了变化。

小河谷的路弯弯曲曲。当小径笔直向上的时候，德国人能一直观察到谷底，我们简直无处藏身……但当它一会儿向左，一会儿向右盘旋，且河岸与其平行时，那里就可以给我们提供一个可靠的隐蔽所。这样看来，我们需要通过三四个在敌人严密监视之下并被炮火封锁的地段。大约一个小时后，我们走完了这段两公里的路程，被迫进行疯狂的死亡游戏。有两次我们在河谷的岔道口犹豫不决，不知该往哪个方向去。正在这个时候，我们突然发现悬挂在小树枝上的一个写有字迹的小便条："向右。奥里尚。"（后来我问他，他为什么要在小便条上签名，这说明当时的我头脑迟钝到了难以解释的地步，而他则令人信服地解释说："为了不使你们以为这是德国人的圈套。"）上面是一片很大的高地，那里有公路和村镇等。也就是说，这就是我们熟悉的乡村，瑟瑟乌什河正流经那里陡峭的河床。

在这里我们居然遇到了奥里尚……他把落在后面的人组成一支后卫部队,正等着我们回来。

他朝我走近,他那张长长的刮净的脸上神采奕奕。

"喂,你逃过一劫了?"

"可我还以为,你在马车那儿已经化成灰了……"

"有人也会化险为夷的……瞧,我还赚了双靴子。"他平淡地笑了笑。"嗯,怎么样?那是德国人的炮兵吗?"

"是的。"

我精疲力竭地栽倒在地上。这时大概是下午一两点钟。天气很暖和,太阳出来了,阳光是淡白色的。我的士兵们一堆堆地挤在周围……我在清点人数……总共只少了十六个人,包括那些有可能迷路的人。这个"只"是与我们经过的那场惊心动魄的恐怖情景相比而言的,也是与德国炮兵发射炮弹时极端的浪费行为相比而言的。

"杜米特鲁,有什么可吃的吗?"

"有,少尉先生……有从那些大车上弄来的鸡蛋和巧克力。"

说完,他不慌不忙地在他那个粗麻布口袋里翻找起来。

"雨衣没扔掉吗?"

"为什么要扔它呢,少尉先生?要知道,快下雨了。像这样的雨衣,连少校先生都没有。"杜米特鲁个子很高,长着一对招风耳,厚嘴唇,还是个务实的人。

我躺在地上,精疲力尽,心情难以平复。这无穷无尽的炮轰耗尽了我体内的全部动力。我话说得很慢,而且只是在绝对必要的时候才开口回复。我觉得自己的脸色一定苍白得可怕,当我的手拂过双颊时,我感到自己脸上长满了胡子,简直就像个死人。

我伸直身子躺在路边的壕沟里,首先问自己,敌军的火力网是不是让我完全气馁了?还有一个在战时一分钟也不会让我安宁,尤其现在比以往更折磨我的问题:假如是另一个人处在我的位子上,他的行为举止是否会保持更大的尊严呢?

如果德国人发动进攻,他们不用战斗就能把我俘虏,因为毫无疑问,我没有能力抵抗。换句话说,我没有人能指挥,在我身边总共只有七个人。从前,在和目前这种生活相对照的另一种生活环境里,大概是在上中学的最后一年,有一个问题就老是萦绕在我的心头:我是不是比那些年龄和我相仿的人们差一些?如果同样处在目前我的环境里,他们会如何行事呢?

图多尔·波佩斯库抽着一个发黄的烟头,灵巧地用拇指和食指夹着它。他眼神茫然,在这杂草丛生的路边壕沟里陷入沉思。他为什么要留下来等我呢?我知道,由于我的几次小经历,战友们都有点佩服我,由于我待人友好,他们对我都抱有兄弟般的友爱。然而为什么,我,一个自以为热爱自己士兵的人,不留在原地,把在山坡上受伤的伤员都集中起来呢?不错,我是最后撤退的,即使是在我自己的排里,大概也是最后一个撤退的,但那时我并不知道,而且现在也并不知道当时具体的详情。敌人的炮兵并没有轰击村子,波佩斯库也没有经历我所经受过的那种考验,这是实情,但也许我仍应该留下,把伤员集中起来吧……还有把他们送到哪儿去呢?……怎么运送他们呢?当时我们的部队已经走出去十公里远了。

还有一个问题的根在我心中扎得更深，怎么也摆脱不掉。

我是不是属于低等级的民族？如果我去参加凡尔登城下或松姆河畔的大战，千万门大炮同时发射，炮火如暴风骤雨一般，那时我会怎么做呢？这是不是意味着就是种族的低劣呢？

难道他们不是和我们一样，也是用同样的血肉和神经铸就吗？他们拥有什么样的灵魂才足以让他们坚强到能经历如此多的苦难？

老实说，是不是真存在某个优秀的种族，能够忍受我们所不能忍受的事情呢？但在这种情况下，我必须做出相应的结论，有关我们民族的全部作为，有关我们人民将来的种种关系以及有关我们人民在未来想实现的各种想法，而这一切都必须以简单的方式来修订。

我什么都不相信了……甚至连上帝都不相信了……而这一天却让我看到，和旁人相比，我的意志力和个性的局限性，证明了我是个像渣滓般的劣等人。这次德国人的出现……只要有两个炮兵连的火力……就足以说明一切了。而太阳还是在天空中高悬，朋友们还是在等待着我……

由于奥里尚的细心张罗，从一无所有开始，就像建造一所房子，雕刻一尊雕像，建成一个亲手栽种上花木的花园那样，整整一个连被他收编成功，并让我们担负起责任来，这一切给予我们一种真正的荣耀，我们似乎都为落在后面而心甘情愿。我们好好地将一百多个献身于祖国的人整好队，在后面留下了一支小小的后卫部队，然后开始继续向前推进。

WER KANN RUMÄNIEN RETTEN?[1]

[1] 译者注：原文为德语，意为：谁能拯救罗马尼亚？

当我们遇到一座尚未燃尽的桥梁，穿过一个又一个荒无人烟的村落，又看到另一座正在燃烧的桥梁之后，我们才明白现实中到底发生了些什么。当我们经河床绕道走过去的时候，奥里尚带着一丝苦意，轻笑了一声：

"我们可别指望再回来了。"

经过近三十公里令人劳顿不堪的行军，行军中我也变得头脑迟缓，还不时竖起耳朵仔细倾听，回过头去仔细查看，就这样在傍晚时分，我们终于在纳吉—瓦罗什郊区追上了我们的营部，它以近乎机械的冷漠态度送给我们一件意外之礼：我们仍然将担任前哨。我感到是那样的疲惫，几乎完全丧失了意志，勉强才控制住自己没有狂怒得大嚷起来。

待人宽厚、有点儿女人气质的大尉友好地安慰我，他感到非常吃惊（好像一个农民打算把他的狗丢弃在城里，却发现它还在自己的家门口，躲在自家的马车下），不过也真诚地感到高兴，在他看到被他丢弃在河谷里的我回来的时候。顺便说说，一个比我连出发早得多的连队，遭到敌军的炮袭，之后都跑散了，消失了，至今杳无音信。

"格奥尔基迪乌啊，先生，你耐心等一等，少校先生到司令官那儿去了，他会说明，我们的部队已经精疲力尽了。"

直到黎明我们才得到来自司令部的答复，让我们去村子里扎营，那里几乎有我们的整整一个军，或者至少是一个师，秩序已经混乱到了极点。

我们好不容易才找到几处马厩和两间可以休息的房子，此后，我们整天都被叫到团里去，接受行政命令，签署一些文件。我接收到了来自国内的第一批信件。有一个信封上是我妻子粗大的斜体字的笔迹。我把它和另一封妈妈的来信都放进军服上衣口袋里，当时没有拆开去看。经过这么长的一段时间的休整之后，我们第一次遇到团里的后勤部门，于是整整一天我们都忙着填写各种表格，写报告，并对各种情况做出相应的解释。我们还没有领到军饷的余额，这部分钱一定要去领回来，并在薪水单上签字。这些钱我拿来也没有什么用处，于是按两个熟悉的地址寄了出去，至于她们是否能够收到，几乎就看她们的运气了。杜米特鲁带来一个消息说，我的旅行箱已经毁坏……或许就是被弄坏的……也就是说，现在箱子里面空空如也。我们只剩下了身上穿的这身军服。

在我们去驻扎的营地的路上，奥里尚心情沮丧地低声对我说：

"Wer Kann Rumänien retten？"[1]

"你到底想说什么？"

"我看过两次报纸。这场战争我们要输了。"

"我们还能有什么办法吗？"

"在图尔图卡亚,有两万五千名军人被俘。"

"看来我们的将军们不懂得一条最重要的战术原则:如果一场战役开局就没打好,那就不应该再继续打下去,应该开辟另一战场,就像霞飞[2]在马恩河那样。"

米蒂克·勒杜列斯库很愤慨。

"难道你们就相信这些关于图尔图卡亚的蠢话吗？"他气得满脸通红,"你们就相信德国人的一切鬼话吗？……"说罢,他转身背对着我们,气呼呼地走开了。

奥里尚久久地望着他的背影,然后抓住我的胳膊肘问道:

"你认为在国内的那些好人,不管多少人,会知道罗马尼亚人的战争是怎么打的吗？他们会意识到德国人将打到布加勒斯特去吗？"

"也许知道……也许不知道。"

他郁闷地望着我,脸部表情线条分明。

"你听我说,格奥尔基迪乌,我们两个当中要有一个,也许是两个人一起,应该去趟布加勒斯特……要在那里找到一些能听我们说话的人,趁着还有时间。"

---

1 原文为德语,意为:谁能拯救罗马尼亚？——译者注
2 霞飞,一般指约瑟夫·霞飞(Joseph Jacques Césaire Joffre, 1852-1931),法国元帅和军事家。——译者注

"现在我怎么能离开这儿呢？"

他走近前来，紧挨着我说：

"我已经和迪米乌谈过了。也许能找到某一项任务。听说需派一名军官去押运一辆留守部队的运输车。"

我带着怜悯的神情，苦笑了一下。

"当然是团里的副官或别的什么人去呀。"

"迪米乌少校会设法让我们两人中去一个。"

"奥里尚，照你看，我们在那里能做什么呢？"

"跟国会里某个有影响的议员谈谈，让他打开其他所有人的眼睛去发现真相。"

我从树上折下了一根树枝，数着那上面的叶子。

"你听我说，奥里尚，如果我们能到那里，我们只有唯一一种办法：左轮手枪。你有这个勇气去干吗？如果你愿意的话，咱们开小差好了……你能这么干吗？"

他陷入了沉思。

"这太复杂了吧。"

"那么就顺其自然吧。"

吃过午饭后，我睡了大约两个钟头，醒了以后又马上想起那些信来。妈妈先告诉我家里一切都好，接着写道："斯特凡，妈妈的宝贝，每天晚上我们都要向上帝祈祷，他是我们唯一的希望……记住，要安分守己……举止要跟其他人一样。"可怜的妈妈，你认为"其他人"的举止是怎样的呢？妻子的信写在一张长长的淡紫色的纸上，信中对我寄去的赠款表示感激。"这真的是出乎意料的礼物，使我感到惊讶的是……你在那里作战时，还那么记挂着我……再一次向你致谢，感谢你在有关钱的事情上做得这么漂亮；我们最后一次分手时稍显冷淡，对此我深感遗憾。你走后我十分难受，第三天就离开了肯普隆格。我一个人走的……只和女仆在一起……我们好不容易才在火车上找到座位。这里一切都正常。如果可能，请多给我写信来。你写信告诉我，你把那张存放我们文件的美国桌子的钥匙放在哪儿了……昨天我去我妈那儿了——现在我整天都是独自一个人……吻你，请多写信来告诉我你那里的情况。你们一直在进攻，这是真的吗？这里大家都为此感到十分高兴。"

桌子的钥匙、文件，我做得这么漂亮（？）这一切于我而言又意味着什么？……在那里，他们有"明天"。他们怎么知道，瑟瑟乌什村子昨天到底发生了什么？看到"现在我整天都是独自一个人"这句话时，我笑了，倒不是因为我了解她这种典型的、几乎是不假思索的谎言，而是因为我回想起来，因为她，自己曾受了多少痛苦。现在这一切仿佛都已留在了彼岸，而在我俩之间，未必会有什么偶然的想法，就如同一丝细线，还会把我们连结在一起。

现在只有一个问题使我感到好奇，就像一个绘画爱好者常提出的那种问题："当军队正在作战时，这个世界是什么样子的？街道上和餐馆里的气氛如何，人们在餐桌边会谈些什么？"如果现在能看到哪怕是一份诸如《晨报》的大报纸，那么我甘愿付出任何代价。我真想看看，报道有关罗马尼亚的战争消息时，那上边用的什么字体？又用的是什么标题？

"你不睡吗，格奥尔基迪乌？"紧挨着我躺在旁边一张床上的图多尔问。

"在睡觉,……已经睡过了……这会儿正在看家里来的信……"

"走,咱们去看看科拉布的马吧。"

科拉布把他的战利品——一共四匹马都拴在隔壁的马厩里,那里变成了军官们碰面会晤的地方。

"瞧,这一匹是从埃斯特哈希的马厩里弄来的,"新主人指着一匹四蹄如雪枣红色的骏马说着,那马通体紧实,脾气暴躁,像匹赛马,"我是从一位伯爵那儿弄来的。"

为了增加他作为战利品的马匹数量,科拉布为敌人的骠骑兵巡逻队设下了最巧妙的陷阱。不过他只俘获了三匹马,第四匹是他从路上遇到的一个养马场里挑选来的,并且当着专门找去的证人的面,仔细算好价钱后,付了一大笔款子才买到手的。我们欣赏着那四匹体格紧实的骏马,它们性情活泼,犹如流动的泉水般灵动,我们却提不起兴致,就好像只在欣赏一幅画着骏马的图画。

"您拿它们做什么呢,大尉先生?"

面对这一问,他只感到诧异不已。

"什么我拿它们做什么?在和平年代,一匹像这样的马抵得上我一年的薪水,我的先生啊。"

"当然啦,对于一位少校,马是必不可少的。"一个中尉军需官以为他是在开玩笑,便顺着他的想法,附和着说。

但大尉的回答相当尖酸刻薄:

"将来升少校的是你们,你们这些管军需的贼子……而我只是要建一个饲养赛马的马厩而已。"

"为什么您说是贼呢,大尉先生,为什么您骂我们是贼呢?"

"看看他吧,"大尉鄙夷地向我们指了指那个中尉,一面不断抚摩着枣红色骏马光滑柔软的鬃毛。"不管他们是不是给我们送吃的东西来,反正都要记在账上。即使送的食物都是从当地农民家里抢夺来的,他们也都记上账,甚至还要额外多添上一笔。"

我们都笑了,脸色变得煞白的中尉也笑着。不过我们确实听到了一些传言,说是军需官们都弄到了一大笔财产,并且还把钱寄回家去——因为他们确信,和以往一样,他们最后准能逃脱罪责。

中尉为了和我们缓和一下气氛,便叫我们到师部的仓库去,在那里请我们抽香烟,喝瓶装的葡萄酒。

路上我跟奥里尚和图多尔·波佩斯库讨论起来。

"我了解那位中尉,他肯定能回去的,可科拉布呢?"

"是啊,这可真奇怪……对此他这么肯定……"

科拉布使我心中产生一种缓缓而来的恐惧,他就像一个病人,与周围所有人不同,并不知道他拥有的幸福和满足感只不过是些垂死的征象,因此,他还在制订暑假度假计划。

已变成军人王国临时首都的村子里,各条路上的大马车、弹药车,甚至还有小汽车,来来往往;被丢在路边的辎重车和大炮,正在藐视任何关于秩序的想法。

村子里各处的院落都挤满了大马车和四轮轻便马车,如同有集市时的客栈,人们来回奔忙,熙熙攘攘。

葡萄酒和小点心——估计都是师部军官食堂的——味道都很不错。

"只要我们驻扎在这儿,一个星期、两个星期,我们都是你的顾客,瓦西留。我们保证让你财源滚滚。"

一个身材矮小、蓄着金色胡子的中尉惊讶地问道:

"你们认为我们会在这儿驻扎两个星期吗?

"?!"

"三天,最多一个星期而已。"

"三天?为了三天,他们就把我们带到师部来吗?"

我们一起参观了我们的营地,并决定在晚上跟所有的朋友一起聚餐一次——也就是图多尔·波佩斯库、奥里尚、米蒂克·勒杜列斯库这几个,还有我。

但看来勤务兵们早已传播过我们聚餐的消息了,以便可以邀请其他人也来参加。

"那你带什么来呢?不,炸雏鸡我们已经有了……沙丁鱼我们也有了。"

"是吗?……那我带填馅儿的辣椒吧。"

有一会儿工夫,我们都快笑死了……填馅儿的辣椒?……这是个什么主意,可以今晚吃吗?……

"不错,是填馅儿的辣椒……看来他已经找到炉灶做好了……"

我们差不多都相信了……奥里尚甚至还做出一些合情合理的回应:

"亲爱的,填馅儿的辣椒,要知道这可是那些体面人——他们有床,有桌子等等——吃的东西……可不是那些永远无家可归的人吃的烤雏鸡。"

我们当然同意吃这个好东西了,但现在我们的这个朋友遇到了个困难:

"不过我不确定……东西够不够大家吃……我可只有一盘。"

我再一次确信,在前线没有那种"鲜明、生动",并充斥于文学作品中的所谓的典型人物。所有那些"鲜明、生动"的人物,他们想——并且也故意——要造成这样的印象,就像留大胡子的人都希望有一副好看的外表一样。在他们那些一再重复的怪癖和惯用语中,有着蹩脚演员的那种做派和味道。证据就是:如果把有这种"鲜明、生动"的癖好,又爱逗乐的人好好地呵斥一顿,同时认真、严肃地同他谈一谈,那他立刻就不再扮丑,也不演戏了。对待战争尤其不能儿戏,容不得一丝差池。战场可不是剧院,即使在开玩笑的时候也不是。因此只有在军官餐厅里,军需机关处和行军后休息的地方,才能遇到这些"鲜明、生动"的典型。上述那些地方,对那些身处前线的人来说常常极具诱惑力。现在的我们实在是感到快活无比。

晚上下起了蒙蒙的细雨。在我的房间,铺着白床单的床板板正正(三天里我在仓促中总共只睡过三四个小时),桌子上也按照要求,为六个"人",而非生物,摆好了餐具。但即使桌子上堆满了食物,酒杯里斟满了酒的时候,我们也只是好像那些话剧中没有台词的群众演员,他们笑嘻嘻的,高声呼喊着,用空的高脚酒杯喝着酒,这种所谓的欢乐,是一种毫无生气的欢乐。

勤务兵端着一碗热腾腾、冒着香气的汤——他到底往汤里放了些什么？——有些不安地说：

"少尉先生……这个味儿我闻着不喜欢。"

"什么，放的是瓦西列斯库先生的辣椒吗？"米蒂克问道。

"不是，XY 团接到了整装待发的命令……"

勺子纷纷叮叮当当地跌落在盘子上。仿佛有人把泔水倒进了刚才正在喝的汤里。

"你去看一看，尼古莱……喂，还有那个在那儿的，巴拉斯基夫……你俩去看看到底是怎么回事……"

没有一个人再吃得下东西了。屋里是一种混杂着厌烦和疲惫的烦躁气氛。我们和 XY 团是一个集团军的。

巴拉斯基夫一路叫嚷着回来了，高兴万分：

"只有 XY 团接到命令……我们这里没听到什么。"

但这个消息不足以让我们的胃口再好起来。我们甚至都不说话了……图多尔·波佩斯库走了出去，挺直身子躺在一张床上等待着。

街上传来一阵阵长长的信号声，一个又一个新的命令。XY 团正在整队，准备晚上出发。

"你们瞧着吧，他们不会打搅我们的。我有这么一种预感……不会来打搅我们的。瞧，我就管我自己吃饭，毫不担心……"

我们一句话也不说，此刻只满足于抽着香烟。

九点钟我们等来命令，整装待发。接着我们在寒冷刺骨的秋雨中整好队形。

"您看,少尉先生,要是我们扔掉橡胶雨衣的话……"

"好样的,杜米特鲁,你是个尽职的传令兵……"

"是的,少尉先生……"

"是什么?"

"我就是这样……就像您说的一样。"

"你是个傻瓜。"

我身上还是穿着那件单薄的军官制服(因为还要过很久才会让军官们穿上匆匆改制的统一的士兵军大衣),就是我在圣玛利亚日前夕离家时穿着的那件衣服。

所有人都羡慕地打量着我的雨衣……奥里尚有一双骠骑兵穿的红色的高筒长靴,但他一直非常犹豫,没有决心把它们穿上,因为他怕万一作战时,红颜色过于显眼。

我们跟在炮兵的车队后面,仿佛跟在一辆灵车后面慢慢走着。夜黑得伸手不见五指,我们刚一出村子,就发觉已在连绵的秋雨冲刷中变得泥泞的道路,现在已变成了一片真正的沼泽。我们相信,今天或者明天都不会投入战斗的;但即使我们这么确信,不过在泥泞的道路上,在漆黑的夜里,在这疾风苦雨中行军,简直令人可怕。我们一步一滑,只能互相拉扯着,却也常常一起跌进路旁的壕沟里。

"注意……前方是被炸毁的桥梁……"消息一个人一个人地传递过来。但因为四周漆黑一片,伸手不见五指,我们大家一个跟着一个,全都掉进了泥塘里。我们互相拖拽着,努力从泥塘里站起来。我们每前进一步,几乎都是走三步后的结果:一步滑向右边,另一步膝盖一软,滑向左边,最后一步才走正,可以向前。

我无法搞清楚我们是在朝什么方向前进。

"注意……注意…… 前方有一辆陷在泥里的辎重车。"

为了遵从指示来行事,我们从一旁绕了过去,但心里也在问自己,这么做是否搞错了。我们大概是从一门大炮旁边走过,可始终不知道它的确切位置。

我已经精疲力尽…… 双膝发软弯曲……

我的软羊皮皮靴此刻好似用围在我双脚周围、冰冷的烂泥做成的箍子……

我十分吃力地试图把脚拔出来,但泥土仿佛要把它们吸进地里去一样。

雨一直下个不停,四周也是漆黑一团,我们似乎是在一处矿井里迷了路,因为没有一根火柴,所以连一丝光亮都看不到。无疑,香烟头上闪过的星星之火和太阳之间的区别,倒不像白墙上的闪光和绝对黑暗之间的区别那样大。

当道路转弯时,黑暗好像变成了液体,仿佛把我们的脸也洗净了。

前方某处出现了一点火亮。周围立刻响起一片喊叫声:"灭掉……请灭掉光亮!"而这是愚蠢的,因为一星火光不会暴露阵地,因为根本就无法确定它是在哪里燃烧的。我们继续在黑暗中摸索前进。

"扎姆菲尔……尼古拉·扎姆菲尔……"无人应答。"扎姆菲尔……!"

我将手放到我左边的一个人身上:"你是扎姆菲尔吗?"

"不是,朋友……你的扎姆菲尔八成是悄悄溜了……"接着他用士兵们常骂的粗话冲我骂了一句。

"那你是谁,…… 喂,你听见我说的了吗?"我一把掐住他的脖子。

有人听出了我的声音:

"喂,这是九连的少尉先生……"

"少……少……尉先生……我是七连的……"

"七连的?"我抓住我前面那个人的背包……"你是谁?是哪个连的?"

"瓦西里·托尼杜,七连的。"

"喂,怎么,你们这里都是七连的吗?"

"不,少尉先生,我们是八连的。"另有五个人同时回答我。

"那九连在哪里呢,喂?…… 哎,九连的人呢?"

"在这儿,少尉先生,"一个人回答了我,他的声音好似会发出强烈的磷光,这让我清清楚楚地感觉到了它。

"你们在哪儿,从这里:往前……还是在后?"

"呃,我们也不知道您在哪儿……"

"喂,谁有衬裤……或者白衬衫…… 把它们放在背上,让我们可以看得清楚一些。"

最后我们终于再次重逢…… 我们的连原来是在后面。

这会儿应该已经是半夜了…… 我们好像已经走了许久,一直走不到头。至于休息,连提都不要提了…… 也就是说,谁也不可能坐下来……虽说我们是在原地站着,但就像要站到永远似的。我们似乎陷进了几百米深的泥泞里。

现在,当我们在原地站着的时候,我只是觉得脚冷……然而我脑子里闪过一个想法，这想法如同一个疯狂的梦境，恍惚觉得自己可能在另外一个地方……因为此刻有一些人正睡在床上……或者是在干燥的屋子里……还有一些人正在马厩里休息，即便是坐在暖烘烘的马粪上。

"让开……让开……让开！"

是炮队！炮队从后面开过来了。

我之所以清楚这一点，是因为我现在不是撞在左边或右边的人身上……而是撞到马嘴和大炮的轮子上了。莫非炮队也和我们一样，走得这么慢吗？马是不是能看得清楚一些呢？

过了一会儿，大炮也陷进泥泞里了，同时大家还发现，步兵们坐到了连接火炮拖车的铁链上了。于是叫喊声、咒骂声、钢铁的拖拽声、车轮的轧轧声此起彼伏；人们头顶上不知从什么地方传来不安的惊呼声："安静！"

从某一时候起，疲惫感一阵阵袭来，让我差点失去理智。一连三天三夜，我只是昨晚在路旁的壕沟里睡过两个钟头，今天午后又睡了两个钟头。现在两只脚在泥泞里根本找不到支撑点，脚自己在泥泞里滑来滑去，那样子就好像我的膝盖里有根橡皮筋似的。我真想坐倒在地，让战友们的皮鞋和马蹄从我身上踏过去。

如果能当上哪怕营里的一个副官，那我就能骑马前行了。

我认为自己的要求一点儿都不过分。几百名炮兵都骑着马。大尉以上的军官也骑马，副官也是。当然啦，另外的军官也都在这儿，在这泥泞铸就的地狱里，在团部，在旅部，在师部，在一切军需部门和所有的办公室里，在执行所有的任务和在所有的仓库里！我不愿像他们那样远离前线与炮火。我别无他求，只想要一匹马，骑着它，这样就能和我那些显然更强壮、更坚定的伙伴们并肩前进。

我们走了整整一夜，这时的我已完全丧失了时间概念，我敏锐地感觉到，目前所发生的一切是永无止境的，且毫无人性。

雨停了一会儿，然后又开始下了起来。

扎姆菲尔终于再次找到了我（虽然我们谁也看不见谁的脸），整整一晚他都在帮助我和泥泞搏斗，他告诉我，马上就要天亮了。我带着点痛苦的口吻问他是怎么知道天要亮了。

"我告诉您，少尉先生，假如又开始下起雨来，那就是个预兆，说明天就快亮了。"

真的，不久四周的黑色开始变成了灰色，后来又变成暗白色，就像海上的情景一样，虽然已能看出黑色树枝的大概轮廓，但是人影仍是如在雾中，影影绰绰，因为大家的军服都是灰色的。

雨下得更大了。风时而掀起冰冷的雨幕，抽打在我们的脸上。我们的呼吸都变得困难了，但仍坚持向前。

天终于泛白的时候，我们仿佛从隧道里走了出来。雨和秋风急急穿过仍然郁郁葱葱的树林与灌木丛，带起一阵白如云朵的烟雾，直扑道路的两边，我们现在已走在一片年轻的长满鹅耳枥和橡树的树林里。我们寻找着自己人，并在行军途中重新组成了各个分队。又过了一阵，队伍停下来了。此刻取代疲倦的是另一种同样可怕的感觉：寒冷，我们都被冻得麻木了……休息一会儿之后，我们就像马匹倒换蹄子那样，开始在原地踏起步来。我们浑身上下的衣服都湿透了，仿佛是冷冰冰的胶水一般紧紧贴在身上，我的软羊皮皮靴在昨晚就已经破了，现在穿着灌满了污泥的袜子和鞋尖已脱落一半的鞋子，我觉得这样比光着脚还要难受。严寒深入骨髓……此外，我感到水流好似冷冰冰的蜗牛，沿着我的脊背慢慢往下流，水珠偶尔抖动一下，如同雨水打在玻璃上那样。夏季的雨水是温暖的，但这却是令人绝望、冰冷刺骨的秋雨。

差不多早上九点钟左右，少校转向左面一块小小的山谷，谷底地上铺着厚厚的一层枯黄的落叶。现在我们在奔跑了。远方一场激烈的炮战已然开始，或者这只是我们的感觉。战前，我曾多少次在从皮特什蒂到斯拉提纳去的铁路线上，从餐车的车窗向外看到这样的小山谷啊！

我们走近一处更为宽阔的山谷，在谷底那些被雨水淋得枝条低垂的柳树下，应该是有一条小溪在流动。远处，在距离我们几公里的右面，我们的几个营好像正沿着宽阔的山坡边向上爬，边发起进攻。我们认为，此刻敌人占据了位于前方一处低矮、长满树木的小山岗，而它的山坡正受到敌我双方炮兵的轰击。在右方，敌人正在着力构建长度达五十米的火力网，他们大概认为那里是我们进攻的必由之路。而雨又停了。

"赶紧成散兵阵……成散兵阵！"

少校开始向面前林木茂密的山岗发起进攻，因为他认为那儿埋伏着敌人，而我们布成散兵线，发起了一场真正的冲锋。也许那里曾埋伏过敌人，不过早已撤退，对此我并未搞清楚状况。可是当我们高呼"前进……前进！……"冲进树林里的时候，那里连一个人影也没有。倒是我方炮兵集中火力向那里射击，将我们全部驱散。

"叫我们的炮兵停止射击……叫我们的炮兵停止射击！"所有的人都在绝望地呼喊。

我们只能一直往前跑。在山岗的另一侧展现出一幅广阔的景象。下面仿佛放着一个巨大的绿色盘子，直径有两三公里，边上有些适合作牧场的小山丘，左面是一片树林。中间有几条蜿蜒曲折的小溪及叶子已变枯发黄的小灌木林。敌人的一个影子都找不到。但我们刚一冒头，敌人的火炮——我可认出了它，它和前天的火炮一模一样——已经在我们面前掀起一股股焦油和烟尘构成的龙卷风，伴随着隆隆的炮声和钢铁崩裂的巨大声响。

"到前面去，快和右边的人取得联系！"迪米乌少校对我大声喊。"联系……联系……快通过火力网。"

他以为震耳欲聋的爆炸声让我听不清他说的话，所以就用手指指我，又指指左面：

"沃伊库列斯库，穿过树林……树林……树林…… 听见了吗？……前进……"

隆隆的爆炸声，成双成对的炮弹朝我们砸来。当炮弹击中山坡时，整个山岗仿佛在地动山摇。野草丛生的土地上顿时裂开一个个仿佛是黑洞洞的火山口，大小好似火车的车轮。

炮声中断了，人们惊魂未定，呆立原地。不过我们的处境比前天要轻松多了。为构建火力网而发射的炮弹的射程是固定的，也是毫无目标的。而那些开炮的人当然也是待在离这儿很远的地方。我们现在站着的地方离火力网大约二十步远,没有一发炮弹落到这儿,如果我们在枞树之间穿行四十步,那个地方同样没有掉落一发炮弹。

我站立着,心都揪紧了,用力叫喊着我的士兵们的名字……"尼古拉·扎姆菲尔……乔尔巴久……快一起走吧!"但走了几步,大家就都停下来了,而我的身体、我的神经极其同意他们的行动。

敌军的另外几条散兵线卧倒隐蔽在我们的前方。火力网的目的就是要拦截我们,并阻截我方后备部队,而我们没有能力穿过炮火,直扑向前。大地整个都在战栗。这里有一头《启示录》中提到过的野兽,它们身形巨大如高山,不过这一头现在却是无形的,它就像一条用爪子正在刨坑的狗或是用脚掌挖坑的其他猛兽,一边咆哮着,一边把泥土抛向一个地带。

我往地上跪下一条腿,又把枪和雨衣丢到一旁,这样可以让自己感到更轻松一些,随即又四下张望,寻找一处可以安全通过的地方。我觉得左边炮弹落下的间隔比较有规律,因此大抵可以从那里跑过去。但突然一条带着如同排箫吹出的咝咝声,流水般倾泻而来的金属线,就像一条被激怒的蛇,呼啸着从我身旁飞过。

"机枪……敌人在用机枪扫射……卧倒!"

"这下我们完了,因为没有任何掩蔽物,不管我们卧倒……还是没有卧倒……,这样被敌人机枪扫射,我们必死无疑。"

"扎姆菲尔……格里戈里察……"

于是我向前朝着火力网冲去。

在我身边落下的炮弹，犹如击中我邻舍并让其陷入火海，又震碎我们房屋窗户玻璃的隆隆雷电。但这雷电与炮弹的暴风骤雨相比，简直微不足道，因为雷电的袭击只有一次，一旦落下，你若毫发无伤，那就安全了……可在这里，正因为落下了一发炮弹，你才知道，还会有其他的炮弹接踵而至。

在这不断呼啸而至的火力网中，我提前卧倒了，或者说不定是我们大家一起都卧倒了，因为我什么也瞧不见……"我没被击中。"在四分之一秒的短暂瞬间，我这样判断。

接下来又是疯狂的飞奔……

我终于到了那里……在枪林弹雨之下，在拼刺刀搏斗之后……我仿佛通过了一道大门。我想到的不是突破火力网的那道大门，而是那耸入云霄的无形的大门……那是死亡之门……通往另一个世界的大门，通往寒冷的天界的大门。

所有的一切都让我有了新的感受……一切都回到了原始状态……

我后来到了前面，一个小山谷的地方，一条散兵线卧倒在灌木丛和低矮的树丛之间……右侧几百米远的地方，我们的步兵散兵线正在向后撤退——这个我看得很清楚，因为他们是在一片开阔的草场——就像一道先从一头……随后又从另一头倒下去的篱笆……我没有看到任何一个敌人，除了在左面很远的一个山岗上，有一条散兵线卧倒在地上，仿佛是些模糊不清的小土堆，简直就像是在团里打靶场上设置的靶子。

我马上跳了起来，对一个被我追上的军官大声喊道：

"大尉先生，赶快前进！"

大家一起向我咆哮,就像剧院里坐在后排的人看不到舞台时那样:

"卧倒,卧倒!"

"请卧倒,先生,不然他们会把火力转向我们的……你想让敌人发现我们在这里吗?让敌人去侧翼扫射林子吧。"

左面还有我们营剩余的一些人,从那边不断传来叫喊声:"前进……前进……"这让我觉得在原地一动不动就好似在临阵脱逃。

在这生死攸关的瞬间,我觉察到——不过只是为了自己,也许毫无根据——在远处还不是人们通常所说的一个人在战争中必须经过的那种"弹雨"。时而有一梭子弹如田野里的秋风般呼啸而过,时而它们从更高处掠过……时而又像蛇一样嘶嘶尖叫着,在近处飞过。而炮弹则突然从高处飞过,恰似正在驶近的列车,轰隆隆地宣告自己的到来。接下来它们成双成对地落到我们后面的土岗上,只是在用一种巨大且愚蠢的力量将那里的树林变成尘土与灰烬,因为我认为那里已经没有任何人了,而山岗是他们摧毁不了的,不管怎么轰炸。

不过,也不能说这一切全都是"徒劳无益"的……我明白他们对着土岗乱轰一气,不仅能迫使我们所有的炮兵沉默不语——因为连一门罗马尼亚大炮都没有在这里射击——而且还是一种无用的示威,就如所有象征性的示威一样,而命运,这指的不仅仅是我的命运,而且还是全军的命运,早已决定了。当他们还能从容不迫地向我们发射这种暴风骤雨般的炮火时,不管哪个部队,如果不损失一半人、不会瓦解的话,绝不可能通过这样的炮火，这意味着我们注定是要失败的。

"Wer kann Rumänien retten……？"

突然，好像是从右边什么地方又呼啸着飞来一梭子弹，它们如同利爪，扎进我们中间的泥土里，如同在集市上那样立刻引起一阵叫喊声。

"当心……我们的人在向我们射击……当心！"

原来是在上边山坡上出现的一条散兵线，他们也和我们一样，不知道敌人在哪里，而以为所有在这山岗后边的人都是敌人，于是就朝我们开枪射击了……

我们一边高声叫喊，一边四散逃窜，竭力弯下腰来，躲进小山谷底上湍急的河水里进行掩护。

"别再开枪了……"有人从后面大声呼喊，"别再开枪了！"

这时我才看到，我们有几个人被打死了。他们一只手放在头下，仰面躺着，大家几乎是同一个姿势。有几个人明显是从背后被击中的。

在奥尔特河，在布朗城、麦古拉山作战时的那种激情与振奋，此刻已消失殆尽。

我心中的悲愤仿佛遭受了玷污，如同面临死亡时的痛苦。右边很远的地方，我们的士兵一群一群地往回走来（难道他们不会被火力攻击？难道那里没有战斗？）。在黯淡的暮色中，这一切就像在送葬。

在这次撤退面前，我看到的四十年来书籍和报纸上刊登的文章都是空洞的，犹如一些空抽屉，而这次撤退才是真实的情况……

战争的悲剧不仅仅是要持续面对死亡的威胁、屠杀和饥饿，而且还要经受频繁的精神考验，是和你自己的这个"我"持续发生的争执，因为现在的这个"我"对你以前以某种方式所认识的一切有了另外的看法。

我和一整个散兵线的士兵在山谷里待了大约半个小时，他们浑身上下都湿透了，被痛苦吞噬着。士兵们不安地望向右侧。"敌人可能会从侧翼抓住我们。"但这是不可能的……侧翼空无一人，看不到敌军的任何痕迹。

我们的人以愚蠢的方式开始向上射击，盲目地对空开枪——不过，我们也什么都看不见。嗒嗒嗒的枪声震耳欲聋。

但从左侧听，也就是树林那边，又传来我们那几个营的叫喊声："前进，前进……"

我再也不能待在原地不动了。

"前进吧，大尉先生……快，你也听到了……就在左边……"

从某种意义上来说，要往前跑，并不需要多大勇气；当田野上空无一人时，至少会让人产生这是在进行演习的印象。

大尉用手给我指了指，示意我后面的树林里正在发生的事情……

留着两撇长长的山羊胡、双肘支撑着脸颊、坐在自己士兵中间的大尉，对我来说是一个谜……

既然今天我们反正是死定了——因为已容不下任何疑问，这一定会在今天发生——那么不向前冲，而在这儿等着吃子弹，这又有什么意义呢？

我在一阵毫无理性的狂热中开始高声大喊："前进……前进……"同时还陶醉于自己的吼叫声中。大尉和他的士兵们都站了起来，大家呈散兵线一起高声大喊，急速向前冲去。我们用连续跃进的方式跑出了大概三百米远的距离。

之前稀稀落落射来的子弹，现在变得越来越密集，就像猫喵喵的叫声…… 一挺机枪在远处嗒嗒嗒地开火，但射程并不远。射来的子弹扬起了泥土和野草，就在我前面约五十米处的地方。之后林子里便传来罗马尼亚人的呼救声。敌人一言不发、自动地工作着，如同一台精准的机器。

大尉下令我们朝着正前方的树林开火，他希望我们这招也许就打击了敌人的侧翼，他认为，敌人就在我们营对面与我们对峙。我强烈反对这个判断，因为我确信我们是在向自己人射击。但我已无能为力，因为我们的人已经开枪射击了。

我们没有再往前冲去。

"算了吧，先生，咱们就在这儿等着，让敌人从侧翼穿过树林时去逮住他们吧！"

现在我明白，在这片遍布火力的田野上，除了前进，有关调动部队的任何想法都会导致死亡和失败。

但我仍然一再高声呼喊着："前进……前进……"而我的喊叫声仿佛是一针强烈的兴奋剂，同时也是一针麻醉剂，就像是一口气喝下去的一杯葡萄酒。奔跑让人激动兴奋，但也使人麻醉。

"扎姆菲尔……马林……乔尔巴久……快走！"

我站了起来……一梭子弹从近处射来，但在和我一起奔跑向前的人中，没有一个人被射倒。

　　跑了十步后，我们不得不停下来卧倒，但立刻又站起来了：在我们面前出现了两个巨大的弹坑。我们奔跑着，在被雨淋湿了的草地上趔趄不已，滑进弹坑，每个弹坑里都挤了四五个人。但就在我们面对猛烈的炮火袭击的时候，却发生了一件意料不到的事情。因为当我们卧倒在草丛中的时候，敌人看不见我们。而我们一站起来，就暴露了自己⋯⋯现在，在黑色的弹坑里，穿着绿色军服的我们就被看得一清二楚。呼啸着的子弹非常密集，不过是从我们的头顶上方掠过。现在它们既从前面，又从后面飞来，那是那些留在小山岗上的人从上方在射击。尤其是现在，机枪也在搜寻着我们。也许机枪手还不能确定准确的射程，因而子弹只射在离我们前面十步远的地方，密集的子弹仿佛是老虎的利爪，刨起了草皮和土壤，然后子弹的落点越来越近，在嗒嗒声中，他们似乎觉得自己搞错了地方，于是又在离我们前面二十米的地方倾泻下一阵阵猛烈的金属雨来。和我一起挤在弹坑里的士兵们，头也不抬，发疯般地进行还击。敌人不知从什么地方不停地朝我们射击。毫无疑问，这还不是"枪林弹雨"，机枪点射也相当没有准头，但只要是其中的一发子弹袭来，对于我们当中的任何一人来说，就足以造成诸如海难、极具灾难性的大地震或世界末日般的后果了。普普通通、短促的啪的一声，就犹如一记马鞭抽在人们的额头上。

　　在弹坑里，挤在我背后的士兵们开始还击，他们的武器就在我耳朵旁乒乒乓乓地炸响，震耳欲聋。有一刻，其中一人甚至把他的步枪架到了我的肩膀上，我愤怒地用手将它推到一旁，

405

因为我的耳朵马上就要震聋了。我想下令停止射击,但周围的噪声实在太大了,就像飞机的发动机开动时发出的声响……

我们必须离开这个弹坑,因为如果要死在这里,那可就太愚蠢了。在我们的前方,我看见有一个新出现的土坑。可我不知道怎样才能让我们的人停止射击……我在坑边双腿跪立,如同打牌一样,我孤注一掷了,因为从后面来的危险更大。我向埋伏在小山谷里的人不断示意,叫他们停火,以便让我们能进攻,且不必担心被他们从背后开枪打死。我又用手推开弹坑里一个士兵的步枪,他正在盲目射击,枪声震得我晕头转向。

最后我双腿跪着,用右手撑在草地上,左手向后边的那些人打手势,但是有人立刻用一条树枝在我手上打了一下,而后我马上被拽着脚拉回弹坑,这一摔让我措手不及:

"这是怎么回事?喂?"

"您受伤了……左手。"

一只手套全都沾满了鲜血…… 一根手指摇摇晃晃地悬挂着,虽然还在手套里,但仿佛是用一根线系在上面一样,但我并没有感到疼痛。

在我的身旁,士兵们用眼神向我示意,去看看乔尔巴久,但我什么也不明白,因为周围噪声震耳欲聋,而他们却不知为何要低声跟我说话,而且为何神情还透着一份神秘和诡异。最后,我终于明白了。乔尔巴久的脖子断了,头软绵绵地耷拉在军大衣粗糙的领子上,此刻他的左颊紧紧贴着手掌转向后方,仿佛他再也不愿向前看了。

一条细细的鲜血从他的嘴角顺着下颚流了下来。早已凝固住的眼神似乎还在避免与大地接触。

"一定是从后面射击的人打中了他的后脑勺，"一个坐在弹坑底部的士兵大声说着他的看法，"而且我认为您也是叫后边射来的子弹打中的。"

"不是。他也和少尉先生一起探出身子了，当他打了个手势，回过头去看看那些人是不是停止射击了，就在这个时候，子弹打中了他的后脑勺……应该还是从前面打来的子弹……"

这会儿我们好似坐在坟墓里。

此刻射来的子弹并不密集，但就在远处，那些影影绰绰的"小土堆"立了起来……接着就向左边，向树林那里一直跑去，他们是敌方的步兵。只是当他们一个接着一个悄悄地溜过去，仿佛穿过一条道路，随即又要消失的时候，我们才能看清楚他们。

后面德国人的炮兵几近癫狂，似乎又增加了一些新的火力点，因为现在被炮兵轰击的树林里整条整条的树干和被炸碎的树块上下翻飞，浓烟滚滚。有些炮弹从山岗上急促掠过，看来他们在轰击不久前我们曾经停留过的那块小山谷。在右侧，我们的人已经一个也没有了，但树林里还不时传来枪弹的噼啪声，伴随着阵阵的回声，变成了一片可怕的轰鸣。

我问自己，现在我们该怎么办。进攻？那是根本就谈不上了。只希望我们的人能够尽可能地打退敌人的进攻，而我能在这个弹坑里一直等到战斗的结束。但根据炮火逐渐向树林纵深地带射击的情况判断，我惊恐地发现，我们的人在撤退，或者是我们在逐渐被包围。

一想到我可能被敌人抓住，一种像雨水般冷冰冰的绝望霎时攫住了我。这次败仗，这渐渐降临的暮色，这只一直被我小心呵护着的手（我保护它，就像一条狗保护一只被汽车碾碎了的爪子一样），这一切都让我感到了死亡的气息，这无论何时都无法改变的结局。

　　这时，我脑海中如同火花一闪，就像要离开死神的怀抱，我立刻决定离开这里，毫不拖延。惊恐万状的士兵们试图拦住我。此外，我的神经再也承受不住任何事情了。步枪从这个弹坑里，直接朝我的耳边开火射击，枪声使我晕头转向，神志不清，也让我狂怒不已。

　　我开始向后面走去，就像一个梦游病患者，挺直了身子，独自一人朝着这绿色的田野走去。我不回头看，也不左顾右盼，脑海里只有一个想法，即如果我能穿过这五六百米的距离，那就能摆脱一切了。我很清楚，只是"如果"，只是"那就能"，因为我得重新穿过那片火力网和那片被炮火轰击的树林。每一瞬间我都可能被打死……但如果我能到达那里……要寻求一条生路，这个想法在一直在我心中跳动着，犹如血液在被割断的喉管里翻腾。但是鼓励我采取这一疯狂行动的原因在于，这是一场短暂的游戏。只消一刻钟，我就能摆脱一切得救了。我一向认为，玩轮盘赌时最好将所有的钱全部押注在一个号码上。这样事情就简单化了。

　　一路上如果非常荒谬地没出什么事情，又如果我挺直了身子，样子就像野战医院的一具尸体，独自在这一大片田野上向前走，一刻都不停留，也不管发生什么情况，也要经历这一刻钟的时间。但无论如何我都不能停下脚步,不能随时关注在我周围正在发生的事情,不然我就会失去勇气,就会头晕目眩,好比一个杂技运动员,不能往下看一样。此刻我真的慢慢地向前走,只是在穿过好比自动发射的火力网时,才跑了起来。

但在时间上还是有了拖延。我无法爬上一座通往树林里去、高度差不多有五六米的小丘。因为我无法使用左手,而潮湿的草丛又很滑。有一刹那,我想我要完了。这会儿我看到了飞来的子弹,因为我能看到它们是怎样钻进泥土里去的。射来的子弹比我想象的还要多。一想到我可能爬不上去,我几乎就要晕倒了,但我脑子里立刻回想起了那个我们曾向他打出了大约二百发子弹的骠骑兵。我用右手抓住草丛,脚后跟斜斜地紧抵着地面,终于爬到了上面。在树林里遇到了我的勤务兵。我脱下手套——连同那根被打断的手指也一并扯了下来——用手帕包上鲜血淋漓的手,我原以为自己已失去这只手了。而敌人的炮兵正在向左边约二十米远的地方射击。如果把炮火转向这里,那一切就都灰飞烟灭了。

又过了一刻钟,我从树林里走了出来,经过小山谷,又爬了上去,此刻我已经来到了上面一条宽阔的公路上。

在我看来,这是一道崭新且无形的大门,这次已向另一个世界敞开,或者也还是通往同一个世界,只不过是我走向了相反的方向。

野战医院的救护车把我们带到了公路的中间,那里有一个战地医疗所,而师部的救护车会从那儿把我们接走。我看见躺在地上的伤员中有一群德国人,他们是在我们像疯子那样狂喊

"前进！前进！"之后，被一起抬来的。

他们的军服颜色显得更灰白，质地也更柔软，宪兵式的高筒军帽上蒙着一层呢子面，这让我觉得有点不可思议。当我还是个小孩子的时候，我常常听到人们谈论起鬼魂和幽灵，但我从未见过它们。我们一直在和德国人作战，现在终于在近处像看其他人一样看到了他们，而他们也只是些会说话、会遭受痛苦的人。而我以前却认为，他们只是来自远方的一种意识，是炮弹和子弹的呼啸声，以及一些模糊不清的影子。

对我而言，他们拥有在马祖里湖战役[1]、伊普尔战役[2]和在凡尔登战役中赢得的巨大声望。要是能听到他们对今天战况的坦率意见，我会不惜付出任何代价。他们的看法会成为我仅有一次的参考，会在记录我生活经历的词典中占有一席之地，之后在此基础上，经过比较，我最终能衡量出整场战役在技术上和精神上的价值和意义，建立起一条"底线"来，这就像赛马爱好者一样，他们根据自己的马和别人的马比赛之后的情况，来确定自己在所有参赛国家中（力量对比）的处境了。

伤员中有一个人侧身躺着，脸长长的，表情呆板，好像戴了一个面具。他戴一副镶着金边的眼镜，假如不是个军官，至少是个军士。德国人也和我们大家一样，或多或少地成排躺在路边上和壕沟里，仿佛躺在各种各样伤残者云集的地方……

---

[1] 马祖里湖战役，是第一次世界大战初期1914年8月17日—9月15日，俄军西北方面军（司令官为雅科夫·格里戈里耶奇·日林斯基将军）在东普鲁士对德军第8集团军实施的一次进攻战役。——译者注
[2] 伊普尔战役是第一次世界大战期间，协约国军队同德军于1914年、1915年和1917年在比利时西部伊普尔地区进行的三次战役。——译者注

这个德国人感觉到我在看他，于是扭过头来看着我。我就想随便跟他谈谈，但找不到任何由头。在交友方面我很笨拙，就像在大街上想和一位妇女搭讪，又不知怎么办才好；而他此刻也傲慢地回避"结识"。我没有香烟，不然就能请他抽支烟了。我很想和他谈谈，就像两位教师聊天一样。

当时，师里的救护车来来回回地往返了多次。还不会很快轮到接我们走。一个卫生员笨拙地在给我受伤的手换绷带。

最后，我为自己的腼腆、害羞生起气来，于是用法语问那个德国人，他伤得是否很严重。他用目光把我上下打量了一番，然后也用法语简短地回答说：

"我和您没什么可谈的。"

我感觉得出他是从民族对民族，而不是从人与人的角度出发在跟我说话，而我本来只想他能跟我像普鲁士的一个居民和布加勒斯特郊区的一个居民，或者像康德和孔塔[1]那样地谈谈。我自己想了一会儿，犹豫要不要揍他一顿，虽说他是个伤员。我感觉他是故意这么对我的，这种和敌人"面对面"的游戏激起了我心中潜在的怒火。通常在战争时期唆使人民互相敌对的那些论据中任何一条也不能迫使我满怀仇恨、抱着杀人的愿望前去作战。至于我上前线的这个事实，对我来说，这不过是从道义上讲必不可少的一个行动，仅此而已。这无关祖国，就我而言，这个祖国和一个以其经济成就作为一个整体的国家观念，是不能混为一谈的，因为我根本不为罗马尼亚的铁制品和皮革

---

[1] 瓦西里·孔塔（Vasile Conta，1845—1882），19世纪罗马尼亚著名的哲学家、作家，曾任罗马尼亚教育部部长。——译者注

制品感到自豪；这也无关德国人的组织和管理，它们似乎也并不是那么坏；因此，这些都不能迫使我主动投入战斗，不能迫使我去杀人。只有一件事情，自从我了解并确认这件事情以来，总是让我郁闷不已，甚至怒不可遏。基于一种普遍的种族优越感，敌人便自命不凡地以为可以对我，对一个罗马尼亚人，发号施令。有时一些宣传性的书籍里模模糊糊地提到过这一思想，而我并不认为它是真实可信的。在这场战役的后半期，我找到了可以相信它的理由，那时一旦有人从距离很近的战壕里向我们挑衅，我便会满怀仇恨和得意的心情打出几发子弹，这种仇恨和得意的心情会诱使你去扳动小巧、精致的勃朗宁手枪的扳机，来打倒一个既厚颜无耻又粗鲁无比的大力士(这只是个证明而已)。每当有什么外来事件触及我意识中这一敏感的、民族性的层面，都会让我心中相同的怒火突然爆发。

但现在我强捺怒火，同时用坚定的目光凝视着他，迫使他听从我的命令，向我转过脸来，不管他是否愿意。

"你们德国士兵总想使自己在同一时刻既显得勇敢，又显得愚蠢。我看得出，就这两方面来说，您也决不例外。"

他抬起盖在肚子上的军大衣，一声不响地向我指了指上面一片血肉模糊的伤口，这方面我啥也不懂。此外，在前线任何一种伤口都不会让人产生特别的印象。伤员总是要比留在前线上的人得到更好的照顾。

"您的士兵们……"

我被激怒了，我也把我们的伤员指给他看……

"你觉得士兵们在战争中还会怎样呢？如果你想征服世界

的话……"

他带着苦楚笑了一声：

"他们强迫我带着射进肚子里的一颗子弹整整走了二十步。"

我因恐惧而吓得一哆嗦。后来我才明白了，我们的士兵是来自第二条战线的，他们不知道他受了重伤，当然就强迫他自己走到担架跟前去，然后就用这副担架把他抬到了这里，现在他就躺在这副担架上……我请求一个正在监督着把伤员抬上救护车去的少尉军医过来看一下，他带着不耐烦的表情，一言不发地给他打了一针。

"你是什么时候受的伤，大约几点钟？"

"三个小时以前，当时我们在树林里，受到了来自侧翼的火力攻击，我们整整一个营都被消灭掉了。"

那这么看来，那个紧紧趴在地上的大胡子大尉说让我们向树林扫射是对的了。连这次我都没有意识到自己的可笑……我错得一塌糊涂，也没有抓住正确的时机……而我做事一向都是如此。

德国人犹豫了一阵，然后承认他隶属于一个普鲁士团。而且他真的是个教师，也曾在俄国作战，并参加过凡尔登战役。我很想知道他对今天的战役有何看法。

"对我来说，这场战役是最艰苦的，因为我可能会死在这里，而在其他地方，我都活了下来。"

这个回答合乎逻辑，我立即对此向他报以甜蜜的微笑。

"但和其他战役相比呢？"

"不能比较。"

最初我把这个回答看成是一种侮辱，因为一只狮子和一条狗是不能相比较的。我感到我根本无法了解未来，因为得不到能帮助我了解即将到来一切的素材，今天我是不能确立那条"底线"了。

我微微一笑，再坚持问道：

"但到底是怎么样的呢？"

现在我认为他还不够聪明，还不能确定事物间的相互关系。他需要拥有更为开阔的视野，以及对具有代表性的细节能有更正确的理解。对假想和虚构的事物是不能进行比较的，而他又不能创造出现实来。

"这得另当别论了……这不是一场真正的战争。"他说罢，转过头对他身旁一个正在抽烟的人，也是个德国人，说道："So dumme Leute...durch'ein solches Trommelfeuer..."[1]

"这么说，你认为当时的轰炸是极为猛烈的……"瞧，这里有一个不同寻常的地方：我们在逻辑字典里有一个共同点。

我懂德语，这使他吃了一惊。

"猛烈？嗯……"接着他微笑了一下……"我们在凡尔登战役，在松姆河战役所见到的情况……那些地方你会看到几百门大炮同时发射……可今天总共不过，谁知道呢，大概八十门、九十门大炮。"

"我可搞不明白了……刚才你对你的伙伴讲到了炮兵猛烈的炮火。你指的是我们的炮兵吗？"

他的面部因为疼痛而扭曲，然后带着极度厌恶的神情摸了摸自己的肚子。他和所有害腹膜炎的病人一样，头脑异常清醒。

---

[1] 原文为德语，意为："多么愚蠢的人啊……要穿过猛烈的炮火向前猛冲。"——译者注

打过一针后，他变得话多了起来。

"不，先生，我谈论的是我们的炮兵。我想跟你说一句……我们德国人很喜欢决斗。特别是我们普鲁士人，每个人身上都有不少伤疤…… 瞧，看这里，"说着，他把耳边的一道伤疤指给我看……"好吧，所以我们有一句俗话：别和不懂规则的人决斗，这是极其危险的…… 先生，我可以告诉你，如果你们懂得如何作战的话，今天我就不会在这里了，也不用拿手抓住自己的肠子了。"

有那么一分钟光景，我怀疑他认为我们不懂作战这一点，倒使我们具有了优势。

"您是认为，我们能赢得这场战争，正是由于没有经验吗？"

"你们赢得战争？…… 我可不相信几个小时后，三三七团的人会到不了这里，到不了现在我们谈话的这个地方。我知道我就要死了，不然的话，我确信再过两个星期，我们的人准会在布加勒斯特将我解救出来。"

现在我明白了，他不是在开玩笑。

"但是你之前提到的'猛烈的炮火'，到底是想说什么呢？"

"是这样的，先生…… 战争也有它自己的规则…… 就像决斗一样。在西线，我们有时几个小时都不开一枪，即使这会儿英国人在林间空地上玩桥牌…… 照你看，这如何受得了？接下来还有一条规则…… 如果你们驻守在阵地上，而敌人发起进攻，那么你们的炮兵就开始开炮了…… 于是敌人停止进攻，他们的炮兵开始射击，而且比你们打得更加猛烈…… 这时你们就撤离阵地，让敌人来占领这个阵地……然后又轮到你们的炮兵向阵地开炮了，这样敌人必须撤退，在阵地留下一些伤亡人员，数量能够被接受。然后，如果敌人想这么做，他们就再回来，如果不想，那就不回来……如果有必要，就照上面说的那样，一切再重来一遍。从来就不应该穿越火力网的，先生。"

"好吧，但你自己不是也说过，这和凡尔登战役、松姆河战役的炮火是不能相比较的。"

"那还能怎样做呢？……在那里，我们是躲在深藏在地底下混凝土构筑的掩蔽所里。"

"那么，当你们在外面、在地面上发动进攻时会怎样呢？"

"嗯……那么我们就往回跑，将一半阵亡的人丢弃在外面，总司令则将那个没有为进攻作好准备的炮兵司令撤换掉。"

"这么说，我们穿越火力网的行为……在您看来，是一种英勇行为了？"

他微微一笑，唇边带着毫不掩饰的讥讽。

"难道您真的以为你们罗马尼亚人比我们或者法国人都勇敢吗？"

"那又如何解释呢？"

他顿时沉默不语，久久地关注着他身上的疼痛，仿佛在倾听着内心深处的一个想法。然后，他的面颊稍稍抽搐了一下，说道：

"那就是说，你们在竭尽全力帮助德军尽快到达布加勒斯特……"

"？！"

"你们今天有什么必要非要穿越火力网呢？为了去救那些在你们前面、遭到我们进攻的人吗？但他们反正是要死的。我们已经发起了冲锋……如果你们不让我们到达他们那里，那我们就撤回，只不过会把他们转交给炮兵，让炮兵去制服他们。而你们之后为什么还要成群结队地往前闯呢？你们违反了战争规则，而我们的人后撤并不是因为胆怯，——我想，您是知道德国人不是胆小鬼的——再说一遍，而是出于谨慎的算计……诚然，我们也遭到了来自侧翼的攻击……而且由于出现了这个意外的变化，我们这些伤员没能被抬回去……不过你们看，你们自己因为这个原因损失了多少兵将？而且在被火力网拦截、留在那边的人中还能再回来的，寥寥无几。"

"我们的指挥官对拼刺刀、白刃战给予很高的评价。"

"正因为如此，我们的士兵很快就会到达布加勒斯特……他们对拼刺刀的战术毫无兴趣。他们将永远会用今天的这种方式对待你们，冷酷、审慎。"

"您知道的，罗马人贺拉斯[1]佯装逃跑，为的是要强迫库里阿齐兄弟[2]在田野里跑散……我们在你们几个营的兵力前佯装撤退，就是为了让你们进入我们炮火的射程范围内。而你们竟错以为打赢了我们。"

"有时我们也会上当受骗的……我不是告诉过您我们的谚语吗：别和不了解决斗规则的人展开决斗。但最终可以证明，我们

---

1 贺拉斯是古罗马的贵族。——译者注
2 传说贺拉斯族的孪生三兄弟曾在一对一的单独决斗中战胜了阿尔巴的库里阿齐家的孪生三兄弟。——译者注

的估算是有道理的。听着,你们在喀尔巴阡山上筑有防御工事的堑壕吗?"

我当然立马扯谎,说道:

"啊,在喀尔巴阡山,那另当别论了。我们那里有事先挖好的堑壕,早已准备停当。"

"也有坚固的掩蔽所吗?"

"对,土窑上加了两层圆木,还铺了一层深达一米的泥土。"

"就是这些吗?碰到我们的七十五毫米口径的大炮,还可以对付过去……可是对付一百零五毫米口径的大炮,就抵挡不住了……更不用提一百五十毫米口径的了……再说,即使顶得住,如果你们没有一百五十毫米或口径更大的重炮,那还是毫无用处。"

"?!"

"当然,我们将开炮射击直至摧毁一切堑壕和土窑,连同在里面的所有活人……如果土窑仍是坚持住了,就像在松姆河战役那样,那么我们就不让那些躲在里面的人有时间从里面出来。如果你们也有和法国人那样的炮兵,你们就可以像法国人一样,向占领者开炮……占领者会撤走,然后又将进行炮击,这就是所谓的'da capo al fine'[1],整个夏天的时间您看到的关于莫尔托姆高地的情况就是如此。"

虽然带着来自内心的极度痛苦,我还是微笑了一下……我们在喀尔巴阡山上的防御工事和土窑,加在一起就像一处普通的院子,甚至都禁不住茨冈人养的猪用猪嘴去拱一下……

---

[1] 原文为意大利语,意为:从头至尾。——译者注

"先生，我们希望你们的医生要比你们的将军更聪明一些……但我觉得这对我已经没有任何意义了……我倒希望有一张这些地方的照片……或是一张明信片……好让家里的老婆孩子们看到，我是在什么地方被打死的……可以放进家里的相册簿里。"

后来我们久久都没有说话……我在考虑我们大家所有人的死亡……而他只想着他自己的死亡。接连下了一天的雨，然后放晴，此刻秋日的黄昏是阴沉而压抑的，仿佛是在葬礼上……橡树林和小小的灌木丛渐渐融化入黑暗中。

我用不容违抗的口气命令把那个受伤的德国俘虏也抬上救护车……我甚至请求司机在通过壕沟时开得更慢一些。但他向我解释说，他接到命令，要在午夜前把所有的伤员统统搬运完。

我打了一针破伤风预防针，然后躺倒在一张干干净净的床上。很晚的时候又来了另一批我们团里的伤员。全师正在撤退。我们的营损耗了一半人。四名军官牺牲，数人受伤，我那个连被敌军包围，连同所有的军官全部被俘。图多尔·波佩斯库，现在你正走在哪条路上？黎明前野战医院就要全员撤离。大家正在绝望地包扎伤口。

可疑的公报

爱情的最后一夜　战争的最初一夜

　　我们所有人——差不多二百多名伤员——都被送上了救护列车，当你根据车站上的餐厅来判定相应的一个城市，当铁路上的道班房逐渐远离它的同类（田野，孤独，雨，贫困），并成为快速变化着的事物（餐车，风景，温文尔雅的夫人，旅行推销员）中的一环时，我感到这次坐火车的经历仿佛是在异国旅行……我终于回到了另一个世界，只不过它对我来说已经不同于以往。这就如同在房间里待了好几个月的病人，当他初次走出房门时，也会觉得城市变了模样。我将身边的许多细节不断地联结与延伸，并加以归纳和总结。布拉索夫车站上缀满了绿叶，插满了国旗，这让这座十分陌生的城市在我的记忆里留下了这样的一个印象，仿佛它是一张明信片，或者是为庆祝五月十日[1]而特意制作的装饰品。傍晚时分，当列车到达锡纳亚

---

[1] 1881年5月10日，卡罗尔一世即位，成为罗马尼亚王国的国王。——译者注

时，一群美丽的夫人涌进了我们的车厢，她们的双手就像她们身上穿着的荷兰亚麻布长袍，也是那么洁白和柔软。我们的视觉、听觉和触觉马上变得活跃，仿佛处在一种超虚幻的境界里。而我见到的其他人，看上去都像是被笼罩在一层虚幻的薄雾里，连同他们的声音和目光都和身外的一切隔绝开来，仿佛这是经过残酷的战争洗礼之后得到的片刻小憩。在普雷代亚尔和布什泰尼之间，我看到在道班房的周围，有一些"捕狼的深坑"（陷阱）和直接在公路旁、如同孩童挖的战壕，但当那里既没有山，也没有树林的时候，这种做法就显得很幼稚，如同一些没有头脑的市政府，为了要躲避威胁着整个地区、极具灾难性的洪水，就沿道路两旁挖了一些排水沟一般。但当洪水如脱缰之马滚滚而来之时，它不但会冲走路上遇到的一切，还会冲毁高楼大厦，连同市政府和市长先生本人。

我们乘坐在专门的车厢里，躺在长长的、可以睡觉的担架上。

在布加勒斯特，有人告诉我们，我们的列车将直接开往奥包尔车站，在那里再对伤员进行分拣。我们的列车驶进了一个很长的地下站台，就像西方大车站上的站台一样——至少我是这么觉得的，因为不久之后我得知，这个车站并没有这样的站台——接着在躺满伤员的车厢里马上涌进来拿着记事本的军需官，他们问我们都愿意去哪个医院。大多数伤员都表示，希望能住进首都的几家大医院，因为他们被告知，在那里会有罗马尼亚上流社会的美丽夫人们来照料他们。这倒不容怀疑。但这里就出现了文明社会和有文化修养社会的区别，文明社会带着激情和热心模仿并实践着有文化修养的社会里的一切形式，然而并不能坚持把这一事情实践到底，也没有勇气承受其导致的一切后果。只要医院里的工作和这些夫人们的偏好没有发生矛盾，恰恰相反，这些工作还向她们提供了新的展示机会和人生经历中前所未有的点缀，她们就用她们的微笑和她们出场时带来的光彩填满这些满是伤员的医院里的所有病房。然而不久以后，我在雅西的医院里只看到她们当中的少数几个人，当时正值七月份寂寞冷清的午后，她们正在给人清洗散发着恶臭的伤口。

我激动不安地想，假如我是留在布加勒斯特，那么我的家人就会来探望我，那么我就得——要知道，我现在是这么的累——做戏了，装出含情脉脉和快乐的样子。

因此我要求让我住进XX团驻地的医院里。我需要等候几个小时，在这期间，妈妈从我们的一个熟人，也是一个临时的卫生员那儿得知了消息，她到车站上来了。

她哭了，又吻了吻我，还对我的伤势大惊小怪的，并且打发人到她的家里去拿枕头、瓶装的科隆香水和被罩——"因为不清楚在医院里你是否会得到一切必需品。"

但她流露出来的痛苦让我感到十分陌生和隔阂。在我伯父去世并留给我们一笔遗产的时候，为了我的那一份，曾经引发了激烈的争论，我不知道，那时我做得对还是不对。但妈妈当时的言行就像一个外人，她认为她自己也是相关的"一方"，语气冷酷，还用充满敌意的眼光望着我，仿佛在看外人一般，所以从那时起我就成了一个外人。毫无疑问，后来我让步了，她便又用从前那种温柔的语调跟我说话了,但有些事情已无法挽回。我认清了母爱的最大限度。后来我徒劳无益地试图向自己证明,她也许是对的,涉及利益问题的争论有时会引起这种像和陌生人打官司时使用的语调,而且母爱应该也包括在艰难时刻的各种表现,但这一切都是枉然。我的慷慨行为使妈妈对我更加依恋,从那时起她便对我更加关怀备至,但由于是我做了最大的牺牲,因此我说话、行为举止都不由自主地增加了保护者的意味,一种客气、宽容大度的意味,脸上也流露出略带矜持、有限度的微笑。现在的她好比一颗早已冷却的星星,对我的生活进程已经不会产生任何影响了。

我微笑着吻了吻她的手,流露出一副温柔但又心不在焉的神情,我收下了那些礼物,但同时也在等待着快点结束这一切,这就像你在火车站等待开车一样,等待时间拖得越长,你和前来送行的人之间越会感到局促和尴尬。

她一句话也没提到我的妻子,而我也尊重她们之间一直存在的敌意,因而避免提出一个令人不快的问题。

因为妈妈为我的命运焦虑不安,尽职而又热情的医生一再向她保证,十五天之内我就能完全康复,并能重返前线。这又使她感到了一丝担忧。

我在R城的县医院和一个膝盖受伤且同属一个团的战友住在一个单间病房里。我有书,可以阅读,但城市的嘈杂声既沉闷又像流体一般一阵阵传来,这让我不得安宁。经历了一个星期的剧烈疼痛,我终于能够出院了。我得到了很好的照顾,因为团里的军官们都被遍及全城,复杂的,仿佛是一种亲属关系紧紧联系在了一起。但四周到处充满着极其不安的情绪，大家都忧心忡忡地等待着下午四点发布的官方公报。由于军事化的原因（警察局局长成了少校，领章上的横杠换成了几颗"星"，不过仍然是个少校；邮政局局长也获得了一个相应的军衔；最后除了"市中心"咖啡馆里那些领退休金的常客，所有人都进入战争的留守梯队，因而变得十分积极），这座城市里的人们住在那些别墅似的房屋里，在花园和满是商店、铺子的市中心里，过着一种不同寻常的生活。来来往往的卡车、弹药车和一支支队伍，都是人们细心研究和演绎的对象，就如同读星相一样。将来会不会疏散呢？因为现在的战事发生在离这里只有八十公里远的喀尔巴阡山上。

换句话说，战争现在是一门新的事业，它甚至使最遥远的地区都活跃了起来，更遑论这里了。下午四点时分，老教授们腋下挟着雨伞出来散步，他们放弃了午睡——这是一种颇有代表性的现象——为的是能看到每天挂在糖果点心店窗子里的公报。"激烈的战斗，密集的轰炸""在某某地区发动的强攻"。公报中从来没有一个字提及战败或撤退。那些比较聪明的人都知道，只要把两份公报进行比较，就能发现某些情况。

"在鲁克尔山口的高地上，步兵正在进行激战。"用铅笔、以印刷体的字母端端正正抄写下来的公报上这样说，这大概是糖果点心店的老板亲自抄写的。

第二天，在其他的几条消息之间夹杂着这样一条消息：

"敌军正猛烈进攻我德拉戈斯拉瓦莱以南阵地。"

如果你知道在鲁克尔和德拉戈斯拉瓦莱南部之间只相距

七八公里的话，那么你就会明白，从昨天到今天我们的军队后撤了多少距离；如果你不知道这一点，那么你就会相信什么事情都没发生。

吃过午饭，快到傍晚的时候，市中心又开始活跃起来，尤其当夫人们现身出来散步时。各种军需部门以及司令部（集团军的驻地就设在此地）里的军官们，就像十分自觉的职员，一到六点就下班。大家都忍不住地想相信，即使前线，在这个时候，军官们也都锁好了自己的抽屉，洗了洗手，整理一下仪容，从战壕里出来到城里去，要么被邀请去玩一局扑克，要么去赴一个约会，由于在这种乱世，这种约会的步骤都被简化了。而事实上，就是现在，我也同样断言，想象无法在抽象中得以实现。只存在一个唯一的世界，那就是表象的世界。

在我们的感觉里，也就是在我们头脑中，能够存在的只有我们当下的此时此地。其余的东西，我们都代之以虚假的、约定俗成的形象，而它们和任何事物都不相符，最多不过是一种暂时的简单外壳而已。人不可能同时置身于两个地方。

在瑟瑟乌什那儿遭受炮击的时候，我就明白了，从理论上讲是有这种可能的，即在另一个世界里，在那遥远的地方，人们正在休闲娱乐，正在谈情说爱，有规律地上班，有规律地吃饭。但我无法将这个世界的任何一刻具体地想象出来。而现在的情况恰恰相反，我在这儿，在这个世界里，前线的那个世界对我来说就好比是个模模糊糊、抽象的客人，在空间里无法定位，而且还处于时间的概念之外。我对自己说：说不定此时此刻奥里尚正在遭受炮击，其猛烈程度与在贝尔库特的那次一模一样。不过我也知道，这是个简单的、理论上的假设，不涉及任何感情以及任何情感的延续，缺乏任何表象的色彩，也缺乏真实事件中那种不可改变的性质。

当我手上扎着绷带和我的战友们一起在城里散步时，人们都带着极大的好奇心注视着我。这并没有让我不愉快；而真实的感受是，我觉得被人注视就像是一种挠痒痒，起初还可以忍耐，最后却忍受不住了。

"你还是留在这里吧。"我的战友敦促我，"A将军会过来。"

"你怎么知道的？"

"他坐着小汽车过来的……我在县政府听说的。瞧，那不是前任市长，瓦苏……那边是一位老律师……大家都在等他……"前任市长先生是一位优秀的大夫，他有一种天赋，可以出现在任何地方，现在的他就在城市花园的附近，和大家一起等待奇迹。消息很快传播开来，"将军"即将上前线。

"据说，曾经有人给他下毒，说是德国特务通过被收买的勤务兵往他的咖啡里投了毒？"

听到这儿，我们两个都笑了，我们知道这个传说。多布罗加的军队司令A将军曾在一段时间里制止了敌军的推进。崇拜偶像的渴望是如此强烈，而时常被从历史的高台上推下来的人民心中怀有的希望是如此之多，于是将军就变成一位传奇式的人物了。

但我还是明白了，事情已经到了再也没有时间来做出挽救的地步。尽管如此，只要城市花园附近的大道上出现一辆大的敞篷汽车，车身上溅满了黄褐色沙土的泥污，我就会和这里所有的人一样，浑身因激动而战栗不已。将军坐在后面，紧挨着另一位将军，他也身穿灰色的军大衣，没有佩戴任何一枚勋章，脑袋看上去就像是一个殉难者，蓄着古代帝王般的尖状小胡子，疲惫的目光没有在任何人身上停留。我知道大家想要什么……而我自己也和大家一样……但愿他的智慧，隐藏在大盖帽底下那个部位的智慧，能够代替大炮、机枪，同时也可以再次鼓舞士气，并像一个超自然的存在，可以扭转乾坤。那么明晚的公报就会公布，譬如说这样的消息："德拉戈斯拉瓦莱地区激烈的战斗以敌军的失败告终。我军一个步兵团从敌军的后方攻入，占领了登博维奇瓦拉山峡和久瓦拉公路。我军俘获二万五千人，缴获四门野战炮及大批战利品。正在继续追击敌人，另有企图躲避至旧边境山区的几小股敌军，亦逐渐被俘。"

希望是如此激动人心，以至于大家真的感觉到了奇迹，希望让所有走在人行道上的人张大眼睛瞪着它，而军官们则站得笔直，犹如站在储君面前接受它的检阅。这群人只有一个希望，即打开为逃难而准备的行李箱，第二天晚上在阳台上挂出三色旗[1]，此刻他们用手攀住汽车的两侧，用狂热的欢呼来表达他们对拯救者的感激。

汽车停了一下，一个坐在司机旁边、留着一撮小胡子的军官不知向街上的巡警问了什么（站在那里的五六个人急忙热心地一起回答了他的问题），但是自始至终将军都是一副若有所思、心有所想的样子，如同一位终于被绝望的家庭请到病人床头的医生，而别的医生们已经为这个病人动过手术，可是手术

---

[1] 罗马尼亚国旗为三色旗。——译者注

并没有成功。

奥里尚也来了，一发炮弹的碎片炸伤了他的右手。和我同住单间病房的那个伙伴回家去了，现在我可以和奥里尚在一起待几天。我们之间的友谊是永恒的，堪比生死之交。但我还是感受到了一种奇怪的情感。我不能向他提出任何关于他家庭生活的问题。我比他的亲生母亲更了解他——因为只有在那里，一起面对死亡和体验高空之后，你才能真正了解人——但是我对他的过去却一无所知。对前线我的另一个战友也是如此。现在我才意识到，关于我们以前的生活，我和前线的战友们互相之间谈得是多么的少，似乎我们都来自"外籍军团"。但每天夜里我都能听到，奥里尚像死人一样，面朝上直挺挺地躺在铺着白床单的床上（行军途中短暂的休息让士兵们都养成了这样的睡觉习惯），好似一条绝望的狗在睡梦中惊恐地哀号："妈妈！……妈妈！……"

几天之后，官方公报上还是微微透露出一丝令人喜悦的希望。我军攻占了罗舒山，抓了一批俘虏，缴获了一些机枪和装备。我早就知道我们的团已经撤离到了那里。我把我的怀疑告诉了奥里尚，说那里肯定少不了科拉布。他怀疑地笑了一笑。又过了几天，刚刚来的一个伤员更加确定了我的假设。急欲获得晋升的科拉布大尉为了真正地建立战功，他怀着拿破仑将军的那种野心，更主要的是他觉得自己可能会白白地牺牲掉性命，于是便告知师部，如果给他一个营来指挥，他就能占领罗舒山。上级犹豫了一阵，最终采纳了他的提议，于是科拉布大尉成功地为我们的公报增光添彩。但他暂时从别处借来的指挥权……

立刻就被收了回去。第二天，罗舒山重又落入敌手……现在科拉布大尉接到命令……去重新攻占山顶。我思忖良久，郁闷地问自己，若将更重要的指挥权交予这位军官，对我们的军队到底意味着什么？

等到奥里尚的伤养好了一些，我们便去城里的小饭馆里去吃个饭，还在那里遇到了两位年轻的夫人，她们两人都很美，与众不同，颇有大家风范。她们对我们展现出极大的兴趣，不过请求我们避开她们的叔叔，一位长着鹰钩鼻、蓄着长胡子的老先生。要是他看到她们和外人谈话，便会狠狠地训斥她们。我们刚和她们定下一个约会，便急匆匆地离开了，因为有人来告诉我们，身负重伤的尼古拉·扎姆菲尔被送进了G市的医院。我们是坐约尔古的汽车去的，他是阿尼什瓦拉的丈夫，也是集团军里的"志愿兵"。根据武装部的命令，军衔较低的人员如拥有财产，可免予上前线（只要求他们提供一辆机动车听大本营调用，汽车还由他们自己驾驶，他们本人则能获得一个"志愿兵"的称号）。但是军官们却不允许这样做，也就是说，对于他们，留在后方只能靠其他的办法。

"卡洛尔一世"标准医院坐落在公路的旁边，前方是一个鲜花盛开的花园，种植并管理这些鲜花的是主治医生——一位行事独特的独身主义者和哲学家，远离所有经他手被治愈的患者，他给人治病有一个条件，即请大家不要打搅他，让他在田野之中享受他自己的孤独。

尼古拉·扎姆菲尔躺在一张白色的铁床上，头上缠着绷带，被子一直拉到嗓子处。当他看到我们时，似乎还不敢相信，尽管他大概是在发烧,可他还是向我们微笑了。他不能说话,也不能抽我们给他带去的香烟,那两瓶密封好的葡萄酒肯定好久都不会开封了,但他的目光一直追随着我们的一举一动,他的眼睛在微笑,他看上去就像一条土狗般忠实和腼腆。

"头上的伤势重吗,扎姆菲尔?"

他摇了摇头,做出了否定的答复,然后稍稍撩开被子,向我们指指他用绷带紧紧包扎住的双腿,好像是包在襁褓里的婴儿。一条腿齐膝盖处被截断,另一条腿在大腿中部被截断。他温和地微笑着。

我觉得自己脸色变得煞白,就像个死人,还站立不稳,打了个趔趄。奥里尚也呆住了。尼古拉·扎姆菲尔还是那样撩着被子,一直毫不在意地、温良地微笑着,他仿佛是一座圣像,不知道人们怎样用长矛在毁坏它的容貌。

我们没有什么好说的……我们久久地沉默不语,后来我们借口不能让他感到疲劳,就离开了。

路上奥里尚突然来了灵感,问我道:

"你还在想着革命吗?"

"不,正像陀思妥耶夫斯基书中的修道院院长卓西玛一样,在'正在迫近的灾难'面前,我也向它低头了。"[1]

我到布加勒斯特去一趟已在所难免。仿佛一场令人不快的考试马上就要到来。我写信告诉妻子,说我星期六晚上到家。列车不是停靠在月台上,而是停在田野里,停在铁路的停车线

---

[1] 此句选自陀思妥耶夫斯基的长篇小说《卡拉马佐夫兄弟》,原作中有"昨天我向伟大的、未来的苦难低头了"一句。——译者注

可疑的公报

处。由于害怕齐柏林飞艇[1]的攻击,车站上实行灯火管制,此刻已没入一片黑暗中……当我走在阒无一人的胜利大道上时,街边的煤油灯在空旷的柏油路上洒下了一层淡蓝色的光辉,仿佛为它们蒙上了服丧的黑纱,石质的房屋也变成了灰色。到处都没有灯光点亮,让人产生一种强烈的、在巨大墓穴里的感觉。

妻子用一连串的行动来证明她是真的在等我,这在以前准会使我激动、高兴得发疯。整幢房子里灯火通明(当然,窗帘都加了厚厚的里衬,以免从外面看到灯火),好像在过复活节,铺了白桌布的桌子,闪闪发光的水晶餐具,五颜六色的鲜花,还有珍贵的美酒。她意图创造一种两人晚餐的意境,让人仿佛置身于一家大餐馆的单间里。我无法不这么想:只要花十块金币我就能够得到这一切,而且还没有义务来强作微笑。

她吻我时显得过于热情,而且亲自给我脱下军大衣,不让我自己动手。

我感到只有唯一的一样东西能吸引我到这里来……而且也许会融化我的冷漠。宽大、雪白的床铺和镶着马约里卡[2]白瓷砖、镜子上蒙着一层水蒸气的浴室。如果那次在伯尔库特急行军之后,在我身上肮脏不堪,还被寒气贯穿全身的时候,向我提供这一切的话,也许会令我产生感激之情和愉快的情绪,这些没准儿会改变我对这个女人的态度。但当时在医院里,我每天都洗澡,内衣和床单也都是干干净净的。

---

1 齐柏林飞艇是20世纪初德国人制造的一种飞艇。第一次大战爆发后,各国军事将领们注意到飞船高高在上的特性,因此将其投入战场,执行空中轰炸或侦察的任务。——译者注
2 马约里卡是意大利锡釉陶的统称。——译者注

"妈妈（以前她未简单干脆地叫过声'妈妈'）从来没有告诉我你受了伤（伤势很重？啊呀……天哪！）。瞧，这一点我一直不理解，就算她生我的气吧，即使我们相互不说话……她也可以叫别人传话给我呀……疼得很厉害吗？……"我忍不住在心里冷笑，嘲讽地自己问自己："如果我在战场上被打死，这个女人会不会痛不欲生呢？"

她似乎不知道我内心那些要命的小九九，而我的沉默也让她毫不间断地讲个没完，好像一个无法结束演讲的演说家，只能做些无用的尝试，醉心于把一些句子偶然地拼凑在一起。她给我切在盘子里的烤肉的时候，肢体语言太丰富，显得过分热心了。由此可见她是变老了！她感觉不到现在的她已经变得相当胖了，某些诱人、娇媚的姿态对她已经不适合了。此外，她那原本所向披靡的女性武器现在也似乎已经过时和无用，就像边境山区里那些如同孩童挖的战壕一般。

我尽可能逃避去卧室，虽然洁白的荷兰床单一直在呼唤着我。有一瞬间，我感受到身旁她那松软的躯体带来的暖意，这股暖意几乎控制了我的躯体，我的思绪马上活跃了起来，但我转眼就看到在一张低矮的小桌子上有一幅很大的照片，是我的照片。这张照片是现在她才摆出来的，还是早已放在那儿的？这照片显得非常可笑，当我在科哈里姆的时候，也注定要它来遭受这样的耻辱，由它来注视着他们躯体的战栗？

不过一连串的问题还是如同浮云一般掠过我的脑海……假如她真的没有欺骗我呢？假如我再次接受了一系列（事件间）错误的联系呢？

如果这只是一个简单的巧合呢？比如，就像那会儿我碰到上校一样，而生活中有多少这样的巧合呀！

但是如果不是的话，哎，我累了，对我来说，即使她并无过错，我也无所谓了。

因为我仰面躺着，因为我没有碰她的欲望，她竟产生了一个倒霉的念头，试图采取主动来拥抱我……当她跪着、俯在我身上的时候，她的乳房透过细薄的衬衫如同两个口袋一样耷拉下来，而且她的肚子似乎也变肥了。我结婚后，有时朋友们硬要拉我去嫖妓女，但即使他们成功地说服了我，即使那些姑娘们都很漂亮，我也觉得自己是和一些破布做的人体模型睡在一起，它们缺乏动物那种神秘的热度，而当这热度对你来说极其宝贵时，它会使你心中产生柔情，使你发疯般地渴望一个完整的拥抱。我的妻子皮肤白皙，并且已经有了发胖的迹象，而在此刻，我则希望在我身上的是犹如苹果一般、小巧的膝盖，并能在一个年轻的茨冈姑娘纤细而又灵活的躯体上探索新的角落。我只要另外再花十枚金币就可以得到她，而不需要去尽令人感到厌倦的义务，去温柔地编造谎言了。

第二天家里忽然涌进来许多熟人……内容空洞的谈话，愚蠢至极的议论，这些和现实毫无真正的联系。

在一堆来信中我发现了一封匿名信：

"先生……在您为祖国（？）作战的时候，您的妻子背叛了您，像娼妓一样，和一个叫格里戈里安德的家伙厮混在一起，这个家伙，您会知道，是书报检查机关里的。

"随便哪一天的六点到九点，您都可以在玫瑰街双2号找到他们，这个时候她都会去那儿找他。因为她现在也许没有那么厚的脸皮，把他带到您家里去了。"

以前我是多么愿意付出任何代价，来确定她是否欺骗了我。我曾怎样脑门发热、拳头紧握，在暗中守候她、窥视她啊！

现在，当她走过来的时候，我微笑着把这封信拿给她看。有那么一刹那，她面色苍白，警觉而又疑心重重地审视着我，但看到我十分平静，就认为我对此并不相信。

"这是多么卑鄙的行为……你知道吗，大家伙儿都嫉妒我们。唉，这个可恶的世界……瞧，他们还杜撰出了这种谎言来恶意中伤。要是什么人的话都听的话……真难以想象，要是你现在变得更加多疑……唉，我多么反感这些人哪……我再也不能出门了……当然啦，我是到城里去过那么几次，不是我一个人：和阿尼什瓦拉，和约尔古一起去的，跟我们在一起的还有格里戈里安德。我们先去剧院看戏，后来又去餐厅吃饭……哎哟，为了这点小事……"

她讲了很多，重复说着那些偶然有着联系、庸俗乏味的话语，而我那善意的微笑似乎更是给了她说下去的勇气……

"你听我说，亲爱的姑娘，你觉得我们离婚怎么样？"

她仿佛被人从天灵盖劈成了两半。于是又是一阵连珠炮似的发问和呻吟，以及带着抽噎声的抗议。

我在恍惚中想到自己险些为了这个女人去杀人……想到自己可能为了她而犯罪，被关进监狱：

"你看到那里有一个金发女人吗……？不是……是另一个稍胖一点儿的，和两位夫人、两位先生一起坐在桌边的那一个……

"哎，怎么啦？

"这是格奥尔基迪乌的妻子……你想不起来了吗……？

"啊……亲爱的，他在她身上能得到什么呢？为了她去杀人……难道他就找不到另一个像她这样的吗？"

第二天我搬到了旅馆里，在那里度过我余下的一周假期。我送给妻子一笔财产，数目和她在肯普隆格向我要求的一致，我还顺便打听了一下，把位于康士坦察的房子送给她需要办理的手续。我还给她写了一封信，告诉她房子里的一切东西，从贵重物品到书籍，我全部留给了她……从私人物品到所有的回忆。也就是说，一切都已成为了过去。